Chris B. Hansen
Drama in Schwarz-Bunt
Im Strudel von Lügen und Betrug
Buchreihe Sandras amouröse Abenteuer
Buch 1

AF223211

Chris B. Hansen

Drama in Schwarz-Bunt

Im Strudel von Lügen und Betrug

Erotischer Roman

Bibliografische Information der Deutschen Nationalbibliothek: Die
Deutsche Nationalbibliothek verzeichnet diese Publikation in der
Deutschen Nationalbibliografie; detaillierte bibliografische Daten sind im
Internet über http://dnb.dnb.de abrufbar.

Verlag: BoD · Books on Demand GmbH, In de Tarpen 42, 22848
Norderstedt, bod@bod.de
Druck: Libri Plureos GmbH, Friedensallee 273, 22763 Hamburg
ISBN : 978-3-7693-2897-4

Prolog

Hallo, ich bin die Sandra, und ich möchte euch von meinem Werdegang erzählen. Meinem Milfy Way, nicht zu verwechseln mit dem Milky Way, der Milchstraße. Oder diesem Schokoriegel. Die eine ist zwar größer als ich, und der andere vielleicht süßer, aber ich krieg sie trotzdem alle. Wenn ich will. Und ich will oft. Ich ging den Weg von einer braven Frau zu einer Milf anfangs nicht ganz freiwillig, aber jetzt möchte ich diesen Zustand, eine Milf zu sein, nicht mehr missen, trotz der teilweise dramatischen Umstände, die dazu geführt hatten.

Gerade zog ich mir meine Strümpfe an. Ich machte das total erotisch, obwohl momentan keiner zu schaute, außer ich mir selbst im Spiegel des Kleiderschrankes. Ich übte es immer, möglichst erotisch auszusehen. Bestimmt kennt ihr solche Sexfilmchen, wo die Frauen in irgendein Zimmer reinkommen und 95% von denen haben schon Reizwäsche und halterlose Nylonstrümpfe an, so als ob das zum Nonplusultra jeder Frau dazugehört. Vollkommen realitätsfern. Nun, ich bin so eine Frau. Doch, wirklich ehrlich! Ich liebe es, wenn ich einen Mann aufreiße oder, je nach Stimmung mich auch mal aufreißen lasse, und ich dann schöne sexy Unterwäsche anhabe. Ohne gehe ich nie aus dem Haus. Schließlich war ich, auch wenn ich meistens gezielt vorging, durchaus offen für spontane Bekanntschaften, und da will Frau ja schließlich schick angezogen sein, nicht wahr?

Nun die Geschichte:
Mein Weg von einer braven Ehefrau zur Milf ...

Ich saß mit Uwe, meinem Mann, auf der Couch. Heute war er wieder spät gekommen. Wie so oft. Ständig machte er länger, als er will. Also als er meinte, wie er will. Eigentlich. Ich war mir sicher, dass er es nicht wegen mir so macht, sondern dass andere Gründe dafür vorliegen. So eine Firma stellt natürlich Anforderungen, wenn man im gehobenen Management tätig ist. »Na Schatz, gab es heute mal wieder viele Geschäfte zu tätigen?«

Uwe seufzte. »Du hast ja keine Ahnung! Diese vielen Besprechungen! Selten kommt etwas sinnvolles dabei raus. Aber es führt dazu, dass die eigentliche Arbeit liegen bleibt.«

»Warum tut Piere denn nichts dagegen?«

»Du kennst ihn nicht! Er liebt Meetings! Er liebt es, seine Stimme zu hören, und er liebt es auch, andere Stimmen zu hören. Besonders die Stimmen von attraktiven Frauen. Die haben es natürlich schon längst gemerkt und genießen es mittlerweile. Besonders Caroline. Die macht immer halbe Dramen aus ihren Geschichten!«

»Was macht die denn bei euch? Ich weiß, du hast es schon einmal gesagt, aber ich habe es wieder vergessen.«

Uwe lächelte, als hatte er sogar erwartet, dass ich es vergesse. »Die ist verantwortlich für unsere Öffentlichkeitsarbeit sowie die Trainings und hat 3 Mitarbeiter.«

»Aber Schatz! Du musst doch Mitarbeitende sagen!«

Uwe stöhnte auf. »Du weißt doch, wie sehr ich diese verkorkste Gendersprache hasse, Sandra.«

Ich lächelte. »Natürlich. Ich wollte dich nur wach machen.«

»Wofür denn?«

Natürlich kam mein Vorpreschen nicht aus dem Nichts. Es war mal wieder so weit. Alle drei, höchstens vier Tage, will ich Sex von Uwe. Leider habe ich viel zu selten Erfolg. Ich bin wohl eine Frau, die aus der Art geschlagen ist. Es war nicht immer so. Damals, als Teeny, da war ich völlig schüchtern. Und körperlich ziemlich unterentwickelt. Besonders meine Brüste. Ich wünschte mir so sehr größere! Erst mit 16 ging es langsam los. Aus den kleinen Knospen wurde kleine Brüste. Dann größere. Als ich 19 wurde, da waren meine C-Glocken schon voll entwickelt. Sie waren der Hingucker. Auch mein sonstiger Körper entwickelte sich. Ich wurde hübsch. Ich hätte damals nahezu jeden meiner Mitschüler bekommen können. Aber meine Mitschüler trieb ich damals zur Verzweiflung. Ich wollte nicht. Noch nicht. Anzügliche Bemerkungen und Versuche zu landen gab es trotzdem. Sogar sehr reichlich. Ich habe sie alle abblitzen lassen. Es war vor allem der Wunsch, mich aufzuheben. Und ich hatte einfach keine Lust damals, mich mit unreifen Jungs abzugeben. Ich hatte mich auch nur selten selbst verwöhnt. Ich brauchte das schlicht nicht, es reichte mir alle zwei bis drei Wochen. Später entwickelte sich meine Figur zur heutigen Figur. Ich bekam dann auch noch einen schönen knackigen Po. Nicht fett, nur groß. Männer greifen gerne an solch einen Po. Einen Nicht-Mädchen-Po. Zumindest mein Mann, aber ich hatte oft auch die Blicke der anderen Männer gesehen, die sich wer weiß was mit mir vorstellten. Ich ging damals oft in Clubs. Tanzen war mein Ding. Ich konnte nicht genug davon bekommen. Was blieb davon übrig? Nichts. Ich war schon Ewigkeiten nicht mehr ausgegangen, außer mal zum Essen. Eigentlich könnte ich aber trotzdem mit meinem Leben zufrieden sein. Selbst mit meinem Liebesleben. So alle ein oder zwei Wochen klappte es ja doch noch mit Uwe. Aber ich wollte es viel häufiger. Und ein wenig mehr Esprit könnte auch nichts schaden. So what, genug gejammert. Uwe hatte einen gut bezahlten Job. Und ich besaß ein schönes, großes Haus in einem ruhigen Stadtteil von Hamburg und an der Küste noch einige Ferienhäuser, die ich vermietete. Beides, Haus und Ferienhäuser hatte ich von meinen Eltern geerbt, welche vor drei Jahren kurz hintereinander gestorben waren. Danach waren wir in das Haus eingezogen. Es war dort viel ruhiger als in unserer Mietwohnung im angesagten Stadtteil Eimsbüttel. Auch ich arbeitete, richtig hart malochen wollte ich aber nicht. So blieb es bei einer kleinen Modefirma. Ich hatte ein eigenes Geschäft, belieferte außerdem einige Boutiquen mit meinen Entwürfen. Meist nur Einzel-anfertigungen. Manchmal kam es zumindest zu Kleinserien. Und spezialisiert war ich auf Strickmode, vor allem viel Wolle. Aber auch andere Stoffe. Alles in allem hatte ich aber trotz der

Sache noch recht viel Freizeit. Nähen ließ ich immer die Vanessa, die auch meine rechte Hand im Ladengeschäft war und mich vertrat, wenn ich mal woanders was zu tun hatte. Ihr ließ ich viel Freiraum und das kam meinen Entwürfen zu Gute. Ich warf jetzt einen Blick auf die Beule in Uwes Hose, die leider nicht da war. »Damit dein bester Freund wach wird«, antwortete ich auf Uwes Frage. Es huschte zumindest ein kurzes Lächeln über das Gesicht von Uwe, das aber schnell wieder verschwunden war. »Er ist tot«, sagte er. »Heute ist er tot. Ich muss noch einen Finanzplan machen. Bitte warte nicht auf mich. Morgen sind wir übrigens bei Piere eingeladen. Vielleicht wird es ja dann was. Also, hinterher.« Ein kurzes Lächeln, dann wurde er wieder ernst. »Na gut«, sagte ich. Ich war etwas enttäuscht, wie so oft, führte den Gute-Nacht-Kuss aber trotzdem so aus, wie er sein muss, damit mein Mann zufrieden ist und nicht in Grübeleien verfällt. Ich ging ins Schlafzimmer, machte mich bettfertig, und legte mich hin. Instinktiv hatte ich eine gespannte Erwartung. Ich kannte Uwes neuen Chef Piere noch nicht, viel hatte Uwe auch noch nicht über ihn erzählt, aber ich freute mich auf die Party. Es soll doch eine Party sein, oder? Verdammt, ich hatte vergessen zu fragen. Mitten während meiner Grübeleien musste ich eingeschlafen sein.

Wie üblich wurde ich am nächsten Tag wieder ohne Wecker wach. 6 Uhr. In mir war scheinbar ein Schweizer Uhrwerk eingebaut. Ein sehr zuverlässiger Wecker. Und ein Wecker für Sex-Wünsche. Auch der war zuverlässig. Jeden Tag beim Duschen ging er an. Ich stellte mich unter den Wasserstrahl, ließ das warme Wasser über meinen Körper perlen, seifte mich ein, und strich mir dabei über meinen Körper. Ich erschrak, als ich auf ein mal Uwes Stimme hörte. »Das wird aber keine Sexparty«, sagte er, und grinte dabei. Was machte der denn schon hier? Sonst schlief er doch immer mindestens bis sieben Uhr! Ich war nicht auf den Mund gefallen.
»Doch, jetzt, mir dir!« Uwe grinte aber nur und ging aus dem Bad, als er sein Geschäft vollendet hatte. Mist. Hätte ja klappen können. Ob er doch 'ne andere hat? Warum hat er das Angebot

denn nicht angenommen? Es war doch noch früh! Als ich mit der Morgenpflege fertig war, enterte ich eine verkehrte Welt. Frühstück! Uwe hatte Frühstück gemacht! Das hatte er schon seit Ewigkeiten nicht mehr. Ich setzte mich an den Tisch.

»Danke«, sagte ich. »Wie komme ich denn dazu?«

»Das hast du schon lange verdient!« Ich warf einen dankbaren Blick zu Uwe. Ich hatte unter der Dusche nichts vollendet, das Verlangen war also nach wie vor da. Mist, das musste er doch merken! Uwe musste es wohl tatsächlich gemerkt haben. »Ich muss leider heute eher los. Sonst schaffe ich es nicht mit der Party.« Uwe begleitete den Satz mit einem Lächeln. Seinen wachen Augen entging mein sexy Outfit nicht. Ich hatte heute einen knielangen, schwarzen Rock angezogen, und darüber eine weiße, dünne Bluse, simpel, aber dennoch sexy aussehend.

»Hast du heute wieder eine Besprechung?«, fragte ich.

Er verzog das Gesicht. »Nicht nur eine. Gleich die erste Besprechung ist mit Zickchen!« Ich wusste wer Zickchen war. Eine klapperdürre Frau um die 50 mit blonden Haaren und einem nicht vorhandenen Lächeln. Ich hatte sie mal auf einer Firmenfeier kennengelernt. Ich schaute Uwe an. Ein, wie ich hoffte, sexy Blick. Uwe bemerkte es und hob ein wenig seine Augenbrauen. Nicht die missbilligende Art, sondern die neugierige, interessierte Art.

»Musst du nicht präpariert werden?«

Uwe lächelte jetzt. »Gegen Zickchen muss man nicht präpariert werden. Die geht an niemanden ran. Ich glaube auch, die ist lesbisch!«

»Schade«, sagte ich. Uwe stand auf, zog sich sein Jackett über, gab mir noch einen Kuss. Ich versuchte, meinen Kuss leidenschaftlich zu gestalten. Aber Uwe entzog sich mir.

»Heute Abend«, sagte er. »Oder morgen früh.« Dann ließ er noch seinen Blick über mein sexy Outfit gleiten und ging aus der Tür. Wie ich solche Blicke genoss! Nicht nur die von Uwe. Auch die von den anderen. Aber nur Uwe durfte die Früchte ernten. Appetit unterwegs holen, Essen zu Hause, hieß das wohl. Mir war's recht, wenn er es denn nur endlich wieder tun würde! Ich machte dann noch ein wenig Ordnung und begab mich in mein

Geschäft. Es hieß Wooly Universum. Es handelt sich, wie der Name schon sagt, um ein Geschäft, in dem es allerhand mögliches und auch unmögliches aus Wolle gab. Das war sowohl was feines für die gehobene Dame als auch Allerweltssachen für Normalos und Jedermann, auch für Touristen war was dabei. Und natürlich die Einzelstücke von meinen Modeentwürfen. Die waren schon ziemlich teuer, trotzdem kaufte ab und an eine Kundin was davon, Männer kamen ja kaum. Ich hatte sechs Mitarbeiterinnen, die sich um die eigentliche Arbeit kümmerten, ich machte natürlich auch was, wenn Luft war, aber vor allem kümmerte ich mich um die Bestellungen, die Abrechnungen, die Rechnungen, und die Entwürfe, letzteres nahm auch die meiste Zeit in Anspruch. Ich war also nicht nur ein braves Hausmütterchen, welches zu Hause auf ihren Mann wartete. Kinder hatten wir ja nicht. Uwe wollte zwar welche, ich konnte aber keine bekommen wegen einer früheren Eierstockentzündung. Das Geschäft machte mich nicht reich, warf aber zumindest ausreichend was ab. Lief auch gut genug, um meine Angestellten so ordentlich zu bezahlen, dass sie nicht wegliefen. Und das Betriebsklima stimmte auch. Heute machte ich ein wenig eher Schluss, schließlich war ja nachher noch die Party.

Ich fuhr nach Hause, machte mich noch ein wenig frisch, zog auch einen neuen Slip an - einen BH hatte ich jetzt nicht um, denn auch das Oberteil wechselte ich, nahm eines dieser raffinierten Oberteile, weiß, dünn, hinter dem Hals zusammenlaufend. Das war aber noch so geschnitten, dass meine Möpse nicht zur Seite rausschauten. Das wäre bei der Party wohl nicht ganz angemessen gewesen. Kein Ahnung, ob Piere prüde war. Hatte er überhaupt eine Frau? Dann düste ich mich mit Unmengen an Parfüm ein, meiner Erinnerung nach war es eine halbe Flasche, in Wahrheit aber wohl viel weniger. Am Schluss zog ich noch eine Jacke über. So, nun war ich vorzeigbar. Da kam Uwe auch schon.
»Hallo Schatz!«
»Hallo mein Liebster. Duschst du noch? Oder nach dem

Vorher?«

Uwe war schlau genug, dass er mein Ansinnen verstand. »Ich habe es nicht vergessen. Keine Ahnung, vielleicht ist da ja Tanz, also eher hinterher.« Uwe gelte sich noch die Haare nach, düste sich auch ein, dann fragte er: »Können wir starten?«

»Yes, honey«, sagte ich, und Uwe grinste.

Wir nahmen natürlich seinen Wagen, das war ein Firmenwagen, eine Limousine, so ein glänzendes Ding in dunkel-schwarz, wie bei fast allen Leuten. Eigentlich hasste ich es, weil man auf den Parkplätzen stets am Suchen war welches der 200 dunklen Autos denn das eigene war. Nicht ohne Grund hatte ich so einen kleinen gelben Flitzer. Mir reichte der und ich fand damit auch fast immer einen Parkplatz.

Uwe griente mich an. »Sag nichts!«

Ich sagte nichts. Ich sang und wandelte das bekannte Kinderlied ab. »Schwarz, ja schwarz sind alle meine Autos, ich such sie auf dem Parkplatz, aber find sie nicht.« Uwe schaute kurz zu mir hin. Er war amüsiert. »Gelb, ja gelb ist mein schönes Auto.« Uwe schaute in einer Art nach vorn, dass ich glaubte zu wissen was er erwartete. Ich würde ihm einen Strich durch die Rechnung machen. »Ich such es auf dem Parkplatz, aber 's ist je-klaut.« Uwe lachte auf. Er liebte meinen Humor. Und er liebte es, wenn ich ihn überraschte. So wie eben. Und ich liebte ihn auch. Die Fahrt dauerte zehn Minuten, dann waren wir schon da. Jetzt hatte ich doch ein wenig Herzklopfen. Wie würde Piere wohl sein? Uwe klingelte. Er hatte den Knopf noch gar nicht losgelassen, da wurde die Tür schon geöffnet und ein Diener machte auf.

»Hallo Piere«, sagte Uwe. Ich fiel sofort aus allen Wolken. Piere sah aus wie höchstens 25, piekfein zurechtgemacht, deshalb hatte ich ihn auch erst für einen Diener gehalten. Wie ich dann erfuhr, war er aber 29.

»Kommt rein! Deine Frau?« Uwe nahm mir die Jacke ab, und Piere warf einen anerkennenden Blick auf mich. So einen Raubtierblick, der das raubtierhafte im Mann versuchte zu verstecken. Ich sah aber trotzdem, dass sein Blick für eine hundertstel Sekunde über meinen so schön präsentierten Busen glitt.

»Hallo, ich bin Sandra«, sagte ich, und Piere nahm meine Hand und küsste darauf.

»Ich bin Piere. Kommt rein ins Wohnzimmer!« Wir gingen hinein und nach wenigen Metern kam uns ein Geschöpf entgegen. Einerseits schon fein angezogen, andererseits so wie eine nicht ganz geglückte Kopie von Cindy Lauper. I just wanna have fun, kam mir sofort in den Sinn. Sie schien vielleicht so etwa 22 Jahre alt zu sein. Sie war nicht besonders groß, relativ schlank, blondierte Haare, diese etwas struppig, dunkelblaue, aber wache Augen, die Augenpartie echt toll geschminkt, und künstliche Wimpern, aber die zurückhaltende Variante. Sie war also, so wie Uwes Chef Piere auch, nicht so die Person, die ich erwartet hatte. Er stellte uns vor und Evelyn gab uns ganz artig die Hand. Piere führte uns zu einer Sitzecke. »Nehmt Platz. Ich hole gleich Getränke für euch und Evelyn holt die Gläser.« Der Blick, den sie Uwe zuwarf, der entging mir nicht. Sie ist also auch eine Jägerin, dachte ich. Ich muss mich vorsehen! Uwe muss sich vorsehen! Piere verschwand in einen Raum, offenbar die Küche, und Evelyn auch.

Ich zischte: »Die ist so jung. Wusstest du das?«

Uwe sagte: »Ja, klar. Hab sie schon einige male von weitem gesehen, als sie Piere in der Firma besucht hatte.« Da kam Evelyn auch schon wieder mit einigen Gläsern. Die mussten schon bereitgestanden haben, so schnell wie das ging. Es waren Sektgläser und normale Trinkgläser. Nichts teures. Sie wollen nicht protzen dachte ich, und schrieb +1 in die Punkteliste. Evelyn stellte lächelnd jedem zwei Gläser hin. »Piere kommt gleich«, sagte sie, und setzte sich in einen Sessel gegenüber von uns. Dabei zog sie die Beine seitlich an, und hielt sie mit einer Hand fest. Als sie einen Moment nicht herschaute, trat ich Uwe leicht ans Schienenbein. Er schaute überrascht zu mir hin und ich schüttelte kaum merklich den Kopf. Er musste es verstanden haben. Evelyn hatte schon beim Hinstellen der Gläser einen super Blick in ihr Reich gegeben. In ihr Glockenreich, dank ihrem recht weitem Oberteil, und ich hatte gesehen, dass Uwe es genossen hatte. Hoffentlich hatte sie nichts gemerkt. Aber wie ich Frauen so kenne, hatte sie überall ihre Augen. Geht mir ja auch so. Ich spüre es einfach.

»Mit dieser Art zu sitzen solltest du aufpassen. Ein Bekannter hat sich bei so etwas ähnlichem das Knie kaputt gemacht.«

Sie war kurz erschrocken. »Wirklich?«

»Ja, wirklich. Man kann da Sehnen überdehnen.« Sie setzte sich jetzt anders hin.

Piere kam jetzt auch mit den Getränken wieder. »Wer fährt?«, fragte er. Uwe hob den Finger. »Möchtest du Orangensaft oder Orangensaft?«, fragte Piere ihn.

Uwe griente. »Weder noch. Ich nehme O-Saft.« Piere griente nun auch und goss den Orangensaft in Uwes Sektglas ein, dann mir, Evelyn und sich Sekt.

»Wer kommt denn noch?«, fragte ich, da mir auffiel dass keine weiteren Gläser da standen.

»Eigentlich nur wir. Nachher kommen aber noch Frau Schätzky und Julian, weil wir noch kurz einen Plan durchgehen müssen, der morgen abgegeben werden muss. Keine Angst, es dauert nur eine halbe Stunde.« Er hatte wohl meine Sorgenfalten gesehen. Immer diese Meetings. Aber es musste wohl wirklich wichtig sein. »Cheers!« Wir stießen alle an, dann holte Evelyn noch einige Häppchen, und der Smalltalk begann. Wie üblich erfuhr man dabei nichts weltbewegendes, aber es war zumindest lustig. Also, Piere war lustig. Evelyn hing eigentlich nur die ganze Zeit an seinen Lippen und sagte selber nur recht wenig. Schließlich klingelte es. Piere ging hin. Zwei Leute kamen rein, ein Jungspund, durchaus modisch und auch flott angezogen, und Zickchen. Frau Schätzky. Irgendwie hatte sie wohl auch selten Feierabend, aber dafür wurde sie, soviel ich wusste, auch gut bezahlt. »Ach, ihr kommt ja zusammen. Seid ihr jetzt ein Paar?«, fragte Piere ironisch.

Der Jungspund griente und schaute zu Zickchen. »Seit 30 Minuten«, sagte er, und Zickchen grinste. Sie grinste tatsächlich! Ich hatte gedacht, Zickchen versteht keinen Spaß, aber so war es wohl gar nicht.

»Wisch dir mal den Lippenstift weg«, sagte sie zum Jungspund, und der wurde echt rot! Ich war mir aber sicher, da war nichts. Zickchen war etwa hundertmal zickiger als ich. Daher hatte sie auch ihren Spitznamen. Die beiden traten an uns heran.

Piere stellte mir den jungen Mann vor. »Julian: das ist Uwes Frau Sandra. Sandra: Das ist Julian, und Regina kennst du ja schon. Julian, Regina: das ist meine Freundin Evelyn.« Beide gaben mir die Hand und Evelyn ihnen dann auch.

»Komm mit, wir müssen verduften«, sagte jetzt Evelyn zu mir. Ach ja, die kurze Besprechung. »Komm mit in mein Elfenreich«, sagte Evelyn, kicherte, und ging die Treppe hoch. Ich folgte. Ich konnte jetzt unter ihren Rock schauen, man sah aber nur eine dünne, blickdichte Leggins. Aber ein Mann hätte seinen Blick sicher länger darauf gelassen als ich. Wir landeten in einem Zimmer, welches sich als Schlafzimmer entpuppte. Ihr Schlafzimmer. Dachte ich zumindest. Es sah ein wenig poppig aus, was heißt ein wenig, es sah sehr poppig aus.

»Ihr habt getrennte Schlafzimmer?«, fragte ich.

»Was? Nee. Natürlich nicht! Piere schläft auch hier.«

»Und das erträgt er?«

»Natürlich. Wir machen hier keine Besichtigungen. Was anderes, wenn er hier ist.« Ich verkniff mir die Frage, was sonst, da ich die Antwort zu kennen glaubte. Vermutlich würde es irgendwo zwischen 'vögeln' und 'vögeln' liegen. »Findest du mich zu jung?«, fragte sie.

»Nein. Zu Piere passt du gut.«

»Wusstest du das nicht?«, fragte sie.

»Was? Das er eine Freundin hat?«

»Nee. Dass er so jung ist. Wir so jung sind.«

»Nein. Wusste ich nicht. Uwe hat es nicht gesagt.«

»Ist das Schlimm?«

»Nein, gar nicht!«

»Manchmal ist das hier meine Spielwiese«, sagte Evelyn.

10

»Was spielst du denn hier so?«

»Na, ich probiere Klamotten an.«

»Hast du viele?« Evelyn antwortete nicht, sondern öffnete den Kleiderschrank. Da hingen echt viele Sachen und ein paar volle Fächer für liegende Sachen gab es auch.

»Am liebsten spiele ich aber damit«, sagte Evelyn, öffnete eine breite Schublade, und schmiss alles, was da drin war, auf das Bett. Ich erschrak fast. Es waren alles Dessous. Durchaus schöne Dessous. Also welche, die nicht gut zum aktuellen Outfit von Evelyn passen würden. Sie hatte also, anders als erwartet, mehrere Nuancen in ihrer Persönlichkeit. Auf ein mal fing sie an, sich auszuziehen. Ich wurde rot und wollte wegschauen, konnte aber den Blick nicht von ihr wenden. Immer mehr eines wunderschönen, makellosen, fast mädchenhaften Körpers kam zum Vorschein. Sie war vielleicht nicht groß, aber attraktiv war sie, wenn man auf kleine Frauen stand und sich ihre strubbelige Frisur wegdachte. Natürlich hatte sie kleine Brüste. Zumindest kleinere als meine. Und natürlich bemerkte sie meinen Blick.

»Gefallen sie dir?«, fragte sie mich.

Ich biss mir auf die Lippe, und sagte: »Meine sind zwar größer, aber deine sind schöner. Viel straffer.«

Sie seufzte. »Ich hätte aber lieber so große wie du UND straffe.«

»Ist das der Wunsch von Piere?«

»Nein. Ich will das. Aber Piere guckt immer. Zu ... na du weißt das sicher auch.«

»Frauen mit großen Brüsten!«

»Genau so ist es.«

»Du solltest trotzdem bei deinen bleiben. Schließlich hat dich Piere ja sicher genau auch deswegen ausgesucht.«

»Das hat er nicht!«

»Hat er nicht?«

»Nein. Ich habe ihn ausgesucht.« Evelyn kicherte. »Zu der Zeit hatte ich sogar mehrere Freunde.«

»Na ja, Piere war ja sicher die beste Partie von allen, oder?«

»Ja, aber nicht deswegen, was du denkst.«

»Was denke Ich denn?«

»Wegen seinem sozialem Status. Geld. Vermögen ...«

»Nein, nicht? Was sonst?«

Evelyn rutschte nahe an mich ran und flüsterte, so als ob das sonst andere Leute hören könnten: »Er hatte von allen den größten Schwanz!«

Mir blieb nicht nur die Sprache weg, sondern auch die Spucke. Ich wusste schlicht nicht, was ich dazu sagen sollte. »Bist du jetzt pikiert?«, fragte Evelyn jetzt überflüssigerweise.

Ich konnte nur nicken. »Ein wenig«, schob ich noch hinterher.

Evelyn fing jetzt an, sich das erste Dessous anzuziehen. Ein himmelblaues Set. Es dauerte bestimmt fünf Minuten, dann war sie fertig, und drehte sich um ihre Achse, durchaus aufreizend. Eigentlich sah sie zum Anbeißen aus, zumindest wenn man ein Mann war. Ich war aber keiner.

»Steht es mir?«, fragte Evelyn.

»Es steht dir sehr gut!«

»Schade, dass du eine andere Größe hast, sonst könntest du ja auch mal was probieren. Ich schätze, weinrot würde gut zu dir passen.« Evelyn zog sich das Set wieder aus, aber nur, um sich nun ein anderes anzuziehen. Ein schwarz gemustertes, das sogar einen dieser Strapsgürtel hatte. Und zog sich nun auch tatsächlich solche Nylons an. Schwarze. Welche, die oben so eine Spitzenverzierung hatten. »Na, sieht gut aus, oder? Nur die Farbe passt nicht. Das wäre etwas für dich. Wenn es eine andere Größe hätte und …«

Ich schnitt ihr das Wort ab. »Uwe braucht doch so was nicht. Nur mich. Glaube ich.« Was erzählte ich hier? Ich hatte mit Uwe nie darüber gesprochen. Das war eine Vermutung, von der ich annahm, dass sie wahr ist. Mehr nicht. Mir fiel auch plötzlich ein, dass Uwe beim Durchblättern der Prospekte immer auffällig lange bei den Dessous Seiten verweilte. Könnte es vielleicht doch so sein?

»Die Männer stehen drauf. Also, Piere auf jeden Fall. Der steht da wirklich unheimlich drauf!«

»Ja, scheint wohl so.« Ich hoffte, damit das leidige Thema durch zu sein, aber Evelyn zog die Sachen erneut aus, um sich schon wieder neue anzuziehen. Dieses mal gelbe. Quitte-Gelbe. Auch die Strümpfe in gelb. Ich konnte nicht umhin mir einzugestehen, dass sie darin wirklich sexy aussah. »Schick«, sagte ich daher.

In Evelyns Gesicht kam aber ein klein wenig Enttäuschung.

»Nicht sexy?«

»Klar sieht das sexy aus! Uwe wird dich ... äh, also Piere wird dich sicherlich überfallen in dem sexy Ding!« Wie konnte mir das nur passieren?! Die machte mich völlig nervös!

»Na dann! Ich zieh mir aber lieber erst einmal wieder unverfänglichere Sachen an, ja?« In diesem Moment klopfte es an der Tür, und Piere steckte seinen Kopf hinein.

»Schatz, ihr könnt wieder koooo ... oh! Für mich?« Sein Blick fiel jetzt auch kurz auf mich und sicher hatte ich jetzt wieder einen hochroten Kopf bekommen, wie ich an der aufsteigenden Hitze unschwer erkennen konnte.

»Na klar, aber später!« Evelyn warf einen verschwörerischen Blick zu mir. Piere machte die Tür nun wieder von außen zu. Evelyn zog sich jetzt wieder aus und ihre normalen Sachen von eben wieder an. Puh, Situation gemeistert. Nicht ganz schadenfrei, aber wohl noch akzeptabel. »War dir das peinlich?«, fragte Evelyn jetzt auch noch.

»Na ja, ein wenig schon. Ich fand es ... unüblich.«

»Schlimm?«

Ich schüttelte den Kopf. »Nein, schlimm nicht. Ist ja nichts passiert.« Wir gingen nun zusammen die Treppe herunter. Uwe saß da noch mit Piere und Zickchen, die auch ein Glas Orangensaft in der Hand hatte. Es war aber fast leer. Der andere war wohl schon gegangen. Ich war froh erst mal von Evelyn erlöst zu sein und sprach Regina an. Zickchen durfte ich natürlich nicht zu ihr sagen. »Na, Regina, lange nicht gesehen. Irgendwie gehörst du ja auch zum Firmeninventar, oder?« Regina warf mir einen ihrer berühmten Gesichtsausdrücke zu, bei denen man beim besten Willen nicht erkennen konnte, welche Emotionen es ausdrücken sollte, und sagte: »Ich bin sozusagen die Firma!«, gefolgt von einem leichten Lächeln.

»Ich wusste ja gar nicht, dass du auch Scherze machen kannst!«, setzte ich nach.

»Welchen Scherz meinst du?«

»Na, das von vorhin. Mit dem … ähm … Julian.«
Regina AKA Zickchen lächelte erneut. Ganz neue Facetten ihrer Persönlichkeit! »Das war kein Scherz!« Urplötzlich schaute sie richtig streng, um danach loszuprusten. Dann kicherte sie. »Ich glaube, mein Chef hat mir Alkohol in den Orangensaft getan. Ich vertrage nämlich keinen!« So langsam glaubte ich das auch. Also beides, das mit dem Rein-Getan-Haben, UND das mit dem Nicht-Vertragen.
»Hast du?«, fragte ich Piere.
Uwe setzte nach »Und, hast du?«
»Nein! Aber von dem vielen Arbeitskram kann man schon besoffen werden!«
Regina sagte: »War auch nicht ernst gemeint. Wollt nur mal zeigen, dass ich auch anders kann. Ich bin eigentlich nicht so, wie ihr alle denkt. Kein Zickchen!« Wir schaute uns betreten an, also zumindest Uwe und ich, die anderen kannten wohl ihren Spitznamen noch nicht. »Ich finde ihn gut. Passend«, sagte Regina. »Ich geh dann mal. Also fahre. Hab ja nichts getrunken. Hicks.« Sie winkte noch und ging. Sexy Gang. Auch das hatte ich noch nie von ihr gesehen. Auch das Outfit passte dazu. Ein wirklich hautenger Rock und darüber ein Strickoberteil.
Uwe fragte Piere, als Regina draußen war: »Wie hast du das denn geschafft?«
»Wir waren gestern in einer Bar. Ganz friedlich natürlich. Da ist sie dann aufgetaut.«
»Und danach?«, fragte Evelyn.
»Danach bin ich zu dir. Musst du doch gemerkt haben!« Evelyn wurde rot, antwortete aber nicht. »Ich finde, auch im Geschäftsleben sollte man nicht so verbissen sein. Das habe ich Regina klipp und klar gesagt. Und sie hat gesagt, sie versucht das zu beherzigen.«
»Ist dir ja gut gelungen«, sagte Uwe. »So locker wie eben mag ich sie auch lieber.«
»Ob die wirklich was mit diesem Julian hatte?«, fragte ich.
»Wer weiß! Also angehimmelt hat er sie schon. Und wenn, dann gönne ich es ihr.« Uwe sah meinen Blick. »Nun schau nicht so! Auch reife Frauen dürfen einen jüngeren Liebhaber haben!«

»Was ist denn mit euch?«, fragte Piere.

»Bei uns war es ganz anders«, sagte ich.

Uwe griente. »Wir sind gleich alt. Auf den Tag genau.«

»Dann tickt ihr komplett gleich?« Man sah, dass Piere auf diese Frage keine ehrliche Antwort erwarten würde.

Ich kam Uwe zuvor: »Nee, Uwe spinnt manchmal«, antwortete ich daher, aber in einem Ton, dass jeder wusste, dass es ein Scherz sein müsste.

»Na warte!«, sagte Uwe zum Spaß.

Piere verschwand dann in die Küche, um Essen zu machen, sagte aber, dass es nicht lange dauert, da alles schon vorgekocht war. Wir unterhielten uns dann mit Evelyn über ihren Werdegang, erfuhren, dass sie nicht studiert hat, aber eine Ausbildung zur Fachverkäuferin für Bekleidung gemacht hatte. Dort hatte Piere sie dann auch kennengelernt. Evelyn kicherte.

»Wollt ihr nicht wissen, in welcher Abteilung?«, fragte sie, und schaute dabei zu Uwe hin. Mit ihrem strahlendsten Lächeln. Ich ahnte schon, worauf das hinauslief oder hinauslaufen würde. Sie wollte damit angeben und Uwe schocken.

»Na ist doch einfach, in der Dessousabteilung«, antwortete ich, einfach um Uwe zuvor zu kommen.

Evelyn schaute mich erstaunt an. »Woher weißt du das denn?«

»Hab ich erraten. War ja nicht so schwer. Deine Sammlung.«

»Ach so, ja.« Evelyn warf einen Blick zu Uwe. War es ein abschätzender Blick, um zu klären welche Wirkung sie bei ihm erzielt hatte?

»Macht Piere das immer so? Also Dessousverkäuferinnen zu becircen?« Ich wollte ihre Aufmerksamkeit von ihm wegziehen.

»Nee. Er hatte ja ein Dessous gekauft. Für seine Freundin. Und er meinte, dass die ja leider so etwas eigentlich gar nicht mag. Und dann hatte ich ihm gesagt, dass ich so was liebe. Und schon hatte ich eine Einladung von ihm zum Essen.«

»Und seine damalige Freundin?«

»Der hat er dann den Laufpass gegeben. War auch richtig. Die hatte zwar Geld, aber bei der wäre er ja versauert.«

»Na, da habt ihr euch ja gefunden. Zwei Dessousliebhaber.« Uwe sagte das, und zwinkerte mir zu. Und ich dachte dabei an die

Anzahl der Dessous in meiner Schublade. Stolze Null Stück lagen da. War das ein Fingerzeig von Uwe?

Prompt kam die Frage von Evelyn: »Wie viele hast du denn?« Jetzt war guter Rat teuer, wie man so schön sagt. Was könnte ich dazu zählen? Strumpfhosen? Slips, die irgendwas anderes sind als Baumwollslips? BH's mit Spitze? Ich rechnete und kam auf acht. »Acht Stück«, sagte ich stolz. Uwes Stirn kräuselte sich. Immer bei so was tat seine Stirn das, zumindest oft. Es war die unterschwelligste Art der Verwunderung oder Verärgerung, die Uwe konnte.

»Dessous?«, fragte er. »Kenne ich die?«

Jetzt wurde ich rot. Sicherlich sehr sehr rot. »Na Strumpfhosen, und äh, schicke Slips und so.«

»Dessous sind das aber nicht«, sagte Uwe. Ich war froh dass Uwe das sagte und nicht Evelyn. Sie schaute mich auch merkwürdig an. Ich wurde vor weiteren Peinlichkeiten gerettet, da jetzt Piere mit dem Essen kam. Wieso musste mir so was immer passieren? Ich hasste es, wenn ich so im Mittelpunkt stand. Und schon gar nicht wegen einer Lüge, oder so eine Art von Lüge.

Wir hatten erst einmal zu tun die Schüsseln und Schälchen zu sortieren die Piere reinbrachte, und das schönste war, der Fokus war nun nicht mehr bei mir. Und dann kamen die Teller. Eine Augenweide! Schön kross gebratene Hähnchenbrustfilets, eine hellbraune Soße, darüber etwas weiße Spritzer ... war es Mayonnaise? Dazu waren mehrere Sorten Gemüse, immer nur kleine Häufchen, alle mit verschiedenen Kräutern garniert und auch zwei bis drei echte Blüten darauf. Und in den kleinen Schüsseln waren Beilagen, die ebenfalls schön verziert waren, ebenfalls der Reis, die Kartoffeln. Und dann gab es noch verschiedene Arten von Kroketten, oder wie man das nennt. Es sah nicht nur schön aus, sondern duftete auch super gut.

»Piere, an dir ist ein Sternekoch verloren gegangen«, kam ich nicht umhin, ihn schon vor dem Kosten zu loben.

Piere lächelte mich an. »Ich habe Koch gelernt und das auch einige Jahre gemacht. In St. Johann in Südtirol.«

»Echt jetzt? Und jetzt Chef einer Firma? Ging das denn so

einfach?« Ich war ein wenig skeptisch.

»Einfach nicht. Das Kochen hatte mir Spaß gemacht. Aber die Arbeitszeiten! Ich habe mich dann weitergebildet und BWL studiert, im Abendstudium kann man ja nicht sagen, das ging nur frühmorgens. Dann war ich zwei Jahre Controller in einer Baufirma, ein Jahr Geschäftsführer einer Messe, und dann hatte ich mich hier bei MattsInvest beworben, und ja, da bin ich. Lasst es euch schmecken!«

»Danke!« Wir spachtelten alle los und eine halbe Stunde später hingen wir alle so ziemlich durch. Total gesättigt, kurz vorm Platzen. »Ich kann nicht mehr. Piere hat zu gut gekocht«, stöhnte ich, als mir Evelyn noch ein zweites Dessert herüberschieben wollte. Ja, ich gebe zu, ich habe fanatisch drauf gestarrt, weil das erste so wahnsinnig gut geschmeckt hatte, aber ein weiteres ging wirklich nicht mehr rein.

»Piere ist einfach der Beste!«, sagte Evelyn. Ob es generell gemeint war, oder seine Kochkünste, oder sein großes Ding, ließ sie offen. Falls sie letzteres meinte, glücklicherweise, für mich. Das hätte noch gefehlt, hier so im Tischgespräch. Mein Gott, was habe ich auf ein mal für Gedanken? Ich habe doch sonst nicht ständig an Sex gedacht oder Alltagssachen auf etwas sexuelles übertragen. Uwe müsste aber wirklich bald mal. Vielleicht würde es dann wieder besser werden für die nächsten Tage.

Evelyn klatschte in die Hände. »Bleibt alle sitzen oder geht doch auf die Couch, ich räume ab, mache klar Schiff.« Sie war also nicht nur ein mobiler Kleiderständer für Piere, packte auch mal mit an, wenn nötig.

»Danke, Evelyn«, sagte Piere, und wir setzten uns um. Evelyn kam dann später wieder hinzu, wir machten noch ein wenig Smalltalk, und gegen Mitternacht machten wir uns auf den Weg nach Hause. Wir machten uns bettfertig.

Ich lag im Bett auf dem Rücken und Uwe kam dann nach. Ich konnte es nicht sehen, spürte aber dass er mich ansah. Aha, es war wieder soweit. Endlich. Schon kam seine Hand herüber zu mir, fing an, mich zu erforschen. Gut, er kannte alles schon, tat aber immer so als entdecke er es das erste mal, mit kindlich naivem Erstaunen. »Schöne Hügel«, sagte er, als er bei meinen Brüsten angekommen war.

»Würdest du so etwas auch haben wollen?«, fragte ich etwas unpassend zu seiner Aussage.

»Was denn haben wollen?«, kam die erwartbare Gegenfrage von Uwe.

»Dessous. Würde du gerne Dessous haben wollen? Ich meine, natürlich an mir.«

Uwe lächelte mich an. »Ich würde auch nicht gerne selbst welche anziehen wollen.«

»War das jetzt ein ja?« Ich war durchaus bereit, Uwe so einen Wunsch zu erfüllen. Ich war ja schließlich eine moderne Frau. »Ja, warum nicht?« Nun, das war kein eindeutiges ja, aber immerhin. Es war wohl so, er würde es gerne wollen, traute sich aber nicht, es zuzugeben. Ich beschloss, mich mal damit zu beschäftigen. Dann spulte Uwe sein bewährtes Programm ab und eine halbe Stunde später war ich endlich wieder zufrieden, mein Körper und meine Seele hatten ihr Soll bekommen. Anschließend streichelten wir uns noch ein wenig. »Hatte sie dir gefallen?« Ich sah Uwes verständnislosen Blick. »Evelyn? Hatte sie dir gefallen?«

Man sah Uwes Blick nach innen wandern. Fragte er sich gerade, was er gefahrlos preisgeben könnte? »Sie sah nett aus. Aber sie ist irgendwie noch unreif. Kein Vergleich mit dir!« Er küsste mich und ich war erst ein mal beruhigt. Uwe würde mich niemals anlügen, dachte ich.

Die weiteren Wochen liefen erst ein mal normal weiter wie immer, unterbrochen nur durch einen Kurzurlaub auf Sylt, bei dem Uwe wegen einer Dienstreise nicht mit konnte, aber irgendwann erinnerte ich mich an einem Feierabend an die Sache mit den Dessous. Ich entdeckte die Haustelefonnummer von Piere in Uwes Notizbuch und rief an. Es ging nur die Sprachbox ran.

Ich sprach drauf: »Hi Evelyn, ich wollte mich noch mal melden wegen deinem Angebot wegen der Dessous, hast du Lust mit mir zusammen was auszusuchen? Ich bin relativ flexibel mit der Uhrzeit und …«

In dem Moment nahm jemand den Hörer ab. »Hallo Sandra, bist du das?«

»Ach, du bist ja doch da.« Ich weiß nicht wieso, aber mein Herz klopfte ungewöhnlich stark.

»Ja, ich hatte gerade einen Film geschaut und …« Ja, man hörte etwas. Aber es hörte sich eher an wie … na ja, nicht wie so ein normaler Film. Andererseits konnte ich mir nicht vorstellen, dass eine Frau so etwas schaut, selbst bei Evelyn nicht.

»Soll ich ein anderes mal?« Irgendwie bekam ich jetzt doch ein wenig Angst vor mir selber. Oder war es vor Evelyn?

»Nee, komm mal einfach vorbei, und dann fahren wir los. Komm einfach rein, ich lasse die Tür offen.«

»Gut, mache ich.« Ich machte mich noch ein wenig zurecht, dann fuhr ich los. Nachdem ich dort an kam ging ich ins Haus rein. Die Haustür war tatsächlich nur angelehnt.

»Bin oben«, rief es von dort. Die mussten dort eine Video-Überwachung haben. Ich ging die Treppe hoch zu Evelyns 'Elfenreich'. Wieder gab es so merkwürdige Geräusche. Als ich ins Zimmer reinging, traf mich fast der Schlag. Evelyn lag im Bett mit einem pinken Dessous auf der Seite, und schaute einen Film. Es war kein gewöhnlicher Film. Ein Mann mit grauen Haaren war gerade dabei, eine junge Frau zu knallen. Ich hoffte, die war schon volljährig. Evelyn hatte eine Hand zwischen ihren Beinen und schien sich dort zu verwöhnen. Der Grauhaarige war gerade so weit und spritzte der Frau alles in den Mund, die das aber sogar zu genießen schien, zumindest sah es so aus. Ich fand es super-eklig. Dann stellte Evelyn den Film aus. »Na Sandra, hat dich das schockiert?«

»Ja, so ziemlich. So was guckst du?«

»Hast du doch gesehen!« Aus Evelyns Gesicht war nichts zu entnehmen.

»Und so was erregt dich? Mit Orgasmus?«

»Nee, soweit mache ich es nicht. Dafür habe ich doch Piere. Es dient nur der Luststeigerung vorher.«

»So ein alter Knacker macht dich an?« Auch meine Stirn kräuselte sich jetzt sicher.

»Liebe oder besser Lust kennt keine Altersunterschiede! Wollen wir los? Ich zieh mir nur schnell was über.« Sie ging zum Schrank und suchte sich Sachen raus. Ich hatte mittlerweile damit zu tun, den Schock zu verdauen. Und damit, dass mein Körper, genauer gesagt meine Lustzonen, eine ganz andere Meinung von den gesehen Szenen hatte als ich. Ich spürte ganz deutlich dass es kribbelte, ich unten feucht wurde, und meine Nippel erigierten. NEIN! Das bin ich nicht! Ich bin doch nicht so eine! Mein Gehirn und meine Lustzonen begannen einen Kampf. Als Evelyn mit dem Anziehen fertig war, da war er entschieden. Trotzdem ärgerte ich mich ein wenig über die Hartherzigkeit meines Gehirns. Des vernünftigen Teils meines Gehirns. Evelyn war fertig. Sie hatte wieder recht luftige Sachen angezogen, aber das Dessous drunter gelassen.

»Gehst du oft so mit Dessous drunter aus dem Haus?« Ich konnte es kaum glauben.

»Ja, eigentlich ganz oft. So fühle ich mich richtig als Frau! Wollen wir? Nehmen wir dein Auto?«

»Ja, fahren wir!« Der Einkauf war dann ganz passabel und ich hatte nun zwei Neuerwerbungen, ein purpurnes Bodyset und ein fliederfarbenes Dessous mit Nylonstrümpfen. Erst war ich skeptisch, aber dann gefiel ich mir sogar darin. Ich fuhr Evelyn dann noch nach Hause, bedankte mich, und fuhr dann zu mir. Die Sache mit dem Film sprach ich nicht noch einmal an.

Es würde einige Zeit dauern, bis Uwe von der Arbeit kommen würde. Das Kribbeln kam wieder. Was soll ich nur tun? Ich zog mich aus, das Bodyset an, und verwöhnte mich selber. Das hatte ich schon ewig nicht mehr gemacht. Es musste was her. Einen Vibrator hatte ich nicht. Da fiel mein Blick auf diese Kerze. Ich griff mir diese und führte sie an mein Heiligtum. Und ich verschmolz im Nu mit Gott. Zumindest mit dem Gott der Lust.

20

Das war ja total geil! Es kribbelte immer mehr und ich entdeckte erogene Zonen an mir, für die ich mich schämte. Am Damm und am Poloch war es am schönsten! Ich schrie auf und kam zitternd, mit einer Wucht wie nie! Und eine ganze Weile verwöhnte ich mich weiter, konnte einfach nicht aufhören. Ich verstand nicht, was mit mir passiert war. War es der gesehene Film? Das Dessous an meinem Körper? Die Verwöhnaktion mit der Kerze? Von allem ein wenig? Ich wusste es nicht. Ich blieb einfach so liegen, und schlief ein.

Als ich wach wurde, war es schon hell. Ich war zugedeckt. Uwe lag neben mir und schaute mich grienend an. »Hast du Lust, mich zu verführen«, sagte er anstatt des sonst üblichen 'Guten Morgen'. Er zog mir mit einem Ruck die Decke weg. Ich sah den purpurnen Body. Ach ja, da war ja was! Uwe wartete aber meine Antwort nicht ab, sondern fing an, meinen Körper mit Küssen zu verwöhnen. Das machte er nicht so oft. Auffallend oft schaute er sich den Body an und ließ seine Hände über den edlen Stoff gleiten. Stand er da etwa doch drauf? Ich hatte mal versucht Uwe Details zu seinen Wünschen zu entlocken, da hatte er ziemlich rüde dicht gemacht und ich es deshalb nicht noch mal versucht. Ich nahm seinen Freudenspender zwischen meinen Füßen gefangen. Seinem Stöhnen nach zu urteilen, war es genau die richtige Variation. Aber viel zu schnell hörte ich an seiner Reaktion, er würde kommen, und so war es dann auch. Er kam über meine Füße. Dann kam er hoch und küsste mich, leider ging ich dann leer aus, da Uwe gleich los musste. Natürlich war ich enttäuscht, ließ es mir aber nicht anmerken. Ich hatte ja gestern schon einen unerwarteten Orgasmus gehabt, da hielt es sich also in Grenzen. Auch ich musste dann zu meinem Laden fahren.
Gegen Mittag bekam ich einen Anruf von Uwe. »Du Schatz, ich muss leider spontan für ein paar Tage verreisen!«
»So, wohin geht es denn diesmal?«
»Nach Marseille. Wir haben da eine neue Zweigstelle und da muss ich allerhand einrichten und auf den Weg bringen.«
Mist. Aber es war nicht das erste mal, dass so etwas spontan

passierte. »Aha, und wann kommst du wieder?«

»Ich hoffe Samstag Nachmittag. Ich melde mich dann von dort, ja mein Schatz?«

Hmm, heute war Dienstag. Nicht schön, aber eine erträgliche Zeitspanne. Aber ich hatte jetzt ja etwas, mit dem ich dafür sorgen könnte, dass er nicht überzieht. »Nur per Telefon?«

»Nee, wir skypen. So können wir uns sehen.«

»Okay Uwe, dann viel Erfolg. Heute Abend dann um sieben?« Wenn er auf Reisen war, nahmen wir fast immer diese Zeit.

»Ja, ich versuche es einzurichten!« Er legte auf. Natürlich gefiel mir das nicht, hatte ich doch auf ein Nachspiel gehofft und wollte heute das andere Dessous einweihen, aber so etwas brachte sein Beruf nun mal mit sich. Ich wusste gar nicht, was genau er da machte, soviel ich weiß war er nicht nur die rechte Hand von Piere, sondern machte da auch prokuratorische Tätigkeiten. Am Abend rief er dann recht pünktlich an. Ich hatte mich aber schon in Schale geschmissen. Dieses mal in dem anderen Dessous. Das Bild zeigte das übliche Hotelzimmer im Hintergrund und ihn mit 0,5-Tage-Bart. »Hallo Schatz, wie ... ohhh ...ohhh Sandra! Ich kann es kaum glauben was ich da heute vermissen muss.«

Genau auf so eine Aussage hatte ich natürlich gehofft. »Willst du mir zusehen?«

»Wobei denn zusehen?« Immerhin, seine Neugier war geweckt.

»Wie mich ein anderer Mann nimmt.« Das meinte ich natürlich nicht im Ernst, sondern ich hatte dabei einen ganz anderen Gedanken, genoss es aber ein klein wenig zu sehen dass er es jetzt tatsächlich mit der Angst bekam.

»Sandra!«

Nun würde ich aber ein klein wenig die Schärfe aus der Unterhaltung nehmen. Nicht jedoch aus dem, was er gleich zu sehen bekommen würde. »Er kann es mit dir nicht aufnehmen, aber du bist ja nicht da!«

»Hä?« Lächelnd holte ich die Kerze raus, tat so, als ob sie ein Freudenspender wäre, an dem ich lutsche, dann führte ich diese in mein Höschen und spielte wieder mit mir, wie schon gestern Abend. Es fühlte sich wieder gut an, aber ich wollte es nicht bis zum Orgasmus treiben, tat Uwe gegenüber aber so. Die ganze Zeit sagte er nichts, schaute nur staunend zu, und am Schluss sagte er »WOW. War der jetzt echt?«

»Nein, es war ein unechter Sch... Geschlechtsteil«, sagte ich lächelnd.

»Ich meine doch deinen Höhepunkt!«

Ich lachte. Es ist immer wieder toll, wie einfach es ist, Männern vorzuspielen man hätte einen echten Orgasmus gehabt. »Nee, den habe ich simuliert. Bist du jetzt zufrieden?«

»Nein, aber erleichtert.«

»Wollte ja nur dafür sorgen dass du pünktlich zurück bist.« Ein leichter Schatten fiel auf sein Gesicht und seine Mundwinkel verzogen sich. Damals nahm ich das nicht so wahr, aber es waren erste Anzeichen. Wir quatschten dann noch belangloses und verabredeten uns wieder für morgen zum Telefonat. Das lief dann aber anders ab als gedacht. Erst einmal war Uwe viel später online als verabredet, und dann wirkte er fahrig, und unkonzentriert, so als ob ihn irgendwas belastet. Ich kannte das allerdings von ihm, wenn wichtige Sachen in der Firma anstanden, deshalb machte ich mir da keine Gedanken. Und schon in der Mitte des Gespräches über eher banale Themen quälte ich mir wieder ein erstes Lächeln heraus. Ein wenig mulmig war mir dann doch zumute. Wird ihn das nicht alles überfordern? Meine ursprüngliche Idee, ihm wieder zu zeigen wie ich mich mit einer Kerze verwöhne, hatte ich schon nach kurzer Zeit verworfen. Das hätte vielleicht seine Gedanken zu sehr abgelenkt. Dafür wäre ein anderes mal noch Zeit. Wir verabredeten uns wieder für den Folgetag. Da erschien er aber nicht. Ich schickte gleich drei SMS, aber er reagierte nicht. War er schon auf dem Rückweg? Den wollte er doch erst Samstag früh antreten! Anzurufen traute ich mich nicht. Er könnte ja in einem Meeting sein. Manchmal gingen die bis in die Nacht. Am späten Abend war er aber immer noch nicht da, und trotz aller Sorgen legte ich mich schlafen.

Dann war das Wochenende heran. Weiterhin keine Reaktion von ihm. Ich wusste, dass am Wochenende eigentlich keine geschäftlichen Aktivitäten stattfanden, aber hier könnte es ja anders sein. Wieder schickte ich eine SMS los, keine Reaktion. Und ich rief endlich an. Sofort Mobilbox. So langsam machte ich mir erste Sorgen. Nun, am Samstag war ja viel zu tun, einkaufen, Wäsche waschen, das hielt die Sorgen ein wenig fern. Trotzdem schickte ich immer wieder SMS oder rief an. Alle mit dem selben Ergebnis: nichts. Am Sonntag schlug es voll durch, denn es gab immer noch keine Reaktion und telefonisch war Uwe weiterhin unerreichbar. Gegen Mittag hielt ich es nicht mehr aus. Bei der Haustelefonnummer von Piere ging nur die Sprachbox ran. Ich fuhr zum Haus von Piere und Evelyn. Es schien aber keiner da zu sein. Ich fuhr zur Firma, die war verschlossen und noch nicht einmal ein Wachmann da. Mir reichte es! Ich ging zur Polizei, wollte eine Vermisstenanzeige machen. Ich erklärte die Sache, aber sie beschwichtigten mich. Ich sollte es Montag in Uwes Firma versuchen. Immerhin fragten sie in den hiesigen Krankenhäusern an, aber da war kein passender eingeliefert. Beruhigen tat mich das nicht. In der Nacht wälzte ich mich nahezu schlaflos hin und her.

Und dann kam er, der Montag. Es ging schon frühmorgens los. Ich hatte das Gefühl, nicht geschlafen zu haben, aber trotzdem wachte ich aus einem Traum auf. Ich hatte schon beim Aufstehen leichte Kopfschmerzen. Und draußen spielten ein Bohrhammer, ein auch ziemlich lauter markenfremder Industriestaubsauger, und eine Kreissäge den Hilti-Walzer in Baumaschinen-Moll, Tempo schnelles Stakkato und Lautstärke unerträglich laut. Es wäre eine Wonne gewesen, danach tanzen zu dürfen. Und dann das Lied vom Tod zu spielen und mit einen Vorschlaghammer die Instrumente der Spieler zu zertrümmern. Leider hatte ich den nicht. Ich quälte mir ein kleines Frühstück hinein, setzte mich ins Auto und fuhr zur Firma von Uwe. MattsInvest hieß diese, aber soviel ich von Uwe wusste, war die Firma viel breiter aufgestellt und Investitionen vor allem im

Baubereich waren nur ein Teil des Geschäftsfeldes. Ich ging zum Tresen und wollte zu Uwe. »Sorry, der Herr Neuhaus ist nicht im Haus«, wurde mir mitgeteilt.

»Dann möchte ich bitte zu Piere. Zu Herrn Weißgerber.«

»Herr Weißgerber ist leider auf Geschäftsreise.«

»Dann bitte zu Regina.« Zum Glück erinnerte ich mich an sie, aber nicht mehr an ihren Nachnamen. War ich jetzt schon dement geworden? Oder lag es an den Kopfschmerzen? »Die vom Kontrolling«, schob ich hinterher.

Endlich setzte er sich in Gang und benutzte sein Telefon. »Frau Schätzky erwartet sie«, sagte er. »Etage acht, Zimmer 822.«

Ich bekam einen Besucherausweis und mit dem konnte ich den Fahrstuhl benutzen. Nach ein wenig suchen hatte ich die richtige Richtung des weitläufigen Flurs gefunden, in die ich gehen musste. Ihre Bürotür stand offen. Ich klopfte und ging rein. Ein Lächeln umspielte ihr Gesicht. »Ach, Frau Neuhaus, ähmm, Sandra«, sagte sie. »Du siehst aber ein wenig mitgenommen aus heute.«

»Ja, Kopfschmerzen, aber viel mehr Kopfschmerzen habe ich wegen Uwe. Er ist irgendwie verschollen.«

Sie seufzte. »Ja, ich weiß.«

»Ach, das wisst ihr?! Und da sagt mir keiner Bescheid!« Meiner Stimmlage war jetzt vermutlich eine leichte Empörung anzumerken. Mindestens!

»Entschuldigung. Ich wollte ja, aber Piere hat gesagt, wir sollen noch warten. Ich hätte dich sonst nachher noch angerufen!«

Ich bekam einen Schreck. »Hatte er da einen Unfall?«

»Was, in Kopenhagen? Nee.«

Jetzt war ich völlig verwirrt. »Wieso Kopenhagen? Mir hatte er gesagt, er muss nach Marseille.«

»Das haben wir dann auch gemerkt, dass er dort war. Aber da ist er nicht mehr. Jedenfalls nicht in der dortigen Zweigstelle. Eigentlich sollte er in Kopenhagen unsere neue Zweigstelle einweisen. Aber da ist er am Freitag nicht mehr aufgetaucht.«

»Mir hatte er gesagt, Zweigstelle Marseille einrichten.« Die Sache wurde immer rätselhafter. Und ich zunehmend verzweifelter.

Sie lächelte gequält. »Das war wohl falsch. Marseille haben wir doch schon über ein Jahr.«

»Was ist denn da passiert? Wieso sagt er mir was falsches? Und wieso haut er da ab und fährt woanders hin?«

»Das wüssten wir auch gerne. Die Krankenhäuser haben wir alle abgeklappert und bei der Polizei ist er auch nicht gelandet. Das haben wir schon gecheckt.«

»Und was lief da jetzt genau?« Ich fühlte mich zunehmend wie verarscht. Die wusste doch mehr!

»Sandra, tut mir leid, aber das darf ich dir nicht sagen. Noch nicht. Bitte habe Verständnis!« Jetzt liefen doch erste Tränen bei mir. Regina schaute mich verständnisvoll an, ihre Miene blieb aber verschlossen. »Geh nach Hause, Sandra. Wir melden uns bei dir, wenn wir mehr wissen, wenn wir Neuigkeiten haben. Es ist wirklich kompliziert und ... bitte glaube mir.«

»Danke, Regina«, quetschte ich noch heraus.

Ich nahm mich zusammen und wischte mir meine Tränen weg. Ich bewegte mich Richtung Fahrstuhl und fuhr ins Erdgeschoss, gab die Besucherkarte ab. Ein gutes Gefühl hatte ich nicht, aber ich würde hier erst einmal nichts ausrichten können. Sollte ich nach Marseille fahren? Als ich zur Tür ging und in meiner Gedankenwelt versunken ins Nichts schaute, stieß ich dabei mit jemanden zusammen. Ich blickte auf und ins Gesicht von ... ja, wie hieß der Typ denn? Er wurde mir vorgestellt, aber ich hatte den Namen wieder vergessen.

»Oh, Entschuldigung, Frau, ähm, Sandra!« Oh, er hatte meinen Namen behalten! Jetzt fiel mir auch sein Name wieder ein. Julian. Er hieß Julian!

Und ich hatte blitzschnell eine Idee. »Hallo Julian. Ich habe in meinem Horoskop gelesen, ich würde heute einen netten Zusammenstoß mit einem attraktiven Mann haben, und soll mit dem Essen gehen. Also nicht mit dem Zusammenstoß, sondern mit dem Mann. Also mit dir.« Julian lächelte, kurz huschte sein Blick von meinem Gesicht zu meinem Busen, dann wieder zurück. Hatte er gecheckt, ob mein Busen groß genug wäre, dass es sich lohnte mit mir Essen zu gehen?

»Gerne Sandra. Wohin willst du mich denn entführen?«
»Magst du thailändisch?«
Julian grinste. »Du weißt aber schon, dass thailändisches Essen furchtbar scharf ist, oder?«
»Ach ja, stimmt. Dann vielleicht im Zagreb. Kennst du das?« Ich wusste, dass das in der Nähe der Firma war.
»Klar, da war ich schon ein paar mal.«
Ich überlegte. Es sollte nicht zu spät sein. Dann müsste ich heute also eher Schluss machen. »Dann ... 19 Uhr? Dort vor dem Restaurant?«
»Passt. Aber sag Bescheid, wenn Uwe doch wieder auftaucht. Will kein blaues Auge bekommen!« Aha, er wusste also Bescheid. Das hatte ich gehofft. Und ich hoffte, von ihm mehr Informationen zu bekommen als von Regina.
»Gibst du mir deine Nummer?« Julian gab mir sein Kärtchen.
»So, ich muss dann wieder.« Ich reichte ihm die Hand, er schüttelte sie aber nicht, sondern drückte einen Kuss darauf und verschwand ins Innere des Gebäudes. Und ich hatte jetzt Gewissensbisse und wieder einen Hoffnungsschimmer.

Ich war noch nie mit einem anderen Mann essen gegangen, seit ich mit Uwe zusammen war. Aber ich musste unbedingt mehr erfahren. Ich fuhr erst in meinen Laden, dann nach Hause. Glücklicherweise war ich die Kopfschmerzen los geworden, sogar ohne Tablette. Und ich war aufgeregt wie ein junges Mädchen vor dem ersten Date. Dabei war ich doch eine verheiratete, erwachsene, und erfahrene Frau. Außerdem sollte das nur ein Essen zur Informationsbeschaffung sein. Würde er auch versuchen zu erfahren, was ich weiß? Eigentlich wusste ich ja kaum was.

Zum Date selbst war ich dann aber wieder relativ cool. Wegen des Verkehrs kam ich sogar fünf Minuten zu spät, aber Julian war ganz Gentleman und lächelte diskret darüber hinweg als ich ankam. Vielleicht hatte er ja sogar eine ganze Viertelstunde einkalkuliert.

Wieder gab er mir einen Handkuss und fragte: »Gehen wir rein?« Ich nickte und ging ihm hinterher. Er hatte bestellt, führte mich zum Tisch, und half mir sogar mit dem Stuhl. »Du siehst echt fantastisch aus«, sagte er. »Kein Wunder, dass Uwe dich geheiratet hat.«

Ich lächelte ihn an. »Wir sind noch keine Minute hier und schon kommt die erste ...«

Er griente. »Anmache? Das sollte keine sein!«

»Anmerkung über mein Aussehen«, vervollständigte ich meinen Satz, und schaute ihm beim Rotwerden zu. Der Kellner kam mit der Karte. Ich überließ Julian die Auswahl des Weins, als Essen nahm ich Fleischspieß mit Paprika und gerösteten Kartoffeln und Julian dann auch. »Wunderst du dich nicht über meine Essenseinladung?«, fragte ich.

»Nein, gar nicht. Vermutlich bist du einfach neugierig.« Dann machte er eine abwehrende Handbewegung. »Doch wirklich, ich verstehe das. An deiner Stelle würde ich vermutlich auch wissen wollen, wie ich Regina herumgekriegt habe.«

Hätte ich jetzt schon am Wein genippt, der noch nicht da war, hätte ich mich vermutlich verschluckt. Natürlich ahnte er wohl, warum ich ihn hierher entführt hatte und versuchte von der Sache abzulenken. Aber ich würde das Spiel erst mal mitspielen.

»Und? Hast du sie herumgekriegt?«

»Nein, natürlich nicht.«

»Komisch. Sah letztens ganz danach aus.«

»Regina wirkt sehr abweisend, aber sie hat auch eine andere Seite. Eine verletzliche, und eine lebenslustige.«

»Die letzte Seite hatte Uwe noch nicht bemerkt, wie er mir sagte, als er noch da war.« Julian biss sich auf die Lippe. Man sah, dass er mit sich kämpfte. Ich wollte die Sache langsam angehen lassen. Mir war klar, der direkte Weg würde nicht funktionieren.

»Also war da nichts?«

»Ich habe sie jedenfalls nicht herumgekriegt, falls du das meinst. Ich hab es nicht mal versucht. Ich kannte ja ihren Ruf.«

»Du Ärmster!«

»Ach, so arm bin ich gar nicht.«

Plötzlich kam mir spontan eine Idee. »Aber Regina hat dich herumgekriegt! Oder?«

Julian griente jetzt. »Und wenn es so gewesen war, wäre das schlimm für dich?«

»Meinst du wegen des Altersunterschieds?«

»Nein. Also mich würde das überhaupt nicht stören.« Ich sagte das jetzt nur so dahin. In Wirklichkeit hatte ich nur noch nie darüber nachgedacht.

»Da bin ich ja beruhigt.«

»Seid ihr jetzt ein Paar? Dann muss ich ja wirklich aufpassen. Eifersüchtige Frauen können auch ziemlich ausflippen.«

Julian lachte. »Persönliches Lebensrisiko. Ich kannte die Gefahr. Aber als du mich eingeladen hast, wusste ich, dass ich die Einladung unbedingt annehmen muss!«

»Aber wieso denn?«

»Du bist meine Traumfrau! Also jetzt nicht falsch verstehen, ich meine so als Typ von Frau.«

Mir war klar, das war voll gelogen. Natürlich meinte er mich. Mich selbst! Da musste ich natürlich nachhaken. Ich lachte.

»Und ich? Ich selbst etwa nicht?«

Julian antwortete, nun aber sehr verschämt: »Doch. Aber unerreichbar.« Ich ließ es auf sich beruhen, denn jetzt kam der Wein. Wir stießen an. »Auf einen schönen Abend«, sagte Julian. Und ich: »Auf einen schönen und informativen Abend.« Wir tranken einen Schluck, beide einen ziemlich großen. Ich, weil ich mittlerweile wieder ein wenig nervös geworden war, und Julian vielleicht aus dem selben Grund.

»Ich hatte mir schon gedacht, dass du auch da nachforschst.« Er hatte also gecheckt, dass ich nach bohren würde.

Ich fragte: »Weißt du da was?«

Julian schwieg drei Sekunden. »Ja, natürlich weiß ich was. Und ich habe Schweigegelübde.« Er machte eine Pause, ich wollte schon was sagen, aber er vollendete: »Auferlegt bekommen.«

»Und, wirst du dich dran halten?«

»Vermutlich ja.«

Hmm, also bestand noch eine gewisse Hoffnung. Ich versuchte das Thema zu wechseln. »Wie oft trefft ihr euch denn?«

»Wie, ich und Regina?« Sein Gesicht verdunkelte sich etwas. »Gar nicht weiter. Es war nur ein einziges mal.«

»Das bedauerst du, oder?«

Julian bekam, womit ich gar nicht gerechnet hatte, jetzt feuchte Augen. »Ja, sie ist toll. Sie hat Ideen. Ist nicht so wie meine Exfreundin mit ihrer eingefahrenen Routine.«

»Ach, du hattest eine?«

»Ja. Schon ein wenig her. Vor etwa drei Jahren hatte ich mich von ihr getrennt.«

»Schade. Weil es nicht mehr gut lief, im Bett?« Sandra! Warum diese Neugier? Und warum sprichst du dieses Thema an?

»Nein. Also auch. Und vor allem ... weil auf ein mal ein anderer Mann im Bett lag.«

»Oh, sorry, das muss sicher noch wehtun trotz ...«

Er unterbrach mich. »Das wird man wohl nie los. Aber mit der Zeit wird es besser. Schmerzt nicht mehr so. Hattest du denn so was auch schon?«

»Nein, Uwe war mein erster richtiger und einziger Mann.«

»Liebe auf den ersten Blick«, sagte Julian, und lächelte dabei. Und ich hoffte, dass diese Liebe jetzt nicht den Bach runterging. Ich war überrascht. Julian war ein sehr angenehmer Gesprächspartner und zeigte, was ich so gar nicht erwartet hatte, Emotionen. Er tat mir jetzt wirklich leid. Erst die Sache mit seiner Freundin, und jetzt Regina. In dem Moment kam gerade unser Essen und als es auf dem Tisch stand, merkte ich erst, wie hungrig ich war. Ich hatte ja seit heute Morgen nichts mehr gegessen. Während des Essens sprachen wir nicht viel, aber ich beobachtete, dass Julian mich beobachtete. Und ich erwiderte seine Blicke, bei denen er dann immer verschämt wegschaute.

»Also mir hat es geschmeckt«, sagte er. »Dir offenbar auch. Wie machst du das nur? So viel essen und trotzdem nicht dick. Nur schöne Kurven!« Ich überging das bewundernde Kompliment erst einmal, baute es aber in meinen Antwortsatz mit ein.

»Ich hatte heute eine lange Esspause. Passiert mir oft. Deshalb fliegen alle überflüssige Kalorien wohl sofort in meine schönen aufregenden Rundungen.« Verdammt, was machte ich hier! Das war voll flirten! Uwe ...?

»Du solltest diese Essensgewohnheit beibehalten. Die Verehrer werden dich umschwärmen!«

»Julian, ich werde rot.« Der Kellner kam, räumte ab, und schaute sich kurz mein Gesicht an. Ich nutzte die kurze Pause zum Nachdenken und setzte beim Farbenspiel gleich nach. »Und ihr habt jetzt also Alarmstufe Rot.«

»Das kann man wohl sagen.«

»Willst du mir immer noch nichts verraten?« Er schaute mich kurz ernst an, dann schüttelte er den Kopf.

»Ich bin wohl noch nicht betrunken genug.« War das ein Fingerzeig? Mir war der Wein auch schon zu Kopf gestiegen, was meine Ausgelassenheit erklärte, aber betrunken war ich nicht nicht. Julian goss uns das letzte Glas Wein ein.

»Ich hatte ja gedacht, Regina würde mir was erzählen, aber geschickt wie sie ist, hatte sie mich so ausgefragt, dass sie dann mehr von mir erfahren hatte, als ich von ihr.«

Julian griente. »Ja, auch das ist eine ihrer Qualitäten. Man kann ihr nichts vormachen, sie durchschaut einen und findet immer garantiert den richtigen Weg.«

»Was machst du da eigentlich in der Firma?«

»Na, Kontrolling. Aufträge prüfen, Rechnungen prüfen, oder Unstimmigkeiten aufdecken. Alles so was. So wie Regina auch.«

»Und bei Uwe habt ihr so eine Unstimmigkeit entdeckt?« Sonst würde er wohl nichts davon wissen, dachte ich.

Julian lächelte. »Also in Punkto Hartnäckigkeit kannst du es echt mit Regina aufnehmen!«

»Ich finde, das ist ein toller Charakterzug. Kennst du eigentlich ihren Spitznamen?«

»Zickchen? Na klar! Jeder der bei uns anfängt, wird als erstes vor ihr gewarnt, noch ehe er sie das erste mal zu Gesicht bekommt.«

»Und, wie war dann das erste Zusammentreffen?«

»Ach, das war gar nicht so schlecht. Ich dachte erst, sie mag mich.«

»Also war es nicht von Dauer? Wegen dem 'Erst'?«

Julian musste etwas überlegen. »Nein, sie ist nicht schlecht. Sie findet nur immer die Fehler, die man macht, und die produzierte ich damals reichlich. Aber bei mir hatte sie sich zumindest nie im Ton vergriffen. Was man so von anderen gehört hat war es nicht immer so.«

Da musste ich jetzt nachsetzen. Eine kleine, harmlose Provokation: »Bestimmt hatte sie sich gleich in dich verliebt.«

»Regina liebt niemanden!« Das kam jetzt wie aus der Pistole geschossen.

»Noch nicht mal sich selbst?«

»Sich selbst mag sie. Aber sie liebt sich nicht, glaub ich.«

»Na egal, zumindest mag sie ja auch noch andere Leute. Also zum Beispiel dich.«

»Irgendwie hatte ich wohl Glück. Ein bisschen.«

»Und ihre dürre Figur hatte dich nicht gestört?«

Wieder musste Julian überlegen. »Das war mir dann egal. Ich brauchte mal wieder eine Frau, und das war sie dann. Und da war sie NICHT zickig.«

Wir tranken die letzten Schlucke unseres Weins aus. Irgendwas musste passieren. Ich hatte meine Infos noch nicht. Es musste ein Nachspiel geben. Aber wo? Bei mir zu Hause ging es nicht. In einer Gaststätte gab es zu viel Ablenkung. Man könnte mal wieder in einen Club. Aber bei dem Lärm konnte man sich auch nicht unterhalten. Man könnte doch? Aber schnell verwarf ich den Gedanken wieder. »Wollen wir noch wohin?«, fragte Julian. »In eine andere Gaststätte, Bar, Tanzclub?«

»Weiß nicht. Wir könnten doch zu dir?«, haute ich raus.

Ich biss mir auf die Lippe. Verdammt, was mache ich hier! Und das war so was von plump!

»Klar, gerne. Ist auch nicht weit. Sind nur fünf Minuten zu Fuß. Willst du das wirklich?« Aha, er will abklären, mir ein Schlupfloch für den Rückzug lassen.

»Klar, wenn du mir nichts tust!« Aber eigentlich hatte ich gar keine Angst. Es war nur ... war es Neugier?

Er hob die Hände. »Ich fasse dich nicht an, versprochen!«

Schade, dachte ich.

»Gut«, sagte ich. Moment! Hatte ich da gerade 'schade' gedacht? Mensch, Sandra! War das der Alkohol? Aber das hatte mir doch sonst nie etwas ausgemacht! Noch nie hatte ich mich nach einem anderen Mann gesehnt, auch nicht im größten Alkoholrausch. Ich winkte nach dem Kellner und bezahlte dann. Wollte ich tatsächlich zu ihm mitgehen? Ich spürte, ich war tatsächlich ein wenig neugierig darauf. Wie er so lebte, wie er sich in seiner Wohnung gibt. Hier war er zurückhaltend gewesen. Würde er dort zum Draufgänger werden? Dann würde ich sofort gehen. Oder?

'Julian, Arbeitskollege von Uwe', schrieb ich per SMS an den angeheirateten Mann meiner verstorbenen Tante, den ich gelegentlich mal besuchte. Mit SMS stand er auf Kriegsfuß, die würde er eh nicht lesen, aber die Polizei, wenn mir was zustoßen würde. Dann gingen wir los und ich tatsächlich zu ihm mit. Würde ich dort endlich weitere Details über die Sache mit Uwe erfahren? Während des Weges, der wirklich nur ein paar Minuten dauerte, erzählte mir Julian, wie er zu seiner Wohnung gekommen war. Und er nahm nicht meine Hand. Und er versuchte auch nicht, mich zu küssen. Gott sei Dank. Schade, sagte das haarige Biest da unten. Es entwickelte ein Eigenleben, welches ich ihm nicht zugestehen wollte. Konnte. Am liebsten sollte ich jetzt abhauen, aber ich tat es nicht. Und so blieb er vor seinem Hauseingang stehen, schaute mich verschwörerisch an, öffnete die Haustür, und zog mich rein. Dann zog er mich mit sich, er ungeduldig, ich kichernd, und auf jeder Zwischenetage blieben wir stehen und knutschten. Natürlich taten wir das nicht, aber ein Teil von mir stellte sich das vor, während ich ganz brav hinter ihm die Treppe hoch ging. Vierter Stock. Schade. Da hätte man echt viel küssen können. Und dann öffnete er sein Reich. Ich ging brav und neugierig hinterher. Es roch hier gut, nicht muffig. Ich bildete mir ein, dass man sogar ein wenig Parfüm riechen konnte. War es Raumduft? Oder die Reste seines Parfüms von heute früh? Er dirigierte mich zu seiner Couch. »Nimm Platz«, sagte er. »Ich hole mal Nachschub. Wein, Cognac, Eierlikör, oder mit was soll ich dich versorgen?«

»Mit Cognac. Hast du welchen? Trinkst du den auch?«

»Ja, ich auch. Gute Wahl.« Er lächelte mich an, ging zu einem Schrank, und holte eine Flasche heraus, aus einem anderen zwei Gläser, schenkte ein. Wir stießen an und tranken einen Schluck. Der Cognac stieg mir sofort in den Kopf. »Danke nochmal für die Einladung, Sandra«, sagte er.

»Ach, bestimmt bekommst du öfters eine Einladung. Du siehst doch gut aus!« Das war wirklich ungelogen. Also mir gefiel er jedenfalls. Sogar richtig gut. Fast zu gut.

Er lächelte. »Im Märchen wäre das so. In der Realität ist das anders. Da muss ich die Frauen einladen, und bei der Einladung und dem Essen bleibt es dann meistens.«

»Na, und? Gibt es denn da keine Ausnahmen? Vielleicht hast du es ja nur noch nicht oft genug probiert?«

»Ach, für mich interessieren sich eher die jungen Frauen. Mit mädchenhaftem Körper. Und genauso unreif sind sie im Kopf. Viele haben noch Flausen im Kopf und sind narzisstisch veranlagt. Nach meiner Freundin von damals hatte ich noch kurz eine. Die war Borderline.« Er schüttelte sich, so als ob sein Cognac bitter gewesen wäre, aber der war ganz mild. Also bezog es sich wohl auf diese Kurzzeit-Freundin. »Ich mag lieber reifere Frauen, aber die sind unerreichbar.«

»Na, so weit weg bin ich doch gar nicht«, sagte ich, und spürte regelrecht, dass ich ihn anlächelte. Hatte ich das jetzt wirklich gesagt? Sandra!!!! Es kam ein schüchternes Gegenlächeln zurück, sonst aber nichts. Und mein haariges Biest da unten sagte wieder 'schade'. Ich war total durcheinander. Was war ich, wer war ich? Plötzlich spürte ich, dass ich ihn anblickte. Durchdringend. Er senkte den Blick, schaute weg. Eine Welle von Lust strömte in mich hinein und wollte heraus. Was heißt Lust, es war Wollust! 'Tu was!', sagte mein Biest. Natürlich tat ich nichts, erschrak aber trotzdem, da ich gerade eine Hand auf sein

Bein gelegt hatte. War er das? Nein, er saß ganz ruhig da, seine Hände lagen an seiner Seite. Das musste doch ich gewesen sein! Ich, Sandra!!! Endlich hob er seinen Blick. Es lag Erstaunen darin, aber auch Verlangen. Ich stellte mein Glas ab, näherte mich ihm, und küsste ihn. Ich hatte ihn geküsst! Und jetzt reagierte er auch. Er küsste zurück!!! Erst nur ganz vorsichtig - abtastend, dann zärtlich, dann aber drang die Leidenschaft bei ihm durch, und bei mir auch. Heftiges Atmen. Ich knöpfte sein Hemd auf. Er hatte nichts darunter. Ich fuhr mit einer Hand auf seiner nackten Brust umher, auf der kaum Haare waren, während meine Zunge mit seiner focht. Und dann wanderte meine Hand tiefer. Ich konnte es nicht verhindern, es war, als ob eine geheimnisvolle Kraft mich trieb. Und dann hatte ich sie in der Hand, seine Stange. An das, was dann passierte, hatte ich nur noch bruchstückhafte Erinnerungen. Ich ging voll in meiner Lust auf, bei Julian war es wohl ebenso. Wir benutzten alles was wir hatten, um uns zu befriedigen. Ich konnte mich noch dran erinnern, dass Julian zwei mal in mir kam. Ohne Kondom! Ja, er hatte es noch, das Feuer der Jugend. Und sein Feuer hatte auch mein Feuer der Leidenschaft gezündet. Irgendwann lagen wir schwer atmend und gegenseitig befriedigt auf seiner Couch, total durchgeschwitzt, ich kam aus dem Nebel der Lust heraus, und merkte, dass ich zärtlich über sein Gesicht strich. Mein Gott, was hatte ich getan! Ich hatte Uwe betrogen!!! Nein, nicht nur irgendwie betrogen. Ich war wie eine läufige Hündin gewesen, eine Nutte. Nein, keine Nutte, aber eine Schlampe bestimmt. Ich spürte den Geschmack seines Geschlechtes im Mund. Immer und immer wieder hatte ich vorhin dran geleckt und gelutscht. Ich griff mir mein Glas von vorhin, trank alles aus. Überall lagen meine Sachen verstreut. Ich suchte mir alles zusammen, zog mich an. Ich musste hier weg, konnte nicht mehr hier sein, am Ort meines Betruges und meines tollsten Sexerlebnisses seit Ewigkeiten. Julian schaute mir zu. Traurig. Schuldbewusst. Ich wandte mich zum Gehen, wollte ihm keinen Kuss geben, noch nicht mal mit ihm reden. Dabei hatte er doch gar keine Schuld gehabt. Das war doch ich gewesen!

»Es ist Geld verschwunden«, sagte Julian jetzt. Ich blieb stehen, unterbrach meine Flucht. »In der Zweigstelle in Marseille ist Geld abhanden gekommen. Uwe ist da gewesen und hat es von dort gemacht. Es ist Geld aus einem Projekt vor Ort. Man kann es nur von dort überweisen. Und er muss eine Hilfe gehabt haben.«

Ich wurde wütend. »Und das soll Uwe gemacht haben? Mein Uwe! Das glaubst du doch selber nicht!!!«

»Ist aber so. Die Videoüberwachung hat ihn aufgezeichnet. Die weitere Person auch, aber die kann man nicht erkennen da sie einen Hoody trug. Es deutet alles darauf hin, dass die zweite Person eine Frau ist.«

»Weiß das die Polizei?«

»Die haben wir noch nicht eingeschaltet. Wäre nicht so gut, wenn das bekannt würde.«

»Warum das denn?«

»Keine Firma auf der Welt würde so etwas heraus posaunen. Damit erklärt man sich für unfähig.«

»Um wie viel Geld geht es?«

»Eins Komma sieben Millionen.«

»So ein Quatsch! Uwe verdient doch gut! Wozu soll denn das gut sein? Damit kommt man doch nicht weit, oder?«

»Das haben wir uns auch gefragt. Wir wissen das nicht. Es reicht jedenfalls nicht, um für lange Zeit ein luxuriöses Leben zu führen. Aber vielleicht war es ein Einstiegsgeld für ein kriminelles Geschäft, was noch viel mehr abwirft.«

»Du willst mir jetzt sagen, dass mein Uwe kriminell ist?!« Ich wurde regelrecht wütend. Und auch laut.

»Tut mir leid, aber genau das scheint der Fall zu sein.« Ich musste hier weg. Grußlos ging ich hinaus, herunter bis auf die Straße, und rief mir ein Taxi. Die ganze Fahrt hindurch heulte ich was das Zeug hielt. Der Taxifahrer schaute mich mitleidig an. Bestimmt dachte er, mein Freund hatte mit mir Schluss gemacht. In Wahrheit war es ja auch so etwas ähnliches.

Zu Hause angekommen, schmiss ich mich auf das Bett, so wie ich war. Die Gedanken fuhren Karussell. Die Mitteilung über Uwe, mein Betrug, meine Lust, das Essen, alles zog an mir vorbei, wieder und wieder. Ich fand keine Ruhe. Völlig wie fremdgesteuert griff ich auf einmal in den Nachtschrank, suchte die Kerze, die vom letzten Mal noch dort drin lag, und führte die so wie ich war, also komplett angezogen, an mein Lustzentrum Wenige Minuten später schrie ich auf, und mit zitternden und verkrampfenden Beinen durchlief mich ein erneuter Orgasmus. Dann fiel ich zusammen und musste sofort eingeschlafen sein, denn als ich am Morgen aufwachte, steckte die Kerze immer noch in meinem Höschen. Die Körperwärme hatte sie aber total verbogen. Zeitgleich mit den Kopfschmerzen kam die Erkenntnis über das Gestern. Das, was ich getan hatte. Ja, ich war das, ganz alleine. Ich, nicht Julian. Er hatte nur reagiert auf meinen Lustausbruch. Seit dem Party Besuch bei Piere und Evelyn war ich irgendwie völlig durch den Wind, resümierte ich. War das schon immer in mir, oder länger, und wartete nur auf eine Gelegenheit? Ich schämte mich ob meines Betruges, aber mein haariges Biest da unten schien sich zu freuen, immer noch die Geschenke von Julian in sich zu tragen. Ich kramte das Kärtchen mit seiner Nummer aus meiner Handtasche. Ich schrieb eine SMS und dann 'Es tut mir leid was passiert ist. Ich wollte das nicht. S.' Eine Minute später kam zu zurück 'Ich auch nicht! Es war trotzdem wunderschön! J.' Ich überlegte, ob ich die Nachricht und die Nummer wieder löschen sollte, ließ dann aber doch alles drauf. Wenn nötig, könnte ich die immer noch löschen. Wenn nötig, das wäre das Auftauchen von Uwe. Aber so recht glaubte ich nicht daran. So wie ich zurecht war, könnte ich heute nicht in den Laden fahren. Ich rief dort an und sagte Vanessa Bescheid, dass ich mich nicht fühle, und warf mich wieder auf das Bett. In Sekundenschnelle war ich eingeschlafen. Erst am späten Vormittag wurde ich wach. Ich fühlte mich nun besser, zumindest körperlich, denn jetzt war wohl doch der meiste Teil des Alkohols verflogen. Aber innerlich ging es mir dreckig. Mein ganzer Körper kribbelte immer noch von den Sachen, die Julian da mit mir gemacht hatte. Gestern im

Alkoholrausch hatte ich das gar nicht so recht wahrgenommen, aber jetzt kam wieder alles an die Oberfläche. Die vielen Küsse die er auf meinen Körper verteilt hatte. Anfangs waren die einfach nur zärtlich, aber die danach waren leidenschaftlich. Und seine Zunge hatte jeden Winkel meines Körpers erforscht. Und ich meine, jeden Winkel! Meinen Mundwinkel, meinen Hügel-Winkel, meinen Biest-Winkel, meinen Schenkel-Winkel, meinen Bauchnabel-Winkel, nur den Besonders-Schmutzig-Winkel hatte er ausgelassen. Zum Glück, das ist nicht so mein Ding. Alles kribbelte und brannte, und besonders die Kombination davon. Mein Gott, ich war verliebt! War ich verliebt? Wie kann das denn sein!? Ich war doch mit Uwe verheiratet! Glücklich! Glücklich? War ich glücklich gewesen? Nein, eigentlich nur zufrieden. Aber trotzdem! Er war doch mein Mann! Ich liebte ihn doch trotzdem! Auch wenn er mir nicht so oft Sex gab wie ich wollte. Und so leidenschaftlich wie gestern mit Julian war es auch schon lange nicht mehr. Aber so schnell war ich nicht bereit, alles aufzugeben. War er wirklich zum Kriminellen geworden? Was ist denn, wenn die Firma ihn nur loswerden will? So auf alternative Weise. Man hört ja immer wieder solche Dinge. War da nicht was mit einem Mitarbeiter der HSH Nordbank in den Staaten, dem man Kinderpornos untergeschoben hatte? Was wäre, wenn das hier ähnlich gelagert war? Ich musste unbedingt mehr Informationen bekommen. Vielleicht könnte ich ja den Film sehen. Ich ging duschen, verdrängte erfolgreich das, was gestern Abend/Nacht statt fand, und hatte meine Handlungsstärke wiedererlangt. Ich würde mich einfach noch mal mit Julian treffen. Dieses mal darf aber nichts passieren! Das schwor ich mir! Als erstes musste ich das Auto holen, welches noch vor der Gaststätte stand. Ich rief mir ein Taxi und fuhr dort hin. Mein Alkoholpegel sollte nun ausreichend niedrig sein um selbst zu fahren. Und dann schrieb ich eine SMS an Julian.

Die konnte ich aber nicht absenden, denn auf ein mal kam ein Anruf rein. Es war nicht zu sehen von wem, die Nummer war unterdrückt. Könnte das Uwe sein? »Ja«, sagte ich in den Hörer. »Sandra!, Gut dass ich dich erreiche.« Ich war enttäuscht. Es war nicht die erwartete Stimme von Uwe, sondern die von Piere. »Ich muss dich mal um einen Gefallen bitten. Kannst du mal bitt ...« Rüde unterbrach ich ihn. »Nee Piere! Jetzt tust DU mir erst einmal einen Gefallen! Ich will den Film sehen! Jetzt sofort!« Kurze Pause. Vermutlich musste er erst realisieren, dass ich etwas wusste, was ich nicht wissen sollte.

»Sandra, du weißt doch, dass das nicht geht!«

»Und ob das geht!«, sagte ich, und beendete das Gespräch. Ich wartete noch mit dem Starten des Motors. Er dauerte etwa fünf Minuten, dann klingelte es wieder. Bestimmt Piere. Entweder hatte er versucht, eine Alternative zu finden, oder er hatte so lange überlegen müssen. »Na Piere«, sagte ich, und war froh dass er sich meldete und nicht Uwe oder Julian.

»Woher hast du es denn erfahren?«, fragte er.

»Das tut hier nichts zur Sache. Es müsste dir klar sein, dass ich meine Quelle nicht preisgeben kann. Was genau soll ich denn überhaupt für dich machen?«

»Ich kann Evelyn nicht erreichen. Ich mache mir Sorgen, dass was passiert ist!« Seine Stimme hörte sich tatsächlich sehr besorgt an. Um nicht zu sagen, überaus besorgt.

»Wie lange ist es denn her?«

Stille im Hörer. »Seit Freitag«, kam die späte Antwort. »Reagiert nicht auf Anrufe, SMS, Mails, nichts.«

»Habt ihr keine Überwachungskamera?«

»Innen nicht. Und die draußen ist nur nachts in Betrieb.«

»Und warum soll ich das machen? Ich meine ... schick doch die Polizei da hin!«

»Das will ich nicht. Du hast dich doch mit Evelyn ein wenig angefreundet.« Ja, da hatte er recht.

»Wie soll ich denn da bei euch reinkommen?« Ich hatte doch keinen Schlüssel.

»Wir haben ein elektronisches Türschloss. Nicht vorne, aber an der Seite. Ich schalte dir einen Pin frei und schicke dir den per SMS. Deinen Vornamen über die Tastatur am Nebeneingang eintippen und dann noch ok und dann die Pin.«

»Der Film!«, sagte ich mit Nachdruck.

Piere seufzte. »Na gut, aber er wird dir nicht gefallen!« Eine halbe

Minute später piepte es, ich schaute nach und öffnete mit bangem Gefühl den Film. Man sah einen typischen Firmeneingang. Schlechtes Licht, eine dunkle Umgebung, aber man konnte einiges erkennen. Auf ein mal kam ein Mann ins Bild. Er sah aus wie Uwe und ging auch so. Er blickte verstohlen und hektisch um sich, drückte an der Tür etwas. Dann erschien noch jemand anders. Schlank, zart, der Gang einer Frau. Durch den Hoody konnte man das Gesicht nicht sehen. Er küsste die Person, ziemlich lange. Es war mehr als ein Begrüßungskuss. Dann schwang die Tür auf und beide gingen rein. Der eingeblendete Zeitstempel zeigte Samstag, 22:30. Ich war baff. Und etwas in mir zerbrach. Nun, der Film zeigte nicht, dass Uwe das Geld transferiert hatte, aber da war tatsächlich etwas oberfaul »Hast du es gesehen?«, fragte Piere jetzt.

»Ja. Ich fahr jetzt los. Ruf mich nachher noch mal an. Dreiviertel Stunde«, sagte ich, und legte dann auf. Ich fuhr los, und während ich fuhr, piepste das Handy. Das musste die SMS sein. Viel von der Fahrt bekam ich aber nicht mit. Ich fuhr wie ein Roboter, automatisch, da mir tausend Sachen durch den Kopf gingen. Was würde mit meinem weiteren Leben passieren? Würde ich Uwe noch einmal wiedersehen? Endlich stand ich vor dem Haus der beiden. Ich schnappte mir das Handy, ging durch die Gartenpforte zum Nebeneingang. Dort war so ein neumodisches, elektronisches Schloss davor, mit einer Tastatur. Ich drückte eine Taste. 'Namen eingeben und dann #', stand im Display. Ich hatte eine Weile zu tun, da das nur so eine Telefontastatur mit Mehrfachbelegung war. Dann erschien: 'Bitte Zugangspin und dann #'. Ich rief die SMS auf. '616996' war die Pin. Ziemlich viel Sex, dachte ich noch. Dann summte es und die Tür sprang auf. Neugierig rief ich: »Hallo Evelyn! Bist du ok? Hier ist Sandra.« Keine Antwort. »Ich komm jetzt rein!« Ich ging in den Flur, dann ins Wohnzimmer. Niemand hier. Ich inspizierte auch die anderen Räume, auch den Hauswirtschaftsraum. Die Terrassentür war verschlossen. Ich öffnete diese und ging in den Garten. Könnte ja sein, dass Evelyn hier lag, hilflos. Aber auch hier: nichts. Das Handy klingelte. »Ja?«

»Hier Piere. Und, wie schaut's aus?«

»Bin drin. Niemand hier, keine Evelyn.«

»Hmm, komisch. Hast du auch überall nachgesehen?«

»Ich war überall. Auch im Garten. Hier ist niemand.«

»Hmm. Und wie sieht es da aus?«

»Hier ist alles aufgeräumt. Nichts steht herum. Auf dem Tisch steht ein Strauss Blumen in einer Vase, die sind schon etwas vertrocknet. Sonst nichts. Kein Geschirr in der Küche. Ich glaube, hier war schon tagelang keiner mehr. Piere, du musst eine Vermisstenanzeige aufgeben. Da stimmt was nicht! Könnte sie denn entführt worden sein?«

»Glaub nicht, hat sich ja keiner gemeldet wegen Lösegeld oder so. Und ja, das werd ich machen. Wenn sie bis morgen früh nicht wieder aufgetaucht ist.«

»Bist du morgen wieder zurück?«

»Ich hoffe es. Wir haben da noch weitere Sachen entdeckt.«

»Weitere Sachen?«

Kurzes Schweigen. »Es fehlt noch mehr Geld. Weitere 200000 Euro aus einem anderen Projekt.«

»Mist. Ist das denn so viel Geld für euch große Firma?«

Piere seufzte. »Meinst DU! Ist aber nicht so.«

»Bitte erklär mir das.«

»Sandra, das kann ich dir nicht sagen!«

»Piere, bitte! Als Uwes Ehefrau hänge ich da jetzt genauso mit drin in diesem Mist!«

»Also gut, aber versprich mir, zu niemanden was zu sagen. Und wenn ich zu niemanden sage, dann meine ich wirklich niemanden. Keinen von deinen Bekannten, keinem von unserer Firma, und auch nicht der Polizei. Es könnte sonst böse für unsere Firma enden.«

»Leg los. Ich versprech's.«

»Das mag vielleicht nicht so wahnsinnig viel Geld sein, aber wir stecken in Schwierigkeiten. Ein großes Projekt von uns ist geplatzt, dann ist ein Generalbauunternehmer in Insolvenz gegangen, so dass wir einige Verluste erlitten haben. Wir sind dadurch in eine Schieflage geraten. Wir müssen die beiden Projekte am Ersten des nächsten Monats anschieben, sonst bekommen wir keinen Nachschub von der Bank. Dafür

41

brauchen wir das Geld. Sonst müssten wir Insolvenz anmelden. Das wäre es dann für uns.«

Ich bekam einen Schreck. Sogar einen Riesen-Schreck. »Und Uwe wäre dafür verantwortlich?«

»So sieht's leider aus.«

»Scheiße«, entfuhr es mir.

»Ja, Scheiße. Also ich versuche bis morgen hier fertig zu werden, dann sollte ich hier aufschlagen und dann rufe ich dich noch mal an.«

»Gut, Piere. Soll ich hier noch was machen?«

»Ja. Schmeiß die Blumen weg, leg einen Zettel für Evelyn hin, und schau noch mal ein wenig gründlicher. Vielleicht entdeckst du ja noch was.«

»Mache ich. Viel Glück Piere. Woher hast du überhaupt meine Handynummer bekommen?«

»Uwe hatte mir die mal gegeben. Für alle Fälle, sagte er.«

»Na an diese Art Fall hat er da wohl noch nicht gedacht damals, oder?«

»Das vermute ich auch. Dank dir. Bis dann.«

Ich legte auf. Jetzt erst stöhnte ich auf und entließ die angestaute Luft. Am liebsten hätte ich jetzt noch mal Scheiße gerufen, ganz laut, aber das verkniff ich mir. Ich schaute mir den Mülleimer an. Komplett leer. Der Blumenstrauß wanderte dort rein. Ich ging nochmal hoch ins Schlafzimmer. Öffnete den Schrank. Es war aber kein Liebhaber drin. Nur fehlende Sachen. Ich wusste genau, dass vorher viel mehr Kleider da drin gehangen hatten. Ich zog die Schublade auf. Gähnende Leere im Dessous Vorrat. Ein paar Teile lagen dort noch, aber das waren wohl ausgemusterte. Mich beschlich ein Verdacht. Aber hier würde ich nichts mehr entdecken können. Ich ging hinaus, schloss die Tür, und fuhr nach Hause. Dort überspielte ich den Film auf den Desktoprechner. Hier am großen Bildschirm war das alles viel besser zu erkennen. Die zweite Person war trotzdem nicht zu identifizieren. Wieder und wieder spulte ich den Film ab. Studierte die Bewegungen. Dann war ich mir sicher. Die zweite Person war Evelyn! Ich erkannte es am Gang, und an einer Geste. Jetzt wurde mir einiges klar, das Bild baute sich auf, und meine Welt brach zusammen. Stundenlang musste ich vor dem Rechner gesessen haben, nahezu bewegungslos, zwischendurch immer wieder weinend, heulend. Erst als ich mal musste, war ich wieder in der Gegenwart. Ich hatte keinen Plan, was ich nun machen soll. Das Leben, zumindest das, wie ich es bisher hatte, war komplett den Bach runtergegangen. Alles weg! Ich müsste mit jemanden reden. Aber mit wem? Mit der Nachbarschaft hatte ich nur lose Kontakte. In meinem Laden konnte ich auch keinen ins Vertrauen ziehen. Noch nicht einmal Vanessa. Da musste ich die Coole bleiben, die, welche alles im Griff hat. Meine Friseurin und Fitnessklub Kumpeline Samira? Mit ihr konnte ich zwar gut reden, über fast alles, aber die war eine Plaudertasche. Es würde dann die Runde machen. Meine Schulfreundinnen von damals waren in alle Winde zerstreut. Kein Kontakt mehr. Ich konstatierte, dass ich ganz schön einsam geworden war. Seit ich mit Uwe zusammen war, bestand meine private Welt fast nur noch aus Uwe. Und jetzt war er weg. Plötzlich hatte ich eine Idee. Julian! Ich nahm mein Handy und schrieb eine SMS: 'Können wir uns treffen? NUR ZUM REDEN! Sandra'. Es dauerte keine Minute, dann kam: 'Klar doch! Wann und wo?'. Ich schrieb: 'Rathausmarkt. 17 Uhr'. 'Warte! Bin schon fast da', kam es zurück. Hä? Ich schaute auf die Uhr. Es war 17:05. Es war somit bereits viel später, als ich dachte. 'Sorry, in 40 Minuten', schrieb ich. Gleich danach ärgerte ich mich. Ich hätte so keine Zeit, mich zurecht zu machen. Ein kurzer Blick in den Spiegel sagte mir: keine Chance. So fuhr ich einfach los und kam mit nur fünf Minuten Verspätung dort an. Das war die Zeit, die ein Mann bei einer attraktiven Frau erwarten müsste. Mindestens! Von der attraktiven Frau war ich momentan zwar meilenweit entfernt, aber das konnte Julian ja nur erahnen.

Da stand er schon, mitten auf dem Platz. Ich ging auf ihn zu. Sein Gesichtsausdruck war erfreut, aber auch besorgt. »Sorry für die Verspätung«, sagte ich.

»Ich glaube, du hast momentan ganz andere Sorgen«, sagte er, umarmte mich, löste sich von mir und schaute mich eindringlich an. Dann ein kurzes Lachen. »Ich hoffe du weißt, dass du momentan ein Bild des Jammers bietest.«

»Weiß ich«, sagte ich in einem vermutlich etwas pikiert klingenden Tonfall.

»Das war jetzt nicht böse gemeint«, sagte Julian. »Ich kann mir vorstellen, wie du dich jetzt fühlen musst.«

»Kannst du nicht!«, sagte ich. Mein Tonfall musste sich anhören wie voll geladen.

Julian war klug genug, darauf nicht zu antworten, und fragte: »Wollen wir irgendwo hingehen?«

Ich lachte schrill auf, weil ich kurzzeitig belustigt war, und sagte: »Wir sind doch schon im Irgendwo!« Der Gesichtsausdruck von Julian war goldig! Dann setzte ich aber hinterher: »Gerne. Wie wäre es mit einem Café?«

Julian zeigte in Richtung Alsterarkaden. Da schien er was zu kennen. Es waren nur etwa 100 Meter. Kaum im Café drin, empfing mich Kaffeeduft. Ich bekam Zahn. Und Hunger. Ich glaube, ich war auch ziemlich dehydriert. Wir setzten uns an einen freien Tisch. »Du solltest besser einen großen Kaffee nehmen«, sagte Julian. »Bestimmt hast du allerhand Flüssigkeit über deine Augen ausgeschieden.«

»Du hast Recht. Ist ja nicht zu übersehen«, antwortete ich.

»Ich kenne das«, sagte Julian. »Du weißt ja, ich hatte auch schon eine längere Beziehung, die in die Brüche gegangen ist.«

»Na gut«, sagte ich. Und schob hinterher: »Nein, ist nicht gut. So etwas ist nie gut.«

»Ist es auch nicht. Wird nie wieder gut«, sagte Julian. »Wie schlimm ist es?« In dem Moment kam die Kellnerin und nahm unsere Bestellung auf. Sie war jung, sah klasse aus und hatte eine angenehme, warme und weiche Stimme. Ich erwischte mich, wie ich ihr hinterher sah. Man müsste wieder zwanzig sein, kam mir in den Sinn. Julian hatte dagegen nur Augen für mich. Nicht die Augen eines Raubtiers. Mitleidige Augen.

»Viel schlimmer«, sagte ich. »Ich habe das Video gesehen. Es ist Evelyn.« Von Julian erntete ich nur einen verständnislosen Blick.

»Die andere Person auf dem Video. Es ist Evelyn.«

»Was? Oh NEIN!« Nicht nur in seiner Stimme, auch in seinen Augen zeigte sich jetzt pures Entsetzen.

»Ist aber so!«

»Und wie bist du an das Video gekommen?« Er schaute mich wie ungläubig an.

»Über Piere.«

»Und das hat er dir einfach so gegeben?« Julian sah noch mehr zweifelnd aus.

»Einfach nicht.« Ich machte eine Sprechpause, um die Wirkung meines nachfolgenden Satzes zu steigern. »Ich habe ihn erpresst, damit er mir das Video schickt!«

»Erpresst? Womit hast du ihn denn erpressen können? Hast du ihn gestalkt? Hat er eine Affäre?« Ich antwortete nicht. In Julians Gesicht, genauer gesagt in seinem Mienenspiel, gab es eine interessante Wandlung. Es spiegelte vermutlich seine Gedanken wieder. »Jetzt weiß ich! DU bist seine Affäre!«

»Ich? Quatsch. Mit Piere hab und hatte ich nichts. Obwohl man ja sagt ...«

»Was sagt man denn so?«

Ich schaffte es ein wenig zu lächeln. »Dass er da unten gut ausgestattet sein soll.«

Julians Gesichtsausdruck war goldig. »Und was war bei mir?«

»Keine Ahnung. Ich war betrunken und hatte nicht so drauf geachtet. Ich hatte mich mehr auf mein Gefühlsleben konzentriert, auf das große Ganze.«

»Und wie war das große Ganze?«

Ich überlegte. »Toll, aber falsch. Wegen Wiederholungsgefahr nicht zur Nachahmung empfohlen.«

Julian lachte auf. »Ich hatte gehofft und gleichzeitig befürchtet, dass du so etwas sagst. Und was ist denn nun mit Uwe? Und was ist mit Evelyn?«

»Na was schon? Er weg, sie weg! Durchgebrannt, und zwar vermutlich miteinander.«

»Also ich habe keinen Plan warum er das gemacht hat. Es ging uns allen doch gut in der Firma, ihm ging es gut, das Geld hat sicher auch gestimmt, das Betriebsklima war gut. Mit dem bisschen Geld kommt er doch nicht weit. Dafür alles aufgeben?«

»Hormone?«, wendete ich ein.

Julian lächelte. »Ich hab auch welche.«

»Halt sie in Schach!«, sagte ich.

»Ich versuche es«, sagte Julian. Er griente dabei nicht, sondern schaute irgendwie traurig, und ich reimte mir zusammen, dass es ihm sehr sehr schwer fiel, was ich verstehen konnte, da es mir genau so ging.

»Und er hat das Geld wirklich von den Firmenkonten geklaut?« Ich versuchte das Thema von der Sex-Sache wegzubringen.

»Ich hab's mit eigenen Augen gesehen auf der Kontoübersicht mit den Abbuchungen.«

»Kann man das denn einfach so machen?«

»Einfach ist das nicht. Erstmal geht das nur dort von Ort aus über die feste IP des Standleitungsrouters. Und ab fünfzigtausend pro Einzelposten würde das Kontrolling eine Infomail bekommen. Daher wurde das in ganz vielen Einzeltranchen überwiesen. Hat bestimmt Stunden gedauert.«

»Und das konnte Uwe mit seiner Berechtigung machen?«

»Alleine nicht. Er hatte Hilfe. Man braucht dazu ein Handy mit einer besonderen App und die Pin dazu. Die Person die das Handy und die Berechtigung vorher hatte wurde später aufgefunden. Er wurde unter Drogen gesetzt. KO-Tropfen.«

»Wird man da nicht eher müde und dann bewusstlos?«

»Schon, aber in kleiner Dosis wirkt es euphorisierend. Und aphrodisierend. Er hatte den Fehler gemacht, für die App das selbe Passwort zu nehmen wie für sein Handy. Das hat die Person wohl ausgespäht. Er konnte sich nur noch sehr bruchstückhaft an die Frau erinnern. Blond war sie, meinte er.«

Mann, das wurde ja immer schlimmer. Uwe schien wirklich unter die Kriminellen gegangen zu sein. »Könnte passen. Meinst du Evelyn hat den Typen? Wie sollte Uwe sonst an die Pin gekommen sein?«

»Vermutlich, ja. Aber das mit Evelyn wussten wir vorhin ja noch nicht. Also, dass es Evelyn war.«

»Ist das nicht Blödsinn? Es hört sich zwar nach viel Geld an, aber das wäre doch bald alle! Oder?«

Julian lächelte mich wissend an. »Für ein Leben in Luxus reicht es nicht lange. Aber vielleicht war es ja Startkapital für irgendwelche kriminellen Geschäfte. Oder für Insiderhandel.«

»Wusste Uwe denn was relevantes?« Ich wusste, was Insiderhandel ist. Uwe hatte es mir mal erklärt, als so etwas in den Nachrichten kam.

»Ich glaube nicht. Also ich weiß auch von nichts, was sich lohnen könnte, mal abgesehen davon dass ich nicht genügend Geld hätte.«

»Aber genügend Gewinne könnte man da machen, oder?«

»Ja, wenn man auf Kurswertverluste oder Steigerungen wettet, dann schon. Für Insider ist das aber nicht erlaubt!«

»Und das Geld? Wäre das für eure Firma gefährlich, wenn ihr es nicht wiederbekommt?«

»Das bekommen wir sicher nicht wieder. Das Geld ging erst auf ein Konto in Zypern, dann nach Malaysia, und bei einer chilenischen Bank verliert sich dessen Spur, da wir noch keine Auskunft bekommen haben. Aber von da ist es sicher auch weiter geflossen. Die Summe ist schon schmerzhaft, aber für ein größeres Problem erscheint mir die Summe zu klein.«

Und mir sagte es, dass Julian keine Ahnung von dem hatte, was Piere mir gesagt hatte. Und ich würde es tunlichst nicht weitererzählen. Endlich, nach einer kleinen Ewigkeit, kam unsere Bestellung. Julian hatte auch einen Kaffee genommen, aber eine Nummer kleiner, nichts zu essen, aber ich dafür ein riesengroßes Stück Kuchen mit Baiserhaube. Ich brauchte das jetzt! Ich machte mich auch sofort über die beiden Sachen her und Julian schaute mir schmunzelnd zu. »Na, Bandwurm gefüttert?«, fragte er, nachdem ich mit dem Kuchen fertig war. Ich lächelte, aber etwas gequält, da mir jetzt, wo wir nicht miteinander redeten, erneut die ganze Tragweite der ganzen Geschehnisse durch den Kopf ging. Auf ein mal, völlig unvermittelt, kamen mir die Tränen.

»Entschuldigung«, sagte ich, kramte ein Taschentuch aus

meiner Tasche, und tupfte alles weg. Meine Schminke musste jetzt trotzdem noch weiter verlaufen sein. »Das eben war zu was gut. Mit dem kapitalen Schminkschaden willst du mich jetzt sowieso nicht mehr«, sagte ich traurig lächelnd.

»Jetzt erst recht!«, sagte Julian allen Ernstes.

»Du bist verrückt!«

»Ja, bin ich!«

»Julian! Ich hab dir gesagt, das geht nicht!«

»Ja, und letzte Nacht ging es auch schon nicht!« Julian hatte die unbequeme Gabe, immer schön den Finger in die mühsam verarztete Wunde zu legen.

Ich blickte ihn traurig an. »Julian! Du weißt genau, ich bin verheiratet. Noch. Und außerdem …«

»Bin ich jünger. Zu jung für dich. Viel zu jung«, vervollständigte Julian meinen Satz. Leider genau so, wie ich ihn hätte sagen wollen. »Und dennoch gab es Gestern. Warum kann es denn kein Heute geben? Oder Morgen?«

Ich lächelte. Vermutlich wieder etwas gequält. »Weil es kein Übermorgen gibt.«

»Das gibt es doch aber auch noch!«

»Du weißt genau wie ich das meine. Das mag vielleicht eine Weile gehen. Aber irgendwann kommt eine Jüngere. Schönere. Mit besserer Figur.«

»Ich glaube, du hast keine Ahnung, wie toll deine Figur ist, Sandra. Deine Kurven sind atemberaubend. Dein Lächeln ist bezaubernd. Selbst jetzt, in dieser Situation mit den vielen Problemen. Deine Lippen sind so sinnlich, man möchte darin versinken. Und in deinen Augen möchte man ertrinken. Im Ozean deiner blauen Augen.« Ich lachte schrill auf und blickte mich um. »Was ist?«, fragte Julian.

»Meine Augen sind braun! Und hier wird jetzt nicht etwa heimlich ein Schmonzetten-Liebesfilm gedreht? Mit uns beiden in der Hauptrolle?«

Jetzt musste sogar Julian lachen. »Ich gebe zu, es war ein wenig schwülstig. Aber es ist die Wahrheit.«

»Julian, das geht so nicht!« Ich spürte aber deutlich, dass mein kleines Biest da unten andere Pläne hatte. Zumindest heute. Im

48

Feuchtgebiet war schon wieder eine Überschwemmung.
»Irgendwann ist der Zauber vorbei, du suchst dir eine andere, und dann aus die Maus. Das könnte ich nicht ertragen.« Ich machte eine kleine erzwungene Sprechpause, da Julian nichts dazu sagte. »Und ich mag dich auch. Nein, das ist der falsche Begriff. Du gefällst mir auch.«

»Du wolltest wohl sagen, du bist scharf auf mich. Zumindest heute.« Mann, wie schaffte der das nur, so hinter meine Fassade zu schauen? Dabei hatte ich mir doch alle Mühe gegeben, mir nichts anmerken zu lassen.

Ich versuchte abzulenken. »Du hast nichts gegessen. Willst du nicht auch einen Kuchen essen? Der Baiser war sehr lecker.« Julian grinste jetzt. »Ich will einen süßeren Kuchen. Dich!« Ich spürte regelrecht, wie mir die Röte zu Kopf stieg.

»Ich ... ich«, stammelte ich.

»Du kommst jetzt mit mir!«, sagte Julian. So, als stünde das felsenfest im Raum. Er winkte nach der Bedienung. »Ich möchte zahlen!« Die Kellnerin kam und kassierte. Wieder nahm ich wahr, dass Julian dabei nur Augen für mich hatte, obwohl die Kellnerin viel attraktiver war. Könnte da wirklich was dran sein mit meiner Wirkung auf Männer? Also, auf manche Männer?

»Soll ich dich nach Hause fahren?«, fragte ich.

»Ja, gerne. Ich bin im Liebesrausch, und betrunken darf man kein Auto fahren.«

»Spinner«, sagte ich. »Bist du mit dem Auto hergekommen?«
»Nee, mit der S-Bahn.«

»Na, ich will mal nicht so sein. Wo wohnst du noch mal? Der Alkohol letztens war wohl doch ein wenig zu viel.«

»Ich kenne den Weg. Ich lotse dich hin.«

»Na gut!«

Während der Fahrt fragte ich ihn ein wenig darüber aus, was er in der Firma so den ganzen Tag macht. Ich fand es ein wenig langweilig. Den ganzen Tag irgendwelche Analysen machen und Tabellen und Grafiken erstellen. Aber wenn es ihm Spaß macht. Mein Dings wär's nicht. Dann waren wir da. »So, da wären wir wohl, oder? Danke für ... deine Navigationshilfe. Bis ... ähm ... irgendwann mal.« Julian schaute ziemlich perplex.

Ungefähr zwei Sekunden später waren wir aber schon in einer wilden Knutscherei, wobei es - ich gebe es nur ungern zu - von mir ausging. Irgendwie musste mein Hormonhaushalt momentan völlig gestört sein, aber das war mir nur Millisekunden später völlig egal. Nach irgendwie fünf Minuten entschlossen wir uns dann doch, in Julians Wohnung zu gehen.

Kaum drinnen, gingen wir uns sofort gegenseitig an die Wäsche. Nicht so, dass wir uns gegenseitig die Kleidung herunter rissen. Nein, total leidenschaftlich, aber auch zurückhaltend. Das klingt jetzt merkwürdig, aber damit ist gemeint dass wir zwar forsch zu Sache gingen, aber trotzdem noch auf die Bremse traten und uns immer wieder zwischendurch auch um andere Körperstellen kümmerten, als auch immer wieder wild knutschten. Julian hatte dabei einfacheres Spiel, da er mir sowohl einfach zwischen die Beine greifen konnte, da mein Rock kurz, wenn auch nicht zu kurz war, als er auch problemlos mit der Hand unter mein Oberteil rutschen konnte. Von beiden Möglichkeiten und auch von anderen machte er reichlich Gebrauch und ich genoss es. Es war wie beim ersten Mal! Irre! Und kurz nach ihm wanderte auch meine Hand an sein Lustgerät samt Anhang. Er stöhnte und ich hatte Angst, dass ich zu stark quetschte, aber es war wohl nur Lust-Stöhnen und kein Schmerz-Stöhnen. Irgendwann war es dann aber doch soweit und Julian gewann. Er führte mich zu seinem Bett und drückte mich sanft darauf. Sekunden später spürte ich schon seine Lippen an meinem Heiligtum. Und dann auch seine Zunge. Ich war völlig im Lustland, stöhnte, keuchte, vielleicht hatte ich auch ein paar mal aufgeschrien, ich hatte jedes Zeitgefühl verloren, aber irgendwann war es dann doch soweit. Ich musste ihn schmecken, einfach schmecken! Ich stand auf, ging auf die Knie, und verleibte mir seinen Luststab ein. Ich versuchte ihn so tief wie möglich hineinzubekommen, was aber nicht so einfach war. Und ich wollte es so lange wie möglich auskosten, aber Julian hatte wohl nicht so viel Geduld. Er zog mich hoch, er zog mich ganz aus, viel hatte ich ja auch nicht mehr an, er drückte mich auf das Bett, und war Sekunden später in mir. Dass er kein Kondom nahm war mir genauso egal wie gestern Nacht. Wenn schon wollte ich ihn ganz spüren. Ich klammerte mich an ihn, umschlang ihn mit meinen Beinen und nach viel zu kurzer Zeit kam er in mir. Heftig keuchend kamen wir langsam zur Ruhe. Ich schaute ihn an, streichelte sein Gesicht, und küsste ihn zärtlich. »Du bist so toll«, sagte er. »Ich liebe es mit dir Sex zu machen.«

»Du sollst mich nicht lieben! Ich bin verheiratet, das weißt du.«

»Bisher liebe ich ja auch nur den Sex mit dir. Aber ich bin nicht weit weg vom richtigen Lieben.«

»Du weißt dass ich da nicht mitmache. Sex ja. Liebe nein.« Julian seufzte auf und ließ sich zur Seite rollen. Ein Blick zeigte mir, er hatte noch die Kraft der Jugend. Sein Luststab zeigte noch steil in die Höhe. Das musste ich ausnutzen, da ich noch keinen Orgasmus gehabt hatte. Ich schwang mich über ihn und verleibte ihn mir ein. Beide stöhnten wir gleichzeitig auf. Und dann fing ich an zu reiten. Ganz langsam nur. Es dauerte nur ein paar Minuten, dann war ich fast schon am Punkt. Julian versuchte mehrfach das Tempo zu erhöhen, aber ich bremste ihn jedes mal aus. Zu schön war das einfach, das so machen zu können, das Halten der größten Lust bis kurz vor der Explosion. Immer wieder variierte ich ein klein wenig. Mal das Tempo, mal meine Stellung, und benutzte schön mein Becken, damit Julian mit seinem Luststab jeden Winkel meiner Lusthöhle erforschen konnte. Aber irgendwann, es kam mir vor wie nach Stunden, war aber viel weniger, hielt ich es doch nicht mehr aus. Ich wurde schneller, fiel in Galopp, senkte mich ab, knutschte mit Julian, unsere Körper vereinigten sich endgültig, auch unsere Münder, und dann kam ich, zitternd, unfähig, während meines Orgasmus noch irgend einen Laut herauslassen zu können. Nach einer endlos lang erscheinenden Zeit entspannte ich mich und atmete aus. Ich rollte mich von Julian herunter, wir lächelten uns an, wir knutschten. Dann seufzte ich auf. Es fiel mir sehr sehr schwer, aber ich stand auf, suchte mir meine Sachen zusammen, zog sie an, sagte so cool wie möglich obwohl es innerlich in mir ganz anders aussah: »Ich muss jetzt los«, gab ihm noch einen Kuss, und ging aus der Wohnung und aus dem Haus. Wenn ich nicht gegangen wäre, hätte ich mich wohl unweigerlich in ihn verliebt. Mein Biest hatte noch ganz damit zu tun, das Kribbeln zu verarbeiten, und hielt mich nicht zurück. Es hatte bekommen, was es wollte, zumindest für heute. Zu Hause fiel ich wieder in eine tiefe Krise. Mein Gott, was hatte ich gemacht? Das beim letzten Mal mit Julian könnte man vielleicht noch als Notwehr bezeichnen. Als Strategie, für mich wichtige Informationen zu bekommen. Aber das hier? Das hatte die mit voller Absicht gemacht! Die? Nein, das Biest da unten hatte keine Schuld. Ich war es! Ich muss sie doch kontrollieren können! Ich bekam eine Heulattacke. Während des Heulens musste ich dann irgendwann eingeschlafen sein.

Als ich Morgens aufwachte, lag ich auf der Couch, noch mit allen Klamotten. Trotz der Sachen, die gestern passiert waren, fühlte ich mich wieder relativ gut. Als erstes ging ich duschen. Das Kribbeln, welches das auf meinen Körper perlende Duschwasser erzeugte ignorierte ich dieses mal. Heute würde ich nicht schwach werden! Ich zog mich an und fuhr ohne Frühstück in die Firma. Es waren natürlich allerhand Sachen liegen geblieben, welche ich erledigte. Alle waren froh, dass ich wieder da war. Vanessa sah sich mit mir einige gefertigte Stücke an. Diese waren gut gelungen. Zwischendurch ging ich mal raus und gönnte mir ein spätes Frühstück. Und dann blieb ich bis zu einem frühen Feierabend. Endlich wieder ein normaler Tag, wenn man so einen Tag nach diesen Ereignissen und ohne Uwe so nennen konnte. Gegen 16 Uhr war ich zu Hause. Ich wollte noch einmal alles reflektieren, wurde aber durch die Haustürklingel gestört.

Ich öffnete. Piere. Er sah tieftraurig aus und hatte dunkle Augenringe, sah auch müde aus. »Komm rein Piere. Weißt du es schon?«

»Was soll ich denn wissen?«, fragte Piere zurück, folgte mir aber erst mal ins Haus.

»Warst du schon zu Hause?«, fragte ich.

»Ja. Aber Evelyn ist immer noch nicht da.«

Ich zeigte auf einen Sessel und Piere setzte sich hinein.

»Cognac?«, fragte ich, und Piere nickte. Ich goss uns zwei Gläser ein. Das sollte mich später noch retten.

»Cheers«, sagte Piere, wir stießen an. Piere hatte sein Glas in Nullkommanichts ausgetrunken, ich brauchte etwas länger. Ihm schenkte ich gleich nach.

»Macht Evelyn das öfters? War sie schon mal weg?«

Pieres Augen wurden traurig. »Sie war mal mit einem Surflehrer durchgebrannt in einem Urlaub an der Cote d'Azur, aber nach einem halben Tag war sie wieder da.«

»Und da hast du nicht Schluss gemacht?«

Piere zuckte die Schultern. »Ich liebe sie halt. Was soll ich denn nun wissen, was du weißt?«, fragte Piere.

Ich biss mir auf die Lippen, kämpfte lange mit mir. »Evelyn ist die zweite Person auf dem Video!«

Piere fiel zusammen. »Nein! Nein, das kann nicht sein!«

»Es tut mir leid, Piere! Leider doch! Schau dir das mal auf einem PC an!«

Ich zog Piere vom Sessel hoch zum Computerplatz, und startete den Film. Piere ließ ihn ein paar mal laufen.

»Du hast Recht«, sagte er.

»Ihr habt Uwe nicht gefunden, oder?«

»In Marseille ist er nicht mehr. Wir haben zwei Detekteien mit der Suche nach ihm beauftragt!«

»Aber Evelyn haben die nicht gesucht, oder?«

»Nein. Ihr Verschwinden hatte ja nichts mit der Firma zu tun. Dachte ich jedenfalls.« Man sah regelrecht die Gedanken in ihm kreisen. »Sandra, mach dir nichts vor. Du weißt doch jetzt, dass sie bei ihm ist. Die sind miteinander durchgebrannt!«

»Wie kannst du da so ruhig bleiben?!« Fast schrie ich ihn an.

»Bin nicht ruhig. Ich muss kühlen Kopf bewahren.«

»Und nun? Was machen wir, Piere?« Wieder zuckte Piere mit den Schultern.

Dann wurde unsere Konversation durch einen Anruf gestört. Er kam von einer gespeicherten Nummer. Heidi Siebert von unserer Bank. Ich ahnte Schlimmes.

»Herr Neuhaus? Hier ist Heidi Siebert von der Bank. Es geht um ihren Hypothekenkredit.«

»Ich bin es, Sandra Neuhaus. Was ist denn damit?«

»Nun, das ist etwas ungewöhnlich, deshalb wollte ich nachfragen, ob alles in Ordnung ist.«

»Was ist denn ungewöhnlich, Frau Siebert?«

»Na, normalerweise überweist man dem Bauunternehmen oder dem Generalunternehmer ja in Tranchen je nach Baufortschritt, aber hier wurde alles mit einmal überwiesen.« Ich spürte richtig, wie ich leichenblass wurde.

»Wie, alles?«

»Na, alle 320000 Euro.«

Mein Pulsschlag erhöhte sich bereits. »Und wohin? Und wann?«

»Heute früh an eine Bau Gross Inhaber Ernst Klein in Wien.«

»Die kenne ich nicht. Ich muss mal meinen Mann fragen.« Es fiel mir schwer, ruhig zu bleiben, aber ich schaffte es noch.

»Ist er denn da?«

»Nein, er ist unterwegs.« Es begannen bereits meine Tränen zu fließen.

»Gut, er soll mich dann bitte zurückrufen, ja?«

»Danke, richte ich aus«, sagte ich, bereits mit tränen-erstickter Stimme, und legte auf. »Scheiße! Scheiße! Scheiße Scheiße Scheiße!«

»Was ist denn?«, fragte Piere, der das mitbekommen hatte.

»Mir wurde auch Geld geklaut. Geld für den Umbau.« Sicher waren meine Augen jetzt nicht nur nass, sondern auch schreckgeweitet.

»Welchen Umbau denn?«

»Hypothekengeld. Wir wollten das Haus renovieren und energetisch sanieren, und auch die 3 Ferienhäuschen an der

Küste. Jetzt ist alles weg!«
»Komm mal her!«, sagte Piere, und nahm mich in den Arm. Wir
trösteten uns gegenseitig, bestimmt ein paar Minuten heulten
wir uns gegenseitig voll. Jetzt trank auch ich mein Glas aus,
Piere schenkte noch mal nach. »Habt ihr ein gemeinsames
Konto?«, fragte Piere. Ich nickte. »Geh gleich morgen zur Bank
und lass ihn da sperren!«
»Gut, das mache ich. Willst du los?«
»Ja!«, sagte Piere allen Ernstes.
»Piere, so kannst du nicht fahren! Du hast zwei Cognac
getrunken!«
»Drei! Einen hatte ich schon zu Hause!«
»Du kannst hier im Besucherzimmer schlafen! Kommt eh sonst
keiner!«
»Danke, Sandra!«

Wir saßen dann noch längere Zeit herum, schmiedeten Pläne,
aber eigentlich wussten wir nicht weiter. Wir hatten keine
Ahnung, wie wir die beiden finden sollten, und auch nicht, wie
wir das Geld wiederbekommen sollten. Irgendwann waren wir
so müde, dass wir ins Bett gingen. Ich musste das alles erst mal
verdauen, schlief dann aber doch gegen Mitternacht ein. Ich war
eher wach und zauberte für Piere ein Frühstück, Piere düste
dann los, und ich auch, zur Bank.

Am Schalter saß eine aufgebrezelte Schnepfe, die so tat als wäre
sie freundlich. »Guten Tag. Ich möchte bei meinem Konto was
sperren lassen.«
»Ich brauche ihren Ausweis und die Kontokarte.« Ich gab ihr
beides. Den Ausweis gab sie mir wieder und dann tippte sie.
»Zugriffsberechtigt sind sie und ihr Mann. Und was genau
wollen sie sperren lassen?«
»Das Konto. Aber nur den Zugriff für meinen Mann!« Sie lächelte.

Bestimmt hielt sie mein Vorgehen für das einer eifersüchtigen Ehefrau, was ja auch stimmte.

»Das geht leider nicht. Da müsste ihr Mann zustimmen!«

»Das geht momentan nicht. Er ist verschollen.«

»Trotzdem!«

»Gibt es da keinen Weg? Es könnte doch sein dass er überfallen wurde und nun jemand anders die Karte hat.«

Sie schüttelte den Kopf. »So nicht. Sie könnten höchstens ein neues Konto eröffnen nur für sie, und dann das Geld transferieren.«

»Wie viel ist denn noch drauf?«

»Knapp 17000 Euro.« Ich atmete auf. Das hatte er also nicht abgeräumt. Zusammen mit dem Geschäftskonto müsste mich das erst mal retten.

»Bitte machen sie das dann so!«

Sie nahm ihr Telefon und rief jemanden an. »Bitte gehen sie links in den Beratungsbereich. Frau Nguyen wird sie in Empfang nehmen.«

»Danke.«

Eine asiatisch aussehende Kundenberaterin nahm mich in Empfang und führte die nötigen Schritte aus. Eine Viertelstunde später war ich dann glückliche Neukontobesitzerin. Eine Kreditkarte dafür würde ich auch bekommen, das meiste könnte ich solange mit der neuen EC/Debitkarte machen. Unsere alte Kreditkarte die auf meinen Namen lief besaß Uwe, die ließ ich sperren, was problemlos ging. Außerdem kündigte ich die Karte. So könnte er auch keine Ersatzkarte bekommen. Und für das alte Konto konnte ich zumindest eine Überziehungssperre einrichten. Und ich war froh, dass Frau Siebert nichts davon mitbekommen hatte. Da wäre ich in Erklärungsnot gekommen. Halbwegs erleichtert fuhr ich in die Firma und versuchte, mir nichts anmerken zu lassen.

Zurück zu Hause, hatte ich immer noch keinen Plan. Ich stellte einige Recherchen an. Besonders über die Bau Gross Inhaber Ernst Klein. Viel fand ich nicht. Aber mit ein wenig Geschick fand ich einen Brancheneintrag. Demnach residierte diese in der Perntergasse in Wien. Das sah aber eher nach Wohngebiet aus, wie ich bei einem Check mit einer Openstreetmapkarte feststellte. Ich vermutete eine Fake-Firma.

Am Abend fuhr ich noch zu Piere. Er öffnete, sah ein wenig zerknautscht aus. »Gibt es Neuigkeiten?«, fragte ich.
»Leider nicht«, antwortete Piere.
»Piere, wir müssen irgendwas tun!«
»Aber ich hab doch schon was getan! Ich hab dir doch schon erklärt, warum die andere Variante nicht geht! Noch nicht!«
»Ja«, seufzte ich. Auch Piere seufzte, holte aus einem Schrank eine Flasche Cognac sowie zwei Cognacgläser und füllte diese. Wir stießen an und nippten daran.
»Hast du was mit dem Konto gemacht?«
»Ja, ich war zur Bank, hab ein neues Konto eröffnet, und den ganzen Rest des Geldes dorthin verschoben. Darauf hat Uwe keinen Zugriff.«
Piere schaute mich erstaunt an. »Das war clever. Hätte ich dir gar nicht zugetraut!«
»Ich bin auch Manager. Manager meines Ladens und nun auch meines eigenen Lebens. Ich hatte viel zu viel Uwe überlassen. Haben die denn gar nichts rausgekriegt?«
Piere schaute mich durchdringend an. Diesen Blick kannte ich von ihm nicht. Befürchtete er, dass ich ihn belogen hatte? Oder verschwiegen? Ich spürte, wie ich etwas rot wurde. »Warst du mit Uwe in Mailand? Vor dreizehn Tagen?«
»Was? Nein! Da war ich hier! Nein, warte … war das am 28ten zum 29ten?«
»Ja, genau da. Eine Detektei hat was heraus bekommen. Ein Uwe und Sandra Neuhaus. Es konnte sich aber niemand an das Aussehen erinnern. Die Ausweisnummern hatten die nicht abgefragt. Manchmal sind die in Italien aber ein wenig

schlampig!«

Ich schüttelte nochmals den Kopf. »Ich war da mal vor einem halben Jahr, aber alleine. Eine Modeschau über Strickmode. Sonst fahre ich dazu immer nach Paris, aber das war da echt mal was anderes. An dem fraglichen Datum war ich auf Sylt. Zwei Tage, von Montag zu Mittwoch. Ein Sonderangebot vom Hotel wo wir schon ein paar mal waren.« Ich hielt ihm mein Handy hin, zeigte Fotos, auch einige Selfies waren dabei.

»Und wo ist da Uwe?«

»Der war da nicht mit. Den habt ihr doch an den Tagen nach Riga geschickt!«

»Wir haben nichts in Riga!«

»Was? Also, das wird ja immer mysteriöser!« Ich schüttelte den Kopf.

»Ja. Gut, Sandra. Ich glaube dir. Dann hat wohl jemand deinen Namen benutzt.«

»Und wenn Uwe das war ... was wollte er in Mailand? Und mit wem war er da? Mit Evelyn?«

»Das wissen wir eben nicht. Evelyn war es jedenfalls nicht, die war an dem Tag hier. Der Gast mit diesem Namen war da nur eine Nacht. Unsere Firma hat auch da nichts in Mailand. Auch nicht unsere Dependancen.«

Ich fiel regelrecht zusammen. »Eine Sackgasse, oder?«

»Scheint so!« Mir kamen die Tränen. »Sandra, lass das. Ich kann keine Frau weinen sehen!«

»Es ist keine Waffe, Piere!«, stieß ich mit tränen-erstickter Stimme hervor. »Es kommt einfach so!«

»Ist ja gut, Sandra. Komm, trink noch mal einen Schluck!« Das tat ich und kam auch wieder herunter. Der Cognac hatte aber etwas getriggert. Mein Magen knurrte und erinnerte mich daran, dass ich heute nach dem Frühstück nichts mehr gegessen hatte. »Oh, höre ich da etwa den hungrigen Magen einer schönen Frau?«

Ich versuchte zu lächeln. »Uwe hat das auch mal gesagt. Für ihn war ich aber die schönste Frau.«

»Wenn du das für mich auch bist, dürfte ich das aber nicht sagen. Das weißt du doch, Sandra!« Ich versuchte erneut zu lächeln, antwortete aber nicht. »Weißt du was? Ich schau mal was ich finde und versuche für dich was zu zaubern. Für uns.« »Ach Piere! Jetzt machte ich dir auch noch Arbeit!« »Sandra, das lenkt mich wenigstens von der Scheiße ab die hier läuft. Mach es dir bequem. Wird eine Weile dauern.« Ich wechselte meinen Platz zum Sofa hin, und Piere verschwand in die Küche.

Ich checkte erst einmal mein Handy, da wurde ich vom Klingeln des Haustelefons von Piere aufgeschreckt. Unbekannte Nummer. Was sollte ich tun? Piere war ja in der Küche. Ich nahm ab. Wäre blöd jetzt meinen Namen zu sagen. Auch ein 'Hallo' wäre doof. Was wäre, wenn da Evelyn dran ist? So horchte ich also nur. Es sagte am anderen Ende aber auch keiner was. Man hörte nur ein Atmen, und merkwürdige Geräusche. Ein Rumpeln, Stimmen. Dann wurde aufgelegt. Ich konnte vorher aber noch deutlich hören, dass jemand 'Haltestelle: Stephansplatz' sagte. Oder war es 'Halt: Stephansplatz'? War aber auch egal. Jetzt war ich mir sicher, dass das Evelyn war. Wer sonst würde so anrufen und nichts sagen? Ich wollte schon aufstehen und es Piere sagen, aber ich rief mich wieder zurück. Das musste er nicht wissen. Ich würde die Sache jetzt selbst in die Hand nehmen. Das war offenbar die Haltestelle einer U-Bahn, und ich hatte jetzt eine Spur! Stephansplatz ... waren sie also doch noch in Hamburg? Eine Viertelstunde später kam Piere mit einer Schüssel herein, deren Inhalt ganz toll duftete. »Voilà«, sagte er. »Nudeln mit Lachs in einer Sahnesoße. Ich bitte zu Tisch!« Er deckte in Sekundenschnelle den Esstisch, und ehe ich saß, war schon alles fertig. Er tat mir eine reichliche Portion auf, die ich in allerhöchstens 5 Minuten verspeist hatte. Zwischendurch warf mir Piere immer so verschmitzte Blicke zu. Glaubte er, Liebe geht durch den Magen? Dafür war ich heute zu müde, aber ich ertappte mich dabei zu überlegen, wie ich rauskriegen könnte, wie groß denn nun sein Luststab wirklich ist, ohne dass es zum Äußersten kommt, aber mir fiel nichts ein. Kein Trick. Zweimal bekam ich noch Nachschlag, dann war ich satt. Piere hatte aber noch was in Petto. Er hatte in aller Schnelle einen Pudding gekocht, und mit einer Amarena Kirsche und einem Schuss Soße verfeinert. Natürlich aßen wir beide auch noch das Dessert Schälchen. Ich wurde nun noch müder, aber Piere dirigierte mich wieder zur Couch, er machte den Abwasch, was nicht lange dauerte, da er alles nur in den Spüler stellen musste, dann setzte er sich zu mir. »Hat vorhin beim Kochen jemand angerufen«, sagte ich so beiläufig wie möglich. »Hat aber nichts gesagt. Könnte das Evelyn gewesen sein? War aber eine unterdrückte Nummer!«

Piere, der auch schon einige Anzeichen von Müdigkeit zeigte, war auf ein mal hellwach. »Hast du deinen Namen gesagt?«, fragte er.

»Nee, gar nichts. Nur gehorcht. Ich wollte dir schon das Telefon bringen, aber da hat der oder diejenige schon aufgelegt. Das ist merkwürdig, oder?«

»In der Tat.«

»Falls es Evelyn war, vielleicht wollte sie sich erklären, hat aber ein schlechtes Gewissen bekommen?«

»Das ist wohl das Wahrscheinlichste, Sandra.«

Wir tranken dann noch (zu viel) Cognac und Piere erzählte ein wenig von seiner Zeit als Koch, aber irgendwann war nicht nur ich, sondern auch Piere zu müde. So konnte ich natürlich nicht mehr fahren. Piere bot mir ein Bett im Besucherzimmer an, aber ich lehnte ab, wollte auf der Couch schlafen. Hatte ich Angst, dass Piere zudringlich wird, wenn wir auf der selben Etage schlafen? Im Nachhinein konnte ich das gar nicht mehr sagen. Erst konnte ich natürlich nicht einschlafen, bei den vielen dramatischen Sachen die passiert sind. Aber dann ging es doch. Ich hatte dann einen merkwürdigen Traum. Es war ... ja, das sah so ähnlich aus wie die Oper, die wir kürzlich geschaut hatten, Uwe und ich. Das Bühnenbild. Dann sagte jemand 'Haltestelle Stephansplatz'. Da wachte ich auf. Ein merkwürdiger Traum. Die Ansage 'Stephansplatz' drängte sich wieder in meine Gedanken. Auf ein mal hatte ich die Idee! Wir waren doch mit der U-Bahn zur Oper gefahren und Stephansplatz ausgestiegen! Die Haltestellenansage war aber ganz anders als die beim Telefonat gehörte! Und außerdem war die Strecke doch seit dieser Woche gesperrt und es gab Schienenersatzverkehr! Stand doch in der Zeitung! Das war ein ganz anderer Stephansplatz! Das war … ja! Jetzt erinnerte ich mich! In Wien gab es doch auch so einen Stephansplatz! Und hatte die Ansage nicht so einen Touch von Wiener Dialekt gehabt? Yes, das war es! Und dann diese Wiener Firma! Ich war total aufgeregt, schlief dann aber doch wieder ein. Ich hatte ja jetzt einen Ansatzpunkt. Am anderen Morgen war Piere zuerst wach, zauberte uns ein einfaches Frühstück aus Toast, Butter, Käse, und gekochten Eiern, die Toastbrote waren natürlich welche mit Körnern, Ballaststoffen, und ohne Konservierungsstoffe. Ich verabschiedete mich dann und fuhr in die Firma. Dort buchte ich einen Flug für den späten Nachmittag, sagte dass ich für einige Tage weg sein würde, machte einige dringliche Sachen fertig, gab noch einige Instruktionen und fuhr nach Hause, packte, und fuhr zum Flughafen. Ein Hotel hatte ich natürlich auch gleich gebucht. Da ich erst gegen 19 Uhr im Hotel war, legte ich noch nicht los, sondern aß in einer Gaststätte gleich nebenan ein schönes Wiener Schnitzel. Auf Alkohol verzichtete ich erst mal. Musste ja einen klaren Kopf behalten. Ich schlief schön aus und nach dem Frühstück brach ich auf.

Ich kaufte mir eine Karte für den Nahverkehr, die den ganzen Tag gültig war, und fuhr zuerst einmal zu der Adresse wo diese angebliche Baufirma residieren soll. Wie ich schon vermutet hatte war das hier ein reines Wohnhaus. Am Klingeltableau gab es weder die Firma noch den Inhaber. Da öffnete sich ein Fenster im Erdgeschoss und eine ältere Frau steckte den Kopf heraus. Wie im Film. Voll das Klischee! »Sucht's wen?«
»Ja. Hier soll die Firma Bau Gross residieren. Kennen sie die?«
»A Firma, hier? Na geh! So an Blödsinn gibt's hier ned. Des is doch a Wohnhaus!«
»Und der Herr Klein?«

»Ein Herr Klein, wos is' mit ihm?«
»Der soll hier wohnen!«
»I bin jetzt schon zwanzig Johr da. Den Herrn Klein kenn i ned!«
»Trotzdem danke!«
»Ja, bitt'schön.« Die Alte machte das Fenster wieder zu.

Ich fuhr zum Stephansplatz und legte mich in der U-Bahn Station auf die Lauer. Natürlich lag ich nicht, sondern saß oder stand, aber natürlich lauerte ich. Es gab eine gewisse Chance, dass er oder sie oder beide hier auftauchen würden. Wer den Öffi einmal benutzt, tut das normalerweise auch mehrfach. Ist in einer fremden Stadt eh immer besser. Zwei Tage lang tat sich leider nichts. Es war frustrierend und ich konnte schon keine aus U-Bahnen raus oder rein quellende Menschenmassen mehr sehen, aber am Tag Nr.3, am späten Nachmittag, passierte es dann. Evelyn stieg aus einer U-Bahn. Sie war alleine. Nun hatte ich ein Problem. Ich hatte zwar gehofft einen von ihnen zu finden, aber nicht überlegt was ich dann tun sollte? Die Polizei rufen? Das würde zu lange dauern. Festhalten? Aber schon strebte sie dem Ausgang zu. Im Nu war mein Puls auf 220 und ich sprintete auf sie zu. Sie hatte mich noch nicht entdeckt. Aber die Wut übermannte mich und ich machte etwas Unüberlegtes. »Du blöde Schlampe!«, schrie ich, und haute zu. Ich traf sie am Ohr. Sie zuckte zusammen und ging zu Boden. Ich war sogleich über ihr. All meine Wut ließ ich jetzt an ihr aus. Sie machte ich für alles verantwortlich. Natürlich musste sie Uwe verführt und ihn dann angestiftet haben. Sie schrie und wehrte sich. Das blöde war, ich konnte sie nicht hauen, da ich ja ihre Arme herunterdrückte. Ich versuchte es dennoch und sie schlug nach mir und mein Fausthieb ging ins Leere. Ich griff wieder ihre Hand, aber sie schaffte es, in meine Hand hinein zu beißen. Ich schrie auf. Sie warf mich ab und wollte flüchten, aber ich hielt meinen Fuß hin und sie klatschte mit dem Bauch auf den hier ziemlich harten Boden. Ich wieder hinterher. Sie drehte sich um, ich hielt sie am Bein fest, sie strampelte wie verrückt und ich versuchte ihr Bein zu bändigen. Dieses Flittchen hatte ganz schön Kraft! Aber irgendwann und mit viel Gezerre, Hauen,

Ringen und vor allem viel Geschrei hatte ich erneut die Oberhand gewonnen. Ich warf mich wieder mit meinem ganzen Gewicht auf sie, zog sie an ihren Haaren.

Sie schrie: »Was willst du von mir?«

»Du .. hast ... mein ... Leben ... zerstört«, presste ich heraus, während ich weiter versuchte, sie unter meine Kontrolle zu bekommen.

Sie versuchte einige male nach mir zu schlagen, aber es ging immer daneben. Ich konnte dabei endlich auch ihren zweiten Arm greifen und drehte ihn um. Wieder schrie sie auf. Auf ein mal wurde ich gepackt und von ihr weg gezogen.

Jemand sagte: »Lass sie in Ruhe, du Schnecke!« Sie nutzte das aus, drehte sich um, haute nach mir und traf mich am Auge. Es tat richtig dolle weh und Tränen kamen in meine Augen. Evelyn stand nun auf, richtete sich ihre Kleidung zurecht. »Hat der ihnen wos getahn? San's verletzt?« Der Typ der mich festhielt hatte die Statur eines Kleiderschrankes. Ich versuchte mich zu befreien, aber es ging natürlich nicht.

Ich schrie ihn an: »Lassen sie mich los!«

»Das würd'st du sicha gern ham, oder?« Evelyn schaute mich hasserfüllt, und mit Tränen in den Augen an, dann verschwand sie durch die Menschentraube, welche sich mittlerweile um mich versammelt hatte.

»Die hat mich beklaut! Die haut ab! Halten sie die auf!«

»A Teufel werd i tun! Des kümmert sich scho die Polizei drum!«

»Was is' hier für a Spektakel?« Zwei Polizisten waren aufgetaucht. Eine Frau in Uniform, blond, mit Zöpfen, sie sah drahtig aus und war etwa so groß wie ich, und ein Mann mit leicht gewellten braunen Haaren, etwa einen halben Kopf größer als ich und ziemlich kräftig.

»Die hat ane verhaut und dann hab ich sie weggezogen.«

»Aha. Und wo is die andere?«, ergriff der Mann das Wort, unverkennbar mit Wiener Dialekt.

»Weiß net! Die is weg.«

»Hat's jemand g'seh'n?«, fragte er die Umstehenden.

Die meisten schüttelten den Kopf, aber eine Frau sagte »I glaub, do hinten raus!«, und zeigte auf einen der Ausgänge.

»Na, passt. Sie kommen jetzt einmal mit!« Der Kleiderschrank ließ mich los. Ich ging mit ihnen mit. Die Frau von denen beäugte mich aber mit Argusaugen. Ich sah meine Felle wegschwimmen. Ich musste Evelyn unbedingt wiederfinden! Ich rannte in Richtung anderer Ausgang. Aber ich kam keine drei Meter weit. Die Polizistenfrau erwischte mich am Arm und mich ergriff ein wahnsinniger Schmerz. Dann war sie über mir, drückte mich herunter, und es machte Klick. Handschellen. Dann tastete sie mich auf Waffen ab, fand aber nur mein Handy, welches sie konfiszierte, also zumindest mitnahm.

»Na geh, Schluss jetzt! Kumm mit!« Beide zogen mich hoch und ich musste ihnen folgen. Sie verfrachteten mich in ihren Polizeiwagen. Soweit war es also gekommen! Ich in einem Polizeiwagen! Als Verbrecherin! Die Frau setzte vorne hinein, während der Mann mit zwei anderen Polizisten, die mittlerweile mit einen weiteren Polizeiwagen gekommen waren, nochmal zur U-Bahn Haltestelle runterging.

»Was wollen die da?«, fragte ich.

»Na, wos glaubst? Zeugenbefragung!« Es dauerte eine Viertelstunde, dann kamen sie wieder zurück. Der Polizist, der im Gegensatz zur Polizistenfrau einen relativ netten Eindruck machte, setzte sich auf den Beifahrersitz und die Frau fuhr los.

»Und?«, fragte sie.

»Mir hob'n an Person'nbeschreib'n und aa a von dem Tatablauf.«

»Tatablauf! Wie das klingt!«, sagte ich.

»Sicher war des a Tat«, sagte die Frau, ohne sich nach mir umzublicken. War auch nicht nötig, sie konnte mich ja im Spiegel sehen.

»Ich weiß eh wer das ist!«

»Na schau, dann kannst des glei zum Protokoll bringen.«

»Sie können. Ich lass mich doch nicht von so einer duzen!« Ich war jetzt voll geladen! Was erlaubte die sich!?

»Einer wos?«

Ich grinste. Bestimmt wollte sie jetzt 'Bullin' oder etwas ähnliches beleidigendes hören um mich wegen Polizistenbeleidigung dran zu kriegen. »Einer einfachen Streifenpolizistin!«

»WOW, Jetzt hast mir das aba gegeben.«

»Nochmal duzen dann bekommen sie eine Anzeige wegen Beleidigung. Soviel ich weiß, dürfen das auch Deutsche aufgeben.«

»Hab's eh scho gehört, dass d ... sie Deitsche san.« Na bitte, hatte doch geholfen! Lief gut für mich, oder? Wir parkten vor einem Polizeirevier und die Frau zerrte mich heraus und ziemlich unsanft in das Gebäude rein. Sie hatte mehr Kraft, als man dachte, wenn man sie sah. Sie führten mich in einen Raum, recht klein. Offenbar ein Verhörraum. Im Gegensatz zu den Räumen im Fernsehen gab es hier keine Scheibe. Beide setzten sich hin, mir gegenüber.

»Also, woll'n's a Aussage treff'n?«, fragte der Mann.

»Ich sag nichts!«, rief ich.

»Is' doch schnurz. Hab'n eh genug Zeugen herinnen.«

»Ach, und, gibt es auch eine Geschädigte?« Sie schwiegen.

»Sehen sie! Sie halten mich hier unberechtigt fest!«

»S' wird si eh no melden!«

»Wird sie nicht!«

»Owa, se kennan si? Woher woll'n's denn sonst ihre Reaktion voraussag'n? Warum wird's si denn net bei ihr meld'n, glauben's?« Er schaute mich dabei durchdringend an.

»Na, oane Idee hätt's ned?«, setzte die Frau jetzt noch nach.

»Ich brauch etwas zum Trinken und zur Toilette muss ich auch!« Die Frau seufzte und führte mich aus dem Raum und zu einer ziemlich kleinen Toilette mit nur einem Raum. »So geht das aber nicht!«, sagte ich.

»Umdreh'n!« Sie nahm mir die Handschellen ab. »Passt's auf, wenn's da Schmarrn gibt!«, ermahnte sie mich. Ich machte mein Geschäft und ging dort wieder heraus. Sie wartete vor der Tür.

»Könn ma des weglass'n?«, fragte sie. Ich nickte und ging freiwillig in den Raum zurück, wo der Polizist schon wartete.

»Also, jetzt fang ma an«, sagte die Frau.

»Sie heißt Evelyn.«

»Evelyn, und wie geht's weita?«

»Nachnamen kenne ich nicht.«

»So so. Und wozu das Ganze jetzt?«

»Sie hat's verdient.«

»Einfach so, wos?«

»Na nicht einfach so. Sie hat mich beklaut.«

»Aha. Und was jetz?«

»Na, Geld.«

»Wieviel's?«

»Ein paar hunderttausend.«

Sie pfiff durch die Zähne. »Hab'n's an Anzeigerl aufgegeb'n?«

»Nee. Ging ja nicht!«

»Wieso denn?«

»Sie war es ja nicht direkt.«

»Sondern?«

»Die hat mein Mann geklaut, nachdem sie ihn becirct und angestiftet hat.«

»Wie kommen's darauf?«

»Das weiß ich eben!«

»Sorry, aber des klingt eig'entlich merkwürdig. War's jetzt Bargeld?«

»Nee, vom Konto!«

»Dann hat's da also garnix direkt mit zu tun, oder?«

»Nee, das war mein Mann!«

»Und warum tun's den net jag'n?«

»Er war da ja nicht dabei!«

»Bei wos is' dabei?«

»Na in der U-Bahn.«

»Und woher haben sie des von ihr gewusst?«

»Wusste ich nicht. Ich hatte eine Ahnung, weil ich bei einem Telefonat was gehört habe. Haltestellenansage Stephansplatz. Daher wusste ich, dass die hier sein müssten.«

Die Frau griente. »An ihnen is a Detektiv verlor'n gangen. Wollen's ned bei uns anfan'n?«

»Bestimmt nicht! Dann hätte ich ja sie als Kollegin!«

Ihr Grienen erstarb. »Was is' denn jetzt mit ihrem Mann?«

»Weiß nicht. Ich vermute, dass der auch hier ist.«

»Und wia nennt ma den?«

»Neuhaus. Uwe Neuhaus.«

»Und wie heissen's?«

»Sandra Neuhaus. Ausweis ist hier in meiner Hosentasche.«
»Her mit da!« Sie hielt die Hand auf. Ich holte ihn heraus und gab
ihn ihr. Sie schaute ihn sich sorgfältig an und gab ihn dem
Mann. »Geh zum Geppinger und schau, dass er des überprüft«,
sagte sie, der Mann stand auf und verschwand, wurde aber
gleich von einem anderen Polizisten abgelöst. Ein Jungspund.
Gar nicht mal schlecht aussehend. Gleich schalt ich mich.
Sandra, reiß dich zusammen. In dieser Situation an so etwas zu
denken! Die Frau machte es sich bequem und wartete
scheinbar gelangweilt, während der Jungspund immer wieder
zwischen mir und ihr hinblickte. Ohne Frage, der war scharf auf
uns, konnte es aber nicht zugeben.
Dann kam der erste Polizist wieder und schickte den
Jungspund mit einem »Danke« wieder hinaus. Er gab mir den
Ausweis wieder. »Is fei echt«, sagte er grienend.
»Ich bin auch echt«, sagte ich.
»Das seh i«, sagte er.
Blondie sagte: »Wird's hier jetzt a Flirtstund'?«
Er setzte sich wieder zurecht und sein Gesichtsausdruck wurde
wieder ernst. Es war klar, wer hier das sagen hatte.
»Sie is' im Hotel Visit Wien eingelocht. Na ja, eingecheckt.« Er
wurde rot und fing sich auch sogleich einen bösen Blick seiner
Kollegin ein.
»Das hätte ich ihnen auch sagen können!«
Ein Mann steckte seinen Kopf in die Tür hinein. »Kommt's ihr
mal?« Sie standen beide auf und er flüsterte ihnen etwas zu.
»Los, fang ma an!«, sagte der Mann von dem Duo, und nickte ihr
auffordernd zu.
»Passt, kumma mit«, sagte die Frau zu mir. Ich wollte schon in
Richtung des Eingangs der Inspektion gehen, aber sie zeigte in
eine andere Richtung. »Ned mit uns. Sie gehn in uns'res
Hotelzimmer!«
Dort hinten war ein vergitterter Raum zu sehen. »Och nee«,
sagte ich.
»Das hab'n's sich selber zuzammengmissen! Also, wird's bald!«
Ich ging in das 'Zimmer', sie schloss ab und sagte dem
Jungspund, der wieder auftauchte irgendwas, und ging mit

dem anderen Mann zusammen raus. Ja, langweilig war es da drin. Keinerlei Ablenkung. Ich ging von einer Ecke in die andere, aber viel Platz hatte ich nicht. Vielleicht 3 x 3 Meter. Es dauerte lange, da kamen sie zurück. Ich rüttelte an den Gitterstäben.

»Ich habe Hunger! Gebt mir was zu Essen!«, schrie ich.

»Jetzt schau, dass du die Goschn halt'st! I bring dir glei wos«, sagte, oder besser rief die Frau. Dass sie wieder ins duzen geglitten war, bekam ich wegen meinem knurrenden Magen nicht mit. Sie ging in einen Raum und kam nach ein paar Minuten mit einem Pappteller wieder. Darauf lagen einige belegte Wurstbrote.

»Wie? Das soll ein Abendbrot sein? Das ist lächerlich! Ich will ein Wiener Schnitzel!«

»Oh, Entschuldigung, eure kaiserliche Hoheit! I hob den ganzen Hofstaat ausfahren lassen, oba im ganzen Land war nirgends so a Teil aufzutreiben.« Das alles mit übertriebenem Gestus und Ausdrucksweise. Ich wurde wütend auf diese Polizisten-Tussi. Und dann kam im verächtlichen Tonfall: »Nehms ma, oder hungerts' da!« Einen Moment lang kämpfte ich mit mir, aber der Hunger war stärker.

»Ist ja gut, geben sie her!« Jetzt legte sie den Teller über so eine Durchreiche auf eine Konsole mit abgerundeten Ecken am Rand der Zelle. Ein kleines Nachtreten konnte ich mir aber nicht verkneifen: »Ja ja, eure Sisi. Ich verstehe euch Ösis nicht, dass ihr diese blöde adelige Schnepfe so verehrt. Die hat doch nur auf Kosten der arbeitenden Bevölkerung in Saus und Braus gelebt, und während die schuften mussten, hat die sich durch den halben Hofstaat gevögelt und dem gemeinen Pack noch den Stinkefinger gezeigt!«

»Pah«, sagte die Polizistin, drehte sich um, und ging in den Raum der Wache, wo ich vorhin zum Verhör war. Ich aß also erst einmal mein 'Abendbrot', und - was blieb mir anders übrig - wartete. Aber es passierte lange nichts. Ab und an ging mal einer aus dem Raum der Wache irgendwo hin, aber keiner kam zu mir. Es waren außer mir insgesamt fünf Personen in diesem Bereich, stellte ich fest. Alle in Polizeiuniform. Auf ein mal ertönte ein ganz kurzes, ohrenbetäubendes Piepen. Die

Polizistin und ihr Kollege kamen aus dem Raum gestürzt und zu mir hin. »Was hast'n do?«, fragte Blondchen.

»Weiß nicht. Vielleicht 'ne Bombe?« Ich griente sie an.

»Wo soll die jetzt sein? Hab's doch vorhin schon durchforstet!«

»Ja, aber nur auf normale Waffen.«

»Schmarrn«, sagte sie. Ihr Kollege schaute sie besorgt an. Sein Blick sagte mir, dass er sie verachtete, aber auch, dass er mal was mit ihr hatte. Sie waren schon auf dem Weg zurück, da piepte es wieder. Sie drehte um. »Irgendwas haben's aber!«

»Ja, das ist mein Aufnahmegerät. Wenn der Akku nur noch 20 Prozent hat, dann piept das!«

»Aufnahme? Wofür braucht's des? Dürfen's eh net nutzen!« Ich wurde mutig. »Vor Gericht nicht, aber wenn ihr Freundes - und Bekanntenkreis erfährt, wie unfreundlich sie mit unschuldig festgenommen Personen umgehen, dann wird das für sie nicht förderlich sein! Das Internet vergisst nichts!«

»Des is' ja wohl die ...!« Man sah so richtig ihre Wut.

»Lass es bleib'n, Ines«, sagte ihr Kollege. Er war wohl besorgt darüber, dass sie gleich ausflippen würde.

Der Jungspund steckte seinen Kopf aus der Tür. »Kommts ihr amoi?« Die beiden drehten ab.

»Reingelegt! Das war die Rauchmelderin! Batterie alle!«, rief ich ihnen noch hinterher. Sie blieben stehen und schauten zu mir. Ich hatte nämlich längst entdeckt, woher das Geräusch kam.

»Woher wissen's des? Heißt des nimmer Rauchmelder?«, fragte sie.

»Normal schon. Aber sie geben sich so viel Mühe zu verbergen dass sie eine Frau sind, dass musste ich jetzt sagen! Damit hier wenigstens ein weiblicher Aufpasser Dienst tut!« Sie winkte ab und die beiden verschwanden wieder im Raum. Blondie mit Hüftschwung. So eine eingebildete Ziege! Dachte die, ich würde auf Frauen stehen? Niemals! Wieder verging viel Zeit. Dann kam Blondie wieder, schloss auf.

»Schau, ihr könnt's jetzt mal geh'n. Hat der Staatsanwalt gemeint.« Man sah deutlich, dass es ihr nicht recht war.

»Und wie ...?« Sie erriet meine Frage.

»Fünfzig Meter rechts is' 'ne U-Bahn-Station. Geht jetzt noch.

Viel Glück.« Dann drückte sie mir noch mein Handy in die Hand.
»Na vielen Dank auch!« Ich ging raus und fand die Station.
Einmal musste ich noch umsteigen und kurz nach Mitternacht
war ich endlich im Hotelbett und fiel in einen traumlosen Schlaf.

Ein lautes Klopfen weckte mich. Mist, das wird die Polizei sein,
dachte ich. So wie ich war, im Nachthemd, ging ich zur Tür und
öffnete. Vor der Tür stand - die Polizei. Also, zumindest der
Polizist. Dieses mal allerdings in Zivil. Er hatte zwei Kaffee-to-go-
Becher in der Hand und am Arm eine große Papiertüte hängen.
»Frühstücksservice«, sagte er, drängelte sich an mir vorbei ins
Zimmer und ging zielstrebig zum kleinen Tisch, der nahe am
Fenster stand.
»Machen sie das mit allen Verdächtigen so?«, fragte ich ihn.
»Ne, nur mit den'n, die i leiden kann.«
»Sie meinen, den gutaussehenden?«
Er griente. »Würd's des schlimm sein?«
»Erstmal nicht.« Ja, irgendwie hatte ich zwar eine Hasskappe auf
Blondie, aber ihn hatte ich eigentlich gemocht. Er musste halt
nur seine Arbeit tun. Er packte die Tüte aus. Croissants, Butter,
Käse, Milch, und O-Saft.
»I hoff, sie stehn auf Käse«, sagte er.
»Normalerweise schon. Nur nicht den Käse, in dem ich stecke.«
»Wissts, wos? I glaub da!«
Ich schaute ihm ins Gesicht. Aufrichtiger Blick. »Ich habe aber
gelogen. Die beiden haben noch viel mehr Geld geklaut.
Darüber darf ich aber nichts sagen.«
»Na denn, hab i jetz a nix ghört. Die Vögelchen san ausgflog'n.«
»Welche Vögel?«
»Na, ihr Mann und seine ... Gspusi.«
»Ach ...«
»Die hab'n ma gestern Abend ned gesehen und heit Nacht Hals
über Kopf weggewetzt. Is' ihnen wohl zu warm g'word'n nach

der Zusammenkunft mit dir.«

»Und wo sind sie hin?«

»Kenne mi net aus. Mit'm Flugzeug auf jeden Fall nix. Also auf keinem Weg, wo's nötig is, den Namen anzugeben.«

»Dachte ich mir.«

»Ihr Mann is im Hotel als Sören Neuhans ei'g'legt worden. Sie als Evilin Bolmann mit zwei i und einem l. War ned so einfach zu find'n.«

»Ach, sein zweiter Vorname.«

Er schaute mich mitleidig an. »Es tut schő a kräftig weh, oder?«

»Was? Das mit dem Geld? Oder dem Betrug?«

»Ja, freilich, beides!«

»Ja, stimmt. Sind sie hier, weil ihnen so etwas auch schon mal passiert ist?«

»Hab'n's an siebenten Sinn? I war einmal verheiratet. Nach zwei Johr hab i's rausg'fund'n. Aba a bekannte Person, die früher ihre Freundin war, hat mir g'sagt, dass es schon bald nach der Hochzeit richtig losgegangen is.« Er ballte jetzt die Fäuste.

»Man fühlt sich so hilflos, oder? Und dann haben sie sich mit Blondie getröstet?«

»Könn's hellsehn?«

»Nee, aber sehen. Ihre Blicke, ihre Verachtung, ihre Sehnsucht, und ihren Schmerz.«

»I hab gedacht, ma könnt a Beziehung aufbauen. Aber sie hat nur a Affär' woll'n. Dann hat's mi abg'serviert!«

»Ach, die ist verheiratet?«

»Naa. Awer sie kriegt immer wieder einen andern.« Es fing an zu kribbeln bei mir. Der Grund waren seine Blicke. Er fuhr mit ihnen meine Kurven ab, um zu ergründen wie meine Brüste wohl aussehen würden. Ich zog mir einfach mein Nachthemd über den Kopf. Er bekam große Augen. Und ich aß in aller Seelenruhe mein Frühstück weiter, schweigend. Wir belauerten uns beide.

Mit: »Wieso tu'n's des?«, brach er als erstes das Schweigen.

»Weil ich es so will. Ich wollte sie belohnen für die Informationen. Und außerdem haben sie ja sowieso darüber nachgedacht.«

»Nachgedacht? Um wos?«

»Na, wie sie aussehen. Und ob es sich lohnen könnte.«

»Wos, lohnen?« Ich sagte dazu nichts, schaute aber zum Bett, was zur Folge hatte, dass sein Kopf noch intensiver rot wurde.

»Dei analytischen Fähigkeiten san a Wahnsinn, do schau i ganz blass aus!«, sagte er dann.

»Es ist nicht schwer, einen Mann zu durchschauen!«

»Ihren Mann haben sie aba nicht so richtig g'checkt.« Ein Schmerz zuckte in mich. Schnell hatte ich mich aber wieder unter Kontrolle.

»1:0 null für sie!«

»1:1. Mei Ex-Frau, die hab i ja auch ned durchblickt.« Ich fasste es nicht! Ich saß hier in aller Seelenruhe nackt im Hotelzimmer mit einem vollständig angezogenen Mann, frühstückte, und sprach über schwülstige Sachen. Und noch dazu mit einem Mann, der für mein Vorhaben bedrohlich sein könnte. »Na, übrigens, weil sich ka Geschädigte g'meldet hat, sagt der Staatsanwalt, er verfolgt des net weiter «, sagte er.

»Woher wissen sie das? Sie sind doch gar nicht im Dienst!«

»Gut erkannt, sage ich. Man hat halt seine Quellen. Egal, ob's des glauben oder net, ich steh auf eurer Seite. Eigntlich dürft i jo gar ned do sein.«

»Ich weiß«, sagte ich. »Aber ich genieße es trotzdem.« Mein Kribbeln hatte mittlerweile ziemlich bedrohliche Ausmaße angenommen. Da war wieder die reine Gier, wie bei der Sache mit Julian, aber mit dem Unterschied, dass ich dieses mal nicht angetrunken war.

»Sie san a seltsame Frau!«, sagte er.

»Ich würde es aber lieber finden, wenn ich eine begehrenswerte Frau wäre.«

»Glaub's mir, das san's eh auch!«

»Du. Sandra.«

»Du bist ja schnell unterwegs!« Dann lachte er los, bis ihm das Lachen regelrecht im Halse stecken blieb. Ich fuhr mir nämlich gerade mit den Händen über meine Brüste. Einen Moment schien er noch unschlüssig zu sein, aber dann stand er auf. Was war mit mir los! Schon wieder verführte ich verheiratete Frau einen Mann! Am liebsten würde ich es jetzt rückgängig machen, aber es war schon zu spät. Er trat hinter mich. Er küsste erst nur sanft meinen Hals. Aber dann wanderten seine Hände um mich und griffen an meine Brüste. Spätestens da war es ganz um mich geschehen. Meine Arme wanderten nach oben und schlangen sich um seinen Hals, mein Kopf drehte sich zu ihm, und wir fingen an zu knutschen. Erst nur ganz zärtlich, dann kamen unsere Zungen ins Spiel, ziemlich lange, und als er meine schon harten Nippel zwischen seinen Fingern zwirbelte, gestaltete ich das Knutschen nun wild und verlangend, und er ging es mit. Ich hörte mich stöhnen und gleichzeitig schnaufte ich heftig. Es kribbelte nun unten nicht mehr nur, es brannte geradezu lichterloh. Ich stand auf und ging zum Bett, legte mich hin. Er folgte mir. Zuerst fing er an, sich an meinen Beinen nach oben zu küssen. Ich gab ganz leise Wohlfühl-Laute von mir. Immer höher kamen seine Lippen. Ich spreizte meine Beine weit, ganz weit. Er sollte nicht gehindert werden. Mach doch endlich!, dachte ich. Aber noch blieb er etwa 20cm unterhalb der Zone und saugte sich da fest. Es brannte! Ich brannte! Endlich kamen seine Lippen höher und als er mich endlich dort küsste, wo ich es haben wollte, fiel ich fast ihn Ohnmacht. Meine beiden Hände gingen kurz an seinen Kopf und streichelten ihn dort, aber seine Hände wurstelten sich unter meinen Armen durch und pressten sich auf meine Brüste. Ich konnte nicht mehr! Ich richtete mich auf, und riss ihm die Klamotten vom Körper. Er half mit, aber es dauerte mir alles viel zu lange. Endlich war er nackt. Er hatte auf einmal ein Kondom in der Hand. Keine Ahnung woher. Ich hatte keine mitgenommen. Ich ließ mich wieder rücklings auf das Bett fallen. Ich wollte von ihm genommen werden, und er nahm mich! Ich krallte mich in seinen Po, schlang meine Beine um ihn, stöhnte die Geilheit aus mir heraus, und wurde doch immer geiler. Bei Uwe war ich nie so abgegangen wie hier bei ihm. Ich ging voll aus mir raus, warf meinen Kopf hin und her. Bei Julian war es damals beim ersten Mal so ähnlich, aber da war ich ziemlich angeschickert, und das Gefühl und vor allem das Erinnerungsvermögen doch ganz anders. Hier brannte sich jeder Stoß in mein Gedächtnis ein. Nach einer langen Anfangsphase tauschten wir dann häufig die

Positionen. Ich habe keine Ahnung, wie er es schaffte, nicht zu kommen. Immer wieder knutschten wir zwischendurch auch, verwöhnten uns mit dem Mund, das volle Programm. Am Schluss landeten wir wieder in der guten alten Missionarsstellung. Ich konnte echt nicht mehr. Alles an und in mir kribbelte auf das Äußerste und ich brauchte dringend Erlösung. »Komm jetzt! Ich will dass du kommst!« Er legte jetzt den Turbo ein. Immer härter stieß er in mich. Er beugte sich weit herunter und knutschte mit mir. Ich knutschte zurück, stöhnte in seinen Mund, er schnaufte schon ganz heftig, und an seinem Atem merkte ich, dass er kommen würde. Ich kam und schrie! Ich schrie mir die Seele aus dem Leib! Und nun stöhnte er auch! Ich bildete mir ein, sein Liebessaft würde meine Lusthöhle fluten, aber da war ja noch das Kondom dazwischen. Langsam kamen wir zur Ruhe, schauten uns einfach nur an. Er lächelte, ich hoffentlich auch. Dann ließ er sich von mir herunterrollen und lag an meiner Seite.

»Des war so wünderschön«, sagte er. »Weißt, das is' schade, dass ma net zusammen bleiben können!« Ich wollte schon sagen 'Aber das können wir doch!', erinnerte mich dann aber an mein Verheiratet-Sein und die vielfältigen Probleme, in denen ich weiterhin steckte.

So sagte ich nur: »Du warst phantastisch! Noch nie hat mich ein Mann so schön verwöhnt.«

Sein Gesicht hellte sich auf. Er schaute mich an und lächelte.

»Wenn's Schminke aufs andere Aug draufgibst, kanns überdeckt werden!«

»Was?«

»Guck amal in den Spiegell!« Ich stand auf und hastete in das Badezimmer.

»Oh nein!«, rief ich. »Diese blöde Kuh!«

»Machts du eine Anzeige gegen sie?« Sein Gesicht sah so aus, als kannte er die Antwort bereits.

»Nee. Sie wird dann Notwehr behaupten, oder? Und das mit dem Geld kann ich ihr auch nicht nachweisen.«

»Gscheiter Entschluss.«

»Sag mal wie heißt du eigentlich?«, fragte ich.

»I bin da Julian.« Ich konnte nicht anders, ich musste schallend lachen. »Was is' denn mit dem Namen?«, fragte er, ein wenig verunsichert.

»Ach, ich scheine meinen tollen entfleuchten Ehemann ausschließlich mit Männern zu betrügen, die Julian heißen.« Jetzt lachte er auch. »Aha. Und der andere?«

»Weiß nicht. Ich war betrunken. Vermutlich war er gut. Aber noch jünger als du.«

»Du bist ma a witzige Goas'!«

Ich schaute ihn traurig an. »Hat wohl keinen Sinn mehr hierzubleiben, oder?«

»Naa, de san auf der Hut. Fahr nach Hause, Sandra.«

»Das sagst du zu mir?«

»Der Staatsanwalt hat eh schon anklungen lassen, di für 30 Tage abzusperren. Ines hat sich schon total g'scheit drauf gefreut, dir den Zettel höchstpersönlich zu übergeb'n. Du host sie ja schon kennengelernt. Es hat nur noch die Unterschrift vom Richter gefehlt.«

»Ja, sie scheint eine sadistische Ader zu haben. Eine disruptive Persönlichkeit. Oder war es Eifersucht?«

Er seufzte, zuckte mit den Schultern, zog sich das Kondom von seinem erschlafften Lümmel, entsorgte das in der Toilette, kam zurück und zog sich an. Er gab mir noch einen Kuss, sagte: »I lieb di«, und entschwand. Mir kamen die Tränen. Nicht lange, aber sie kamen. Ich checkte dann mit dem Laptop die Rückkehrmöglichkeiten, wählte den Zug, der Flug war mir für heute zu teuer, packte meinen Koffer, und checkte aus. Vorher hatte ich natürlich noch mein blaues Auge überschminkt. Als ich aus dem Eingang ging, hielt ein Polizeiwagen direkt davor. Ich ging hin und sie, also Polizei-Ines, stieg aus.

»Ach, das blonde Gift«, sagte ich. Sie hielt ein Schreiben in der Hand. »Danke, dass sie mir meine Ausreisepapiere vorbei gebracht haben. So muss ich sie nicht selbst abholen. Was für ein Service!« Sie bekam große Augen, ich nahm einfach das Schriftstück an mich. Endlich erlebte ich sie einmal sprachlos. »Übrigens: sie hätten Julian besser behalten sollen. Er vögelt einfach phantastisch!«

Ihr fiel die Kinnlade herunter. Der andere Kollege, der noch im Auto sitzen geblieben war, sagte: »Heast, hab i des jetzt richtig kapiert? Du hast mit dem was g'macht??«

»Oida, komm, Schatzi, das war doch viel früher!«

»Erzähl mir koan Schmarrn!« Den Rest konnte ich nicht mehr hören, da ich mich schon auf den Weg zur U-Bahn Station gemacht hatte. Ich sah es nicht, spürte aber ihre feindseligen Blicke auf mir. Ich ignorierte es einfach, aber griente. Die würde jetzt wohl richtig Stress mit ihrem südländisch aussehenden Kollegen bekommen.

Am frühen Abend war ich zurück in Hamburg. Ich schaute noch kurz im Geschäft vorbei, erledigte liegen gebliebene Chefsachen, und fuhr nach Hause. Der Anrufbeantworter blinkte. 13 Anrufe in Abwesenheit und zwei Nachrichten auf dem AB. Ich hörte diese gleich ab.

»Sandra, wo bist du? Es gibt Neuigkeiten. Ruf mich bitte zurück!« Dann eine weitere Nachricht von gestern. »Sandra, es ist wirklich wichtig. Bitte ruf zurück.« Beide Nachrichten waren von Piere.

Ich war natürlich neugierig und rief sofort an. Es ging aber nur die Sprachbox ran. Aber ich hatte dank seiner SMS letztens ja seine Mobilfunknummer, die rief ich an. »Hallo Piere. Was gibt's denn? Warum hast du mich denn nicht gleich auf meinem Handy angerufen?«

»Konnte ich nicht. Deine Nummer ist auf meinem Handy gespeichert und das blöde Gerät ist kaputt. Sag mal, habt ihr irgendwelche Verbindungen nach Brüssel?«

»Brüssel? Nee. Ich war nie dort gewesen und Uwe meines Wissens auch nicht. Wieso?«

»Man hat das Auto von Evelyn dort gefunden. Wo warst du überhaupt so lange?«

Ja, was konnte, was durfte ich ihm sagen? Eigentlich nichts. Ich hatte den richtigen Riecher, aber kläglich versagt. Vermutlich sah sowohl ich als auch er sein Geld nie wieder. »Ich war in Wien ... geschäftlich. Neue Kollektionen ... du weißt schon!«

»Dass du überhaupt noch dazu in der Lage bist. Ich kann kaum noch schlafen.«

»Ja Piere, das glaub ich dir. Sonst gibt es nichts neues?« Natürlich wollte ich wissen, ob mir von anderer Seite noch irgendeine Gefahr drohte.

»Nein, nichts. Sie sind beide wie vom Erdboden verschwunden. Und das Geld natürlich auch.«

»Vielleicht gibt es ja noch ein Wunder.«

»Ja, daran versuche ich auch zu glauben. Nur das hält mich noch am Leben. So ein Mist!«

»Weswegen ist dein Handy denn kaputt gegangen?« Es gab keine Antwort. »Piere?«

»Ja! Ich hab es in einem Wutanfall gegen die Wand geschleudert. Ich konnte einfach nicht mehr!« Piere ging jetzt richtig aus sich heraus. »Da arbeite ich bis in die Nacht an so einem neuen Projekt, und weiß doch, dass das alles vergebens sein wird.«

»Halte durch Piere!«

»Ja, mache ich. Dir noch einen schönen Abend.«

»Dir auch.«

»Danke Sandra.« Piere legte auf. Die Sache mit Brüssel hielt ich für eine Finte. Vermutlich wollten die beiden damit nur falsche Spuren legen.

Der Anruf erinnerte mich wieder an das Schlamassel in dem ich steckte. Ach was, ich hab mich auch noch tiefer in den Schlamm gewühlt. Wie doof kann man sein! Ich hatte wahnsinniges Glück gehabt überhaupt die Info zu bekommen wo Evelyn war. Und dann das! Ich hätte Evelyn beschatten müssen, schauen, wo sie hingeht, um über sie vielleicht an Uwe zu kommen. Und was mache ich? Ging auf Evelyn los! Ich blöde Kuh! Ich könnte mich zum Mond schießen! Ohne Rückfahrkarte! Ja, fein gemacht, Sandra! Ganz großes Kino! The Eagle ist crashed! This ist the first step for you, but the last too! Da kam ich doch jetzt nie wieder raus! Nächste Ausfahrt: Hoffnungslosigkeit. Übernächste: Armut.

Letzte Ausfahrt: Elend. Ja, Elend, genau so fühlte ich mich. Ehemann weg. Geld futsch. Ich hatte keine Ahnung, wie ich ohne die Renovierung gemacht zu haben und ohne Unterstützung durch Uwes Gehalt die Hypothekentilgung durchführen könnte. Ich bekam das Heulen, bis ich wieder ermattet einschlief. Am nächsten Morgen blickte ich im Bad sorgenvoll in den Spiegel. Wie würde ich wohl aussehen? Bestimmt zerknautscht. Und ich erschrak mich. An meinem Hals prangte, und zwar puterrot, ein wunderbar entwickelter Knutschfleck. Wien-Julian! Gleich darauf erinnerte ich mich wieder an ihn und meine Gesichtszüge nahmen wieder einen milde gestimmten Ausdruck an. Ja, Wien-Julian. Und dann erinnerte ich mich an die Blicke gestern von Vanessa, und auch von Rita. Sie hatten versucht, das Grienen zu unterdrücken und ich hatte es für Lächeln gehalten. Meine Gesichtsfarbe änderte sich schon wieder zu Rot. Ich überlegte ob ich einfach ein Halstuch umbinden sollte, aber eigentlich war es dazu zu spät. Ich würde in die Offensive gehen. Ich zog mich an, frühstückte endlich mal wieder normal, und machte mir einen schönen, faulen Sonntag.

Am anderen Tag, also am Montag, fuhr in meine Firma. Vanessa begrüßte mich wie üblich. Ich sah aber ihren Blick. »Ist dein Mann nie so stürmisch?«
Vanessa schüttelte den Kopf. »Nein, nie.«
So hatte ich mich gut aus der Affäre gezogen, oder? Ich brachte ein wenig Ordnung in die liegen gebliebenen Sachen und nun war alles wieder auf dem neuesten Stand. Ich fuhr nach Ladenschluss wieder nach Hause. Immer noch hatte ich keine Idee wie ich Uwe finden und mein Geld wiederbekommen könnte.

Da kam mir schon am anderen Tag nach Feierabend der Zufall zu Hilfe. Der Zufall, das war mein Blick. Er fiel auf Nico, einen Nachbarsohn, der gerade in sein Haus ging. Er war ein Nerd, den man nur selten zu Gesicht bekam. Er war der gemeinsame Sohn von Anni, die eigentlich Anette hieß, und Cem Demir, nicht zu verwechseln mit Cem Özdemir von den Grünen, denn dieser Cem war groß, unser Cem eher klein, von daher war Nico auch klein, kein Wunder bei diesen Eltern, also nur etwa so groß wie ich, kaum Muskeln - also total untrainiert, und er hatte eine total unmodische und auch ungepflegte Frisur. Und plötzlich hatte ich eine Idee! Ich ging rüber und klingelte. Er öffnete. »Hallo Frau Neuhaus. Meine Eltern sind nicht da.«

»Ich wollte ja auch zu dir.«

»Zu mir?« Er stand wie doof und angewurzelt in der Tür.

»Darf ich reinkommen?« Ich drängelte mich einfach an ihm vorbei ins Haus.

»Wwwwas wollen sie denn?«

»Ich muss jemanden finden. Ich hoffe, sie können mir dabei helfen. Also du kannst mir helfen.«

Ein Lächeln umspielte sein Gesicht. »Meinen sie, im Internet?«

»Nein, den realen Ort, wo er sich aufhält.«

»Ach so. Wen denn?«

»Einen Freund.«

»Was haben sie denn von ihm?«

»Seine Handynummer. Und seine Email Adresse.«

»Warum rufen sie ihn nicht einfach an?«

»Hab ich versucht. Er geht nicht ran. Handy ist ausgeschaltet.«

»Aha. Dann geben sie mir doch mal die Email Adresse.«

»uwe Punkt neuhaus Ätt pmail Punkt de.«

»Ein Freund, ja?«, fragte er mit leicht sarkastischem Unterton.

»Ja, es ist mein Mann! Er ist verschwunden!«

»Ich verstehe.«

»Geht das?«

»Kommt drauf an, wie vorsichtig er ist. Ich kann es versuchen.«

»Wie denn?«

»Nerdwissen!« Er grinste. »Nee, mit einem unsichtbaren Pixel. Ich brauch mal einen Betreff!«

»Ähmmm ... Hilfe Ausrufezeichen Ein Bagger will unseren Garten aufbuddeln Ausrufezeichen.«

»Und der Text?«

»Uwe Komma bitte melde dich Ausrufezeichen Der will hier alles kaputtmachen Ausrufezeichen dann noch dringend in Großbuchstaben und drei Ausrufezeichen. Nee, warte, ich hab eine bessere Idee. Kann man das noch ändern?«

»Na klar!«

»Also: Betreff Einbruch im Haus Ausrufezeichen Alles durchwühlt Ausrufezeichen Siehe Bilder Ausrufezeichen Hilfe Komma was soll ich machen Fragezeichen. Gut?«

»Ja, das ist sogar sehr gut. Und der Text?«

»Lieber Uwe Komma, alles ist verwüstet und zerstört Ausrufezeichen Schau dir das doch mal an Ausrufezeichen Was soll ich denn nur machen Fragezeichen Ich bin verzweifelt Ausrufezeichen Ausrufezeichen Ausrufezeichen Deine Sandra.«

»Wow, das ist richtig gut«, sagte Nico. »Ich brauch noch deine Absende Mailadresse.«

»Warum das denn?«

»Na, sonst schaut er sich das doch niemals an!«

»Ach so. sandra Punkt me Punkt in Punkt HH in Großbuchstaben Ätt pmail Punkt de.«

»Ja, hab ich. Nur noch kurz präparieren ... ich füge mal noch ein Bild eines verwüsteten Zimmers aus dem Internet zu ... ich schick's mal los, ja?«

»Und das geht so einfach? Du hast doch meine Zugangsdaten für die Mail gar nicht!«

»Ich nehme ja auch einen offenen Mailserver!«

»Und das kommt dann an?« Ich war sehr skeptisch.

»Klar. Ich nehme ja auch einen, der nicht auf irgendwelchen Antispamlisten drauf ist.« Ich bekam mittlerweile eine ziemliche Hochachtung auf sein Nerdwissen. »Also, was ist nun?«

»Action!«, sagte ich, mit simuliertem amerikanischen Akzent. Er grinste. »Jawohl Frau Schwarzenegger!« Es vergingen etwa 50 Sekunden, dann machte es 'pling'. Er strahlte.

»Er hat die Mail geöffnet. Also, jemand hat die Mail geöffnet.«

»Und nun?«

»Analysiere ich das!« Er tippte eine Weile in affenartiger Geschwindigkeit auf seiner Tastatur herum, dann schaute er mich freudestrahlend an. »Das Hotel Schweizerhaus in Zürich!«

»In Zürich? Nicht Marseille? Und auch nicht Wien oder Brüssel oder Mailand?«

»Nee, in Zürich!«

»Ähmmm, danke, Nico.«

Er strahlte. »Gerne.«

Ich überlegte. Angenommen, ich fände Uwe da, wie sollte ich aber an das Geld kommen? »Sag mal Nico, kannst du hacken?«

Er druckste etwas. »Schon. Aber bitte nicht verraten!«

»Ich könnte deine Hilfe gebrauchen.«

»Na, ich bin ja hier.«

»Nicht hier. Ich brauch dich in Zürich. Mir wurde Geld geklaut und ich will es wiederhaben, weiß aber nicht wie!«

»In Zürich?« Er sah jetzt sehr fragend aus.

»Kein Problem, ich zahle Flug und Zimmer.«

»Und wann?«

»Jetzt gleich. Also morgen früh!«

»Uiiii!«

»Plus 300 Euro für dich pro Tag!« Er schaute ziemlich ungläubig, aber dann schien er wohl eine Idee zu haben, was er damit kaufen könnte, und lächelte in sich hinein.

»Gut, ich mach's! Soll ich was buchen?«

»Nee, das mache ich. Danke Nico.«

Ich drückte ihm - für ihn völlig überraschend - einen Kuss auf die Wange. Mein Blick fiel noch mal auf ihn. »Damit müssen wir aber noch was machen!«

»Soll ich doch für sie buchen?«

»Nein, das doch nicht. Mit dir. Mit deiner Frisur. So kann ich dich doch nicht mitnehmen!«

»Warum denn nicht?«

»Die Haare!«

»Wenn's denn sein muss!«, murmelte er, blieb aber wie angewurzelt sitzen.

»Hast du keinen Friseur?«

Er schüttelte den Kopf. »Manchmal macht das Mutti.«

Ich stöhnte auf, zückte mein Handy, rief an. Sie meldete sich: »Samira hier. Dein Termin ist aber erst in drei Wochen, Sandra!«

»Ich weiß. Ich hab aber 'nen Notfall. Nicht bei bei meinen Haaren. Ein Bekannter. Aber heute noch.«

»Ich hab aber gleich Feierabend! Brauch nur noch 20 Minuten für meine letzte Kundin.«

»Es ist ein Mann, geht schnell. Ich gebe dir 150!«

»Ich bin aber verabredet!«

»200!«

»Okay. Ist er wenigstens hübsch?«

»Ich hoffe, wenn du mit ihm fertig bist, dann ist er es. Und wehe du pfuschst bei dem Preis!«

»Kennst mich doch, Sandra!«

»Genau. Lass dir mal was einfallen mit der Frisur. Ist genügend Potential vorhanden. Und die Frisur nicht zu extravagant machen. Hübsch, aber nicht allzu auffällig.«

»Darf ich zuerst?«

»Samira, der ist nicht für mich! Und du lässt bitte auch die Finger von ihm. Ich schick ihn dir gleich vorbei. Tschüss, mein Schatz.«

»Tschüssi.« Samira legte auf. Fast hätte ich losgeprustet bei dem Anblick, den Nico abgegeben hatte während unseres Gesprächs. Es musste ihm ja total merkwürdig vorgekommen sein, fast so als würden wir um ihn schachern. Wohlweislich hatte ich Samira nicht sein Alter mitgeteilt. Samira war 25, gebärdete sich aber meistens wie 50 und könnte mit Nico nichts anfangen, mit seinen Haaren dafür um so mehr. Nico hatte total langes Haar, wenngleich auch, wie schon bemerkt, ziemlich ungepflegtes. Ich zückte meine Geldbörse und gab Nico 200 Euro.

»Für 'ne Frisur?«, fragte er skeptisch.

»Samira ist die Beste! Du gehst jetzt gleich ins Alstertal Einkaufszentrum zu diesem Salon und verlangst Samira.« Ich schrieb ihm den Namen auf einen Zettel. »Die macht dir dann deine Haare! In den 200 Euros ist ihr Trinkgeld schon drin!«

»Aber ...!« Ich schaute ihn streng an. »Jaja, ich mach ja schon, Frau Admiral!«

Ich griente. »Deine Handynummer bitte!« Er schrieb sie mir auf einen Zettel drauf. »Ich gebe dir gleich noch Info wann es morgen startet, du kannst schon mal los. Aber mach dir noch Deo drauf!«, rief ich noch im Rausgehen, ging wieder zu meinem Haus zurück, checkte schnell die Flüge, klingelte dann nochmal bei Nico durch, sagte ihm dass wir 10 Uhr los fahren müssen, und gab dann Vanessa Bescheid, dass ich für ein paar Tage, vielleicht für eine Woche, nicht da wäre. Endlich zur Ruhe gekommen, merkte ich erst, wie fertig ich doch war, wie sehr mich das alles mitgenommen hatte. Aber zumindest hatte sich mein haariges Biest du unten beruhigt und machte mir keine Probleme mehr. Und ich war jetzt endlich wieder voller Tatendrang. Dieses mal würde ich vorsichtiger sein.

Ich fuhr noch mal in die Innenstadt und besorgte mir da eine Perücke. Aber dann war ich mir unsicher, drehte nochmal um, und kaufte auch noch eine zweite. Nun könnte ich eine Blondine sein, und eine Brünette. Ich packte noch ein wenig, darunter auch - ganz wichtig - zwei Sonnenbrillen ein, und schlief das erste mal seit ein paar Tagen wieder gut durch. Frühmorgens war der erste Blick auf mein Handy. Da war eine SMS von Julian. 'Treffen?', hatte er geschrieben. 'Geht nicht. Muss beruflich in die Schweiz reisen für ein paar Tage', schrieb ich. Fünf Sekunden später kam 'schade'. Ich kommentierte das nicht weiter. Ich wollte nicht, dass er sich irgendwelche Hoffnungen macht. Ich hoffte, wenn es doch noch weitere male geben würde, dass ich dann wieder die Kontrolle über mich haben würde. Dann sammelte ich Nico ein und es ging zum Flieger. Samira hatte ein Wunder vollbracht. Nico sah jetzt aus wie ein schnuckeliger, erwachsener Junge. Aber er war immer noch ein wenig schüchtern, linkisch, und unbeholfen. Nico hatte keinen Koffer, nur einen Rucksack. Typisch Nerd. Er war ziemlich aufgeregt und zappelig. Komisch für einen Mann. Schweigsam war er auch. Als wir im Flieger waren schaute er mich mit großen Augen an, als er merkte, dass ich ihm den Fensterplatz gebucht hatte. »Willst du ... also sie da nicht hin?«
Ich lachte. »Sag mal, hast du Flugangst, oder wie?«

Er druckste herum. »Bin noch nie geflogen«, sagte er dann, fast wie schuldbewusst.

»Hab keine Angst! Ist noch nicht mal halb so schlimm wie Achterbahnfahren. Höchstens ein Zehntel!« Das schien ihn zu beruhigen.

Der Flieger löste sich von der Teleskopgangway und wurde zur Rollbahn geschleppt. Da kraspelte der Lautsprecher. »Hier spricht ihr Pilot Maik Baumann. Ich begrüße sie herzlich hier bei uns an Bord des A321 zum heutigen Flug von Hamburg nach Zürich. Unsere Copilotin ist Sabine Weiss. Unser Flug nach Zürich wird etwa eine Stunde und zwanzig Minuten dauern. Wir erwarten einen ruhigen Flug und keine Turbulenzen Wir rollen jetzt langsam zur Startposition, müssen aber noch zwei Maschinen vor uns abwarten bis zu unserem Abflug.«

Trotz der schweren Turbulenzen in denen ich steckte, zauberte die Ansage des Piloten ein Lächeln auf meine Lippen. Nur bei Nico nicht so recht. Er sah ziemlich blass aus. Ich dagegen hoffte bei seinen Worten, dass ich meine Turbulenzen erfolgreich durchfliegen könnte. Nach einem kurzen zwischenzeitlichen Stopp drehte der Flieger auf die Startbahn ein. »Gleich geht's los«, sagte ich zu Nico. Der Lautsprecher kraspelte nochmal. »Start!« sagte jetzt die Copilotin, und ohne nochmaligen Stopp heulten die Triebwerke auf. Fliegender Start! Nico hatte gar keine Zeit mehr Angst zu haben, er krallte sich in die Lehnen des Sitzes. Der Flieger beschleunigte schnell, Nico schien erstaunt über dessen Stärke, dann hob der Flieger ab.

»Geiiiiil!«, rief Nico und strahlte plötzlich. Er genoss es eine Weile, der Landschaft beim Fliegen zuzusehen. Dann fragte er: »Sag mal, was soll ich da eigentlich machen?«

Ich lächelte ihm zu. »So genau weiß ich das noch gar nicht. Ich muss erst mal Uwe finden, und dann brauche ich was für sein Handy oder den Laptop ... so eine Trojanerin oder so.«

Nico lachte. »Bist du 'ne Feministin?«

»Wieso?«

»Na, wegen Trojanerin!«

»Heißt das nicht so?«

»Doch. Aber männlich.«

84

»Kannst du das? Ich meine, hast du so was?«

»Klar doch!« Er schaute mich erstaunt an, wie als was ich mir hier erlaubte, seine Kompetenz in Frage zu stellen. Dass er mich geduzt hatte, ließ ich einfach durchgehen. War wohl so auch einfacher die nächsten Tage. Ich fragte ihn noch ein wenig aus über sein Privatleben, und erfuhr dabei, obwohl er es gar nicht sagte, dass er wohl noch nie eine Freundin gehabt hatte. Dann setzte der Flieger zur Landung an. Nico musste sich nicht mehr festkrallen. Das Flugzeug setzte auf. Wieder Erstaunen von Nico über die starke Bremsverzögerung.

»Gratuliere zum Erstflug!«

»Danke. War ja doch nicht schlimm.«

»Hat dir das Geld gefehlt?«

»Nö, nicht nur. Wusste nur nicht, was ich da sollte. Mit meinem Computer komme ich doch überall hin!«

»Nico! Das ist doch aber nur eine Simulation von Reisen und eine Simulation von Leben!«

»Meinst du?«

»Ganz sicher!« Wir gingen dann zur Gepäckausgabe, ich schnappte meinen Koffer - Nico hatte ja keinen - und dann zum Ausgang. Ich nahm für uns ein Taxi zum Hotel.

»Guete Tag! Was chani für Sie erledige?«, fragte die Rezeptionistin in besten Schweizerdeutsch.

»Ich habe ein Zimmer gebucht. Für mich und meinen Sohn. Sandra Neuhaus ist mein Name.«

»Aha, da. Zimmer 304. Bitte no das Anmeldeformular usfülle!« Ich machte das, Nicos Ausweis wollte sie gar nicht sehen. Sie erklärte alles übliche, aber bevor ich ging fragte ich:

»Übrigens ... mein Mann meinte, er wäre vielleicht schon einen Tag eher da. Er heißt auch Neuhaus. Uwe Neuhaus.« Wenn sie jetzt ja sagen würde, dann würde sie vielleicht fragen ob sie ihm eine Nachricht hinterlassen soll. Und ich würde sagen 'nein, ich will ihn überraschen'. Und nach der Zimmernummer fragen. Und dann? Ja, was dann? Darüber hatte ich noch nicht nachgedacht. Die Rezeptionistin zögerte kurz, schaute dann aber doch nach, tippte wohl den Namen ein.

»Isch no nöd angekommen«, und zeigte dabei das übliche geschäftsmäßige Lächeln.

Ich ging also los, mit Nico im Schlepptau. Ich fand, vom Alter her ging er gut durch als mein Sohn. Der Fahrstuhl brachte uns in das Zimmer. Nico machte große Augen, als er das Doppelbett sah. »Da soll ich schlafen?«, fragte er.

»Klar, warum denn nicht? Ist das ein Problem für dich?« Ich versuchte ein harmloses Lächeln.

»Nnnnnein.«

»Siehst du. Wirst mir schon nichts tun!« Ich packte meinen Koffer aus und Nico seine paar Sachen auch. Ich warf einen Blick darauf. Ziemlich unmodische Unterwäsche, fand ich. Keine drei Minuten später hatte er seinen Laptop ausgeklappt. »Kann man denn sein Zimmer hier herausbekommen?«

»Nicht so einfach! Aber ich werde mal schauen, ob ich den Router hacken kann.« Er tippte eine Weile herum, dann sagte er: »Klappt nicht. Ist gut gesichert. Und nun?«

»Machen wir es auf die analoge Weise.« Fragende Augen. Ich suchte einfach meine blonde Perücke raus, setzte sie auf, dazu meine Sonnenbrille, und machte Anstalten das Zimmer zu verlassen. »Schön artig sein, ja?«

Ich ging raus. Zuerst einmal ging ich in das Parkhaus welches mir die Rezeptionistin angeboten hatte falls ich ein Auto habe. Fläche E5 war für das Hotel reserviert. Da fand ich aber Uwes Auto nicht. Vielleicht hatte er es woanders geparkt. Oder war er doch nicht hier in diesem Hotel? Ich ging wieder dorthin zurück. Unten setzte ich mich in die Lobby und nahm mir zur Tarnung eine Zeitschrift. Aber heute hatte ich kein Glück. Ich schnappte mir Nico und suchte ein Lokal zum Essen. Die Preise - na ja, aber das Essen schmeckte. Auch hier machte Nico den Eindruck, dass er noch nie in einem Speiselokal war. Es war ziemlich linkisch, was er hier produzierte.

Am nächsten Tag machte ich weiter mit dem Observieren. Zwei mal ließ ich mich kurz von Nico ablösen. Uwe kannte er, oder zumindest wusste er wie er aussah, Uwe ihn aber nicht, so viel ich wusste. Ich ärgerte mich, dass ich nicht die Idee gehabt hatte, das Frühstücksbuffet von Nico observieren zu lassen. Aber am Nachmittag hatte ich Glück. Da kam Uwe aus dem Fahrstuhl. Er und Evelyn! Mein Herz krampfte sich zusammen. Ihr Arschlöcher!!!!, dachte ich. Uwe hatte sich mittlerweile einen Bart wachsen lassen. Die beiden schauten sich wie verliebt an, gaben den Schlüssel ab und verließen eilig das Hotel. Schnurstracks war ich bei der Rezeption. Ich sah noch den Schlüssel leicht baumeln. Zimmer 314. Zugangskärtchen hatten die nicht, hier war noch die Zeit stehengeblieben. Schweizer Uhren gingen eben anders. Ich stellte eine Ablenkungsfrage. »Wann war noch mal das Frühstück?«
»8 bis 10:30.« Es war die Dame von vorhin. Ich überlegte, aber jetzt an den Schlüssel zu kommen war unmöglich. Das würde die merken. Ich schaute zur Uhrzeit. 13:48. Ich setzte mich wieder in die Lobby und wartete. Tatsächlich war um 14 Uhr die Ablösung und die Dame ging und wurde von einem smarten jungen Mann abgelöst. Ich also wieder hin. »Zimmer 314«, sagte ich. Er gab ihn mir! Er gab ihn mir tatsächlich!

Sofort fuhr ich hoch zu meinem Zimmer, öffnete. »Ich hab den Schlüssel«, rief ich freudestrahlend.
»Wie, von deinem Mann?« Nico schaute sehr skeptisch.
»Na von wem sonst? Auf geht's!«
»Und wann kommt der wieder? Wie viel Zeit haben wir?« Er sah jetzt etwas ängstlich aus.
»Ich habe keine Ahnung!«
»Ähmmm ... ich glaube ich mache erst mal eine Kopie.« Er griff in die Tasche, zog zwei Kaugummis heraus, nahm eines, kaute eine Weile auf dem herum, drückte dann den Schlüssel dort rein. Dann kam das andere Kaugummi dran. Während er das kaute, legte er das Kaugummipapier auf das Kaugummi-Schlüssel Konglomerat. Danach drückte er das zweite Kaugummi drauf, drückte kräftig. Er schaute mich an. »Hast du

Zahnstocher?«

»Klar doch!« Ich ging ins Bad und gab ihm welche. Er drückte eines vorne und eines hinten rein, zog diese wieder heraus, zog die Kaugummis vorsichtig ab, und gab mir den Schlüssel wieder.

»Und nun«, fragte ich.

»Mache ich einen Nachschlüssel.«

»So einfach geht das?«

»Einfach nicht, aber ...« Er setzte sich an seinen Laptop, tippte wieder eine Weile. »Ich geh dann mal los. Das wird eine ganze Weile dauern!«

»Okay, viel Erfolg!«

So lange wollte ich aber nicht warten. Ich ging zum Zimmer. Der Schlüssel passte. Ich trat ein. Es roch nach Uwe. Aber auch nach einem anderen, aufregendem Parfüm. Bestimmt Evelyns Parfüm. Das Zimmer sah aus, als hätte sich jemand eingerichtet. Auf dem Tisch lagen Zeitschriften herum, auf einem Nachtschrank so übliche Frauensachen, das war also Evelyns Seite. Auf der anderen lag ein Buch 'Erfolgreich werden!'. In mir kochte es. Meinte das Buch erfolgreicher bei Frauen? Auf dem Fernsehschrank stand sein Laptop. Ich startete ihn, aber die Passwortabfrage konnte ich nicht überwinden. 'Sandra' ging ebenso wenig wie 'Evelyn', 'Uwe' schon mal gar nicht und auch die Geburtsdaten funktionierten nicht. Evelyns Geburtsdaten kannte ich auch nicht. So fuhr ich ihn wieder herunter. Da könnte sich Nico drum kümmern. Ich öffnete den Schrank. Alles eingeräumt. Die wollten wohl länger hier bleiben. Aber warum? Unten im Schrank lag getragene Wäsche. Ich nahm ein Hemd, von dem ich wusste, es war Uwes. Ich roch daran. Sofort war die alte Verliebtheit wieder da, bis das, was er getan hatte, sich wieder in mein Gedächtnis drängte. Was hatte sie, was ich nicht hatte? War sie besser im Bett? Da unten lag ein Slip von Evelyn. Ich nahm ihn hoch und roch daran. Es war tatsächlich - ich wollte es mir aber nicht eingestehen, ein aufregender Geruch.

Auf ein mal ertönte ein Räuspern. Ich erschrak. Es stand ein bulliger Mann mit kurzen schwarzen lockigen Haaren nahe bei mir. Ich hatte ihn nicht reinkommen hören. Er fragte, und das in hochdeutsch: »Darf ich fragen, was sie hier machen?«

»Das geht sie gar nichts an! Raus aus meinem Zimmer!!« Meine Stimme überschlug sich.

Auf seinem Gesicht erschien ein Lächeln. »Frau Neuhaus, das ist nicht ihr Zimmer. Ihr Zimmer ist die Nummer 304. Also, was machen sie hier?«

»Ich hab mich wohl in der Zimmernummer geirrt! Wer sind sie?«

»Ich bin der Hausdetektiv! Und versuchen sie nicht, mich für dumm zu verkaufen! Mit ihrem Zimmerschlüssel wären sie hier nicht hereingekommen!«

Ich wurde zunehmend empört. »Das ist ja wohl die Höhe! Haben sie mich etwa observiert?!!«

»Ja, das ist mein Job. Und allzu schwer haben sie es mir nicht gemacht. Also, was ist?«

»Sag ich nicht!«

»Ich rufe jetzt die Polizei!«

»Nein!!!! Warten sie!« Sein Gesichtsausdruck wurde jetzt fast triumphal. »Das ist das Zimmer meines Mannes.«

»Wie heißt der denn?«

»Na, auch Neuhaus. Uwe Neuhaus.«

»Ein Herr Neuhaus residiert hier aber nicht!« Seine Augen sahen jetzt stechend aus. Ich fühlte mich in der Defensive.

»Keine Ahnung. Dann hat er vielleicht einfach einen falschen Namen angegeben!«

»So wie sie mit ihrem angeblichen Sohn? Und versuchen sie nicht, mich zu verarschen. Das ist nicht ihr Sohn. So wie der sie angehimmelt hat! Söhne in dem Alter machen das nicht!«

Ich spürte, wie ich rot wurde. »Sein Vorname stimmt. Und nein, er ist auch nicht mein Liebhaber!«

»Das hätte mich auch gewundert.«

»Mein Mann wohnt wirklich hier! Falsche Namen beim Hotel Check-In anzugeben, ist seine Spezialität!«

»Sie kommen jetzt erst mal mit!!!« Seine Ansage duldete keinen Widerspruch. Wie ein begossener Pudel schlich ich hinter ihm her. Es ging in den Keller und dort in ein kleines Kabuff. Offenbar sein Büro. Mist, jetzt vergewaltigt er mich, dachte ich. »Setzen sie sich. Können sie das irgendwie belegen?«, fragte er mich, jetzt schon wesentlich sanfter, blieb selbst aber stehen. Ich holte meinen Ausweis hervor. Und ich zeigte ihm einige Fotos auf dem Handy, von Uwe, sowie Uwe und mir. »Warte hier«, sagte er, und ging mit dem Handy aus dem Raum. Ich hätte abhauen können, traute mich aber nicht. Nach etwa fünf Minuten kam er wieder. »Scheint zu stimmen. Jens konnte sich an ihn erinnern. Er hat da aber tatsächlich einen anderen Namen angegeben.«

»Sehen sie! Und nun? Kann ich gehen?« Ich probierte es mit dem Dackelblick und hoffte, es würde funktionieren.

Er schwieg einen Moment. »Was willst du von ihm?«

»Er ist doch mein Mann!«

»Aber da hättest du dich doch nicht hineinschleichen müssen! Und dieser Slip war nicht von dir, oder?«

Hmm, jetzt waren wir schon beim Du. Was konnte, was durfte ich ihm sagen? Ich entschloss mich für eine Variante der Wahrheit. »Nein, der ist von der Tussi mit der er durchgebrannt ist. Sie heißt Evelyn und gehört zu meinem Bekanntenkreis. Und er hat Geld von unserem Konto geklaut. Hypothekengeld, das für den Umbau und die Renovierung unserer Häuser gedacht war.«

»Viel Geld?«

»Ist 320000 Euro bei ihnen viel?«

Er sagte: »Ja, das ist auch in der Schweiz viel. Bitte zeig mir das!«

»Wie denn?«

»Kontoauszug, was auch immer!«

»Da brauch ich mein Handy wieder!« Er hielt es immer noch in der Hand. Ich navigierte mich bis zum Banklogin durch, ging dann auf das Hypothekenkonto, zeigte ihm die entsprechende Kontobewegung.

»Vor über eine Woche also, ja? Und da kommst du erst jetzt hierher?« Er sah sehr zweifelnd aus.

»Ich musste doch erst mal rauskriegen, wo er ist!« Die Österreich Sache würde ich erst einmal gekonnt verschweigen, zumindest solange es ging.

»Ach ja! Interessant! Und wie?«

Ich schaffte es sogar, mir ein Lächeln heraus zu quetschen. »Ist ein Betriebsgeheimnis!«

Er griente. »Also ein Hacker!« Ich kommentierte es nicht. Dass der 'Hacker' auch hier war, das musste er ja nicht wissen. Er schaute mir ins Gesicht. »Da ist noch mehr!«

Er stellte es nicht als Frage, sondern einfach als Behauptung in den Raum. »Ja, seine Firma hat er auch bestohlen.«

»Und wie viel?«

Konnte ich ihm das sagen? Ich tat es einfach. »Noch viel mehr. Geht in die Millionen.«

Er pfiff durch die Zähne. »Klingt so, als müssten wir das Bürschchen mal hops nehmen!«

»Bloß nicht!«, rief ich.

»Wieso?« Er war erstaunt.

»Wenn … ich sehe dann mein Geld nie wieder! Der wird doch nichts verraten!«

»Verstehe! Ihn selbst willst du nicht wieder, oder?« Wieder schaute er mich so durchdringend an.

Ich machte ein Pokerface. »Hab ich noch nicht drüber nachgedacht.« Dann fiel mir etwas ein. »Wenn er das Zimmer bezahlen will … seine Kreditkarte ist auch gesperrt!«

»Aha! Um so mehr ein Grund, ihn hochgehen zu lassen!« Er wandte sich zum Gehen.

»Nein! Bitte! Ich mach alles, was du willst!« Ich war total erschrocken, wie weit ich zu gehen bereit war.

»Für wen hältst du mich! Ich will deinen Körper nicht!«

»Glaub ich nicht!« Ich schaute ihn ein wenig aufmüpfig an. War ja nicht schwer. Wenn er nicht schwul war, hatte er jetzt garantiert gelogen.

»Ist aber so! Jedenfalls nicht … so.« Aha, das war also seine wunde Seite.

»Können sie … du bitte sein Zimmer mit auf meine Kreditkarte umbuchen. Geht das?«

»Gehen tut alles«, sagte er.

»Bitte!« Ich versuchte erneut einen Dackelblick.

»Na gut, ich mach's. Hast du die Karte hier?«

»Ja.« Ich gab ihm die Karte, die mir schon vor der Reisebeginn zugeschickt wurde. Er stand auf und verschwand damit. Nach etwa 10 Minuten kam er wieder.

»So, ist erledigt. Wird dann aber nicht billig werden. Die haben bis zum Ersten des Folgemonats gebucht!«

»Da muss ich dann durch. Danke, dass du mir geholfen hast. Es ist ... dir ist auch schon mal die Frau durchgebrannt, oder?«

Kurz huschte ein trauriger Zug in sein Gesicht, dann war es wieder normal. »Gut geraten.«

»Machen sich nichts mehr draus. Sie sind ein Guter!«

Er grinste. »Bis eben waren wir noch beim Du.«

»Ja, stimmt. Kann ich jetzt gehen?«

»Ja. Aber lass dich nicht mit krummen Sachen erwischen und seinem Zimmer bleibst du jetzt auch fern!«

»Mache ich.« Ich ging heraus und lächelte ihm dabei noch zu. Ich nahm die Treppe, ich musste mich bewegen, um den Kopf frei zu bekommen. Der Concierge warf mir noch einen verwunderten Blick hinterher.

Ich drehte draußen eine Runde, ging dann in mein Zimmer. In seines konnte ich ja nicht mehr, da mein Detektiv mir ja den Schlüssel weggenommen hatte. Ich grübelte. Warum bis zum Monatsende? Ich kam nicht drauf. Da klopfte es. Es war Nico.

»Hat's geklappt?«, fragte ich. Er nickte und zeigte mir stolz den Schlüssel. Aber noch mal rein wäre jetzt zu gefährlich. Sie könnten zurück sein. »Sag mal Nico ... können wir die beiden irgendwie belauschen?«

»Vielleicht! Dazu muss ich sein Handy in die Finger bekommen. Kennst du seinen Pin? Oder entsperrt er sein Handy mit dem Fingerabdruck?«

»Nee, seinen Pin kenne ich nicht. Diese Gesichtserkennung und diesen Fingerabdruck findet er gefährlich.« Ich kicherte. »Er hat wohl zu viele Krimis geschaut. Darüber kommen die Ermittler doch immer an die Daten!«

»Fernsehen ...«, sagte Nico, reichlich verächtlich im Tonfall. »Na gut, dann versuche ich es anders. Was hat er denn für ein Handy?«

»Ein Samsung Galaxy S10 Plus schwarz.«

»Pur oder mit so einem Cover?«

»Ganz normal blank. Ein richtiger Mann braucht so was nicht, sagt er immer.«

»Gut, dann brauchen wir so ein Gerät.«

»Wofür das denn?«

»Wir müssen es gegen seines austauschen!«

»Und wie soll das gehen? Das merkt er doch!« Ich schaute ihn jetzt ziemlich zweifelnd an.

»Na, heimlich. Wir observieren sie, und wenn er sein Handy herum liegen lässt, dann tausche ich das aus und spiele dort was auf.«

»Nico! Du bist ein Genie!«

»Erstmal sehen, ob wir das schaffen. Gehen wir los!«

»Wohin gehen wir denn?«

»Handyshop!« Wir mussten nicht lange nach einem suchen. Glücklicherweise hatten sie auch so ein Gerät in der passenden Farbe. Es kostete hier aber doppelt so viel wie in Deutschland. Nun ja, ging ja nicht anders. Ich kaufte es und wir zogen dann damit ab, zurück zum Hotel.

»Was machst du nun?«

»Tue ich eine Sim Karte dort rein und spiele was auf.« Er grinte.

»So eine Trojanerin.«

»Du bist mein Held, Nico!« Er strahlte über beide Ohren. Vermutlich hörte er nicht oft ein Lob. Von seinen Eltern vermutlich nie. Wir waren noch meilenweit vom gestohlenen Geld weg, aber hatten in der kurzen Zeit viel Glück gehabt und wesentliche Dinge erledigt. Nico schloss das Handy an seinen Laptop an und spielte auf dem neuen Handy was drauf.

»So, ist fertig präpariert!«

»Und wie kommen wir jetzt an seinen Pin?«

»Den gibt dein Mann doch ein!«

»Davon haben wir den aber nicht!«

»Bei dem Handy hier schon!« Er hielt mir das neu gekaufte Tauschhandy vor die Nase. »Das zeichnet alles auf und schickt es an mein Handy!«

»Nico, ich möchte nicht dein Feind sein!« Er griente nur.

Ich wollte noch auf Nummer sicher gehen. »Nico, Du kennst doch Uwe vom Sehen, oder?«

»Ja, ich hab ihn schon ein paar mal gesehen.«

»Kennt er dich?«

»Nee, glaub nicht. Ich bin ja immer drin. Die Frisur ist ja jetzt auch ganz anders. Ich hab auch noch nie ein Wort mit ihm gewechselt.«

»Perfekt. Du bist jetzt mein Observierer!«

Nico verzog das Gesicht. »Kannst du das nicht machen?«

»Schon, aber er kennt mich. Und meinen Gang. Dann würde er mich trotz Perücke enttarnen, wenn ich ihn verfolge.«

»Ok. Ja dann. Ich mach's. Was genau soll ich tun?«

»In der Lobby nach ihm Ausschau halten. Oder auch draußen vor dem Hotel. Aber unauffällig! Und dann folgst du ihm. Und rufst mich an und lotst mich hin. Um dann sehen wir weiter!«

»Gut. Ab wann?«

»Na, ab jetzt!«

»Oh nee, Sandra! Kann ich erst was essen?«

»Ja, ich gebe dir Geld dafür.«

»Brauch ich nicht! Hab selber was dabei!«

Ich lächelte über seine Naivität. »Hier schon. Euros gehen hier nicht!« Ich gab ihm 100 Franken und er düste los.

Erst gegen 22 Uhr kam er hoch und sah ziemlich deprimiert aus. »Hab ihn nicht gesehen«, sagte er mürrisch, machte sich im Bad fertig, und legte sich ins Bett. Während ich noch einen Film im Fernseher schaute, hörte ich so merkwürdige Geräusche. Ich tat so als bemerke ich es nicht, schaute aber genauer hin. Tatsächlich bewegte sich die Bettdecke so merkwürdig. Er schaffte es sogar ziemlich leise dabei zu sein, aber dann hörte ich doch ein wenig was. Er hatte da wohl seinen Abgang gehabt. Ich hätte auch zu ihm gehen und die Bettdecke wegziehen können, aber ich wollte ihn nicht verärgern. Selbstbefriedigung ist nun einmal ein ziemlich intimer Akt. Nach ein paar Minuten stand er noch mal auf, wohl um das Taschentuch im Müll zu entsorgen, und kam dann wieder. Ich griente in mich rein, tat aber so als hätte ich nichts bemerkt. Ich ging dann ins Bad, machte mich fertig, und ging auch ins Bett. Am Morgen begrüßte mich die Sonne. Ich räkelte mich und schaute nach rechts. Nico schaute mich an. Er sah jetzt wieder fröhlicher aus. Das musste ich ausnutzen. »Na, hast du es dir noch mal gemacht in der Nacht?«

»Nnnnee, natürlich nicht!«

»Musst nicht nervös werden, ist doch alles normal, also Natur.« Ich zog mir meinen Schlafanzug aus und ging so wie ich war, also nackt, in Richtung Bad. Ich wusste, Nico würde mir bewundernd hinterherschauen. Ich duschte, zog mich an, wartete bis Nico auch soweit war, dann gingen wir in eine nahe gelegene Bäckerei zum Frühstück.

»Ist denn das Frühstück nicht beim Zimmer dabei?«, fragte er.

»Doch, aber die könnten ja auch da sein. Dann wären wir enttarnt.«

»Du bist eine schlaue Frau«, sagte Nico bewundernd.

»Sexy auch?« Er bekam bei der Frage große Augen, antwortete aber nicht. Momentan hatte ich ihn echt in der Hand. Total verschüchtert. Dann begann für Nico wieder der Ernst des Tages.

Irgendwann gegen 16 Uhr kam der Anruf von ihm. »Es geht los! Aus dem Hotel raus und links die Hauptstraße lang!«

»Sind es denn beide?«

»Ja.«

»Ich komme!«

In Null Komma Nichts setzte ich mir die blonde Perücke auf und war unten. Keiner mehr von denen zu sehen.

»Jetzt nach links den Straßenbahnschienen folgen!«, kam die Stimme von Nico. Er gab noch mehrfach Abbiege-Hinweise.

»Jetzt sitzen sie da im Café auf dem Marktplatz. Siehst du es?«

»Ja. Sind sie denn Innen drin?«

»Ja.«

»Gott sei Dank. Wo bist du denn genau?«

»Hier, an der linken Seite vom Café!«

»Ah ja, ich sehe dich!« Eine Minute später war ich da.

»Und nun?«, fragte Nico.

»Weiß nicht. Wir müssen jetzt irgendwie das Handy austauschen.«

»Und wie? Hast du eine Idee?« Ich blickte mich um. Da kam gerade ein junges Mädchen vorbei. Vielleicht 16 oder 17.

»Hey, du da!«

»Meinet si mi?«

»Ja, komm bitte mal her!« Sie kam die paar Schritte heran, ein wenig ängstlich. »Lust, dir was dazu zu verdienen?« Sie antwortete nicht. »100 Franken!«

»Und was muss ich dafür mache?«

»Du musst ihn - ich zeigte auf Nico - in der Gaststätte anrempeln, richtig stark, damit er strauchelt. An der passenden Stelle. Er zeigt es dir.«

»Nüüt meh?«

»Mehr nicht.«

»Okay, für 200 Fränk mach i das.« Verdammt! Die war gewiefter, als sie aussah.

»Gut, wenn es geklappt hat, dann bekommst du sogar 300, sonst nur 200. Okay?«

»Guet. Aber wehe, wenn nöd, denn säg i ihnen, dass si mi beauftragt händ!«

»Ich halte mein Wort.«

»Und was jetzt? Bi wem söll's si?«

»Er zeigt ihn dir gleich. Sie sitzen da an einem Tisch und auf der Seite wo der Mann sitzt musst du ihn hier an der passenden Stelle anrempeln.« Ich zeigte auf Nico.

»Komm mit«, sagte Nico.

Die beiden verschwanden in den Eingang. Es dauerte eine ganze Weile, dann kamen sie wieder heraus. Nico griente.

»Hat es geklappt?«

»Hier ist es.« Nico zeigte das Handy in die Höhe. Auf den ersten Blick war es von dem neu gekauften nicht zu unterscheiden. Ich gab dem Mädchen die 300 Franken. Sie strahlte über beide Ohren und setzte ihren Weg von vorhin fort.

»Und was nun?«, fragte ich.

»Wir gehen da hin!«, sagte Nico, und zeigte auf die Gaststätte um die Ecke. Wir setzten uns an einen Tisch draußen, es war knapp unter 20 Grad und so war es da heute nicht so voll. Nico zog seinen Laptop aus dem Rucksack, stöpselte das Handy an, und machte was damit. Nach ein paar Minuten war er wohl fertig, sagte: »Yes«, und stöpselte es ab.

»Und was muss nun gemacht werden?«, fragte ich jetzt.

»Muss er es wiederbekommen!«

»Hä? Ich denke, wir brauchen das selbst?«

»Jetzt nicht mehr physisch. Ich brauchte ja nur seinen Pin um die Installation zu vollenden!«

»Und wie sollen wir an den Pin kommen?«

»Den hat er doch eben schon mehrmals in meinem Austauschhandy eingegeben!«

»Wie das denn?«

Er grinste. »Er hat ja gedacht, es ist seines.«

»Ach sooooo! Nico, du bist ganz schön clever!«

»Ich weiß. Nur nicht bei Frauen.« Er starrte dabei auf meinen Busen, vermutlich unbewusst.

»Kommt schon noch, Nico.« Er seufzte.

»Dann will ich mal zurück gehen!«

»Wohin zurück? Zum Hotel?«

»Nein. Ihm sein Handy zurückgeben.« Er stand auf und wollte dann um die Ecke zur anderen Gaststätte gehen.

»Hey, sie!« Ich erschrak. Es war die Stimme von Uwe. Er war hinter meinem Rücken, und ganz nah! Mein Puls war im Nu bei 180. Mindestens! Und mein Blutdruck bestimmt ebenso!

»Ah! Ich hab's gerade gemerkt. Ich hab wohl aus Versehen die

Handys vertauscht! Sah aus wie meines. Sorry!«

»Ähm ja, danke«, sagte Uwe. »Es ist jetzt leider ... also ihres ist jetzt leider gelockt. Hab's zu oft falsch eingegeben!«

»Kein Problem. Kann ich dann ja zu Hause mit der Puck Zwei entsperren. Nix für ungut, ja?«

»Dann noch viel Spaß - und Erfolg.«

»Schönen Tag noch!« Die Aufregung! Es kribbelte die ganze Zeit. Ich traute mich kaum zu atmen, hatte mich noch nicht mal getraut mich zu bewegen. Uwe war vielleicht 4 Meter hinter mir gewesen. Höchstens! Außerdem kam jetzt, wo ich seine Stimme gehört hatte, alles wieder hoch und schnürte mir die Kehle zu. Nur die Aussicht auf die Wiedererlangung meines Geldes hinderte mich daran, aufzuspringen und auf ihn loszugehen.

Lässig kam Nico angeschlendert, tippte einen Moment auf dem Handy herum, sagte: »aha«, machte auf dem Laptop was, und dann reichte er mir einen Ohrhörer. »Willst du mal?«

Ich nahm ihn und stopfte ihn in mein Ohr. Auf ein mal hörte ich laut und deutlich »... wirklich Glück gehabt. Wer weiß, was der damit gemacht hätte.«

Dann die Stimme von Uwe: »Ich habe doch keine Nacktbilder von dir drauf.«

Man hörte Evelyn kichern. »Solltest du aber.« Ich konnte das nicht länger ertragen und riss mir die Stöpsel raus.

»Was ist?«, fragte mich Nico. »Ist was nicht in Ordnung?«

»Die Emotion«, sagte ich zerknirscht.

»Ich kann es mir denken«, sagte Nico. »Aber wir müssen rauskriegen, wie wir an das Geld kommen. Und auch, was sie damit vorhaben.«

»Müssen wir dann nicht auch an seinen Laptop ran?«

»Nicht unbedingt«, sagte Nico. »Denn seinen Laptop habe ich auch schon verwanzt.«

»Was? Toll! Und das heißt, wir können nun über seine Handy-Wanze jedes Wort hören?«

»Nicht nur hören. Alles wird mitgeschnitten. Aufgerufene Seiten. Tastatureingaben. Einfach alles.«

»Nico, so langsam bekomme ich Angst vor dir.«

Nico grinste. »Ich bin doch einer von den Guten.«

»Weiß ich doch.« Ich stand kurz auf und gab ihm einen Kuss auf die Wange.

»Wann hast du das denn geschafft mit dem Laptop?« Offenbar war er ja nicht vom Hausdetektiv erwischt worden.

»Ich kam gerade mit dem Nachschlüssel, da sind die beiden erneut wieder weg, mit dem Taxi. Und ich hatte freie Bahn!«

»Clever und pfiffig bist du also auch noch!«

Nico strahlte. »Gib mal dein Handy«, sagte er.

»Was hast du damit vor?«

»Eine App drauf installieren.«

»Und wozu brauche ich die?«

»Zum Mithören!« Ich reichte es ihm und nach drei Minuten gab er es mir wieder zurück. »Die App habe ich umbenannt. Einfach die App 'Mistkerl' öffnen.« Ich schaute ihn erstaunt an. »War das nicht der richtige Name?«, fragte er.

»Doch doch. Aber ...«

»Musst dich halt überwinden.« Ich machte ein angeekeltes Gesicht. Nico sagte: »Okay, ich übernehme das vom Abend bis zum Frühstück, du den Rest. Deal?«

»Danke, Nico.«

Wir gingen dann noch zu einer anderen Gaststätte, da das hier für mich zu gefährlich war, aßen dort ausgiebig, und kehrten ins Hotel zurück. Ich konnte die ganze Zeit mithören. Es war schwer zu ertragen, dieses Liebesgesäusel, aber es musste sein. Was sinnvolles erfuhr ich aber nicht. Später gingen die noch in ein Theater, aber da übernahm dann schon Nico. Ich legte mich schlafen. Das war ja ein emotional stark belastender Tag gewesen. Dann wurde ich am nächsten Morgen wach. Ich schaute zur Seite. Nico hatte seine Ohrhörer um, griente mich an, und starrte wohin. Ich merkte, dass ich meine Decke ein wenig weg gestrampelt hatte. Kurz hatte ich den Impuls, die wieder hochzuziehen, aber dann machte ich was ganz anderes. Ich ging wieder nackt wie ich war ins Bad. Duschte, putzte die Zähne, schlang mir ein Handtuch um, und ging wieder Richtung Bett. Durchaus in der erotischen Variante mit Hüftschwung. Nico konnte die Augen nicht von mir lassen. Ich legte mich ohne Decke auf das Bett. Nico konnte alles sehen, da mein Handtuch nur um die Haare geschlungen war.

»Und, was gibt's Neues?«, fragte ich ihn.

»Nichts. Die machen gerade Sex. Willst du mal hören?«

Zu Nicos und auch zu meinem Erstaunen nahm ich tatsächlich die Ohrhörer und horchte kurz rein. Oder war es doch länger? Man hörte nur helles Stöhnen von Evelyn und dumpfes Keuchen von Uwe. »Sie besprechen gerade das Kamasutra«, sagte ich. Nico blickte mich erstaunt an. »Macht es dir nichts aus?«

»Doch. Aber nützt ja nichts. Ich muss es aushalten. Vielleicht kann ich mich ja rächen. Kannst duschen. Ich übernehme. Und dann Frühstück.« Nico stand auf und warf mir einen bedauernden Blick zu. Ich rief bei meinem Handy die App auf und stellte den Ton auf laut, während ich mich anzog. Nico brauchte eine ganze Weile. Ich könnte mir vorstellen, dass er jetzt unter der Dusche masturbierte. Jetzt kam er heraus, hatte eine seiner komischen Unterhosen an. »Die sind schlabberig. Nimm andere! Aber nicht hier kaufen. Hier sind die zu teuer.«

»Ok. Ich werd's ... beherzigen.«

Nach dem Frühstück ging ich noch in einen Bücherladen und besorgte mir einige Bücher, dann gab ich Nico frei. Zwischendurch ließ ich mir noch was zu Essen kommen. Nico schlug erst gegen 19 Uhr wieder auf und brachte zwei Pizzen mit, die wir sogleich verspeisten. Es folgten vier Tage, in denen sich unser Leben hier langsam einpendelte. Es machte mir mittlerweile nicht mehr so viel aus, dem (ziemlich häufigen) Liebesleben meines baldigen Exmannes und seiner Geliebten zuhören zu müssen. Einige Bemerkungen hatten wir schon aufgeschnappt, konnten uns aber noch keinen Reim drauf machen. Dann machte ich morgens wieder meine Spielchen mit Nico. Ich lag nach dem Duschen neben ihm auf dem Bett. Ich registrierte, dass Nico wieder meinen Körper bewunderte.

»Ist es dir zu viel?«, fragte ich.

»Was denn?«, fragte Nico.

»Dass ich meinen Körper so präsentiere.«

Nico seufzte. »Ich kann ihn ja sowieso nicht bekommen. Gib mir doch mal einen Tipp, was ich ändern muss, um ein Mädchen zu bekommen!«

»Warum nicht eine Frau?« Ich griente ihn an.

»Das ist ja noch schwerer!«

»Glaub ich nicht!« Ich drehte mich auf die Seite zu ihm hin und zeichnete kleine Kreise auf Nicos nacktem Oberkörper.

»Was wird das?«, fragte er.

»Ich will dich erregen.«

»Und dann???« Ja, was dann? Was machte ich hier? Ich spürte, dass das, was ich da unten spürte, nicht von der Dusche kam. Nico war eigentlich viel zu jung, obwohl volljährig, aber mein Unterleib wollte ihn jetzt. War das wegen den gehörten Liebes- und Sexbezeugungen von Uwe und Evelyn? Und wegen meinem Gehörnt-Sein? Sagt man das so bei Frauen? Außerdem sah Nico, da er beim Packen seinen Rasierer vergessen und nun einen Dreitagebart hatte, schon wesentlich reifer aus. Mit anderen Worten, er machte mich an.

»Dann küsst du mich.«

»Echt jetzt? Das darf ich?« Sein Gesicht sah wirklich seeeehr fragend aus.

»Nun mach schon!« Er kam näher und drückte einen total ungeschickten Kuss auf meinen Mund. »Doch nicht so!« Ich küsste ihn jetzt. Da er kein Raucher war, schmeckte es nicht schlecht. Und er schmeckte nach Jugend. Allerdings war er viel zu passiv. »Du musst aktiver werden. Deine Zunge muss mit meiner kämpfen. Aber ganz zärtlich!« Er unternahm einen neuen Anlauf. Jetzt war es schon besser. Ich nahm seine Hand und führte diese auf meine linke Brust. So langsam explodierte er. Er küsste mich überall, dann auch weiter nach unten, und dann verlor sich seine Zunge auch ganz lange an meinem Bermuda-Dreieck. Bestimmt hatte er das in so einem Schmuddelfilmchen gesehen. Gott sei Dank! Meine Hand wichste längst seinen Harten. Ich holte aus einem Täschchen ein Kondom raus und rollte es ihm drüber. »Leg dich auf den Rücken«, sagte ich. Nico legte sich hin, schaute mich erwartungsvoll. Er selbst war zwar nicht besonders groß, aber sein Lustspender schon. Sogar etwas größer als Uwes. Ich hockte mich über ihn, spürte wo er ist, und ließ ihn, ohne meine

Hand zu Hilfe nehmen zu müssen, in mich hineingleiten. Ich stöhnte auf.

Es hatte ziemlich lange gedauert, bis Nico dann endlich gekommen war. Ich hatte die Zeit durchaus genossen, aber für mich wirkte Nico ziemlich angespannt. Zum Schluss wurde er aber immer aktiver. Ich ließ mich heruntersinken und knutschte noch mal mit ihm. Dann rollte ich mich zur Seite.

»Fuck fuck fuck!«, sagte Nico.

»War es nicht schön?«

»Doch! Total schön! Und fuck dass es jetzt vorbei ist!« Er war ganz aus dem Häuschen.

»Musst doch nicht in englisch sprechen!«

»Englisch? Warte mal!« Nico richtete sich ruckartig auf. »Ich habe eine Idee!«

»Schön, aber du musst mich jetzt erst mal streicheln. Nach dem Sex brauche ich das manchmal.« Nico seufzte und kuschelte sich streichelnd an mich, bis ich sagte: »So, reicht, jetzt bin ich endlich befriedigt.«

»Wir müssen sie ganz einfach aus der Reserve locken!«, sprudelte es aus Nico heraus.

»In englisch?«

»Ja, in englisch.«

»Das musst du erklären!« Ich hatte keine Idee in welcher Form uns das helfen könnte.

»Ich hab ja die aufgerufenen Seiten auf dem Laptop gecheckt, da waren auch Banken dabei. Eine war eine deutsche Bank, das war wohl eure Hausbank, und die letzte aufgerufene eine in Hongkong. Dort wird wohl dein Geld sein! Ich hab dort ein Testkonto eröffnet und rausbekommen, was genau bei einer Überweisung passiert.«

»Und was soll ich da tun?«

»Nichts. Erst mal nur zuhören. Lass mich mal machen!« Nico machte eine ganze Weile was auf seinem Laptop, dann startete er einen Anruf. Ich hörte mit.

»Ja?«, kam es von Uwe.

Im Hintergrund hörte ich Nicos Stimme: »Is this Uwe Neuhaaaus from Germany?«

»Yes. Who's speaking?«

»Mr. Bun from the Independence Bank Hongkong. It's about your money transfer. You forgot to declare the transfer. You have to send an information to the authority. Otherwise, we have to send this money return to the sender.« Nico machte das richtig gut. Er ahmte sogar den typischen fernöstlichen Singsang nach.

»Really?«

»Really. We need your name and adress, your country and the bank balance. I can fill it in the form for you.«

»Ähmm yes, okay. Let me give a look. It's need one or two minutes.«

»Okay. I'll waiting.«

Uwe sagte: »Ich logge mich mal ein wegen der genauen Summe, gib du das mal durch!«

Man hörte es rascheln, dann tippen, während eine Stimme - es war die von Evelyn - durchgab: »Country is germany, family name Neuhaus, first name Uwe, street is Saselbergweg 37b in Hamburg, zip code 22395«, dann übernahm Uwe: »Bank balance 1 Point 979 Point 961 Dollars and 35 Cents.«

»Oh, thank you, i fill it in the Form. I call you back later. Then you have to confirm the informations and send it to the authority. See you soon. Bye.«

Uwe übernahm wieder. »Thank you, Mr. Bun.«

Man hörte im Überwachungshandy: »Puh. Das wäre ja beinahe schiefgegangen. Wusstest du das?«, fragte Evelyn.

»Nee. Ich muss mal nochmal den Berater fragen. Der hätte uns doch vorwarnen können. Ich hoffe, dass es jetzt keinen Ärger mit der chinesischen Regierung gibt.«

»Ich habe da kein gutes Gefühl, Uwe. Sollten wir nicht sicherheitshalber jetzt schon das Geld anlegen?«

»Das ist zu früh. Dann würde jemand den Braten riechen.«

»Und was machen wir nun? Oder wollen wir zumindest eine andere Bank nehmen?«

»Wir warten noch. Da ist das doch sicher. Keiner hat Zugriff, nur ich. Selbst wenn die es zurückschicken würden, da komme ich ja auch dran.«

»Gut.« Man hörte Geräusche und nach einiger Zeit wusste ich

auch welche. Die waren wieder übereinander hergefallen.

Nico räusperte sich. »Ich brauche mal deine Aufmerksamkeit!«

»Ja?«

»Ich habe jetzt Zugriff auf das Konto. Habe seine Login Daten abgegriffen und mich eingeloggt.«

»Echt jetzt Nico?«

»Ja doch!«

»Na, dann los. Kannst du das zu meiner Bank überweisen?«

»Ich versuche es. Gib mal deine Zielkontonummer.«

Ich suchte meine neue Kontokarte heraus und gab die Nico. Er tippte es ein. »So, mal schauen. Jetzt brauchen wir aber noch deren Hilfe!«

»Was müssen die denn machen?«

»Man muss jetzt die Überweisung bestätigen.«

»Und das kannst du nicht selbst machen?«

»Nein. Auf seinem Handy ist 'ne App für die Bank, dort muss man das bestätigen. Die App hab ich zwar auch. Aber ich kenne sein Passwort dafür nicht! Warte mal!« Er tippte ein wenig am Laptop herum und rief wieder an. Die beiden waren immer noch zu Gange.

»Ja?«

»Mr. Bun from the Independence bank again. Excuse me. Please confirm the sending of your informations with the banking app.« Man hörte es seufzen, dann tippte jemand, offenbar Uwe. Nico machte eine freudige Bewegung.

»And now? What to do?«

»You have to confirm the sending operation! You have to press the button 'send'.«

»Ähm yes. Done!«

»Thank you Mr. Neuhaaaus. Bye.«

»Bye.« Nico strahlte. »Ich hab ihm eine Seite untergeschoben, oder besser gesagt, darübergelegt. Das war die Bestätigung für die Überweisung, aber er hat was anderes, nämlich eine Bestätigung für die Informationsweitergabe gesehen. Somit hat er dir jetzt selbst das Geld überwiesen. Hundert Dollar hab ich noch drauf gelassen. Und da war ja gar keine Sicherheit. In Deutschland wäre das nicht gegangen mit so einer großen

Summe auf einmal.« Ich schaute auf den Laptop Bildschirm von Nico. Dort stand eine Bestätigung der Überweisung. Nun war ich reich! Nach kurzer Zeit waren die beiden auch mit ihrem Sex-Spiel fertig. »Du bist eine geile Fickmaus!«, sagte Uwe.

»Und du ein geiler Hengst. Bald bist du ein reicher geiler Hengst. Wie hieß das noch mal?«

»Derivate. Wetten auf Kursgewinne oder Verluste.«

»Ach ja, stimmt. Aber meinst du nicht ... wird Piere sich dann das Leben nehmen?«

»Kaum. Er ist zwar der Chef, also der Geschäftsführer, aber nicht der Besitzer. Der Insolvenzverwalter kümmert sich dann um die Abwicklung.«

»Gut. Das will ich nämlich nicht. Du hoffentlich auch nicht.«

»Natürlich nicht. Obwohl er mir als Chef vor die Nase gesetzt wurde und ich es eigentlich hätte sein müssen. Außerdem ... du weißt ja, ich musste das machen. Bei DER Sache ging das nicht anders!«

»Ist das so in der Geschäftswelt? Immer eiskalt alles durchziehen, ja?« Uwe antwortete darauf nicht. »Trotzdem solltest du besser noch Vorsorge treffen. Falls man dich festnimmt oder so!«

»Hab ich schon! Als du in Wien unterwegs warst, hab ich in ein Nagellackfläschchen von dir eine widerstandsfähig verpackte Micro SD Speicherkarte reingelegt. Hellrot, sag ich nur.«

»Ach, und da steht alles drin?«

»Fast. Das benötigte Codewort findest du dort, wo wir es in Wien zuletzt getrieben hatten. Sollte kein Problem sein da notfalls heranzukommen. Schlau, nicht?«

»Du hast echt an alles gedacht!« Kurze Pause.

»Chefschlampenficker«, sagte Evelyn jetzt. Nun ein provokanter Tonfall, ganz anders als eben vorher.

»Na warte!«

In diesem Moment stellte Nico den Ton ab. »Was machst du da? Die waren doch gerade so schön am Plaudern!«

»Wir wissen doch jetzt alles!«

»Und was wissen wir?«

»Die wollen die Firma bankrott gehen lassen. Den Aktienkurs in den Keller treiben und mit einer Wette darauf abkassieren. Ist da irgendwas geplant am Ende des Monats?«

»Ja. Da müssen Bauprojekte angeschoben werden. Ist das Geld nicht da, sind sie pleite, sagte Piere mir. Sein Chef.«

»Ach so. Deshalb haben sie das Geld geklaut! Die wussten also, dass der Kurs fallen würde! Das ist nicht dein Geld, oder?«

»Nicht nur. Aber ein Teil schon. Das andere haben sie der Firma geklaut, in der Uwe arbeitet.« Oder arbeitete. Ich hatte vergessen Piere zu fragen, was er wegen Uwe gemacht hatte. Ist er da noch angestellt? Oder fristlos entlassen? Ich vermutete das Letztere.

»Gibst du das andere Geld der Firma wieder? So etwas will ich nämlich nicht ...«

»Klar doch! So eine bin ich nicht!«

»Gut, Sandra. Hätte mich auch gewundert.« Irgendwie war er ja ziemlich naiv, aber ich wollte das Geld wirklich nicht selbst behalten. Eine andere Frau hätte das vielleicht ausgenutzt.

»Sag mal Nico, so etwas hast du doch nicht zum ersten Mal gemacht, oder?« Nico antwortete nicht. Ein dunkler Schatten fiel über sein Gesicht. »Nico?«

»Jjja, du hast recht. Ich hatte eine Lehre angefangen als Bankkaufmann. Bei der ... ach, ist wohl besser das nicht zu sagen. Hab ja Schweigepflicht.«

»Lief dann wohl nicht so gut, oder?«

»Nicht wirklich. Ich war nur knapp zwei Monate da. Erstmal war die Sache ziemlich langweilig. Und dann hab ich da etwas entdeckt.«

»Was denn entdeckt?« Wieder rückte Nico nicht mit der Sprache heraus. »Nico!«

»Ich habe eine Sicherheitslücke entdeckt. Ja, ich weiß, ich hätte das nicht machen dürfen. Die Sache wurde entdeckt und dann durfte ich da antanzen.«

»In der Chefetage?«

»MhhMh.«

»Und dann gab es einen goldenen Handschlag?«

Nico lachte gequält auf. »Noch nicht mal Bronze. Eher nur Kupfer. Für 500 Kröten durfte ich gehen und dafür haben sie auf eine Anzeige verzichtet.«

»Und was hast du da genau entdeckt?«

»In der Bestätigungs App von der Bank konnte man mit Text Injektion was manipulieren.«

»So wie hier bei der?«

Nico griente. »Die in Hongkong ist ja eine ganz andere Bank. Aber deren App habe ich analysiert. Die wurde mit dem gleichen App-Toolkit erstellt wie die von meiner Bank. Dem ungepatchten Toolkit.«

»Ja, blöd gelaufen. Scheiß Firmen, oder?«

»Zumindest diese. Aber irgendwie war ich auch froh dass ich da weg war. Erst mal die Langeweile, und die ... die Mädels haben mich da ganz schön hochgezogen, und dummerweise waren die in der Überzahl.«

»Tut mir leid für dich. Aber wenn die Mädels das erste mal selber abserviert werden, ändern sich die meisten.«

»Ja, hoffentlich. Warst du auch mal so?«

»Nein, ich war damals eine von den ganz braven. Die bin ich auch heute noch. Außer nun ab und zu mal den untreuen und flüchtigen Ehemann zu betrügen war ich immer lieb.«

Nico wollte mich daraufhin küssen, aber ich drehte mich weg.

»Lieb, sagte ich, nicht ganz lieb!«

Nico lachte. »Okay, ich habe es verstanden!«

»So, und nun gehen wir feiern!« Ich strahlte Nico an.

»Feiern? Sorry. Das ist nichts für mich.«

»Na gut. Gehe ich eben alleine.«

Ich machte mich fertig und ging raus. Er schaute mir traurig hinterher. So kann das ja nichts werden mit einer Frau, dachte ich. Mir spukte noch im Kopf herum, was Uwe denn damit meinte, 'bei DER Sache ging das nicht anders'. Aber das war mir dann irgendwann auch egal. Ich ging in eine richtig gute Gaststätte, bekam einen schönen Tisch und genoss das Essen sowie ein Glas Wein. Ein wenig angeschwipst ging ich dann nach der Bezahlung zum Hotel zurück. Dort kam er gerade raus. Nein, nicht Uwe, sondern der Hoteldetektiv.

»Oh, na, Feierabend?«

»Yupp.«

»Und, wieder wen geschnappt?«

»Keinen Einbrecher heute. Auch keine Einbrecherin. Nur eine Prostituierte. Die hab ich rausgeschmissen.«

»Wie hast du sie denn erkannt?«

»Ich erkenne sie halt. Kleidung, Schminke.«

»Und wie sah ich aus?«

»Du siehst normal aus. Normal hübsch.«

»Nicht sexy?«

»Doch, sexy auch. Aber das darf man ja nicht mehr sagen.«

»Bei mir schon. Gehst du jetzt zu einer Frau?«

»Nein, meine Frau ist ja weg. Schon länger. Und ich hab keinen Nerv für eine neue Frau.«

»Darf ich denn mit? Nur für heute?«

Er zögerte kurz und schaute mich von oben bis unten an, fast so als ob er zu scannen schien ob es sich lohnt. »Ja, komm.« Der Weg war nicht weit, aber ziemlich lang, da wir immer wieder stehen blieben und knutschten. Und dann kam ich hinein in sein Reich. Die Wohnung gefiel mir nicht, da alles so düster war, aber ich war einfach geil auf den Typen und eine Belohnung hatte er sich auch verdient. Ich bekam eine ganz neue Erfahrung. Er vögelte mich die ganze Zeit ziemlich hart durch. Ich hätte nie gedacht, dass ich so was mag! Aber ich ließ mich sogar mitreißen und gestaltete auch meinen Part so ähnlich.

Zwei Stunden und tausend Lustschreie später war ich wieder im Hotel. Gewissensbisse gegenüber Uwe hatte ich schon lange nicht mehr. Nicht nach DER Sache. Nico schlief schon. Morgen würden wir unsere Zelte abbrechen. Wir waren hier fertig. Ich schlief so schön wie schon lange nicht mehr. Frühmorgens war Nico eher wach als ich. Ich spürte seine Hand auf meinem nackten Po. Ich schob diese weg.

»Ooooooch!«, sagte Nico. »Wo ich doch so fleißig war.«

Ich drehte mich herum, gab Nico einen Kuss, und sagte: »Stimmt. Ohne dich hätte ich das alles nicht geschafft. Aber eine Belohnung hast du ja schon gekriegt und das Geld bekommst du natürlich auch noch. Und auch noch eine extra Prämie.« Er setzte zum Grienen an, woraufhin ich gleich sagte: »Nein, die extra Prämie wird nicht aus mir bestehen! Jedenfalls nicht heute.« Ich sah sein Gesicht, welches traurig wurde. »Vielleicht irgendwann später noch mal!«

»Warum denn heute nicht mehr?«

»Es hat momentan für mich seinen Reiz verloren. Und Lust habe ich heute auch nicht. Alles hat seine Zeit.«

Nico seufzte. »Dann krieg ich nie wieder eine Frau.«

»Doch, wirst sehen. Ich gebe dir später wenn wir wieder zu Hause sind auch noch ein paar Tipps. Mit Life Vorführung.« Nico griente, vermutlich hatte er Verführung gehört und nicht Vorführung. Und ich bedauerte, das gesagt zu haben. Aber warum eigentlich? Nico würde zwar nie mein Traummann werden, aber er hatte die Kraft der Jugend. Frühmorgens checkte ich natürlich als allererstes mein Konto. WOW! Ich hatte noch nie soviel Geld drauf gehabt. Wir gingen frühstücken, endlich mal im Hotel. Mir war es völlig egal, ob ich jetzt auf Uwe oder Evelyn treffen würde, aber die erschienen nicht. Vermutlich waren sie noch nicht fertig mit dem Morgensex. Fünf Stunden später saßen wir im Flieger. Das Zimmer der beiden hatte ich auch mit abgerechnet. Am Monatsersten, in drei Tagen, müssten die da raus. Mit seiner Kreditkarte könnte das Uwe ja nicht bezahlen. Und Evelyn hatte vielleicht keine. Außerdem würden die dann schon wissen, dass das Geld weg war. War mir egal. Strafe muss sein.

Kaum zu Hause, rief ich Piere an. »Mensch, du hast dich ja rar gemacht. Hatte dich x-mal angerufen und hunderttausend SMS geschickt«, sagte er.

»Ja sorry Piere, hatte zu tun und musste mich konzentrieren. Und ich hab was für dich. Was ganz Wichtiges. Du musst sofort hierher herkommen!«

»Hast du irgendwelche neuen Infos für mich?«

109

»Ja, die auch, aber noch viel mehr. Komm einfach her!«

»Bin schon unterwegs.« Zwanzig Minuten später fuhr sein Wagen vor. Ich erwartete ihn in der geöffneten Haustür. Küsschen links, Küsschen rechts.

Piere ging einfach ungefragt rein. »Oh, was duftet hier denn so schön?«

»Ich habe Kuchen aufgetaut. Rhabarberkuchen mit Streuseln. Magst du?«

»Liebend gerne.« Ich nahm Piere die Jacke aus der Hand und hängte sie an die Garderobe.

»Und dazu einen Kaffee?«

»Jo.« Ich machte den Kaffee fertig. Oder besser gesagt, diese Maschine, mit der ich auf Kriegsfuß stand. Der Kaffee aus der schmeckte zwar besser, aber das Ding war das reinste Tamagotchi. Irgendwas wollte sie immer haben.

Während dessen fragte Piere mich: »Wo warst du denn die ganze Zeit? Ich war auch drei mal hier, alle ausgeflogen.«

»Ich war in Zürich. Und ich hab da was gefunden.«

»Etwa Uwe?« Piere schaute sehr erstaunt, als würde er mir das nicht zutrauen.

»Uwe auch. Und Evelyn!«

»Beide? Was machen die denn da?«

»Die warteten auf etwas. Und die vögeln miteinander!«

»Das glaub ich nicht!« Piere sah aus wie am Boden zerstört. Mir würde es in der Situation nicht anders ergehen. Meinen Schock hatte ich ja schon hinter mir.

»Komm Piere! Du weißt es doch schon längst! Die Evelyn die du anbetest, die gibt's nicht mehr. Gab es vermutlich auch nie.«

»Aber sie hat doch … sie hat doch gesagt dass sie mich liebt!« Piere war voll durch den Wind, bekam Tränen in die Augen und musste sich erst mal setzen.

»Vielleicht tat sie das mal. Jetzt aber nicht mehr. Komm Piere, ich musste das mit Uwe auch erst mal verdauen.«

»Hast du ihn zur Rede gestellt? Oder Evelyn? Beide?« Seine Stimme klang … wütend. Hilflos und wütend.

Ich schüttelte jeweils den Kopf. »Sie wissen oder wussten gar nicht, dass ich da war.«

»Versteh ich nicht! Warum warst du denn dann da überhaupt hingefahren?« Jetzt schüttelte Piere den Kopf. Unverständnis spiegelte sich in seinem Gesicht wieder.

»Na die hatten doch auch mein Hypothekengeld geklaut. Ich wollte das wiederhaben.«

»Ach so, ja. Ich erinnere mich. Das war für dich ja auch eine Menge Geld.«

Ich stellte ihm den Kaffee hin und einen Teller mit dem Kuchen. »Komm, iss was.« Piere zögerte kurz, begann dann aber zu essen. Vermutlich hatte er auch schlicht Hunger.

»Also hast du es nicht wiederbekommen?«, vermutete er dann. Ich griente. »Doch, hab ich!«

»Freiwillig????« Piere konnte es kaum glauben.

»Nee, heimlich. Zurück geklaut.«

»Schön für dich. Mir hilft das leider nicht weiter. Besteht denn noch Hoffnung? Wie kann ich die beiden denn ...«

Ich fiel ihm ins Wort: »Ich hab noch mehr. Dein, also euer Geld hab ich auch.«

»WAAAAAS?«

»Ja. Und ich will es euch wiedergeben.«

»Das glaub ich jetzt nicht!« Sein Gesichtsausdruck war jetzt eine Mischung aus Ungläubigkeit und Hoffnung.

»Piere, glaub mir, ich hab es! Es ist auf meinem Bankkonto.«

»Du bist ein ...«

»Schatz? Ja, der bin ich. Ich hatte allerdings einige Auslagen. 3700 Franken plus 2100 Euro für die Flüge.«

»Kriegst du, kriegst du. Zieh sie einfach ab.«

»Nee, die will ich ordentlich als Überweisung oder in Bar mit Quittung für irgendwelche Tätigkeiten. Damit alles seine Ordnung hat. Da wird dir schon was einfallen, oder?«

»Jjjja, kein Problem.« Jetzt kam Piere auch noch ins stottern. Er war überglücklich und schien die Sache mit Evelyn ganz vergessen zu haben.

»Da ist noch was, Piere.«

»Ja, was denn? Willst du noch mehr Geld haben?«

»Nein. Uwe und Evelyn wollten mit dem gestohlenen Geld auf euren fallenden Aktienkurs setzen. Damit hätte die etliche

Millionen verdienen können.«

»So ein Arsch!«

Da musste ich ihm Recht geben, aber trotzdem konnte ich das ihm jetzt nicht ersparen: »Evelyn wusste auch davon!«

»Diese ...« Den Rest verkniff er sich.

»Und Piere, ich hab da noch 'ne Bitte! Nein, eigentlich zwei.«

»Was soll ich denn machen?«

»Ein Bekannter hatte mir geholfen. Es ist der Nachbarsohn Ohne ihn hätte ich das niemals geschafft.«

»Soll ich ihm Geld geben?«

»Nein. Du kannst ihm aber einen Job verschaffen. Er ist echt talentiert, hängt momentan aber noch zu Hause bei Muttern herum. Kannst du ihm ein längeres Praktikum in eurer IT besorgen? Er muss einfach mal unter andere Leute und checken wie die Wirklichkeit ist. Und ich möchte für ihn einen Jahresgutschein für ein Fitnessstudio. Genauer gesagt, für mein Fitnessstudio. Aber als Beschenkender muss eure Firma drauf stehen.«

»Mehr nicht? Klar, kann ich machen! Warum muss es denn genau dieses Fitnessstudio sein?«

»Weil ich das kenne. Man hat da so eine App und wenn ich ihn in meine Gruppe rein nehme kann ich dann mit der App kontrollieren wie oft er da war.«

»Was hast du mit ihm vor?«

»Ich will ihn ertüchtigen!«

»Aha.« Piere sah ein wenig zweifelnd aus. Hatte er eine Ahnung, was ich mit ihm vor hatte? Ich zeigte ihm, wie das Fitnessstudio hieß.

»Gut, ich besorge den. Beides.«

»Super Piere. Aber pass auf dass er nicht rumhackt bei euch. Höchstens als Sextest.«

»Sextest? Was soll das denn sein?«

»Na so diese Lücken in Computern ...«

»Ach, warte Sandra, du meinst Penetrationstest?«

»Genau das.«

»Ich bin sicher, ich kann das einrichten. Reicht es zum ersten September?«

»Klingt gut. Ich muss ihn nur noch überzeugen, sein altes Leben zu verlassen!«

Piere grinste mich an. »Ich weiß, du schaffst das!«

Da war ich mir auch sicher. Eine Stunde später fuhr ich mit Piere los zu meiner Bank. Dort überwies ich das Geld, online wäre so eine hohe Summe nicht gegangen. Und die Angestellte bat ich auch gleich noch darum, eine Notiz an Frau Siebert zu hinterlassen mit der Nachricht, das Hypothekengeld wäre wieder da, und die Überweisung sei nur ein Fehler gewesen. Piere fuhr dann zur Firma. Ich war mit mir im Reinen. Trotzdem hatte mich das alles ganz schön mitgenommen. Ich legte mich früh schlafen, da ich ziemlich fertig war. Einfach nervlich am Ende!

Am anderen Morgen begrüßte mich strahlender Sonnenschein. Nach dem ersten Kaffee ging es mir wieder richtig gut. Aber ganz plötzlich zogen am Himmel draußen düstere Wolken auf und ein kapitaler Schauer begann. Nicht ungewöhnlich für Hamburger Wetter. Ich beschloss das Ende abzuwarten, und danach in den Laden zu fahren. Da kam ein Anruf. Nummer unterdrückt. Ich nahm an. »Du Hexe!!! Das warst du doch oder?« Ich erkannte sofort Uwes Stimme.

»Und du bist ein betrügerischer Mistkerl! Ich hab mir nur das wieder geholt, was du mir gestohlen hast!«

»Uns. Ich habe es uns gestohlen. Unser Geld.«

Ich lachte höhnisch auf. »Jetzt bist du also nicht nur ein krimineller Betrüger und Fremdgeher, sondern auch noch ein Erbsenzähler!«

»Sandra! Gib mir wenigstens das Geld von der Firma wieder!«

»Das gehört dir auch nicht! Außerdem hab ich es nicht mehr. Es ist längst wieder in der Firma!«

»Neeeeeeeeiin!!! Sandra, mach das rückgängig! Bitte! Es wird sonst ein Unglück passieren!!!«

»Hast du echt geglaubt, du kommst damit durch, ja?! Du hast keinerlei Moral oder Anstand! Ist mir egal, wenn du jetzt pleite bist. Sieh doch zu wie du dann mit deiner Neueroberung klar kommst! Und glaub ja nicht, dass du zurück kommen kannst! Leck mich, du Fremdgeher! Ich will dich nie mehr sehen!!!« Den letzten Satz schrie ich regelrecht und drückte das Gespräch weg. Meist konnte ich das von meiner Mutter geerbte spanische Temperament unterdrücken, aber hier, in dieser Situation, kam es voll durch. Der Anruf wiederholte sich noch mehrfach, aber ich ging nicht mehr ran. Ich feixte mir einen und fühlte mich großartig. Süße Rache vollendet. Kurz half es über meine situationsbezogene Missstimmung hinweg. Aber dann kam alles wieder hoch und mir ging es emotional ziemlich schlecht. Ich bekam sogar noch Gewissensbisse obwohl das Arschloch mich ja zuerst betrogen und mich auch sonst übelst hintergangen hatte. Aber das war nur kurz. Dann kam wieder die Vernunft. Irgendwie musste es weiter gehen. Das konnte nicht so bleiben, in dieser Schwebe. Scheidung. Was sonst? Aber ich hatte von solchen Sachen keine Ahnung. Konnte ich das einfach so? Ich kannte ja seinen Aufenthaltsort nicht. Wieder mal! Oder ging das auch so? Fragen über Fragen. Aber damit musste ich mich jetzt nicht belasten. Am Wochenende wäre genug Zeit für Recherchen. Als der Schauer vorbei war, kam die Sonne wieder hervor und zauberte einen Regenbogen hervor, sogar einen doppelten. Wenn das mal kein gutes Zeichen ist, dachte ich, und fuhr in meinen Laden, nun wieder gut gelaunt.

Zwei Tage später war Wochenende. Ich druckte mir den letzten Kontoauszug aus, das Geld hatte ich schon beim letzten Besuch bei der Bank geholt, zog mich sexy an, und klingelte bei Nico. Seine Mutter öffnete. »Ach, hallo Sandra. Alles gut? Sag mal, was ist denn mit deinem Mann? Ich habe ihn schon lange nicht mehr gesehen.«

»Wir haben uns getrennt, Anni. Er ist weg und wird nicht wiederkommen. Sag mal, ist denn Nico da? Ich brauche mal seine Hilfe.«

Sie rief: »Nico, kommst du mal? Sandra braucht mal deine Hilfe!«

Nico war relativ schnell bei der Tür. »Oh, Sandra.«

»Hallo Nico. Hast du mal Zeit? Ein Gerät streikt.«

»Brauch ich dazu meinen Laptop?«

»Nee, nur deine Hände. Komm mit!« Ich erntete einen sehr fragenden Gesichtsausdruck, aber er kam mit.

Als er bei mir im Haus war, schloss ich die Tür. »So Nico, stell dir vor, du bist im Haus mit einer wunderbaren Frau alleine und du bist scharf auf sie. Was würdest du machen?«

»Na, weiß nicht, ich fasse ihr vorsichtig an den Arm.«

»Also ich würde mich an deiner Stelle erst mal nur mit Worten vortasten.«

Nico schien zu begreifen, dass die Sache ein Training für ihn sein soll. »Sie sehen heute aber toll aus, Frau Neuhaus. So richtig zum Anbeißen!«

»Na, das mit dem Anbeißen würde ich lieber erst mal weglassen. Das ist eine Spur zu direkt.«

»Okay, und was dann?«

»Dann antworte ich: Gefällt es dir? Vielleicht hab ich mich ja extra für dich hübsch gemacht.«

»Wieso nur vielleicht?«

»Du musst bedenken, eine Frau verwendet selten die direkte Form. Es muss immer noch eine Unsicherheit geben, zumindest in den Wörtern. Tatsächlich meint sie aber im Allgemeinen ja.«

»Und wenn ich danebenliege?«

»Dann kassierst du schlimmstenfalls eine Ohrfeige.«

»Okay, das klingt fair.« Nico sah jetzt ein wenig bedröppelt aus. Vermutlich realisierte er erst jetzt, dass die Sache nicht ganz so einfach war, wie er immer gedacht hatte.

Ich lachte. »Ja, als Mann muss man in solchen Sachen leidensfähig sein.«

Nico ging gar nicht darauf ein, sondern machte weiter. »Ja, es gefällt mir. Sieht … ähm … elegant aus.«

»Nicht sexy? Ich hatte gehofft es sieht sexy aus. Ich wusste nicht dass ich so danebenliege. Beim Kauf sah es noch …«

»Nein!! Es sieht sehr sexy aus. Hab mich nur nicht getraut es so direkt zu sagen.«

Ich seufzte und schaute ihn wie mitleidig an. »Und was machst du jetzt?«

»Weiß nicht … zugreifen?«

»Nein, bloß nicht! Zu forsch. Du musst erst mal Zeit schinden. Du weißt ja noch gar nicht ob sie dir nur gefallen will oder ob sie wirklich was von dir will. Du musst also erst schauen ob sie einen weiteren Schritt macht.«

»Aha.«

»Hör zu Nico, erst mal willst du ja sicher kontrollieren ob ich das Geld wirklich der Firma zurückgegeben habe und dann bekommst du ja auch noch weiteres Geld von mir. Schau mal.«

Ich gab ihm den Kontoauszug und schob ihm danach den Geldscheinstapel hin. Dann fasste ich auf sein Bein, nahm die Hand aber gleich wieder weg. Er schaute auf den Kontoauszug.

»Du weißt aber schon, dass man das spielend leicht fälschen kann, Sandra?«

»Meinst du? Und das Geld? Willst du nicht nachzählen? Es könnten ja auch Blüten sein.«

»Nee, glaub ich beides nicht. Nicht bei dir. Du bist ehrlich. Oder?«

»Bin ich. Ist dir sonst nichts aufgefallen?«

»Doch, an meinem Bein.«

»Weißt du, so etwas ist ein ziemlich eindeutiges Zeichen dafür, dass du jetzt weiter gehen kannst.«

»Mann, das ist aber schwierig!«

Für mich war eher Nico schwierig, aber ich hoffte, das würde ich noch hinkriegen. »Du lernst das!«

»Naaaa ich weiß nicht … mal sehen.«

»Und jetzt?«

»Was, und? Ach so, jetzt soll ich das Gerät reparieren?«

»Dummkopf! Mich sollst du reparieren!«

Er schaute mich an, zaudernd. »Und wenn Uwe wiederkommt?«

»Ich glaub nicht, dass er jemals wiederkommt. Und außerdem

kommt er nicht rein. Ich habe das Schloss ausgewechselt.« Ich öffnete meine Beine ein wenig und setzte mich aufreizend hin. Knöpfte demonstrativ meine Bluse auf. Nur ein Knopf, aber jeder Idiot würde merken, was Sache ist. Nico war kein Idiot mehr. Er fasste an mein Bein. »Und, was meinst du, ist das 'ne Strumpfhose oder sind das Strapse?«

»Ich soll?«

»Nun mach schon! Ich werd schon sagen wenn mir etwas zu viel ist!« Tatsächlich wurde Nico mutig und schob seine Hand weiter hoch, schön langsam. Das Nylon gab ein knisterndes Geräusch von sich, welches in mir ein wohliges Kribbeln erzeugte.

»Und?«

»Ist nur 'ne Strumpfhose!«

»Bist du jetzt enttäuscht? Ich wollte es mal so probieren. Hast du mal einen Sexfilm geschaut? Was würde der Mann denn da jetzt machen?« Nico sagte nichts. Er stand auf, kniete sich dann vor mich hin. Ich tat ihm den Gefallen und öffnete meine Beine. Schön weit. Ich stellte mir vor, wie das für Nico aussehen müsste. Vermutlich richtig schön einladend. Nico ging weiter heran. Dann spürte ich was. Sein Mund setzte einen Kuss auf meine Lustzone. Ich zuckte zusammen. Ich hatte nicht erwartet, dass es diese Wirkung gibt, denn es ging in meinen ganzen Körper. Ich stöhnte einmal ganz leise auf. Nico machte jetzt mehr. Seine Zunge fuhr dort herum. Uwe hatte das nie gemacht. Jedenfalls nicht, wenn ich eine Strumpfhose an hatte. Nach einer Weile war alles nass, auch der Slip darunter. Nico lernte schnell. Er fasste an und versuchte die Strumpfhose herunter zu ziehen. Ich hob mein Gesäß ein wenig an, damit er es leichter hat. Nico zog Strumpfhose und Slip herunter, immer weiter. »Nein, lass sie so«, sagte ich. Sie war noch oberhalb meines Knies. »Hattest du schon ein mal eine andere Frau als mich?«, fragte ich. Nico schüttelte den Kopf. »Dann komm!«

»Was denn kommen?«

»Steck ihn rein!«

»Einfach so?«

»Ja, einfach so. Keine Angst. Aber roll dir vorher das Kondom hier drüber!« Ich hob meine Beine an und hielt sie fest. Nico

beförderte seinen Lustspender aus der Hose, rollte das Kondom drüber. Ein Eingriff meinerseits war nicht nötig. Er war schon prall mit seinem Blut gefüllt. Er rutschte heran, und war drin!! Nico legte los, er stöhnte, ich stöhnte. Die Stellung war furchtbar unbequem, aber geil. Nico hielt einige Minuten durch und dann spritzte er, und während er stöhnte, tat ich so, als hätte ich einen Orgasmus gehabt. Es dauerte eine Weile, dann ging Nico aus mir raus, schwer atmend. »Leg dich da hin«, sagte ich. Nico legte sich auf die Couch. Sein Zepter stand immer noch, das musste ich ausnutzen. Ich schwang mich über ihn und meine Lusthöhle inhalierte seinen Lustprügel erneut. Ganz langsam bewegte ich nun auf ihm. Irgendwie hatte das was, so eine Vögelei mit Strumpfhose. War besser als erwartet. »Küss mich, knete meine Brüste«, sagte ich zu Nico. Er knöpfte tatsächlich meine Bluse auf, holte meine Glocken heraus, und fing an, die zu massieren. Mehrmals beugte ich mich zu ihm herunter und knutschte. Ich brauchte so was immer, sonst kam ich nicht zum Orgasmus. Tausend Küsse später spürte ich die erfolgreiche Arbeit meiner Hormone, fiel in Galopp, und kam unter spastischem Zucken und lautem Schreien. Nico zuckte dann auch und das Kondom bekam eine weitere Ladung von ihm. Nachdem ich wieder zu Atem gekommen war, stieg ich von ihm herunter, machte mir meine Kleidung wieder ordentlich, und setzte mich neben Nico, so als ob nichts gewesen wäre. »Das war ja ganz ordentlich. Willst du noch weitere Übungsstunden bekommen?«
»Du willst wirklich ...? Klar!«
»Ja, du bist jetzt mein neues Projekt. Ich will dich ausbilden. Aber du musst auch was dafür tun, Nico.«
»Was denn? Ich soll jetzt aber nicht dein Mann werden, oder?«
»Nein, keine Angst. Einen richtigen Mann will ich erst mal nicht mehr haben. Kannst dich jetzt wieder anziehen. Geiler ... geiles Teil übrigens.«
»Wirklich?«
»Ja.«
»Also, was soll ich ...?«
»Du wirst am ersten September ein Praktikum anfangen. In Uwes ehemaliger Firma.«

»Was soll ich denn da?«

»In der IT Abteilung.«

»Echt jetzt? Geiiil!« Es war wie damals beim Flug. Dann verdüsterte sich aber sein Gesicht wieder.

»Hast du Angst?«

»Ja, schon. Nicht vor der Technik, aber vor den Menschen.«

»Ich verstehe was du meinst. Vor allem nach deinen Erfahrungen damals. In so einer großen Firma anzufangen und zu arbeiten ist wie in ein Haifischbecken geworfen zu werden. Da gibt's viele verschiedene Menschentypen. Fröhliche, distanzierte, mürrische, neutrale, auch Karrieristen, Neider, Intriganten. Es ist nicht immer einfach. Aber du kriegst das hin, glaub mir. Da wächst du rein. Du wirst dort auch schnell Leute finden, die dir wohlgesonnen sind. Vielleicht auch Freunde. Und richtige, echte Frauen sind da auch. Bestimmt auch ganz junge Frauen. Also, bist du dabei? Dann gibt's auch weitere Übungsstunden.«

»Jjjja, mache ich. Danke, Sandra.« Ich lächelte ihm zu. Er machte Anstalten, mich noch mal küssen zu wollen, merkte dann aber, dass ich nicht mitspiele, und ging aus dem Haus, nicht ohne mir noch einen saugenden Blick zugeworfen zu haben. Dann endlich kam Uwe wieder in meine Gedanken. Ja, selber Schuld, sagte ich ihm in Gedanken. Der gehört jetzt eine Weile mir! Das mit dem Fitnessstudio würde ich später ansprechen, wenn Nico den Gutschein bekommen hatte.

Am Samstag in der darauf folgenden Woche, also eine Woche später, bekam ich eine SMS von Julian. 'Geht es dir gut? Was hat sich mit Uwe getan? Die sagen mir nichts! J'. Ich war angenehm überrascht, erst mal weil Julian nicht wieder irgendwas mit Treffen geschrieben hatte, sondern offenbar besorgt um mich war. Angenehm zurückhaltend, kein Stalker, also genau so, wie ich ihn in Erinnerung hatte. Das musste doch belohnt werden!

Ich schrieb daher zurück: 'Treffen?'. Es dauerte keine 20 Sekunden, da kam zurück: 'Wann und wo?'. Ich überlegte. Man könnte doch wieder ins Zagreb? Seine Wohnung wäre von dort aus gut zu erreichen. Meine kleine Miss Sandra begann schon wieder zu kribbeln. Vielleicht hatte sie es noch nicht nötig, aber haben wollte sie es schon. Aber noch war eine Menge zu tun. Ich entschied mich daher für eine späte Uhrzeit. '20 Uhr, Zagreb?', schrieb ich.

'Komme! J', kam zurück. 'Kannst ruhig deinen richtigen Namen schreiben! Sandra', schrieb ich zurück. 'Mache ich, Julian'. So, da wäre also schon mal was für ihn geklärt. Das Kribbeln wurde stärker. Es wäre doch eine gute Gelegenheit, so nach der blutigen Zwangspause! Ich erledigte all die Sachen, die in einem Haushalt nun mal anfielen, trank danach Kaffee, und ruhte mich noch ein wenig aus, um Kraft zu tanken. Dann machte ich mich an die Arbeit. Kriegsbemalung, Kleidung auswählen, und so weiter. Ich weihte gleich meine Neuerwerbung ein: ein schöner, hautenger und auch kurzer Rock, und ein Oberteil was eher jüngere Frauen anziehen würden, so eines mit Spaghetti-Trägern, aber ich fand, es stand mir auch sehr gut und machte mich so richtig sexy. Auch Schuhe hatte ich mir gekauft, so welche mit Hacken, keine High-Heels, sondern noch so normale, in denen man einigermaßen laufen konnte. Dann machte ich mich auf den Weg und kam sogar fünf Minuten eher an. Julian stand schon da. Er lächelte, als ich ihm näher kam. Ich sah seinen Blick, den er nicht von meinem Outfit lassen konnte. Zielerfassung mal anders. Ich musste innerlich schmunzeln. Angesichts meines Lächelns entspannte sich sein erst besorgter Blick. Ich blieb direkt vor ihm stehen. Er umarmte mich. Sein Deo stieg mir in die Nase. Erinnerungen kamen auf an die erste, und die zweite wilde Nacht mit ihm. Richtige Flashbacks, in wenigen Sekunden alles Wesentliche noch ein mal zusammengefasst. Dann löste ich mich von ihm. »Julian«, sagte ich.

»Bist du okay?«, fragte er.

Ich lachte. »Zumindest bin ich im ganzen Stück zurückgekommen.«

»Ist es in der Schweiz so gefährlich? Oder bist du in Wirklichkeit eine geheime Agentin? Die sollen ja nur die besten nehmen!«
»Wie ich sehe, hast du es mittlerweile geübt, deine Komplimente besser zu tarnen«, antwortete ich. »Lass uns erst mal reingehen!«
Julian drehte sich um, warf einen kurzen Blick zu mir, und ging voran. Er ging zum Tresen. Wie sich herausstellte, hatte er reserviert. Es war auch dringend nötig gewesen. Es war ziemlich voll, ganz anders als letztens. Leider dadurch aber auch ein wenig lauter. Wir wurden zum Platz geleitet. Julian wollte mir den Stuhl zurecht stellen, aber ich wurde einfach selber aktiv. Es war sicher als nette Geste gedacht, aber es war mir lieber, ich würde in möglichst vielen Situationen unabhängig bleiben. Der Kellner fragte gleich nach unseren Wünschen. »Rotwein. Eine Flasche. Pinot Noir.« Julian konnte nur staunen. Ich wendete mich ihm zu. »Oder wolltest du was anderes?«
»Nein, schon okay.« Julian griente. Als der Kellner weg war, fragte er: »Willst du dich wieder betrunken machen? Oder mich? Uns beide?«
Ich griente. »Ich finde, das ist ein sehr guter Zustand. Letztens hatte mich der gerettet. Sonst hätte ich mich vielleicht umgebracht!«
»Wegen mir?« Julian schaute ganz erstaunt.
»Nein, wegen dem was ich gemacht hatte.«
»Hast du deswegen Ärger mit Uwe gekriegt?« Ich antwortete nicht. Ich wollte erst mal mehr von ihm wissen. Er fuhr fort: »In der Firma tun alle sehr geheimnisvoll. Irgend eine Sache läuft da wegen ihm, aber keiner will mir was verraten.«
»Regina auch nicht?« Julian antwortete nicht. »Wundert dich das? Das kann doch so nicht bleiben! Er hat doch auch Prokura. Wer weiß, wie er die Firma noch schädigen könnte.«
»Vor kurzem hast du noch bezweifelt, dass Uwe kriminell geworden ist. Und jetzt das! Hast du ihn denn noch mal getroffen? Du warst deswegen in der Schweiz, oder? Ist er da untergetaucht?«
Ich lachte. »Welche Frage soll ich denn zuerst beantworten? Die Kurzform wäre jein, ja, ja. Stellt dich das zufrieden?«

»Das jein am allerwenigsten.«

»Ich könnte es dir erzählen, aber du hast meine Frage noch nicht beantwortet.« Der Kellner kam mit dem Wein, fragte nach unseren Essenswünschen, und gab Julian somit Gelegenheit, länger über die Antwort nachzudenken.

»Nein, Regina hat es mir auch nicht erzählt. Sie hat mich da ein wenig reingelegt, hat sich von mir zum Essen einladen lassen, ausgehorcht was ich weiß, aber mir nur Sachen erzählt, die ich eh schon kannte.«

»Und dann seid ihr zusammen ins Bett?«

Julian griente. »Was du wieder denkst!« Nach einer kleinen Pause erzählte er aber weiter. »Nee, wir haben es nur auf der Couch getrieben!«

»WOW, das würde ich auch gerne mal machen!« Kleine Sandra!!! Dementsprechend schaute Julian ganz entsetzt. »Was, traust du mir das nicht zu?«

»Doch, ganz bestimmt!«

»Und jetzt bist du also mit Regina zusammen?«

»Quatsch. Nein, es war wieder nur ein One-Night-Stand.«

»Ich würde eher behaupten, ein Second-Night-Stand.«

»Wenn du so willst. Leider hatte sie danach auch nichts verraten. Sie trinkt ja leider keinen Alkohol. So bin ich dann leer ausgegangen. Zumindest Informationslos. Also alles wie gehabt.« Er griente jetzt, aber mit einem traurigen Gesichtsausdruck.

Ich seufzte. »Dann will ich mal erzählen: Mit Hilfe eines Nachbarsohns habe ich herausgefunden in welchem Hotel er in der Schweiz abgestiegen ist. Dann bin ich mit dem da hin gedüst und da haben wir dann Erkundigungen eingeholt. Also eher, wir haben die beiden observiert. Ich hab ihn gesehen, er mich aber nicht. Also beide nicht, Uwe und Evelyn. Dann hab ich mir ihren Zimmerschlüssel ergaunert, bin reingegangen, wurde vom Hoteldetektiv erwischt, aber der hat mich dann wieder laufen lassen ...«

Julian schaute ganz entsetzt. »Du hast ihn verführt?«

Ich lachte auf. »Nein, das habe ich ganz einfach mit meinem Charme und mit der Wahrheit erreicht.« Ich überlegte, das war ja nicht so ganz korrekt. »Na ja, mit einer Variante der Wahrheit«, verbesserte ich mich. »Einer Variante, die mir half mein Ziel zu erreichen.«

»Und was war dein Ziel? Wolltest du Uwe wiederbekommen?« Ich schüttelte den Kopf. »Nicht nach der Sache. Eine Affäre hätte ich ihm vielleicht verzeihen können, aber nur vielleicht. Aber so ...«

»Verstehe. Wer will schon einen kriminellen Mann. Ihn dann ständig im Gefängnis besuchen müssen!« Er schüttelte sich.

»Es hat ja keiner Anzeige erstattet. Eure Firma nicht, und ich auch nicht.«

Julian lachte auf. »Untreue ist schon lange kein Straftatbestand mehr! Zum Glück! Sonst würde die Hälfte der Republik im Gefängnis sitzen.«

»Er hat doch auch mich beklaut! Wir hatten einen Hypothekenkredit aufgenommen für einen Hausumbau, er hat alles abgeräumt!«

Julian fiel fast die Kinnlade herunter. »Und nun?« Ich grinste ihn an. Ließ ihn zappeln. Lange. »Kommt da noch was?«

»Mit Hilfe meines Hackers haben wir ihn reingelegt und das ganze Geld wieder zurück geholt.«

»Hast du da nicht zufällig auch unser Firmengeld gefunden?«

»Das hab ich auch gefunden. Und zurück gebucht.«

»Da hat Piere aber nichts von gesagt! Regina auch nicht!«

»Wie, das war kein Thema in der Firma?«

»Nee, die sind momentan alle so tiefenentspannt ... obwohl, da war noch was! Wir hatten Besuch von der Börsenaufsicht bekommen. Die haben unseren ganzen Laden auf links gedreht. Angeblich soll es einen Insiderhandel gegeben haben. Aber gefunden haben die nichts, jedenfalls nichts bei uns. Das muss wohl ein Außenstehender gemacht haben.« Ich dachte sogleich an Uwe, verwarf die Idee aber wieder. Dafür hätte er dann ja zu wenig Geld gehabt und außerdem fiel der Kurs ja nicht wie geplant. Oder doch?

»Wie war denn euer Aktienkurs am Monatsende?«, fragte ich.

»Wie erwartet ist er gestiegen, da neue und wichtige Projekte angeschoben wurden.« Das bestätigte meine Vermutung.

Unser Essen kam. Ich hatte wieder so einen Fleischspieß genommen und Julian auch. Wir aßen erst einmal, und amüsierten uns während dessen über zwei Frauen welche sich am Nebentisch laut und wild gestikulierend über ihre letzten Eroberungen unterhielten, um nicht zu sagen, dass die ihre Ex-Freunde oder Liebhaber durch den Kakao zogen. Sie ließen kein gutes Haar an denen. »Warst du auch mal so?«, fragte Julian.

»Nee«, antwortete ich, und schmatzte dabei ein wenig, »Ich bin doch gleich mit Uwe gestartet!«

»Sandkastenliebe?«

»Nee, Bücherei-Liebe. In so einer Bücherei sind wir uns das erste mal begegnet.«

»Das klingt so«, auch Julian schmatzte jetzt beim Essen ein wenig, »als hätte es bei dieser ersten Begegnung nicht gefunkt.«

»Doch, schon! Aber zu einem zweiten Treffen kam es dann nicht. Uwe war abgehauen, ins Ausland.«

Julian lachte. »Geflüchtet vor Sandra.«

»Ja, sieh du dich auch mal vor!«

»Ich glaube Sandra, das kannst du nicht. Und nicht bei mir. Jedenfalls nicht heute.«

»Vielleicht bin ich ja eine schwarze Witwe!«

»Uwe lebt doch hoffentlich noch?«

»Als ich ihn das letzte mal sah, erfreute er sich bester Gesundheit. Sexueller Gesundheit auch!« Ich war fertig mit Essen und legte mein Besteck auf den Teller.

»Kann ich mir denken. Auf ältere Männer übt Evelyn sicher eine große Anziehungskraft aus.«

»Du meinst, auf Männer in der Midlifecrisis? Vielleicht war er da gelandet. Ich habe ihn nicht gefragt. Vermutlich hat er da eh nicht drüber nachgedacht in seinem Zustand.«

»Aber wieso steckst du das einfach so weg? Ich meine, der hat dich doch betrogen bis zum Geht-Nicht-Mehr und du sitzt hier einfach so ruhig vor mir?«

»Ich verdränge es nur. Falsch! Ich versuche es.« Leider führte die Erwähnung dieser Sache jetzt dazu, dass ich in Rückblenden die Sachen im Kopf hörte, welche wir mit der Handywanze abgegriffen hatten. Und es machte etwas mit mir. Erst kam nur eine Träne, dann noch eine, dann ein ganzer Sturzbach. Ich schluchzte. Julian schaute mich ganz betroffen an und und wühlte offenbar nach einem Taschentuch. Ich war aber schneller. Stoppen konnte es die Sache aber erst mal nicht. Ich heulte eine ganze Weile, was das Zeug hielt. Endlich versiegte es, so schnell wie es gekommen war. Ich beobachtete meine Situation. Julian schaute mich an, mitfühlend, aber auch erschrocken. Die Tussen vom Nebentisch hatten ihr Gespräch eingestellt, schauten zwar nicht her, aber ich konnte mir denken, dass sie es bis eben gemacht hatten. Ganz sicher würden sie jetzt denken, dass Julian mit mir Schluss gemacht hatte, weil ich zu alt für ihn war. Ganz bestimmt. Würde ich ja auch denken. Einige andere Leute an den weiteren Tischen drehten sich noch ab und an zu uns um. Ich musste also lauter gewesen sein, als ich gedacht hatte.

»Schämst du dich jetzt wegen mir?«, fragte ich Julian.

»Warum das denn? Ich leide mit dir, Sandra.«

»Die da!«, ich zeigte jetzt mit dem Kopf auf die beiden Schnepfen: »Denken jetzt mit Sicherheit, dass du mit mir Schluss gemacht hast.«

»Dafür müssten wir ja erst mal zusammen sein!«

»Das wissen die ja nicht.« Ich schaute jetzt provokativ zu den beiden rüber. »Hey, meine Affäre hat es sich anders überlegt. Ihr könnt euch wieder einkriegen!« Die beiden grienten sich eines, reagierten aber sonst gar nicht weiter auf meine verbale Entgleisung. Und Julians Kopf wurde puterrot. Jetzt fing er an zu kichern, dann ging es über in Lachen, immer lauter.

»Du bist goldig, Sandra!«, rief er. »Mit dir kann man echt Pferde stehlen. Hast du nicht Lust, wirklich meine Affäre zu werden?«

»Heute nicht«, sagte ich. »Vielleicht morgen. Ich überlege es mir noch, ja?« Ich versuchte, das Gespräch auf ein anderes Thema zu bringen. »Weiß man schon, wer der Nachfolger von Uwe wird?«

»Wissen nicht. Aber man munkelt was.«

»Was munkelt man denn?«

»Der Name fängt mit Regina an und hört mit Schätzky auf. Aber nichts genaues weiß man nicht. Ich habe Piere gefragt, aber der hat sich bedeckt gehalten.«

»Würdest du dann Reginas Nachfolger?«

»Ich glaube nicht. Ich habe noch einen anderen Kollegen, der ist schon länger da als ich, dann noch zwei andere, aber die arbeiten beide halbtags. Die kommen dafür ja nicht in Frage.«

»Ich drück dir die Daumen, Julian.«

»Tu's lieber nicht. Vielleicht will ich das ja gar nicht!«

»Julian, die Chance musst du nutzen. So etwas bekommt man manchmal nur ein mal im Leben.«

»Meinst du? Ich überlege es mir. Immerhin wäre ich dadurch viel tiefer in Informations - und Entscheidungsprozesse eingebunden. Und mehr Geld gäbe es auch.«

»Dann kannst du mich ja zum Essen einladen!«

»Das tat ich doch schon heute. Willst du schon los?«

»Nö. Muss mich noch mehr betrunken machen. Der Wein muss ja weg!«

Der Kellner kam gerade und räumte unser Geschirr ab. »Ist mit dem Wein was nicht in Ordnung«, fragte er, devot, wie es Kellner nun mal normalerweise sind.

Ich lachte. »Nein, damit meinte ich, der muss von uns noch vernichtet werden!«

»Ach so. Hätte mich auch gewundert. Na dann!« Der Kellner ging.

»Willst du wissen, wie ich Uwe kennengelernt habe?«

»Na klar!«

»Die ganze Geschichte?«

»Aber sicher!«

Ich erzählte nun Julian die ganze Sache in allen Einzelheiten, was etwa eine Stunde dauerte. Die richtig pikanten Details ließ ich aber weg. Dann war der Wein endlich alle. So richtig betrunken war weder ich noch Julian. War wohl auch gut so.

Das Kribbeln in meiner Südzone kam wieder. Irgendwas musste noch passieren. »Liebst du mich eigentlich immer noch?«, fragte ich etwas provokant.

»Darf ich die Wahrheit sagen?«, fragte Julian zurück. Seine Augen wurden ein wenig feucht.

»Julian! Natürlich die Wahrheit! Und irgendwie auch das, was ich hören will.« Der Zusatz würde ihn jetzt vor große

Herausforderungen stellen. Er müsste jetzt erahnen, ob ich hören will dass er mich liebt, oder das genaue Gegenteil.

»Natürlich liebe ich dich! Du bist so wunderbar. Nicht nur im ...« Mit: »Bett?«, unterbrach ich ihn.

»Nicht nur beim Sex. Aber, um das mal klarzustellen, ich weiß, dass ich dich nicht dauerhaft als Frau bekommen kann. Aber ich bin gerne mit dir zusammen, genieße die Stunden mit dir. Egal ob mit oder ohne das.«

Ich lachte auf. »Musst nicht verschämt sein. Du darfst gerne Sex sagen.« Dabei klimperte ich ein wenig mit den Augen.

»Es ist selten, dass man mit einer Frau so offen darüber reden kann. In 99% aller Fälle ist die Frau dann gleich weg.«

»Dann bin ich eben eine 1-%-Frau!«

»Was macht diese 1-%-Frau eigentlich, wenn Uwe wieder zu dir will? Bleibst du dann hart?«

»Ganz sicher! Ich hab auch schon die Schlösser ausgetauscht. Wenn es hart auf hart kommt und er vor der Tür steht, kann er für ein paar Wochen in ein Ferienhaus von mir rein, bis er was eigenes gefunden hat, aber nicht mehr in mein Haus. Das ist jetzt mein gemütliches Heim und bleibt es auch.«

»Höre ich da raus, dass du jetzt nach Hause willst?«

»Ich weiß nicht.« Ich war etwas unschlüssig, das Kribbeln immer noch da.

»Wollen wir noch in eine Bar gehen?«, fragte Julian.

Hmm, das wäre zwar ganz nett, aber ich hatte jetzt so viel geredet, das reichte mir. Man könnte doch? »Ich hätte eine bessere Idee. Tanzen gehen?«

»Kennst du da was?«

»Nee. Aber auf dem Kiez gibt es doch ganz viel!«

»Na dann los!« Julian winkte nach dem Kellner, bezahlte mit einem großzügigen Trinkgeld, dann stiefelten wir los. Wir fuhren mit dem Öffi, erst mit dem Bus, dann mit der U-Bahn. Es war ja klar, das Auto mussten wir stehen lassen. Als wir ankamen, war es schon fast 23 Uhr. Während der Fahrt erzählte mir Julian einige Sachen aus seiner wilden Jugend, während seiner Gymnasiums - und Studienzeit. Damals war er ja wirklich ein wilder Bursche gewesen, der nichts anbrennen ließ, aber das war ja wie ich wusste mittlerweile vorbei. Jetzt war die Zeit für Beziehungen, und somit ein gefährliches Minenfeld. Ich war froh dass ich jetzt nicht viel reden musste und äußerte mich nur mit so etwas wie 'Aha', 'Wirklich?', oder maximal mit 'Wie hast du denn das geschafft?'.

Wir stiegen aus der U-Bahn Station und gelangten in eine ganz andere Welt. Ganze Heerscharen von Touris und sicher auch jungen Hamburgern waren in einem riesigen Menschenstrom unterwegs. Ich war schon ewig nicht mehr hier gewesen und schon gar nicht um diese Uhrzeit. Wir ließen uns einfach mit treiben und gingen dann, da wir hier auf der Straße Reeperbahn in einem Klub abgewiesen worden waren in eine Seitenstraße rein. Hier hatten wir mehr Glück. Es war noch keine Schlange davor, da wir so früh dran waren für hiesige Verhältnisse. Der eine Türsteher musterte uns kritisch, ganz besonders mich. »Bist du mit Mutti da?«, fragte er Julian.
»Ist das 'ne Beleidigung? Dieses heiße Mädchen ist meine Freundin!«
Ich schaute ihn ziemlich empört an, auch der Türsteher sah das. Dann nickte er aber und sagte: »Ihr dürft rein!« Wir atmeten auf und gingen durch die Tür. Er sah mir aber noch hinterher. Es war schon die wummernde Musik zu hören. Hier war alles ziemlich düster. Nach der Abgabe unserer Jacken gingen wir an der Bar vorbei Richtung Tanzfläche. Einige Leute, natürlich alle jünger als ich, tanzten bereits. Aber ich war irgendwie genau so sexy angezogen wie die. Noch traute ich mich nicht und schaute bei zwei oder drei Titeln aus dem Technobereich nur zu. Aber dann kam etwas, was ich kannte. Rhythm is a Dancer. Da musste ich unbedingt loslegen! Meine Beine tanzten den Rhythmus bereits mit, ohne dass ich tanzte. Ich zog Julian einfach mit auf die Tanzfläche und wir fingen an. Das Stück war noch gar nicht zu Ende, da war ich schon voll in diese Welt eingetaucht, ließ einfach meine Empfindungen in meinen Körper strömen. Die Bässe brachten meinen ganzen Körper zum Vibrieren. Bald bewegte ich mich wie alle anderen zu diesen wummernden Rhythmen. Mein Verstand setzte aus, ich

war wie eine Tanzmaschine. Die Tanzfläche wurde voller und voller, dampfende, zumeist spärlich bekleidete Körper stießen aneinander. Ab und an verlor ich Julian im Gedränge, aber wir fanden uns immer wieder. Manchmal tanzten mich aber auch andere Männer an. Die standen wohl auf solche 'Muttis' wie ich, obwohl da so einige andere sexy aussehende Schnecken auf der Tanzfläche waren. Irgendwann gab mir Julian aber ein Zeichen, dass er mal wohin müsste. Vermutlich auf die Toilette.

Auf ein mal war wieder einer neben mir, nein, zwei, denn er hatte noch einen Begleiter. »Möchtest du 'nen Drink?«, schrie er. Anders war die Verständigung hier nicht möglich. Ich hatte tatsächlich ziemlichen Durst und ging mit den beiden zur Bar. Der Barkeeper fragte und ich nahm einen Mojito. Ich wollte schon bezahlen, aber der erste Typ, beide sahen ziemlich südländisch, aber schnuckelig aus, wollte unbedingt bezahlen.
»Bist du öfters hier?«, fragte er mich.
»Nee, heute das erste mal«, schrie ich zurück.
»Und, geile Musik, oder?«, fragte der andere. Seine Augen sahen richtig feurig aus.
»Ja, gefällt mir. Gut zum Tanzen.«
»Bist du alleine hier?«, fragte jetzt wieder der erste. Unsere Drinks kamen und wir nippten erst einmal daran. Drei junge Frauen, schon ein wenig gezeichnet vom Abend, kamen jetzt an die Bar. Die beiden beachteten sie aber gar nicht.
»Nee. Mit einem Freund«, antwortete ich.
Der andere stieß mich von der Seite leicht an. »Hast ihn verloren?« Ich drehte mich zu ihm um, und wollte schon antworten, da kam Julian in mein Blickfeld.
»Ach hier steckst du! Du bist leichtsinnig«, sagte er.
»Hey, lass sie in Ruhe!«, schrie jetzt der Typ rechts von mir. »Ich hab ihr den Drink bezahlt!« Auweia, jetzt gibt's Ärger, dachte ich. Wenn das jetzt nur keine Prügelei wird!
»Wie viel hat der gekostet?«, schrie Julian.
»Acht fünfzig!«, schrie der.
Julian zog einen Zehner aus der Tasche und gab ihm den Schein. »Stimmt so«, schrie er, und zog mich mit sich, Richtung

Ausgang. Die beiden schauten uns hinterher, erstaunt, enttäuscht. Wir gingen an die frische Luft. Es hatte schon abgekühlt, war besser als der stickige Backofen da drin. »Das war leichtsinnig«, sagte Julian.

»Wieso, wegen den beiden? Die waren doch harmlos!«

»Was meinst du wohl, warum die zu zweit waren! Der eine lenkt ab, und der andere schüttet dir KO-Tropfen rein. Seine Hand war schon in seiner Hosentasche!«

»Meinst du wirklich?«

»Kann durchaus sein! Das kommt in Klubs gar nicht mal so selten vor. Also durchsuchen wollte ich die jetzt nicht, aber so ganz geheuer war mir das nicht!«

»Oh Gott! Ich Dummerchen! Danke, mein Retter!« Julian kommentierte das nicht weiter.

»Lass uns wieder reingehen!«, sagte Julian. »Oder willst du nicht mehr?«

»Jetzt geht's doch gerade erst richtig los«, sagte ich. Wir gingen wieder rein. Die beiden saßen jetzt neben den drei jungen Frauen, aber so nebeneinander dass sie kein Ablenkungsmanöver starten konnten. Julian und ich bestellten jetzt jeder ein Wasser, tranken das in zehn Sekunden aus, und gingen an dem Grüppchen, welches sich angeregt versuchte zu unterhalten, vorbei zur Tanzfläche zurück. Wieder erfasste mich der Rhythmus und ich ging voll in der Musik und in meinen Bewegungen auf. Aber irgendwann war auf ein mal schlagartig die Lust und auch die Energie aus mir raus. Ich deutete eine Kopfbewegung zu Julian an. Er verstand und wir beide kämpften uns zum Ausgang durch und verließen den Klub. Die beiden Türsteher hatten nichts mehr zu tun und schauten mir bewundernd hinterher. Ich war mir sicher, zumindest der eine würde heute Nacht davon träumen, es mit mir zu machen. Wir hatten Glück und draußen schlich gerade ein Taxi vorbei, welches wir zu uns heran winkten.

»Wohin?«, fragte Julian mich.

Ich schaute ihn erstaunt an. »Na, zu dir!« Er gab dem Taxifahrer seine Adresse durch und der fuhr los.

»Willst du das wirklich?«, fragte er.

Ja, wollte ich das? Ich nicht, aber sie schon. Schon beim Tanzen hatte sie sich die ganze Zeit bemerkbar gemacht. Jetzt war es wirklich dringend nötig. »Natürlich, ich bin doch deine Freundin, oder etwa nicht?«, sagte ich. Wenige Sekunden später waren wir schon in einer wilden Knutscherei. Der Taxifahrer bekam in der Folgezeit richtig was zu sehen. Julian war zwar zurückhaltend, ich aber nicht. Ich legte einfach seine Hand auf meine Beine und er schob sie dann tatsächlich immer wieder zu meinem Bermuda-Dreieck. Auch meinen Busen ließ ich nicht verschonen. Eigentlich hätte der Fahrer am Schluss für die Peepshow bezahlen müssen, knüpfte uns aber am Schluss allerhand Geld ab, welches dieses mal ich bezahlte. Das war mir die Sache wert. Mit dem Öffi hätten wir viel mehr Zeit gebraucht und meine Bonusverwöhnung hätten wir dann so auch nicht machen können. Schnell hasteten wir die Treppe hoch, knutschen vor seiner Wohnungstür noch einmal, und schlüpften hinein. »Mach mal schöne Musik an!«, sagte ich zu Julian. »Was sanftes.« Er ging zu seiner Anlage und fummelte herum, und dann startete Musik. Ich kannte diese nicht, aber es war eine warme Frauenstimme in einem ruhigen Song. »Setz dich«, sagte ich zu Julian, so als ob ich die Hausherrin wäre. Julian schaute ganz erstaunt. Meine kleine Miss wollte lieber sofort loslegen, aber ich hatte andere Pläne und setzte mich durch. Ich strich mir über meinen Körper und machte erotische, tänzelnde Bewegungen. Ich wollte einen Strip für Julian machen. Bei Uwe hatte ich das damals einmal gemacht kurz nach unserem ersten Wiedersehen, und dann nie mehr. Ganz langsam und allmählich verlor ich mit fließenden Bewegungen ein Kleidungsstück nach dem anderen und warf es auf den Boden. Julian sagte die ganze Zeit gar nichts und schaute mich mit einer Mischung aus Gier und Erstaunen an. Als ich damit fertig war - es brannte schon lichterloh da unten - ging ich auf die Knie und robbte mich wie eine Raubkatze an Julian heran, befühlte die Beule in seiner Hose, und zog ihn Stück für Stück aus, bis auch er nackt war. »Hast du Kondome?«, fragte ich. Ich war mittlerweile nüchtern genug, um zumindest daran zu denken. Julian zeigte auf eine Schublade, ich zog die auf und bediente mich. Dann schwang ich mich auf ihn, und der Rausch begann. Ein Rausch der Sinne und der Lust, und das ganz ohne Rauschgift. Irgendwann nach einer halben Ewigkeit, von der ich gehofft hatte dass sie nie endet, hatte Julian seinen Orgasmus. Wir hatten zwischendurch die Sitzmöbelstücke gewechselt und am Schluss lag ich sogar auf dem Teppich. Ein fliegender Teppich, dank Missionarsstellung. Nach ein wenig Knutscherei machten wir uns auf den Weg ins Schlafzimmer und streichelten uns in den Schlaf. Wilde Träume kamen und gingen. Es kamen ziemlich viele nackte und halbnackte Männerkörper darin vor. Dann wurde ich von Geräuschen wach. Das Fenster des Schlafzimmers war offen. Ich schaute zur anderen Seite des Betts hinüber. Julian strahlte mich an.

»Guten Morgen, Schatz«, sagte er.

»Liebling! Du bist ja schon wach!«, antwortete ich, mit allerhand Schalk in den Augen, und Julian verstand das wohl.

»Willst du mich? Oder erst das Frühstück?«, fragte er.

»Dich beim Frühstück«, antwortete ich. Es war nämlich so, dass sich, vermutlich durch die Träume, wieder unheimlich viel Lust in meinen unteren Gefilden festgesetzt hatte. Das kann nicht wahr sein, dachte ich zu mir. Wo soll das denn hinführen? Julian schwang sich aus dem Bett, und ich blieb noch ein wenig liegen, suchte dann das Bad, und ging hinein. Und duschte. Ein mal schaute Julian kurz hinein, das konnte ich durch die matte Scheibe der Duschkabine sehen, ging aber gleich wieder heraus. Es hing nur ein Handtuch dort, vermutlich seines, ich benutzte es einfach. Eine Zahnbürste für mich gab es natürlich nicht. Ich ging ins Wohnzimmer und zog mich dort an. Das Wohnzimmer hatte so eine Wohnküche und Julian schaute mir aufmerksam zu. Ich warf immer wieder Blicke zu ihm. Ich wollte, dass er scharf auf mich wird. Julian deckte zwischenzeitlich den Esstisch, und als ich mit Anziehen fertig war, setzte ich mich an den Tisch. Julian schenkte mir Kaffee ein. Der brachte die Lebensgeister zurück. Julian hatte einige Brötchen aufgebacken, die er jetzt aus dem Backofen holte. Nun kam auch er zum Tisch und setzte sich.

»War es schön gestern?«, fragte er mich.

»Meinst du das Essen, den Tanz, oder das schöne Nachspiel?«, fragte ich zurück.

»Weiß nicht … alles?«

»Bingo«, sagte ich. Wir belegten uns jeder ein Brötchen, das aßen wir dann, Julian dann sogar noch ein zweites. Zwischendurch bedankte ich mich noch bei Julian für seine Aufmerksamkeit an der Bar im Klub. Ich erzählte ein wenig über meine Jugendzeit und meine damaligen Klubbesuche. Dann war der Kaffee ausgetrunken. Mein Kribbeln war aber noch da. Irgendwas musste passieren! Ich stand einfach auf, beugte mich nach vorne, stützte mich auf dem Esstisch ab, schaute Julian auffordernd an, sagte aber kein Wort. Jeder Idiot würde wissen was ich wollte. Julian war keiner. Er stand auf, stellte sich hinter mich, hob meinen Rock hoch, und befummelte mich. Dann ging er zum Couchtisch, wo von gestern noch ein Kondom lag, öffnete die Packung, zog seine Hose ein Stück herunter, präparierte sich, trat hinter mich. Was dann passierte, ist nur schwer in Worte zu fassen. Er zog einfach meinen Slip beiseite und knallte mich durch. Nicht so fest wie damals der Hoteldetektiv, aber schon kräftig. Es war voll animalisch. Das Geschirr klirrte dabei. Ich hatte so etwas noch nie erlebt! Mit jedem Stoß ging ein Teil meines Gehirns verloren. Ich hoffte, ich würde es nachher wieder zusammensetzen können, so wie ein Puzzle. Am Schluss war ich nicht mehr Sandra, ich war nur noch Lust. Ein unglaublich starker Orgasmus erfasste mich, mir zitterten die Beine und ich stöhnte und schrie dabei aus tiefster Kehle. Julian war einfühlsam genug, danach ein wenig inne zu halten. So langsam kam mein Verstand wieder. Ich realisierte, dass Julian noch keinen Orgasmus gehabt hatte. Ich schob das Geschirr beiseite, und legte mich einfach auf den Tisch. Julian trat an mich heran und legte meine Beine über seine Schultern. Wieder klirrte das Geschirr. Nach ein paar Minuten war es soweit und auch er kam. Ich rutschte anschließend vom Tisch herunter, und wir knutschen nochmal.

»Das war schön, Geliebter!«, sagte ich.

»War das jetzt ernst gemeint?«, kam die erwartbare Frage.

»Also gelegentlich kann ich mir vorstellen. Wirklich. Willst du

mein Teilzeit-Geliebter sein? Gelegentlich?«
»Das ist mehr, als ich zu hoffen gewagt hatte«, sagte Julian.
»Gut, ich interpretiere das mal als ja.« Ich zog mir meinen Rock
wieder herunter, gab Julian einen Kuss, und ging ohne mich
noch einmal umzudrehen aus seiner Wohnung. Ich würde Ort
und Zeit bestimmen für das nächste mal. Meine Gedanken
fuhren mal wieder Karussell. War das mein weiterer
Lebensweg? Ein Lebensweg mit einem verschwundenen
Ehemann und einer Affäre? Und ich hatte Angst, dass Julian
sich ganz in mich verliebt. Und vor mir hatte ich am meisten
Angst. Vor meinem Verlieben. Noch konnte ich es kontrollieren,
aber es fiel mir schon sehr schwer, jetzt zu gehen. Andererseits
hatte ich keine Lust, mich schon wieder in ein
Abhängigkeitsverhältnis zu begeben. Auch nicht mit Julian. Ein
wenig erinnerte er mich an den Uwe von damals. Ich kam zu
keinem Ergebnis. Aber vielleicht war es einfach noch zu früh,
sich darüber Gedanken zu machen. Trotzdem müsste ich auf
der Hut sein! Der Alkohol von gestern müsste langsam verflogen
sein und ich war wieder fahrtüchtig, nahm ich an. Ich setzte
mich in meinen Mini, fuhr nach Hause, und machte mir einen
faulen Sonntag. Noch hatte ich keine Ahnung von den
kommenden Ereignissen, die mich erneut überrollen würden.

Einige Tage später, ich war vor etwa einer Stunde vom Laden
nach Hause gekommen, da klingelte es. Ich schaute vom
Küchenfenster aus zur Tür. Zwei Männer standen davor. Der eine
etwa in meinem Alter, der andere etwa fünf Jahre jünger,
schätzte ich. Eine Frau hinter ihnen hielt sich ein wenig abseits.
Ich öffnete die Tür. »Tach, Kripo Hamburg. Können wir
reinkommen?« Sie zeigten mir ihre Dienstausweise vor.
»Ähm, ja, bitte. Was gibt es denn?« Ich ließ sie hinein. Ich
überlegte. Was könnte das sein? Piere hatte nicht gesagt, dass
sie Uwe doch noch anzeigen wollten.

»Wollen wir uns nicht setzen?« Den Satz kannte ich aus Krimis. Es musste etwas schlimmes passiert sein! Ich geleitete die Herren ins Wohnzimmer, blieb aber stehen. »Sie sind Frau Neuhaus, die Frau von Uwe Neuhaus?«

»Ja, die bin ich.«

»Frau Neuhaus, wir müssen ihnen leider eine traurige Nachricht überbringen. Ihr Mann Uwe Neuhaus hatte einen Unfall. Er ist tot.« Erst erreichte die Nachricht mein Gehirn gar nicht. Dann doch. Eine Schaudern lief an meinem Rückgrat herunter und eine erste Träne quetschte sich heraus. Ein immer lauter werdender dumpfer Trommelwirbel erschien, wurde unterstützt von heftigen Paukenschlägen, und dann wurde ein riesengroßer Gong direkt neben mir angeschlagen. Mir wurde schwindelig und ein Erdbeben erfasste mich. Ich hielt mich an der Sessellehne fest und rutschte dann in den Sessel hinein.

»Sind sie ganz sicher? Mein Mann?« Meine Stimme war weinerlich geworden.

»Ja. Er hatte einen Pass bei sich mit gespeicherten Fingerabdrücken. Sie stimmen überein.«

»Aber ... was ist denn passiert?«

»Es gab einen Autounfall. Er ist in eine Schlucht gestürzt. In der Nähe von Neapel. Wussten sie, dass er dort unterwegs war?«

»Nein!«

»Es war noch jemand bei ihm. Eine Frau. Kennen sie die Frau?« Er zeigte mir ein Bild.

Ich verzog das Gesicht. »Das war seine Geliebte.«

»Wieso war? Die lebt noch. Ist aber im Koma. Kennen sie ihren Namen?«

»Evelyn Bollmann. Sie ist die Freundin des Chefs meines Mannes. Meines verstorbenen Mannes. Der heißt Piere Weißgerber. Er wohnt im Kuhredder Nr. 15f. Wenn er da nicht ist, wird er in der Firma sein. MattsInvest.«

»Danke Frau Neuhaus. Haben sie denn eine Ahnung, was ihr Mann dort wollte?«

»Nein, nicht die geringste Idee. Ich glaube ich muss das auch erst mal verdauen. Bitte lassen sie mich jetzt allein.«

»Sicher doch, Frau Neuhaus. Wir kommen später noch ein mal

wieder. Unser Beileid. Brauchen sie denn Hilfe? Haben sie ...?«
»Nein, ich komm schon klar.«
Die Herren warfen einen Blick zu der Frau, die sich jetzt auch ins
Gespräch einbrachte. »Ich bin Sigrid Weber. Soll ich wirklich
nicht noch da bleiben? Ich bin nicht von der Polizei, sondern
vom Kriseninterventionsteam. Ich könnte ...«
»Nein, bitte, es geht jetzt nicht!«
»Gut. Aber wenn doch ...« Sie gab mir ein Kärtchen, welches ich
nahm. »Einfach anrufen. Mein Beileid!«. Die Herren und die Frau
wandten sich zum Gehen und machten die Tür zu. Bei mir war
es ähnlich. Eine Tür schlug zu und die heftige Erschütterung
kam bei mir an. Uwe tot! Auch wenn ich ihn am Schluss gehasst
hatte für alles, was er getan hatte, aber diese Strafe sollte er
nicht bekommen. Ich war nun Witwe. Witwe, und noch so
jung!!! Das Schicksal konnte manchmal erbarmungslos sein!
Gerade erst wieder ins Leben gefunden, die finanzielle
Bedrohung gemeistert, und jetzt das! Ich schmiss mich auf die
Couch und zog mir ein Kissen über den Kopf, ergab mich in
mein Selbstmitleid. Ich wusste noch, dass ich eine ganze Weile
auf die Couch eingedroschen hatte. Dann ergriff mich die Wut.
Ich holte mir ein langes Messer aus der Küche, ging hoch ins
Schlafzimmer und stach auf das Kissen der Seite ein, wo sonst
Uwe immer geschlafen hatte. Unzählige male. Ich mordete
sozusagen Uwe aus meinem Leben, das musste jetzt sein,
obwohl er schon tot war. Hier konnte ich heute nicht mehr
schlafen. Ich ging wieder herunter und legte mich auf die
Couch. An die Stunden danach habe ich wenig Erinnerung.
Immer wieder wälzte ich gedanklich alles durch was in den
letzten Wochen passiert war, heulte, was das Zeug hielt,
zwischendurch gab es aber auch immer Phasen mit Wut.
Irgendwann musste ich ermattet eingeschlafen sein. Als ich
wach wurde, dämmerte schon der Morgen. Viel Motivation hatte
ich nicht, aber ich duschte zumindest und machte mir einen
Kaffee. Essen konnte ich so nichts, aber ich trank zumindest den
Kaffee. Einen starken Kaffee. Der brachte die Lebensgeister
zurück. Was müsste ich denn jetzt machen? Ich wusste gar
nichts. Hatte keinen Totenschein oder wie das hieß, nichts. Ich

würde zur Polizei müssen. Aber erst mal müsste ich mir was anziehen. Soll ich die trauernde Witwe spielen? Nee! Ich ging zum Kleiderschrank. War eh nichts da in der Farbe. Nur ein schwarzer Rock und ein schwarzes Party Kleid. Nee, zum Trotz würde ich jetzt was anderes anziehen. Etwas, was sexy aussieht. Ich entschied mich für ein Businesskostüm, welches ich auch manchmal im Laden trug. Und darunter zog ich mir das fliederfarbene Dessous an, welches eigentlich zum Verführen von Uwe gedacht war. Dafür würde es nie mehr zum Einsatz kommen. Ich war in einer Jetzt-Erst-Recht-Stimmung. Voll Geladen! Von einer Depression keine Spur. Nachdem ich mit meinem Outfit zufrieden war, wollte ich los. Aber da sah ich aus dem Schlafzimmerfenster zwei Herren auf das Grundstück kommen.

Einer der beiden, der Blonde, war gestern dabei gewesen. Es klingelte und ich öffnete die Tür. Er übernahm die Gesprächsführung. »Frau Neuhaus, ich muss sie bitten, uns auf das Kommissariat zu begleiten. Wir haben da noch ein paar Fragen. Fühlen sie sich dazu in der Lage?«
»Ja, wozu?«
»Wir müssen noch einige ... Formalitäten erledigen.« Die kurze Sprechpause machte mich misstrauisch, aber ich wollte ja sowieso dahin.
Ich ging also aus dem Haus, schloss ab, und stieg hinten in deren Wagen ein. Wir fuhren los. Ich sah die Straßen und Gebäude an mir vorbeiziehen, aber ich sah sie nicht, war völlig in mich gekehrt. Nach nicht allzu langer Fahrt waren wir da. Die beiden begleiteten mich ins Gebäude. »Hier rein«, sagte der andere der beiden, und ich ging in den Raum. Es sah aus wie so ein Verhörraum, wie man ihn aus dem Fernsehen kennt. Es erinnerte mich an meine missglückte Österreich Sache.
Der eine drückte einen Knopf. »Befragung Sandra Neuhaus zur

Todessache Uwe Neuhaus«, und ratterte danach noch das Datum herunter. »Wie geht es ihnen, Frau Neuhaus?«

»Na ja, wäre ja gelogen wenn ich jetzt gut sagen würde, oder?«

»Sie trauern? Trotz seiner … Affäre?«

Ich lächelte gequält. »Das war wohl mehr als eine Affäre!«

»Wie kommen sie denn darauf?«

»Die beiden wollten offenbar türmen.«

»Woher wissen sie das? Haben sie das in Zürich erfahren? Oder schon in Wien?« Der andere, der schwarze Haare hatte, mischte sich nun in das Gespräch ein. Ich schaute ihn überrascht an. »Sie wissen davon?«

»Natürlich können wir die Meldedaten abfragen. In Zürich waren sie mit einem gewissen Nico Neuhaus. Ihr Sohn?«

»Ja.«

»Sie haben gar keinen Sohn!«

Ah! Der wollte mich in die Mangel nehmen! »Na und! Das geht sie gar nichts an!«

»War ihr Mann auch da in dem Hotel?«

»Keine Ahnung.«

»Wir haben da aber nachforschen lassen. Er war dort. Nur unter einem anderen, falschen Namen.«

»Na, und? Was habe ich damit zu tun?«

Die beiden warfen sich Blicke zu. »Sie haben sein Zimmer aber mit ihrer Kreditkarte bezahlt. Eine ziemlich neue, wie wir erfahren haben.«

»Na und? Ich darf das!«

»Hat er ihnen die Karte gestohlen?«

»Was? Nein!«

»Und was war da in Wien? Sie sollen da eine Prügelei gehabt haben. Mit … war das seine Geliebte?«

»Das war keine Prügelei!«

»Was dann?«

»Cat Fight nennt man das!«

»Wer hat gewonnen?«

»Na sie. Hat mir ein blaues Auge gehauen! Sonst war da nichts!«

»Frau Neuhaus, ihre Antworten sind nicht schlüssig. Sie verzetteln sich da.«

»Auch das darf ich. Mein Mann ist gerade gestorben! Mit welchem Auto ist er überhaupt gefahren?«

»Wieso wollen sie das wissen? Lassen sie mich raten: Sie wollen an die Drogen?«

»Hä? Was für Drogen? Haben sie welche genommen?«

»Frau Neuhaus, nun tun sie mal nicht so naiv. Im Auto wurden Drogen gefunden. Ihr Mann war im Drogengeschäft und sie wussten davon!«

»Tsst. Also ich sag jetzt gar nichts mehr! Das sind doch alles Hirngespinste!«

»Sie lügen! Was wussten sie?«

»Anwalt.«

»Wie meinen sie das?«

»Anwalt. Ich will einen Anwalt haben!«

Die beiden warfen sich einen Blick zu. »Na gut. Haben sie einen?«

»Dr. Theis heißt er. Büro ist in der Willy-Brand-Straße. Die Hausnummer weiß ich nicht aus dem Kopf. Moment!« Ich zückte mein Handy und rief seine Nummer an.

Seine Vorzimmerdame meldete sich. »Büro Doktor Theis, was kann ich für sie tun?«

»Sandra Neuhaus. Ich muss mal Doktor Theis sprechen. Die beschuldigen mich hier bei der Polizei!«

»Gut, ich stelle sie durch.«

»Doktor Theis hier. Hallo Frau Neuhaus. Was gibt's denn?«

»Ich sitze hier im Polizeipräsidium und die nehmen mich in die Mangel wegen meinem Mann.«

»Geht's um eine Strafsache?«

»Vermutlich schon.«

»Ich schicke ihnen mal gleich die Ellen vorbei. Die ist auf Strafrecht spezialisiert. Ich mache ja mehr so Wirtschaftssachen.«

»Schon ok, Hauptsache, sie ist gut.«

»Das ist sie! Wo sind sie denn jetzt gerade?«

»Landeskriminalamt Hindenburgstraße«, sagte der mit den schwarzen Haaren.

»Hab ich gehört«, sagte Doktor Theis. »Dauert so 'ne halbe

Stunde.«

Ich legte auf, und die beiden gingen erst mal raus. Es dauerte dann aber eine Dreiviertelstunde. Stauhauptstadt Hamburg lässt grüßen. Die beiden Männer kamen herein und hatten eine Frau im Schlepptau. Dunkler Bleistiftrock, Blazer, unter dem Blazer trug sie eine dünne, blickdichte Bluse, sie war blond in hübsch. Mit anderen Worten: so ein richtig schönes, sexy Ding, wenn man das aus Sicht einer Frau überhaupt sagen darf.

Sie lächelte mich an und sagte: »Hallo Frau Neuhaus. Ich bin ihre Anwältin. Ellen Buck.«

»So, dann können wir ja fortfahren«, sagte der blonde Kripomann.

»Moooment!«, sagte die Frau. »Ist das eine Zeugenbefragung, oder ist meine Mandantin eine Verdächtige, oder Beschuldigte?«

Der schwarzhaarige Kripomann schaute ganz betreten. »Wissen wir noch nicht so genau!«

»Aha. Sicher haben sie sie über ihre Rechte aufgeklärt? Dass sie nicht gegen ihren Mann aussagen muss. Dass sie sich nicht selbst belasten muss. Schweigen darf. Nein?«

Der blonde Kripomann schüttelte den Kopf. »Ihr Mann ist ja tot. Und nein, wir wissen noch nicht ob ...«

Sie fiel ihm ins Wort. »Warum ist sie denn hier?«

»In Wagen ihres verunfallten Mannes wurden Drogen gefunden. Eine ganze Menge.«

»Wie viel ist bei ihnen denn eine ganze Menge?«

»12 Komma 34 Kilogramm.«

Ellen pfiff durch die Zähne. »Das ist ganz schön viel.«

»Reines Fentanyl!«. Ich konnte damit nichts anfangen, aber bei Frau Buck saß das, wie man ihrem Gesichtsausdruck entnehmen konnte. Prompt setzte sie nach.

»Woher hat er das? Und was wollte er damit?«

»Das wissen wir nicht so genau. Er hat am vorletzten des Monats sein Aktiendepot aufgelöst. Der Geld ging dann an eine Bank in Panama. Und einen kleineren Teil des Geldes hat er dann von genau dieser Bank aus an eine italienische Bank überwiesen und in Salerno in Bar abgeholt. Wir vermuten dass er sich mit diesem Geld die Drogen in Salerno besorgt hat. Er hatte da eine Übernachtung. Eine weitere Übernachtung hatte er in Mailand gebucht, das war der Tag mit dem Unfall. Da kam er dann ja nicht mehr an.« Ich zuckte bei der Erwähnung von Mailand zusammen und fing mir einen durchdringenden Blick von ihm ein.

»Und hat meine Mandantin was damit zu tun?«

»Sie hat es verneint, dass sie davon was weiß. Aber sie war ja auch schon mal in Mailand, wie wir wissen. Zusammen mit ihrem Mann.«

»War ich nicht!«, platzte es aus mir heraus. »Mich hatte schon mal jemand darauf angesprochen, ich habe nachgesehen und an dem fraglichen Tag war ich auf Sylt! Hier!« Ich zeigte ihm die Bilder. »Können sie nachprüfen!«

»Ach! Woher wusste die andere Person das denn mit dem angeblichen Aufenthalt?«

»Das hatte eine Detektei herausgefunden!«

»Wieso haben sie die Detektei denn beauftragt?«

»Hab ich gar nicht. Die war von der Firma meines Mannes beauftragt worden nach dessen Verschwinden.«

»Und warum schnüffelten die ihnen hinterher?«

»Keine Ahnung. Vermutlich haben die mich genauso falsch in Verdacht gehabt wie sie.«

Frau Buck schaltete sich ein: »Haben sie denn irgendwelche Beweise? Dafür, dass das nicht stimmt was meine Mandantin sagt?«

»Die Hotelbuchung im Schweizer Hotel und die Bezahlung mit der Kreditkarte, die falsche Angabe beim Hotel, die ...«

»Mit anderen Worten, sie haben nichts, was sie dazu berechtigt, meine Mandantin hier festzuhalten. Urlaubsreisen sind erlaubt, und falsche Angaben bei der Buchung kann seine Gründe haben und ist hier keine Straftat. Höchstens in der Schweiz. Vermutlich ist es aber auch dort nur eine Ordnungswidrigkeit. Liegt denn eine Anzeige aus der Schweiz vor?«

»Ähm ... nein.«

»Kommen sie, wir gehen!«, sagte sie zu mir.

»Aber ...«

Sie schaute den Mann scharf an. »Wollen sie eine Dienstaufsichtsbeschwerde wegen der fehlenden Rechtsbelehrung?« Er antwortete nicht. Sie stand auf und ich auch. Der andere Kripomann seufzte und öffnete die Tür. Wir spazierten in aller Seelenruhe raus und keiner hielt uns auf.
Als wir aus dem Gebäude rauskamen, sagte ich: »WOW! Sind sie immer so drauf?«
Sie griente und sagte: »Bei denen muss man klare Kante fahren. Die versuchen es mit allen Mitteln. Gerne auch mit nicht legalen Mitteln und mit Tricks.«
»Und was mache ich nun?«
»Sind sie mit ihrem Auto hier?«
»Nee. Die haben mich ja in deren Wagen mitgenommen.«
»Okay, dann fahre ich sie nach Hause. Muss sowieso noch einiges mit ihnen durchsprechen. Oder wollen wir lieber zu mir ins Büro fahren?«
»Nein, zu Hause ist vielleicht besser.« Sie lächelte kurz. Wir gingen zu ihrem Auto und ich stieg mit ein. Sie fuhr und ich hing meinen Gedanken nach.

Dann gingen wir in mein Haus.
»Einen Kaffee?«, fragte ich.
»Ja, gerne.«
»Setzen sie sich doch ruhig!«
»Danke.« Sie sah sich dann aber in der Wohnung um, ging umher. »Schön haben sie's hier«, sagte sie.
»Ja«, antwortete ich ein wenig gequält. »Jetzt nur ohne Mann.«
»Ging es um ihn bei der ganzen Sache?«
»Ja. Er ist tot, wie sie ja gehört haben.«
»Mein Beileid.«
»Danke. War eh ein Arschloch.«
»So schlimm?«
»So schlimm!« Ich stellte ihr den Kaffee hin, mir hatte ich auch

einen gemacht. Dann erzählte ich ihr die ganze Geschichte, auch von den Vorwürfen der Polizei.

»Hmm, Respekt«, sagte sie. »Aber von den Drogen im Auto wussten sie nichts?«

»Nein, gar nichts! Ich war total überrascht! Nach dem ich das Geld wieder hatte, kümmerte ich mich nicht weiter um ihn.«

»Und ihr Mann hatte ihnen auch sonst nichts erzählt?«

»Nicht davon, was er vor hat. Die Firma wusste auch erst nichts, und der Freund seiner Affäre, welcher sein Chef ist, auch nichts. Die haben ja nicht nur mein Geld gestohlen, sondern auch das Geld von der Firma, wo mein Mann und sein Chef arbeiten.«

»Ja, komische Sache. Was denken sie? Warum könnte er denn ins Drogengeschäft eingestiegen sein?«

»Ich vermute was. Die hatten dann ja kein Geld mehr. Jedenfalls keines, von dem ich wusste.«

»Oder man hat ihm diese Drogen untergeschoben.«

»Mit solchen kriminellen Sachen kenne ich mich nicht aus. Aber die haben ja gesagt dass er sich Geld von seinem Aktiendepot besorgt hat. Was ist denn eigentlich dieses Fenatyl?«

»Fentanyl. Eigentlich ein sehr starkes Schmerzmittel, heutzutage aber eine neue, sehr gefragte Modedroge. Ist relativ billig herzustellen und wenn man es streckt und möglichst in Tablettenform in den illegalen Markt bringt kann man den Wert um das hundertfache oder mehr steigern.«

»Deshalb also! Es war sein Plan B als das gestohlene Geld wieder weg war. Woher wissen sie das denn alles?«

Sie lächelte mich an. »Ich bin Strafverteidigerin.«

Das war natürlich die Erklärung schlechthin. Mir sollte das wohl sagen, dass sie es öfters mit solchen zwielichtigen Typen zu tun hatte, die so etwas verticken. Sie räkelte sich, als ob ihr etwas weh tat. »Oh, tut was weh?«

»Mein Hals ist ein wenig verspannt.«

»Soll ich mal?«

Sie schaute mich so merkwürdig an, sagte dann aber: »Ja, gerne.« Ich stelle mich hinter sie, fing an ihren Hals zu massieren, ganz sanft. Schon bei der ersten Berührung durchfuhr mich ein kleiner Blitz. Ihr Parfüm stieg mir in die

Nase.

»Sie sehen sehr sexy aus!« Was war denn mit mir los! Ich konnte der doch nicht einfach solche Komplimente machen! Und dann noch einer Frau!

»Danke. Sie aber auch.«

»Finden sie?«

»Ja, ganz bestimmt.« Sie schaute zu mir nach hinten. Ihre Augen funkelten mich feurig an.

»Mein Mann hatte eine Affäre begonnen, also kann ich gar nicht so sexy sein.«

»Vielleicht hat er nur nicht die richtigen Regler gefunden?« Sie legte ihre Hände auf meine Hände. Ich wollte sie wegziehen, konnte aber nicht. Ich hätte es können, aber etwas in mir drin stäubte sich dagegen, eine innere Stimme sagte: 'Lass es zu'! Dann beugte ich mich zu ihr herunter und gab ihr einen Kuss. Einen Kuss! Ich küsste eine Frau! Was heißt küssen, wir knutschten längst! Stöhnlaute und heftiges Atmen folgte. Ich ging um die Couch drumherum und setzte mich. Sie beugte sich über mich. Ihre Hände wanderten überall hin. Und dann auch zwischen meine Beine! Mir wurde heiß! Ich konnte mich nicht mehr gegen ihren Überfall wehren. Wollte ich dann auch nicht mehr. Ihr Kopf wanderte zwischen meine Beine. »WOW, Eine Dessous Liebhaberin«, sagte sie. Als nächstes spürte ich schon ihren Mund auf meinem Heiligtum. Dann war es endgültig um mich geschehen. Wir wälzten uns herum. Die meisten Klamotten fielen. Eine Sinfonie der Sinnlichkeit und der unbändigen Lust begann. Es war ganz anders als damals mit Uwe. Ganz ohne Zeitdruck, und Ellen nahm sich viel mehr Zeit für das Vorspiel. Am Schluss rieben wir wie wild unsere Geschlechtsteile aneinander und jede von uns bekam einen Orgasmus, fast gleichzeitig. Das war ja wie fliiiiiiiiigen! Nicht mit Lufthansa, sondern mit Lusthansa! Lust ohne Ende. Erst einige Minuten später kam ich wieder halbwegs zur Besinnung.

»Das ist jetzt aber nicht wahr, oder?« Was besseres fiel mir nicht ein.

Sie lächelte. »Bedauerst du es?«

»Nein!« Meine Antwort kam wie aus der Pistole geschossen. »Ich

144

schmecke den Geschmack deines Geschlechtes auf meinem Mund und finde es ... schön.« Mein Gott, was laberte ich denn hier?

Ihr Gesicht umspielte ein Lächeln. »Mir ging es auch so, als ich das erste mal eine Frau verwöhnt hatte.«

»Bist du lesbisch?«

»Nein, nicht so. Mal ein Mann, mal eine Frau. Wie ich Lust habe.«

»Und das geht einfach so?«

Wieder ein Lächeln. »Bei dir ging es doch auch!«

»Ach ja, stimmt. Und was nimmst du für Männer?«

»Meistens ganz junge. Volljährige natürlich.«

»Und wieso gerade die?«

»Die sind noch ganz wild, potent, und sie werden hinterher nicht zur Klette. Meistens.« Sie zog sich wieder an, legte mir ein Kärtchen hin, und sagte: »Meine private Nummer, falls du noch mehr erforschen willst. Die Büronummer hast du ja. Ich besorge mir erst mal die Ermittlungsakte und dann sprechen wir alles durch. Wenn die Polizei kommt, nichts sagen ohne mich. Und nicht hier rein lassen ohne Durchsuchungsbeschluss. Falls die so einen Beschluss haben, auch bei uns anrufen.« Dann bekam ich noch einen bombastisch guten Kuss. »Mach's gut, Sandra.«

Ihr Parfüm Geruch lag noch lange im Haus. Jetzt war ich endgültig verwirrt. Vor einigen Wochen war ich noch eine brave Ehefrau mit (zu) seltenem Sex und einem scheinbar unproblematischen Ehemann, und nun dies. Stück für Stück war mein bisheriges Leben auseinander gefallen. War es denn unbedingt schlecht, wohin es geführt hatte? Eigentlich nicht, aber die Begleitumstände. Ich hatte jede Menge illegaler oder halb illegaler Sachen gemacht und war nun Witwe. Das war zwar doof, ersparte mir aber eine teure und vermutlich stressige Scheidung. Mann, konnte ich nur noch ans Geld denken? Das brachte mich auf neue Gedanken. Was war eigentlich mit der Versicherung? Hatte Uwe eine Lebensversicherung? Ich ging auf die Suche und wurde fündig. 80000 Euro Todesfallsumme, berechtige Bezugsperson: ich. Das war jetzt nicht die Welt, aber immerhin. Aber die Polizei könnte das auf falsche Gedanken bringen. Ich beschloss daher, erst mal so zu tun, als wüsste ich davon nichts. Ich wischte meine Fingerabdrücke von der Klarsichthülle ab und legte das Ding wieder zurück in unseren Dokumentenschrank. Dann suchte ich noch weiter, zog mir aber vorher frisch gewaschene Baumwollhandschuhe an, ich hatte so welche immer um mich mit eingecremten Fingern schlafen zu legen und das Bett nicht mit dem Fett einzusauen. Ich fand einige Dokumente über dieses Aktiendepot bei einem Onlinebroker. Da lagen Aktien im Wert von etwa 135000 Euro herum, aber ich wusste ja nun, dass Uwe die vermutlich abgeräumt hatte. So ohne weiteres könnte ich da nicht einfach nachsehen. Ich kannte die Zugangsdaten dafür nicht. Und zwei Festgeldanlagen gab es auch, die eine hatte 35000 Euro und wurde in einem Vierteljahr fällig, , die andere hatte 45000 Euro und würde in etwa einem halben Jahr auslaufen. Die hätte Uwe nicht ernten können vor der Frist. Das müsste also noch drauf sein. Ganz schön viel Geld. Aber auch ziemlich viel Futter für die Polizei. Wir hatten so ein Testament gemacht, wo der Überlebende alles erben würde. Also ich. Auch dieses Testament war bei diesem Stapel dabei. Es war aber nur eine Kopie, das Original lag im Amtsgericht. Auch diese Dokumente legte ich wieder zurück. Die Polizei würde eh davon erfahren, wenn sie bei den Banken und dem Amt nachforscht. Trotzdem fiel ich aus allen Wolken. Uwe hatte nie gesagt was er mit dem vielen Geld gemacht hatte was er verdient, ich hatte mal gefragt aber Uwe hatte nur gesagt dass er es gut angelegt hat. Und ich hatte mich nicht drum gekümmert.

Am anderen Tag fuhr ich ganz normal in die Firma. Ich sagte keinem was, aber Vanessa sah, dass mit mir etwas nicht stimmte. »Ist was passiert?«, fragte sie.
Dann liefen doch meine Tränen. »Uwe ist tot«, sagte ich.
»Waaaas?«
»Ja. Er hatte einen Unfall, in Italien. Er war da irgendwie in

kriminelle Geschäfte verwickelt. Ich weiß auch nicht.«

»Sandra, geh nach Hause! Ich mache das hier schon!«

»Nee! Ich brauch Ablenkung sonst werd ich verrückt!«

»Na gut. Aber mute dir nicht zu viel zu, ja? Mein allerherzlichstes Beileid!«

»Danke.« Nach und nach kamen natürlich alle heute anwesenden drei Mitarbeiterinnen zu mir, kondolierten und fragten mich aus, so dass ich nicht viel zum Arbeiten kam. Ich blieb dieses mal bis zum Ladenschluss und fuhr nach Hause. Es stand schon ein Wagen da. Die Frau Anwältin. Also Ellen. Lächelnd stieg sie aus und kam zur Haustür. »Darf ich reinkommen?«

»Natürlich.« Ich ging vor und sie folgte. Dann, hinter der Haustür, wirbelte ich herum und knutschte sie ab.

Sie machte erst mit, sagte dann aber: »Heute bin ich aber beruflich da.«

»Oh. Kannst du das trennen?«

»Ich versuche es.« Ellen versuchte zwar streng zu gucken, aber innerlich kämpfte sie doch mit sich, das konnte man sehen.

»Komm, setz dich Ellen. Aber duzen darf ich dich doch?«

»Wenn wir zu zweit sind, natürlich immer.«

»Möchtest du wieder Kaffee?«

»Nee, so spät besser nicht.«

»Dann ein Wasser?«

»Gerne.« Ich holte eine Karaffe, zwei Gläser, stellte beides hin. Sie seufzte. »Dann will ich mal Bericht erstatten. Die Polizei hat die Sache mit den Hotels und den falschen Anmeldungen, die Tätlichkeit in Wien, die Drogensache, die du schon kennst, die Kartenzahlung für deinen Mann und seine Geliebte, und eine ganze Menge merkwürdiger Kontobewegungen mit viel Geld von eurem Konto, und einen Anruf von deinem Mann zu dir wenige Tage vor seinem Tod. Mit anderen Worten: eigentlich nichts.«

Ich atmete auf. »Klingt gut, oder?«

»Ja, trotzdem sollten wir uns eine Legende zurecht legen. Eine möglichst schlüssige. Gibt's denn noch eine Lebensversicherung?«

»Ja, über 80000 Euro. Und Festgeld, auch so viel.«

»Für dich sind das Peanuts, oder?«

»Ist schon 'ne Menge Geld. Aber unbedingt nötig? Nein. Hab ja auch meinen Laden, die Ferienunterkünfte, mein Haus. Aber es hilft mir natürlich, über die Runden zu kommen, jetzt, wo Uwes Gehalt fehlt.«

»Na dann. Könnten die bei einer Hausdurchsuchung denn was finden?«

»Du meinst, die kommen wirklich hier her?«

Ein Lächeln huschte über ihr Gesicht. »Nicht jetzt. Bevorzugt stehen die um 6 Uhr vor der Tür. Und ich denke schon, dass die kommen. Sie haben ja nahezu nichts, aber sich jetzt an dir festgebissen.«

»Mist. Muss ich die dann reinlassen?«

»Leider ja. Aber da bin ich ja noch nicht da. Du hast auf jeden Fall das Recht, einen Zeugen dabei zu haben. Das sollte dann möglichst ich sein oder ein anderer Anwalt. Du musst die also bitten, mit der Ausführung zu warten, bis ich oder jemand anderes da ist. Was heißt bitten, auffordern!«

»Gut. Also was habe ich in Wien gemacht?«

»Wie bist du denn auf Wien gekommen?«

»Ich hatte bei Piere, also dem Chef von Uwe, einen Telefonanruf abgenommen und obwohl niemand nichts gesagt hatte konnte ich die Haltestellenansage vom Wiener Stephansplatz hören. Dann bin ich in der Hoffnung dort Uwe zu finden hingefahren, und als ich Evelyn ohne Uwe gesehen habe bin ich voller Wut auf sie los!«

»Entspricht das der Wahrheit? War das alles? Dann ist die Geschichte ok.«

»Ja, das ist die Wahrheit. Die dortige Polizei hatte mich da ja festgenommen und verhört, mich dann aber wieder freigelassen. Und was habe ich in Zürich gemacht? Wie kam es dazu?«

»Du bekamst Besuch von jemanden, den du nicht kennst. Der hat dir gesagt, dass dein Mann in Zürich in diesem Hotel ist. Dann bist du da hingereist.«

»Und was ist mit der Sache mit meinem ... ähm ... Sohn? Er ist der Nachbarsohn, und hat mir ein wenig geholfen. Er kennt sich super gut mit Computern aus und kann hacken.«

»Das war ein Privatdetektiv, den du beauftragt hast, zu deinem Schutz.«

»Nico? Das ist ein Jüngling, untrainiert und noch ziemlich grün hinter den Ohren.«

»Dann war es halt ein Anwalt. Oder Jurastudent.«

»Das könnte passen. Wart mal, ich habe eine andere Idee: Ich habe einen Callboy gebucht der mich begleitet hat in der Hoffnung, meinen Mann mit ihm eifersüchtig zu machen.«

»Das ist genial!«

»Und dann?«

»Du hast versucht deinen Mann zu finden. Das hat ein paar Tage gedauert. Du hast ihn bekniet, zurückzukommen und dir dein Geld wiederzugeben. Er hat dann eingelenkt dir zumindest das Geld wieder zurückgegeben und auch das von der Firma, nachdem du gedroht hast, ihn bei der Polizei anzuzeigen. Zurück zu dir wollte er aber nicht mehr. Du hast erreicht was du wolltest und bist abgereist.«

»Und die Sache mit der Kreditkarte?«

»Als er dir das Geld wiedergab, hattest du Mitleid, weil du ja seine Karte hast sperren lassen, und hast aus Großzügigkeit seine Hotelrechnung übernommen. Und von den Drogen wusstest du natürlich gar nichts.«

»Wusste ich auch wirklich nicht!«

»Ich weiß. Du bist viel zu lieb für diese Welt.« Ellen blickte mich gütig an.

»Das ist jetzt nicht positiv gemeint, oder?«

Sie lächelte. »Doch. Und jetzt muss ich gehen, sonst lande ich doch wieder in deinem Bett.«

»Wäre nicht das schlechteste!«

»Ich weiß.« Leider ging sie dann wirklich, und ließ mich in einer seltsamen melancholischen Stimmung zurück.

Ich ging hinüber zu Nico. Seine Mutter öffnete. »Ist Nico da?«

Sie grinste. »Wärst du nicht Sandra, würde ich jetzt denken, dass du seine Freundin bist.«

Ich grinste auch. »Ich bin seine Freundin!«

»Und heute ist der erste April. Er ist oben.«

»Danke Anni.« Ich ging die knarrende Treppe hoch, klopfte an seiner Tür, an der groß 'Forbidden Zone', stand.

»Nerv nicht, Mutti!«, kam es von innen.

»Hier ist deine Freundin!«

»Hä?« Sekunden später wurde die Tür geöffnet. Er schaute total perplex. »Sandra!«

»Begrüßt man so seine Freundin?« Ich schlüpfte einfach an ihm vorbei ins Zimmer. Dann gab ich ihm einen unverbindlichen Kuss. »Ich stecke in Problemen. Uwe ist tot!«

»Wwwwwas? Mein Beileid!«

»Schon gut. Du weißt ja was er für einer war. Die Polizei hat mich in der Mangel. Uwe ist da in eine Drogengeschichte verwickelt. Meine Anwältin denkt, die werden eine Hausdurchsuchung bei mir machen. Ich würde gerne auf Nummer sicher gehen und das Abhör-Zeugs von meinem Handy verschwinden lassen. Rückstandslos, wenn es geht.«

»Klar geht das«, sagte Nico.

»Keine Angst, von unserem Ding wissen die noch nichts. Auch nicht, wer du bist. Die haben nichts außer deinem Vornamen.«

»Okay. Gib mir mal dein Handy!«

Zehn Minuten später hatte Nico alles 'ratzekahl runter-geputzt', wie er sagte. Ich sah seinen Blick. »Nicht heute. Nicht hier.«

»Klar, nach DER Nachricht!«, sagte Nico. Respekt. So unbeholfen wie er manchmal noch war, aber er hatte Einfühlungsvermögen, und war nicht so dreist wie viele andere in seinem Alter.

»Ich melde mich!«, sagte ich, gab ihm noch einen Kuss, ging in mein Haus zurück und legte mich schlafen.

Ellen hatte nicht zu viel versprochen. Um sechs Uhr in der Früh klingelte es und es standen drei zivile und noch ein paar Streifenpolizisten vor der Tür. Zwei von den zivilen Polizisten kannte ich schon. Ich nannte die drei in Gedanken jetzt Blondie,

Blackie, und Brownie. Ich öffnete, noch im Nachthemd.
»Tach, Frau Neuhaus. Wir haben hier einen
Durchsuchungsbeschluss. Bitte lassen sie uns rein.«
»Bitte.« Die Leute stürmten ins Haus und fingen an, sich zu
verteilen. »Stopp! Sie müssen warten bis meine Anwältin da ist!«
»Müssen wir aber gar nicht, das ist laut Strafprozessordnung
nicht ...«
»Müssen vielleicht nicht, aber da schwebt ja noch diese
Dienstaufsichtsbeschwerde über ihnen. Die Sache mit der
fehlenden Rechtsbelehrung von letztens kommt dann auf den
Tisch. Wollen sie das wirklich?« Oh Mann, war ich mittlerweile
abgebrüht! Sie hörten tatsächlich auf mit ihrer Tätigkeit. Ich rief
die Dienstnummer von Ellen an. Trotz der unchristlichen Uhrzeit
ging sie ran. Da war wohl eine Rufumleitung geschaltet. »Ja,
Buck?«
»Hier ist Sandra Neuhaus. Sie sind da!«
»Komme! Fünfzehn Minuten!« Oh, dann müsste sie ganz in der
Nähe wohnen. »Sie kommt«, sagte ich. »Soll ich ihnen einen
Kaffee machen?« Die Stirn von dem einen kräuselte sich. »Sie
können mir ja auf die Finger gucken.« Ich ging in die Küche und
er kam tatsächlich mit und schaute meinen Verrichtungen zu.
Ich machte mir einen Spaß daraus, meine Verrenkungen
erotisch aussehen zu lassen. Bestimmt sah er mich darunter in
Gedanken nackt. Ich lächelte ihn dabei an und konnte mir auch
eine Bemerkung nicht verkneifen: »Auf die Finger schauen hatte
ich gesagt, nicht auf die Titten schauen!«. Das war zwar
furchtbar obszön, tat aber seine Wirkung, denn er wurde rot
und schaute nun nicht mehr ganz so auffällig zu mir. Als ich
fertig war, stellte ich alles auf das Tablett, legte noch ein paar
Kekse dazu, und bat ihn, es raus zu tragen, ging hinterher. Sie
fingen an, sich über das Zeugs herzumachen. Zwischen mir und
den Beamten gab es ein lautes Schweigen. Es dauerte doch
noch ein wenig länger als veranschlagt. Aber dann klingelte es.
Ich öffnete. Es war Ellen. »Hallo Frau Neuhaus.«
»Ihnen auch einen guten Morgen!«
»Diese Bastarde«, flüsterte sie mir zu. Die mussten es aber
gehört haben.

Der eine, es war der vom ersten Tag, also Blondie, sagte: »So, dann können wir mal loslegen!«

»Nee, jetzt darf sich meine Mandantin erst mal anziehen.« Kein Protest, also begab ich mich zum Schlafzimmer, eine Etage darüber.

Blondie gab einem Streifenpolizisten ein Zeichen mit dem Kopf, und sagte: »Jannick!« Der Streifenpolizist wollte schon hinterher.

»DAS IST JETZT NICHT IHR ERNST!«, rief Ellen.

Der Jannick genannte blieb mitten im Schritt stehen. Er sagte zur Streifenpolizistin, eine drahtige mit braunen, zu einem Pferdeschwanz gebändigten Haaren: »Paula, pass auf dass die nichts verschwinden lässt!« Sie ging hinter mir her und mit in mein Schlafzimmer rein. Erstaunt schaute sie auf das Kissenmassaker. Zum Duschen würde die Zeit wohl nicht reichen. Aber ich hatte plötzlich eine Idee. Ich zog mir das mittlerweile natürlich gewaschene lilafarbene Set an, ließ aber den Strapshalter und die Strümpfe weg. Ein kurzer Blick. Sie schaute mich spöttisch an.

Ich fragte sie: »Na, hast du so was auch?«

»Mein Freund braucht das nicht!«

Ich lachte kurz auf, so mit einem Luftstoß aus der Nase. »Ja, hatte ich auch mal gedacht. Willst du nicht nachsehen? Vielleicht hab ich ja was weggesteckt!«

Sie schüttelte sich. »Sieht man ja eh alles durch!«

»Dann eben nicht!« Ich zog mir noch einen Rock und eine Bluse an. Dann ging ich hinunter, die Paula genannte folgte mir.

»So Leute, geht los«, gab er das Kommando, und alle schwärmten aus.

»STOOOOOP!«, rief Ellen wieder. »Wer leitet denn die Hausdurchsuchung und was ist deren Zweck?«

»Ich«, sagte Blondie. Er gab ihr den Beschluss.

Ellen rasselte herunter: »Durchsuchung zum Erlangen von Beweisen inklusive Dokumenten, Kommunikationsmitteln, Computern, Suche nach Drogen und weiteren illegalen Substanzen, erstreckt sich auf die Wohngebäude, Nebengebäude, und Gegenstände von Uwe Neuhaus, verstorben, und Sandra Neuhaus, inklusive der Fahrzeuge.« Sie

152

schaute ihn scharf an. »Als Leiter sind sie verpflichtet die Durchsuchung zu beaufsichtigen. Sie dürfen nicht selbst an der Durchsuchung teilnehmen.«

»Ja ja, weiß ich«, sagte er.

»Ach, und wie wollen sie das machen, wenn ihre Leute im ganzen Haus verteilt sind? Sie werden ja wohl keine Röntgenaugen haben, oder?«

Er verzog das Gesicht, und sagte dann zu seinen Leuten: »Fangt mal hier im Wohnzimmer an.«

Ich und Ellen gingen dann immer in die jeweiligen Räume mit. Die Polizisten wurden dadurch natürlich ausgebremst, da in den meisten Räumen gar nicht so viele Personen rein passten. Natürlich fanden sie sonst nichts, nahmen aber meinen Laptop mit, auch mein Mobiltelefon, die Lebensversicherungspolice und die Festgeldzertifikate entdeckten sie natürlich auch.

»Wussten sie davon?«, fragte er.

»Nichts sagen!«, sagte Ellen. Ich hielt also die Klappe.

Dann ging es noch zum Carport, wo mein Wagen stand. »Wir nehmen den mit«, sagte er. »Die Spusi muss den gründlich untersuchen. Bitte geben sie mir den Schlüssel.« Ich ging ins Haus und holte diesen, und gab ihm den.

»Moment«, sagte Ellen, machte ein Foto vom Kilometerstand, und rief sich beim Navi noch die letzten Ziele auf, machte ein Foto, und sagte zum Typen: »Bitte vergleichen und im Protokoll vermerken. Fahren dürfen sie damit natürlich nicht.«

Er grinste. »Von mir aus. Wir hätten dafür sowieso einen Schlepper geholt.«

»Alles klar, Herr Kommissar?«, imitierte sie den bekannten Song von Falko. »Aber glotzen sie mich nicht so an, als würden sie mich abschleppen wollen!« Ich musste unwillkürlich grinsen und sein Grinsen erstarb. »Der Beschlagnahmung wird widersprochen«, sagte Ellen noch.

»Nützt das was?«, fragte ich.

»Nee, aber pro forma. Die geben das sonst nicht so gerne wieder heraus.«

»Die Polizei, unser Freund und Helfer«, sagte ich, zog die Betonung aber ins Lächerliche. Das war Polizeibeleidigung, die nicht nachweisbar war. Ich griente. Dann, eine Stunde später, die hatten mittlerweile einen Abschleppwagen geordert und meinen Mini dort aufgeladen, zogen die ab. »Wie lange kann das denn dauern«, fragte ich Ellen.

»Meistens zwei, drei Tage«, sagte sie.

»Und was soll ich ohne Handy machen?«

»Hol dir 'nen billiges Prepaidhandy«, sagte Ellen. »Musst du noch zum Laden? Soll ich dich mitnehmen?«

»Gerne.«

»Zurück musst du leider mit Öffi oder Taxi. Hab noch 'ne Verhandlung.«

»Schon gut.« Auf der Fahrt quatschte Ellen noch über Anekdoten bei Gericht, dann hielt sie vor meiner Firma. Sie gab mir einen Kuss auf die Wange und ich winkte ihr noch hinterher.

Zur Begrüßung ging ich erst mal rein, Vanessa fragte: »Neu verliebt?«

Ich kicherte und sagte: »Dann würde ich doch dich nehmen!«

Vanessa errötete. »Ich muss noch mal kurz weg, muss mir ein Handy kaufen.«

»Ist dein Handy geklaut?«

»Ja, von der Polizei.«

»Was?«

»Es gab da Unstimmigkeiten beim Unfall. Sie wollen noch mal alles überprüfen!« Sie schaute mich an als ob ich ein Marsmensch wäre. Ich hob die Hände. »Ich wasche meine Hände in Unschuld«, und ging lachend aus meinem Laden. Die nächsten Tage waren etwas ... schwierig. Ich steckte irgendwie in einem Loch fest. Konnte nichts, oder kaum was machen. Ellen hatte ich meine neue Nummer mitgeteilt und dann kam der Anruf. »Du sollst noch mal bei der Polizei antanzen.«

»Kommst du auch mit?«

»Na klar. Wann geht es bei dir?«

»Heute 15 Uhr.«

»Gut, teile ich denen mit. Wie kommst du dahin? Ach quatsch, ich hole dich ab. Von der Arbeit?«

»Ja. Danke, bis dann, Ellen.« Wieder fuhr sie vor und ich stieg ein.

Ein bisschen Bammel hatte ich schon. Was könnten die gefunden haben? Ellen sagte dass wir da sind und wir gingen gemeinsam in einen Verhörraum. Der sah aber ein wenig anders aus als die vorher. Der Tisch viel kleiner, statt des fest eingebauten Mikrofons stand so eine Art Diktiergerät auf dem Tisch.

»Oh! Muss die Polizei sparen?«, fragte Ellen.
Blondie griente. »Nee. Unsere V1 bis V4 sind gerade von Großkunden belegt.«
»Sie machen hier auch Kundenbetreuung?«, fragte ich.
Ellen lachte. »Nee. Mit Großkunden meinen die Schwerkriminelle. Leute von Clans und so.«
»Ach so«, sagte ich. Ich war mal wieder ein Dummerchen.
Beide Polizisten, Blondie und Blackie, setzten sich hin. Ellen setzte sich hin und ich dann auch. Das war der Startschuss für die beiden. Blondie klatschte die Lebensversicherungspolice und die Festgeldzertifikate auf den Tisch.
»Schönes Motiv, oder?«, sagte er, und griente mich dabei provokant an.
»Davon wusste ich gar nichts!«
»Haben sie Fingerabdrücke?«, fragte Ellen. Sein überhebliches Grinsen verschwand.
»Gut gereinigt. Ist also trotzdem ein Tatmotiv.«
»Meine Mandantin ist finanziell gut aufgestellt. Das hat sie doch gar nicht nötig.«
»Nötig nicht, schadet aber trotzdem nichts, oder?« Es lief momentan auf ein Duell zwischen den beiden hinaus.
»Sie war zum Unfallzeitpunkt hier, hat also ein Alibi.«
»Auftragsmörder?« Diese Beschuldigung war eine ganz neue Situation. Eine bedrohliche. Und eine, welche Ellen und ich nicht durchgesprochen hatten.
Ellen reagierte aber sofort: »Das ist Blödsinn. Laut Bericht war

der Unfall ohne Fremdeinwirkung. Sie haben nichts, außer einer kruden Phantasie.«

»Vielleicht sollte das ja dieser angebliche Sohn machen? War es so?«

Dieses mal antwortete ich wieder: »Quatsch. Das war ein Callboy. Ich wollte mit ihm meinen Mann eifersüchtig machen. Hat aber nicht geklappt.«

»Wie heißt der denn wirklich? Haben sie den telefonisch bestellt?«

»Keine Ahnung, wie der wirklich heißt. Ich hab ihn auf dem Strich aufgegabelt in St. Pauli. Der hat sich riesig gefreut über diese Aufgabe. Endlich mal was vernünftiges, sagte er.«

»Ist aber komisch, dass ein Nico Demir, wohnhaft bei ihnen gegenüber, im Flieger nach Zürich genau neben ihnen gesessen hat!«

Jetzt kam ich in Bedrängnis. Das hatten Ellen und ich nicht durchgesprochen. »Es ist der Nachbarsohn. Ich wollte ihn da nicht mit reinziehen. Aber das mit dem eifersüchtig machen stimmte.«

»Hatten sie Sex mit ihm?«

»Das geht sie gar nichts an!«

»Na gut. Und das mit dem anderen Geld? Die Millionen auf ihrem Konto?«

»Der Mann meiner Mandantin hatte es vom gemeinsamen Hypothekenkonto und von Firmenkonten gestohlen«, antwortete Ellen.

Er schaute fragend umher. »Uns liegt keine Diebstahl Anzeige gegen ihn vor.«

»Die Firma wollte erst selber versuchen das Geld wiederzubekommen«, sagte ich. »Deshalb hatten die ja auch diese Detektei beauftragt.«

»Kennen sie jemand von denen?«

»Na klar, seinen Chef. Er ist der Freund von der Frau im Unfallauto.«

»Und das Geld hat ihnen ihr Mann einfach so wiedergegeben?«

»Einfach war's nicht«, sagte ich. »Ich hab ihm mit Anzeige bei der Polizei gedroht. Und ich hab ihn auch bekniet, wieder zurückzukommen, aber das wollte er nicht, wie ich schon sagte.«

»Warum nicht? Hatte er Angst vor ihnen?«

»Warum wohl? Er hat sich verliebt.«

»Und dann beschlossen sie, ihn selbst umzubringen? War das Kissen im Schlafzimmer ein Übungsobjekt?«

Ellen schaute mich erstaunt an. Das mit dem Kissen hatte sie wohl gar nicht gesehen. »Ich war wütend auf mich und meine Blödheit und habe auf das Kissen eingestochen!« Mittlerweile fühlte ich mich wie im falschen Film. Ich wollte hier weg! Am liebsten wollte ich jetzt auf 'schneller Rücklauf' drücken. Ja, eine Zeitmaschine müsste man haben. Ich würde einfach ein paar Monate zurückkreisen und alles wieder gerade richten. Oder vielleicht gleich ein Jahr. Nee, das würde ja auch nichts bringen. Piere würde ja trotzdem sein neuer Chef werden, dann würde Uwe Evelyn kennenlernen, und und und. Also doch weiter zurück. Bis zum ersten Treffen mit ihm in der Bibliothek damals. Ich würde ihn einfach abservieren, mir einen anderen Platz suchen, und mir Julian nehmen. Nein, der war ja damals noch nicht so weit. Dann eben einen anderen. Und wenn der auch kriminell werden würde? Ich drehte mich im Kreis, zumindest meine Gedanken.

»Frau Neuhaus?«

Ellen schaltete sich ein: »Ist ja nicht verboten. Das Kissen gehörte ihr und meine Mandantin darf daher so viele ihrer Kissen zerstören wie sie will. Außerdem ist ihr Mann ja nicht an Stichverletzungen gestorben und hatte auch keine solchen. Hören sie auf mit diesen Spekulationen! Es war ein Unfall. So einfach! Sie haben nichts in der Hand!« Ellen war jetzt laut geworden. Sie wühlte in ihren Unterlagen. »Hier, die Aussage der Zeugen im Wagen, der hinter ihm fuhr: Der Wagen fuhr etwa 50 Meter vor uns, und in diese leichte Linkskurve vor dieser Bergeinbuchtung. Erst sah alles normal aus. Dann fuhr er aber einfach geradeaus weiter, kam auf die Gegenfahrbahn, schlug dann plötzlich einen scharfen Haken nach rechts, und genau dort wo die Straße scharf nach links um den Berg geht, durchschlug er die Leitplanke und verschwand. Es sah aus wie …

wie als ob jemand die Bedrohung gemerkt und dann das Lenkrad herumgerissen hat. Und das zu stark, zu weit. Wir haben natürlich gleich angehalten und geschaut. Es war kein Wagen mehr zu sehen, nur Reifenspuren, und dann lag da diese Frau auf der Wiese. Sie sah aus wie tot und …«.

»Wir kennen den Bericht, Frau Buck, und …«

»Und es wurde bei der Bergung keine weitere Person aufgefunden. Herr Neuhaus und Frau Bollmann waren die einzigen Insassen und es gab kein anderes Auto. Die Bremsen und Bremsleitungen waren intakt und … geben sie mir doch mal den Obduktionsbericht!«

»Den haben sie doch!«

»Den von unserer Rechtsmedizin meine ich nicht, sondern den von den Italienern!«

Er wühlte eine Weile, gab ihr einen Zettel. »Wir haben den scheinbar nur in Italienisch.«

»Macht nichts, wozu gibt es Online-Übersetzer.« Ellen zückte ihr Handy, machte ein Foto, tippte, las. Dann beugte sie sich über den Tisch und hielt dem Typen ihr Handy hin. Der Typ bekam Stielaugen und ich glaubte zu wissen warum. Sein Blick ging zwischen Ellens Busen und dem Handy hin und her. Er wurde rot im Gesicht. »Ich hab das mal durch den Übersetzer gejagt. Ich habe die entsprechende Stelle markiert. Denken sie auch das, was ich denke? Will der Staatsanwalt wirklich die größte Niederlage seines Lebens vor Gericht riskieren?« Auch der arabischstämmige Polizist nutzte den auf dem Handy liegenden Fokus aus, und stierte auf Ellens Busen. Die bemerkte aber seinen Blick und schaute ihn streng an. Sie war wohl sein Typ und er würde sicher nicht nur angesichts des Busenanblicks von Ellen am liebsten mit ihr ins Bett gehen. Wenn er nicht so eine dunkle Hautfarbe hätte, würde er wohl auch rot im Gesicht werden.

»Jjja. Sie haben ja recht. Da hat der Staatsanwalt wohl was übersehen. Ich werde ihn darauf hinweisen.«

»Kann ich das auch mal sehen?«, fragte ich.

»Ach, für dich ist das zu sehr Fachchinesisch. Was ergab die Drogensuche? Computer, Handy, Auto?«

158

»Nichts«, sagte jetzt Blackie, und fing sich einen giftigen Blick von Blondie ein.

»Gut, dann müssen sie jetzt die beschlagnahmten Gegenstände wieder herausgeben. Und den Leichnam an seine Ehefrau. Ist der schon überführt?«

»Ja, aber er befindet sich noch in der hiesigen Rechtsmedizin.«

»Meine Mandantin wird ihnen das Beerdigungsinstitut mitteilen. Kommen sie, wir gehen.«

»Kann ich ihn denn noch mal sehen?«

Ich schaute dabei Blondie an, der sich bei der Sache als Gesprächsführer herausgestellt hatte. Er schaute mich jetzt an, als hätte ich ihn gefragt, ob er auch mal Rauschgift genommen hat. Dann wurde sein Gesichtsausdruck aber anders. Eindringlicher. »Frau Neuhaus, das können sie dann beim Bestatter machen, aber ganz ehrlich, bitte tun sie sich das nicht an. Ich hab ihn gesehen und … man sah, er musste ein wenig mit sich kämpfen - es ist kein schöner Anblick. Das Gesicht würden sie gar nicht wiedererkennen und der Rest … also bitte, lassen sie es. Behalten sie ihn so in Erinnerung, wie sie ihn zuletzt gesehen haben!«

Das wollte ich nun nicht, denn das war zusammen mit Evelyn gewesen, ahnte aber, was er damit meinte. »Aber muss ich ihn denn nicht identifizieren? Oder mit so einer DNA Probe?«

»Nein, das ist nicht nötig. Sie haben wohl zu viele Krimis geschaut? Wir haben ja auch noch mal selbst seinen Pass mit den Fingerabdrücken von ihm ihm abgeglichen. Er ist es, glauben sie mir!«

»Komm sie!«, sagte Ellen zu mir. Wir standen auf.

»Geh mit ihnen zur Asservatenkammer und regele das«, sagte der blonde Kripobeamte zum anderen Mann, aber nicht, ohne sein Gesicht zu verziehen. Er hatte begriffen, dass er verloren hatte.

»Folgen sie mir.« Eine halbe Stunde später hatte ich alle Sachen wieder, und auch mein Auto. Ich warf einen kurzen Blick über die Sachen. »Wo ist denn sein Laptop? Ich weiß, dass er einen dabei hatte.«

»Den haben wir entsorgt. Da war nichts mehr zu retten. Der war aus dem Auto gefallen, wohl auf einen Felsen geprallt, und dann hatte die Batterie Feuer gefangen. Hier!« Er zog aus der Plastiktüte einen Zettel, offenbar der Ausdruck von einem Foto. Ein geschmolzenes Ding, es war kaum noch zu erkennen, dass dies mal ein Laptop war. Ich nickte ihm zu.

»Brauchst du Hilfe für die Beerdigung?«, fragte Ellen.

»Ja, hast du da was?« Sie gab mir einen Zettel, einen Kuss auf die Wange, und fuhr dann davon.

Auch ich fuhr dann mit meinem Wagen nach Hause. Ich schaute mir die Sachen durch, die ich von der Polizei bekommen hatte. Das war eine Reisetasche, in der nur seine Sachen zum Anziehen drin waren. In einer Plastiktüte waren persönliche Sachen. Sein Schlüsseletui mit dem Schlüssel für Haustür und Schuppen, ein Chip, wohl für die Firma, und so ein kleiner Schlüssel wohl für einen Schreibtisch, wie ich ihn auch in meinem Laden habe. Außerdem seine Uhr - sie lief sogar noch, beim Anblick liefen erst mal meine Tränen, da seine Lebenszeit ja abgelaufen war. Dann gab es noch seine Brieftasche mit einigen Karten wie Führerschein, Krankenversicherungskarte, sein Perso, letzterer war ungültig gemacht worden, sowie Geld. 455 Euro und 63 Cent. Außerdem war noch ein Zettel drin mit einigen komischen Sätzen, auf die ich mir keinen Reim drauf machen konnte. Das Notizbuch zum Zettel fehlte. Er trug es normalerweise immer bei sich. Außerdem fehlte sein Handy und seine Sonnenbrille. Bestimmt war beides zu Bruch gegangen beim Unfall. Und dann gab es noch diesen Pass. Auch der war ungültig gemacht worden. Neugierig schaute ich hinein. Leer. Aber seit Schengen war der ja zumindest in Europa nicht mehr so wichtig. Und dann sein Ehering, ja. Der Zeichen ewiger Treue. In den Schmutz gezogen hatte er ihn. Kannte ich Uwe überhaupt richtig? War das alles nur Fassade? Oder hatte ich ihm doch etwas bedeutet? Diese Frage würde wohl nie beantwortet werden.

Ich machte mich auf den Weg zu dem Bestatter der auf dem Zettel stand, machte mit dem alles klar, und er versprach sich um die Abholung zu kümmern. Und dann ging es erst richtig los. Trennungsschmerz. Es war einfach zu viel, was ich in der kurzen Zeit verdauen musste. Uwes Verschwinden, mein Betrug mit Julian, der Diebstahl des Firmengeldes, die Ahnung einer Affäre, der Diebstahl des Hypothekengeldes, die endgültige Aufdeckung seines Betrugs, mein Betrug mit dem Polizisten, mein Betrug mit Nico und dem Hausdetektiv - ja, war das überhaupt Betrug, wenn man selbst schon betrogen wurde? Es war egal, denn ich war in einem Jammertal. Heulte tagelang und aß nichts, lag einfach nur den ganzen Tag im Bett und trank nur ab und an einen Schluck Wasser. Immer wenn ich mich aufraffen wollte, um zum Laden zu fahren, kam alles wieder hoch und es ging von vorne los. Es war wie bei einer Schallplatte mit einem Kratzer, die immer wieder die gleiche Rille abspielt, mit genau dem grässlichsten Teil der Musik. Das Schlimme war, ich gab mir innerlich auch noch die Schuld an dem Ganzen. So, als ob Uwe das machen musste, weil ich ihm nicht das gegeben hatte, was nötig für ihn war. Und laut meiner Logik hatte ich ihn auch in den Tod getrieben durch das Abschöpfen des geklauten Geldes. War ja was dran! Unterbrochen wurde die Sache nur vom Bestatter und seinem Besuch. Ich musste ihm ja total verkommen vorgekommen sein. Ungepflegte Haare, ungeduscht, verquollene Augen, und im Nachthemd trat ich ihm gegenüber, ließ ihn rein, und wir besprachen alles. Und dann, der Bestatter war schon weg, kam der Anruf von Piere. »Hallo Sandra! Mein aufrichtiges Beileid! Auch wenn er ... aber das hat er nicht verdient und du erst recht nicht.«

»Danke Piere.« Und schon fing ich wieder mit dem Heulen an. Piere verstand wohl, wie es mir innerlich ging. »Ich komme vorbei. Bist du zu Hause?« Ich nickte. »Sandra?« Da merkte ich erst, dass Piere das ja gar nicht sehen konnte. »Ja, bin hier.« Piere legte auf. Ich machte mich notdürftig zurecht. Zwanzig Minuten später stand er vor der Tür, hatte einen riesengroßen Blumenstrauß im Arm, war im allerfeinsten Anzug, und umarmte mich. »Sandra!«, sagte er nur, und ich lehnte mich einfach an ihn.

»Komm rein«, sagte ich nach einer halben Ewigkeit.

»Wo warst du denn so lange?«, fragte ich, und es musste für Piere wie ein Vorwurf geklungen haben, aber es sollte keiner sein. Ich hätte ja auch ihn anrufen können.

»Ich war in Neapel.«

»Ach ja. Wie geht es ihr denn?«

»Wie schon? Die Ärzte hoffen, dass sie durchkommt.«

»Du Ärmster!«

»Du Ärmste! Ich kann mir denken, wie schlimm das für dich sein muss! Erst der Betrug, der Diebstahl, und dann!«

»Für dich etwa nicht?« Ich wurde laut.

»Doch! Aber zumindest Evelyn lebt!«

»Und was war mit der Polizei? War die auch bei dir?«

»Nee, die hatten mich zuerst vorgeladen! Volle drei Stunden haben die mich verhört!«

»So lange?«

»Ja, als die mir so eine Drogensache anhängen wollten, hab ich erst einmal einen Anwalt geordert. Die hatten echt gedacht, ich hätte was mit den Drogen im Auto zu tun!«

»War der Unfall mit dem Firmenwagen?«

»Ja, der ist total Schrott. Aber ich wusste ja nicht, wo der Wagen ist und von den Drogen wusste ich natürlich auch nichts. Du hoffentlich auch nicht?«

»Nee, ich wusste nichts. Ich war auch total überrascht! Die haben dann sogar bei mir eine Hausdurchsuchung gemacht, aber nichts gefunden.«

»Bei mir dann auch! Hast du schon was gemacht? Wegen Trauerfeier und so? Ich habe natürlich schon in der Firma Bescheid gegeben. Alle waren sehr erschüttert. Ist die Trauerhalle denn groß genug? Und sollen wir da was ausrichten für dich?«

»Nein. Ich wollte eigentlich nur eine Beerdigung im engsten Kreis. Nur seine beiden Verwandten und ein paar Leute. Du vielleicht und ...«

»Sandra, das kannst du nicht machen. Die Firma ...«

Ich fiel ihm ins Wort. »Wer soll denn da kommen? Bei diesem kriminellen Scheiß den er da gemacht hat!« Wieder war ich laut geworden.

»Sandra, du irrst dich. Uwe war beliebt, in der ganzen Firma. Das von dieser Sache wissen nur ich, Regina, Julian und Marc vom Kontrolling, zwei Leute aus Marseille, und Sven, der Vorstandsvorsitzende, und die dürfen nichts sagen. Die anderen Leute würden das nicht verstehen. Selbst wir hatten Uwe gemocht bis zu diesem Ding. Wir werden auch eine Annonce schalten von der Firma. Mach dir das nicht kaputt, Sandra! Nicht mehr, als es sowieso schon ist. Wir würden auch gerne so eine Art Abschiedsessen organisieren und ausrichten.«

Ich wischte mir die Tränen aus dem Gesicht. »Vielleicht hast du ja Recht. Hast du da was?«

»Ja, den Keller wo wir manchmal Feierlichkeiten machen. Wir richten alles aus und bezahlen das auch. Auch für die Leute, die aus deinem privaten Umfeld kommen. Wir haben Finanztöpfe für so was. Wann ist denn die Beerdigung?«

»Nächste Woche Freitag. Ich wollte aber nur eine kleine Runde und so ...«

»Keine Trauerhalle? Kannst du das noch ändern?«

»Weiß nicht. Ich hoffe schon. Ich rufe den Bestatter an.«

»Gut Sandra. Du gibst Bescheid, ja? Kann ich dich denn jetzt alleine lassen?«

»Ja. Und danke Piere. Du hast mir sehr geholfen obwohl du sicher selbst genug Probleme hast. Ist denn wenigstens die Firma gerettet?«

»Ja, dank dir. Der Rubel rollt wieder und durch die Umstrukturierung sollten wir auch so schnell nicht mehr in Schieflage kommen.«

»Wenigstens was. Bleibt nur meine private Schieflage. Unsere.«

Piere lächelte, drückte die Daumen seiner beiden Hände, und ging. Ja, nun hatte ich ein weiteres Problem. Eigentlich wollte ich nur eine winzige Feier machen, aber durch die Sterbeannonce der Firma würden dann auf jeden Fall zu viele Leute kommen. Also große Trauerfeier mit Ansprache in der Trauerhalle nötig. Dafür hatte ich nichts abgesprochen. Ich rief den Bestatter an. Abends kam er nochmal vorbei. Er fragte mich viele Sachen über Uwe aus, die schlechten Sachen ließ ich natürlich weg. Kirchenleute würde es nicht geben. Mit denen lag Uwe über Kreuz und ich auch. Ich hatte Glück und die Trauerhalle war noch frei. Am anderen Tag nahm ich Kontakt zum Hamburger Abendblatt auf, der lokalen seriösen Zeitung, und ließ auch von mir eine Sterbeannonce veröffentlichen. Sündhaft teuer, aber das war mir die Sache dann wert. Ich rief Piere an und gab die Informationen, also die Uhrzeit, und die Trauerhalle durch. Jeden Tag videofonierte ich mit Ellen. Zum Fall gab es keine neuen Infos, aber sie wollte mir zumindest Beistand geben, sagte sie.

Und dann kam er, der Tag. Uwes Bruder war extra aus Amsterdam angereist, sein Vater aus Lüneburg ja sowieso, mit beiden verstand sich Uwe damals nicht gut, etliche Nachbarn, übrigens auch Nico mit Eltern, weitere Leute aus der Nachbarschaft, Vanessa und noch eine andere aus meinem Laden, viele Leute aus Uwes Firma, Piere, Julian, Zickchen, noch einige andere Manager und ein Haufen Leute aus seiner alten Abteilung. Als erstes war der Bestatter dran und hielt die übliche Trauerrede. Piere hielt auch eine kurze Rede, voller Betroffenheit, und sagte allen dass nach der Beerdigung ein gecharterter Bus zum Abschiedsessen fährt und alle Leute mitdürfen. Und danach hielt einer aus Uwes Abteilung eine Rede. Ich hätte das nicht hingekriegt. Es war eine bewegende Rede. Davon, wie er in Uwes Abteilung frisch angefangen hatte, er Uwe erst für einen normalen Mitarbeiter gehalten hatte und er ihm sich dann im ersten Team Meeting als sein Chef vorstellte. Und wie Uwe mit der Sache super gut und elegant umgegangen war und er ihm immer als Vorbild, als stets gutgelaunter Chef begegnet war. Ja, das war Uwe, wie ich ihn kannte. Alle hatten bei seiner Rede Tränen in den Augen, ich natürlich auch. Mein Heulen und Schluchzen störte seine Rede sogar, aber er ging drüber hinweg. Dann marschierten wir alle zum Grab. Für mich fühlte sich das an, als ginge ich zu meinem eigenen Grab. War ja auch so, mit Uwe beerdigte ich ja auch

mich. Zumindest einen großen Teil meines Lebens. Dann waren wir dort angekommen, die Herren senkten seinen Sarg ab. Stück für Stück senkte er sich in die Tiefe, weg von mir. Es war, als würde er von mir weggezogen. Ich wackelte, aber ich blieb stehen. Ich war natürlich die erste, die dran war. Ich warf die Blume hinein, welche mir Ellen in die Hand gedrückt hatte. »Leb wohl, Uwe«, kam über meine Lippen, ganz leise, kaum hörbar für die anderen. Nach und nach kamen alle nach vorn, erst Vater und Bruder, und alle kondolierten mir, die meisten mit Gesten, einige auch mit Worten. Viel hatte ich nicht behalten.
»Behalte seine guten Taten in Erinnerung!«, sagte Piere.
»Euer Leben war länger als diese paar Wochen!«, sagte Regina, also Zickchen. Julian umarmte mich nur, und die letzte nach allen anderen war Ellen. Sie waren also alle sehr einfühlsam. Ich heulte Rotz und Wasser und ließ alles über mich ergehen. Ich imitierte keine Trauer, ich hatte diese!
Dann fuhren wir alle in diese Gaststätte. Piere hatte dafür diesen Bus organisiert. An meinem Tisch war neben mir Piere und Ellen, aber auch Julian, Regina, und Vanessa saßen unmittelbar in der Nähe und schirmten mich ein wenig von den vielen unbekannten Leuten ab. Ich hatte auch ein wenig mit Uwes Bruder und seinem Vater gesprochen, und diese äußerten ihr Bedauern, nicht vor seinem Tod die Streitigkeiten beigelegt zu haben. Ich hab keine Ahnung, wie ich das alles überhaupt geschafft hatte. Eine große Hilfe war mir Ellen. Sie half mir vorher auch sonst viel mit dem Schriftkram. Selbst Abends nach der Beerdigung musste ich nicht alleine sein und wir landeten in meinem Bett. Allerdings kuschelten wir uns nur aneinander und ich schlief schnell aus Erschöpfung ein.

Als ich am Morgen danach die Augen aufmachte, schien draußen die Sonne. Und mich strahlten ein paar hellblaue Augen an. »Guten Morgen, Sandra. Wie lange willst du dir das noch antun?«

»Was meinst du denn?«

»Ich habe doch deine verquollenen Augen gesehen in den vergangenen Tagen. Du bist jetzt Witwe. Du musst dich innerlich von ihm befreien und die gemeinsame Zeit, auch das alte Leben abheften. Das kommt nie mehr.«

»Du hast ja Recht!« Ich lächelte sie gequält an. »Hast du eine Zauberformel dafür?«

Sie griente. »Mich plus Dessous Laden gleich Trauer Ende.«

»Das ist aber mathematisch nicht korrekt!«

»Hilft aber. Komm, Dusche, Frühstück, Kaffee, shoppen, lieben. So in der Reihenfolge!« Sie buffte mir in die Seite.

»Na gut!«

Ich stand auf und ging in die Dusche. Das Wasser prickelte schön. Ellen kam hinzu. Wir fummelten aneinander herum. Ich bekam Lust, aber Ellen wies mich ab.

»Erst nach dem Dessous Kauf«, sagte sie. Ein wenig fühlte ich mich schon als der neue Mensch, den Ellen sich wünschte. Dann zogen wir los. Unmengen schauten wir uns an, nicht nur ich, auch Ellen. Ich kaufte drei Sets und Ellen eines. »Du brauchst noch mehr!«, sagte Ellen.

»Wie, noch mehr Dessous?«

Ellen lächelte mich an. »Nein, Männerschwänze.«

»Ellen! Ich kauf doch keinen Mann!«

»Das nicht, aber Schwänze. Aus Gummi und so. Oder hast du schon Vibratorinnen?« Vibratorinnen, hatte sie gesagt. Die war ja lustig. Bis vor kurzem hatte ich ja noch nicht mal ein Dessous gehabt!

»Nee. Braucht man das?«

Ellen lächelte. »Mann nicht, aber Frau. Glaub mir, sie sind ganz hilfreich.«

»Na gut.«

Und dann ging es auch noch in die sündige Meile. Das Auto parkten wir in den Reeperbahn-Garagen. Zu dieser Uhrzeit war nicht viel los, die Läden relativ leer. Es war wohl normal, dass auch Frauen hierher kommen. Wir gingen zu einer Wand an der lauter Verpackungen mit diesen Stäben hingen. Ich schaute diese ganz verwirrt an, aber Ellen schien sich da bestens auszukennen. Bald hatte sie drei davon in der Hand, dann irgendwie ein Teil mit allerhand Riemen. »Was macht man damit?«, fragte ich.

»Sandra! Na was schon, ficken!«

»Aber der Mann hat ihn doch bei sich.«

Wieder lächelte Ellen mich an. »Dummchen. Damit können sich zwei Frauen ficken.«

»Und du hast so was noch nicht?«

»Bisher nicht. Hast du Lust, es mit mir auszuprobieren? Dann kaufe ich es mir. Die anderen Dinger sind für dich. Ich zeig dir alles. Nachher?« Ich konnte nur, überwältigt von Ellens Kenntnissen und Wünschen, und dem ganzen Ambiente hier ehrfürchtig staunen. Eine ganz neue, fremde Welt. Wir gingen mit den Käufen zurück zum Auto, welches ich fuhr. Ellen packte sogleich eines aus. Wenig später führte sie das Teil Nr. 1 über meinen Busen und dabei mehrfach über meine Brustwarzen, die ich lieber Nippel nannte. Ein wohliger Schauer rann von dort direkt in meinen Unterleib. Ich war erstaunt, dass es so eine Wirkung auslöste. Bisher hatte es da immer nur Berührungen von Händen und Fingern gegeben und ab und zu mal von einer Zunge. Also alles weiche Sachen. Dass etwas Hartes so eine Reaktion auslösen würde, hätte ich nie gedacht. Halt, Stopp! Mit der Kerze damals war es so ähnlich, fiel mir ein. »War es gut?«, fragte Ellen grienend. »Soll ich es mal zwischen deinen Beinen anwenden?«

»Besser nicht, sonst baue ich einen Unfall!«

»Also war es gut!« Ich schaute für eine Sekunde lächelnd zu Ellen herüber, antwortete aber nicht verbal. Eine gute dreiviertel Stunde später standen wir erneut vor meinem Haus. Ellen hatte immer noch den Vibro in der Hand, den sie aber die ganze Zeit bei sich angewendet hatte. Mit größtenteils geschlossenen Augen. Jetzt schob sie ihn mir tatsächlich unter den Rock, an die Stelle die tatsächlich in Erwartung des Kommenden gewaltig kribbelte. Und wieder diese Reaktion! Harter Vibro auf weiche Lustperle. Ich hatte keine Zeit mehr. Augenblicklich musste ich Ellen küssen, ja, knutschen. War mir voll egal, ob die Nachbarn das sehen konnten. So schnell wie möglich gingen wir in das Haus, Ellen sogleich hoch zum Schlafzimmer. Die war ja lustig! Und ich gleich hinterher. Sie gab mir den Vibro den sie noch in der Hand hielt und riss eine weitere Packung auf. Es war ein anderer Vibro, viel größer, und aus Gummi.

»Und nun?«, fragte ich.

»Jetzt verwöhnst du dich damit.«

»Und was machst du?«

Ellen lächelte. »Ich verwöhne dich.« Ich war etwas ratlos. »Nimm den in den Mund und damit verwöhnst du deine Titties«, sagte sie. Titties, hatte sie gesagt! Ich war noch skeptisch, probierte es aber. Wohlige Schauer durchliefen mich als ich damit anfing. Und das Ding im Mund war auch gut. Erst mal schmeckte es noch nach Ellen, die sich ja im Auto damit verwöhnt hatte, und außerdem war es wie ein Ding im Mund, also ein Liebeszepter. Nicht so biegsam, aber man konnte mit der Zunge darum lecken. Es war wie ein Zungenkuss und so wirkte es auch. Und als Ellen mit ihrer Zunge eingriff, war es endgültig um mich geschehen! Mein Feuchtgebiet wurde von einem Hochwasser erfasst, es drohte, völlig überschwemmt zu werden, wie bei einem Dammbruch. Das war alles ganz neu für mich, und ich hatte viele kleine, multiple Orgasmen. Irgendwann waren wir beide so fertig, dass wir uns nur aneinander kuschelten und sofort einschliefen. Wir hatten immer noch alle unsere Sachen an.

Ich wurde als erste wach. Ellen lag auf dem Bauch und schlief. Ich zog mich leise aus und holte die Dessous aus der Einkaufstasche, und zog mir eines von denen an. Es war ein reinweißes. Die Farbe der Unschuld. Die hatte ich nun aber schon lange verloren. Es war mir jetzt aber egal. Dazu gehörten zarte weiße, halterlose Strümpfe, die ich ebenfalls anzog. An meinen Schenkeln hielten die wirklich gut. Ein weiterer Blick auf Ellen. Sie schlief immer noch. Ich war irgendwie immer noch geil. Wenn mir vor einem Monat jemand gesagt hätte, dass ich den Sex mit einer Frau genießen würde, den hätte ich für verrückt erklärt. Ich nahm den kleinen Vibro und schob ihn mir in das Höschen. Ein leichtes Stöhnen konnte ich nicht unterdrücken. Mein Blick wanderte auf das Teil mit den Riemen. Da das aber Ellen gekauft hatte, traute ich mich nicht heran. Da erklang ihre Stimme. »Soll ich dich damit verwöhnen, Liebes?«

»Ja, aber nicht als Uwe, sondern als Ellen.«

»Schaff ich«, sagte Ellen. Auch sie stieg jetzt aus ihren Klamotten, zog sich ihr gekauftes Dessous Set an, so ein verruchtes schwarzes, und schnallte sich das Teil um. Der Umschnalldildo stand steil von ihr ab. »Magst du Schwanz-lutschen?«, fragte sie.

»Klar, hab ich schon alles gemacht.« Ich verstand. Ich sollte aktiv werden. Ich rutschte zu Ellen hin, die sich auf dem Bett hinkniete. Er war ganz schön groß aber ich bekam es hin. Bald war er mit meiner Spucke beschmiert. Ellen hatte mir mittlerweile das Höschen ein wenig runter geschoben und tätschelte meinen Po. Dann legte ich mich hin.

»Komm«, sagte ich. Ich brauchte es jetzt auch ganz dringend. Ellen stützte sich über mir ab, drückte - und er war drin! Ich stöhnte, da es sich gut anfühlte. Fast wie ein echter Luststab. Ich umklammerte Ellen und nach relativ kurzer Zeit hatte ich einen fulminanten Orgasmus mit Ellens flinker Zunge in meinem Mund. Es war wie in alten Zeiten mit mir und Uwe, aber Ellens Zunge war viel weicher und agiler.

Nach ein wenig Zärtlichkeit schnallte Ellen das Teil ab, und mir um. »Soll ich dich reiten?«, fragte sie. Ich nickte und Ellen führte sich das Ding ein. Es war einfach schön an Ellen fummeln zu können, während sie auf mir ritt. Am Schluss wurde sie ganz wild und wir knutschten während Ellen einen Orgasmus bekam. Nach und nach kamen wir zur Ruhe. Wir streichelten uns noch ziemlich lange.

Ich seufzte. »Ach Ellen, was mache ich jetzt nur?«

»Ganz einfach. Du wirst eine MILF!«

»Was ist denn das?«

Ellen griente. »Mom I'd like to fuck.«

»Bedeutet was?«

»Kannst du kein Englisch?«

»Natürlich!«

»Das darfst du jetzt nicht allzu wörtlich nehmen. Es bedeutet eine gut aussehende Frau um die 40 oder auch älter, die sich bewusst sexy kleidet und wenn sie Lust hat reihenweise Männer vernascht, vorzugsweise jüngere, und dabei nichts anbrennen lässt. Darum ja auch Mom. Eine Frau die vom Alter her ihre Mutter sein könnte.«

»Und was habe ich davon?«

»Sei nicht blöd Sandra! Sex ohne Ende und ohne Reue.«

»Mich will doch keiner! Schau dir mal meine Figur an! Du bist viel schlanker!«

»Hast du 'ne Ahnung! Selbst auf der Beerdigung haben dich einige Jungspunde aus Uwes Firma angehimmelt!«

»Echt? Hab ich gar nicht gemerkt.«

»Du warst da ja auch echt in Trauerdepression.«

»Und warum nicht wieder einen festen Partner? Ich muss ihn ja nicht gleich heiraten.«

»Dann hast du bald wieder dieselben Probleme. Nach der Geschichte würde ich an deiner Stelle nie wieder einen festen Partner nehmen. Es ist einfach besser, wenn man sie nach dem Geschlechtsakt schmerzfrei entsorgen kann.«

»Meinst du? Ist das nicht gemein? Ich … denk drüber nach.«

»Ich muss jetzt leider los«, sagte Ellen. »Muss noch eine Verhandlung für morgen vorbereiten.«

»Mit dir könnte man ja der Männerwelt ganz abspenstig werden«, sagte ich nicht ganz passend zu ihrem Satz und hoffte, sie würde bleiben.

»Mach das bloß nicht!«, sagte Ellen. »Nimm einfach das beste aus beiden Welten!«

Ich griente. »Das Teil musst du aber das nächstes mal wieder mitbringen, ja?« Ich schnallte es mir ab und Ellen verschwand dann.

Ich schaute mir noch meine 'Beute' an. Der kleine und der mittelgroße Dildo hatte Vibration, aber eigentlich brauchte man die gar nicht unbedingt. Und der große war nur zum Einführen. Da ich immer noch Bedarf hatte, schob ich den großen Dildo rein, an dem mittleren nuckelte ich, und mit dem kleinen fuhr ich über meine Lustperle. Es dauerte eine Weile, aber dann bäumte ich mich auf, und kam mit Vehemenz. Es war frappierend! Ich hatte dabei an den leicht übergewichtigen Farbigen gedacht, der bei meinem Laden gegenüber kellnerte. Ob der wirklich so einen großes Ding hat, wie immer behauptet wird? Mein Gott, war ich mittlerweile verdorben! Einige Wochen später war ich wieder ganz und gar im Leben angekommen und nichts erinnerte mehr an Uwe, ich hatte die Wohnung umgeräumt.

Dann klingelte das Telefon. Ich nahm ab. »Ja, bitte?«
»Piere hier.«
»Ah, Piere, schön, dass du dich mal meldest. Warst du im Urlaub?«
»Ich war weg, aber Urlaub kann man das nicht nennen. Ich war in Neapel. Bei Evelyn.«
»Ohh. Wie geht's ihr denn? Wird sie wieder gesund werden?«
»Die Ärzte dort wollten sich da noch nicht festlegen. Es stand wohl ziemlich lange auf der Kippe, aber jetzt ist sie stabil. Und irgendwas scheinen die zu verheimlichen. Vielleicht sind das aber auch nur Sprachprobleme. Sie wird momentan noch beatmet und ist noch nicht transportfähig. Aber in etwa einer Woche müsste es gehen, meinen die.«
»Schön, dann hast du ja bis dahin noch ein wenig Zeit für mich.«
»Genau deshalb rufe ich dich ja an. Ich wollte mich bei dir bedanken und dich in ein schönes Restaurant einladen.«
»Warum nicht bei dir zu Hause? Du bist doch so ein guter Koch!«
»Aber dann habe ich ja kaum Zeit für dich!«
»Hinterher schon!«
»Gut, Sandra. Wann hast du denn Zeit? Übermorgen Abend? Achtzehn Uhr?«
»Perfekt.«
»Gut, dann lasse ich mir was einfallen!«
»Ich freue mich, Piere.«
»Tschüss Sandra.« Ich beendete das Gespräch. Mein Herz machte einige bemerkenswerte Hüpfer. 'Hoppla', sagte ich zu

mir. 'Hui', sagte die da unten. 'Krieg ich endlich seinen ...!'
'Wag es ja nicht!', sagte ich zu ihr. Aber irgendwie ahnte ich
schon, dass sie gewinnen würde. Viel schlimmer: ich traf
Vorbereitungen. Kaufte einiges ein. Selbst belügen leicht
gemacht!

Als der Tag heran war, machte ich mich schön zurecht.
Schminkte mich. Nicht zurückhaltend, sondern total aufreizend.
Fast so wie eine dieser Damen aus einem Porno, von denen ich
mittlerweile einige gesehen hatte. Und dann fuhr ich los. Es war
gar nicht so einfach. Aber dann hatte ich mich dran gewöhnt
und kam unfallfrei an. Ich stieg aus und stolzierte zur Tür mit
meinen waffenscheinpflichtigen High-Heels.

Ich klingelte. »Hallo Sandra oh ... du siehst ja ...«
»Umwerfend aus?« Ich lachte kurz auf. »Das hoffe ich doch. Darf
ich reinkommen?«
»Ach ja.« Piere, der vor lauter Staunen den Weg versperrt hielt,
ging zur Seite. »Du siehst heute fast genau so aus wie damals
beim ersten Treffen. Was heißt fast, viel besser als damals!«
»Endlich mal wieder ein Lob!«
»Na klar doch Sandra! Wirklich umwerfend! Komm, setz dich,
Liebes.« Piere hatte den Esstisch schön gedeckt. Es war der
gleiche Tisch wie damals, allerdings war der damals ausgezogen
und dieses mal war er viel kleiner, und man konnte intimer
zusammensitzen. »Was möchtest du trinken? Wein, Bier?«
»Nee, Wein ist schon gut. Erst mal einen Weißwein. Such du
aus.« Piere verschwand kurz in die Küche und kam mit einer
Flasche wieder, goss ein. Wir stießen an.
»Wie geht's dir, Sandra?«
»Du meinst, wie es mir als Witwe geht?«
»Ja, genau das. Denkst du noch oft an Uwe?«
»Ja. Meistens ist das Wort Mistkerl dabei. Oder irgendwas
anderes mieses.«

»Und emotional? Was sagt dein Gefühl?«

»Na was schon? Leere. Aber auch neue Möglichkeiten. Ich bin jetzt vögelfrei. Ähm, vogelfrei meinte ich natürlich.« Ich spürte, wie ich rot wurde. Und zwar Puterrot in der schrill dunkel leuchtenden Variante. War ich das, oder sie? Ich merkte schon längst, dass sie wieder ein Eigenleben entwickelte. Piere sagte dazu nichts, lächelte die Gedanken die er jetzt wahrscheinlich hatte, einfach weg. »Ja, ist nicht einfach, wenn der Partner einfach so verschwunden ist von einem Tag auf den anderen.«

»Bei dir ist es ja auch nicht anders!«

»Aber Evelyn ist ja noch da!«

»Ist sie das wirklich, ja? Piere, du musst dich von ihr lösen. Zumindest innerlich. Auch wenn sie wieder bei dir sein sollte, es wird nie wieder so sein, wie es mal war!«

»Sag das mal zu jemanden, der liebt.«

»Entschuldige, Piere. Aber ich dachte, ich sage mal ein paar ehrliche Worte.«

»Dank dir, Sandra. Du hast mir noch gar nicht gesagt wie du das damals geschafft hast mit dem Geld.«

»Wir haben ihn reingelegt. Aber eigentlich war das alles Nico. Dieser Nachbarsohn. Der mit dem Praktikum. Ich hab ihn mitgeschleppt, aber die Idee hatte er und gemacht hatte er auch alles. Na ja, fast alles. Die Schlüssel geklaut hatte ich.«

»Sandra! So etwas kriminelles kann ich mir bei dir gar nicht vorstellen!«

»Ist aber so!«

»Bist du bereit für den ersten Gang?«

Ich dachte an was ganz anderes, sagte aber: »Ja, klar.«

Piere kam mit einem Schälchen wieder. Obst und Gemüse, raffiniert zusammengestellt, gewürzt, und zurechtgemacht mit Blümchen und einigen Spritzern Balsamico. Es schmeckte phantastisch! Als wir dann fertig waren, und ich Pieres Kochkünste lobte, piepte der Herd. Piere ging in die Küche und kam mit einer kleinen dampfenden Auflaufform wieder. Gemüse und Nudeln, mit Käse überbacken, oben darauf geröstete Mandeln und Pinienkerne. Auch hier: einfach phantastisch. Piere räumte ab.

»Der Hauptgang dauert noch einen Moment. Magst du Antipasti?«, fragte Piere.

»Na klar. Erinnert dich dieses Essen nicht an ...?«

»Nee, geht schon. Ist auch schon fertig.«

Piere brachte einen Teller mit Antipasti rein. »Kochst du heute alles italienisch?« Diese Frage lag jetzt natürlich nahe.

»Ja, gut erkannt. Der Hauptgang ist aber nicht typisch italienisch, zumindest aber so gewürzt.«

»Was ist es denn?«

»Hähnchenbrustfilet im Schinkenmantel in einer sahnigen Tomatensoße.«

»Hmm, da freue ich mich schon.« Einige male landete eine Antipasti, die Piere gerade nehmen wollte, auf meiner Gabel. Beim dritten Mal schaute er ganz irritiert, sagte aber nichts. Mein schelmisches Grienen musste ihm klar machen, dass das von mir pure Absicht war. Während dessen erzählte ich Details von den Sachen, die Nico und ich in Zürich gemacht hatten. Pieres Augen hingen die ganze Zeit an meinen, ja - endet mit 'en', tatsächlich waren es von der Dauer eher meine Lippen, aber von der Häufigkeit hingen die an meinen Brüsten, immerhin hatte er ja zwei von diesen Exemplaren vor sich. Männer, selbst solche domestizierten und somit mit tadellosem Benehmen ausgestatteten Exemplare, sind weiblichen Reizen gegenüber nicht immun, und somit leicht auszurechnen.

»Und der hat dich wirklich laufen lassen?«, fragte er nach, als ich ihm die Sache von Hausdetektiv erzählt hatte.

»Klar. Er ahnte wohl, dass ich ein wenig flunkere, hielt mich aber sonst für grundehrlich.« Dann kam der Handytausch dran.

»Und der war echt wenige Meter hinter dir?«

»Genau. Ich war wie erstarrt. Aber die Perücke und dazu die Sonnenbrille haben mich ja gut getarnt.«

»Und was habt ihr dann erfahren?«

»Wir haben Stasi gespielt. Das Handy war 'ne Wanze.«

»Haben die auch?«

»Haben sie. Ich musste auch so einiges hören, und glaub mir, du willst es nicht von mir hören. Erst nach ein paar Tagen kam Nico auf die Idee mit dem gefakten Bankanruf.« Ich erzählte ihm den jetzt, versuchte sogar, meine Stimme zu verstellen, was mir aber nicht so gut gelungen war. Gut gelungen war es mir allerdings, die pikanten Details zu verschweigen, das mit Nico, das mit dem Hoteldetektiv, und meinen missglückten Wien-Feldzug ja sowieso. Dann piepte wieder der Herd. Piere kam erneut mit einer Auflaufform wieder und brachte dann noch eine Schüssel mit Kroketten. Bloß gut, dass ich vorher nicht viel gegessen hatte tagsüber, so konnte ich tatsächlich alles schaffen. »Puh, mein Magen kann nichts mehr aufnehmen. Das Essen was du da gekocht hast macht süchtig.«

»Hui, ich dachte, Süchte kennst du gar nicht!«

Doch, meine Sucht verlangt danach, von dir genommen zu werden, dachte mein Gehirn. Zumindest das da unten bei mir.

»Dann hast du jetzt die ultimative Herausforderung. Ich habe nämlich noch einen voll süchtig machenden Tiramisu im Angebot.«

»Piere, du verwöhnst mich! Da kann ich nicht nein sagen, obwohl nichts mehr reinpasst.« Piere räumte ab und kam mit dem Tiramisu wieder. Jeder hatte einen Teller mit einem Stück darauf. Ich fing an, meinen Tiramisu zu essen und hatte Mühe dabei, meinen Unterleib still zu halten. Mittlerweile juckte das da nicht nur, sondern brannte wie Feuer. Ich hatte mir vorher im Spiegel genau angesehen, wie das aussah, was Piere jetzt sah. Ein bauchfreies Oberteil welches meine Brüste auch ohne BH gut in Schach hielt, da es so eng war. Ich aß mein Tiramisu ganz langsam und lächelte Piere dabei an. Ich registrierte, dass er Stielaugen bekam. Dann waren wir beide fertig. »Es war alles ganz super, Piere!«

»Danke, Liebes. Hast du noch einen Wunsch?«

Ich stand auf und stolzierte zu einem Bild, was im Wohnzimmer hing, und spürte die Augen von Piere auf meinem Po. Das sah aber auch zu sexy aus! Ich hatte so einen ganz dünnen Rock angezogen. Dass darunter halterlose Strümpfe waren, konnte man aber nur erahnen. »Ist das neu?«, ging die Frage an Piere. »Nee, das hing früher im Schlafzimmer. Ich wollte das da nicht mehr.« Meine Hände glitten unter meinen Rock und zogen mir meinen Slip aus. Pieres Augen waren schreckgeweitet. Es dauerte eine Weile, bis der aus meinen High-Heels entwirrt war, dann stolzierte ich wieder zum Tisch hin, und stopfte den in mein leeres Sektglas, welches auf dem Tisch stand.

»Kommst du?«, sagte ich zu Piere, und ging die Treppe zu seinem Schlafzimmer hoch, legte mich auf das Bett, zog meinen Rock hoch, befeuchtete einen Finger, und schob ihn mir rein, es folgte der zweite. Es war schlicht nicht mehr zum Aushalten! Ich fing an zu stöhnen und mein Becken zu schwenken.

Wie durch einen Nebel hörte ich Piere: »Sandra?« rufen. Ah, er ist mir gefolgt. Die Tür hatte ich sperrangelweit offen gelassen. Da steckte er auch schon vorsichtig seinen Kopf hinein.

»Komm, Piere«, sagte ich.

»Sandra!« Es klang vorwurfsvoll und Piere war unschlüssig.

»Jetzt komm doch!« Piere schaute mich immer noch ungläubig an, aber nun kam er langsam näher, bis er kurz vor mir war. Ich schaute auf die Beule in seiner Hose. Er musste es wohl mitbekommen haben, denn er fasste nun hin und holte tatsächlich sein Gerät heraus. Und was für ein Gerät! Evelyn hatte tatsächlich recht gehabt! Der war sogar größer als der von Nico. Wie hypnotisiert starrte ich drauf. Dann bewegte sich Piere mit ihm zu meinem Kopf hin. Unglaublich, aber ich bekam ihn ein Stück rein. Das war wohl die Gier. Meine, und seine. Piere übernahm jetzt. Er war einfühlsam genug seine Vorstöße in meinen Mund fein zu dosieren. Die ganze Zeit verwöhnte ich mich stöhnend da unten, griff dann Piere an seinen Lustspender, führte ihn zu meinem Heiligtum, und ich ließ mich nehmen. Natürlich mit Gummi, ich wusste ja nicht, ob er noch andere Frauen am Laufen hat. Piere war anfangs ein wenig zurückhaltend, aber meine Wollust riss ihn mit.

Wir liebten uns stundenlang, erst hier im Schlafzimmer, später überall in seiner ganzen Wohnung, und nach Pieres erstem Kommen machten wir wieder im Schlafzimmer weiter. Erst irgendwann gegen drei Uhr schliefen wir ermattet ein. Piere ziemlich gleich sofort. Meine Gedanken fuhren mal wieder Karussell und sinnierten noch ein wenig. Nein, Piere würde jetzt nicht mein neuer Freund werden. Höchstens ein Freund. Einen Fickfreund nach Bedarf. Meine unfreiwillig neu gewonnene Freiheit war mir zu wichtig, wollte ich nicht aufgeben. Auch nicht mit Piere, trotz seines großen Liebeszepters. Bei diesem Gedanken kam ein Lächeln über meine Lippen. Am Morgen war es an mir, zuerst wach zu sein. Erst überlegte ich zu gehen, fand das dann aber unfair. Außerdem gab es die Hoffnung auf ein Nachspiel. Zwanzig Minuten später schlug Piere die Augen auf. Mit »Guten Morgen, Geliebter«, gab es für ihn den ersten Schock des noch jungen Tages. Piere bekam große Augen. »Hast du Angst?«, fragte ich ihn.

»Nee.«

»Also Gelegenheits-Lover könnte ich mir vorstellen. Du auch?« Piere schien kurz zu überlegen, sagte dann: »Evelyn darf aber nichts mitkriegen!«

»Versprochen! Und jetzt könnte ich einen Morgenfick vertragen. Mein rasiertes Pfläumchen juckt schon wieder!«

»Was soll ich tun?«

»Hinlegen!« Ich wichste Pieres Liebeszepter und nach einigen Minuten war er wieder so weit. Ich spürte, dass ich feucht genug war, kniete mich über ihn, und fing an, ihn zu reiten. Piere genoss es, was ich mit ihm machte, ich fing ganz langsam an und steigerte dann vorsichtig. Mein anfangs leises Stöhnen wurde immer lauter. Piere benutzte seine Hände gut. Er konnte nicht nur gut kochen. Eine reitende Frau verwöhnen konnte er auch gut. Ich genoss es, meine Brüste über seinen Oberkörper zu schleifen und wenn ich mich weiter aufrichtete, kamen sie auch in Reichweite seines Mundes. Mein Verstand setzte aus und wurde durch meine Hormone ersetzt. Immer schneller wurde mein Ritt, bis Piere sich aufbäumte, stöhnte, und mir entgegen stieß, bis er dann innehielt. Ich war voll befriedigt, auch wenn bei mir kein weiterer Orgasmus kam. Es gab aber schon in der Nacht für mich mehrere. Obwohl heute Sonntag war, heute hier zu bleiben war keine gute Idee, ich stand daher auf, Piere auch, er schaute mir beim Anziehen zu, ein wenig traurig zwar, aber mit blitzenden Augen. »Bis bald Piere«, sagte ich. »Und danke für das Kochen.«

Ein letztes Knutschen und dann ging ich aus dem Haus und fuhr nach Hause, war endgültig in einer neuen Welt angekommen. Nun konnte ich die Puppen tanzen lassen!

Ich richtete mich in meinem neuen Leben ein. Alles war nun anders. Nach einigen Wochen hatte ich einen neuen Tagesablauf. Nein, sogar zwei. Einen für die Woche und einen für das Wochenende. Aber so ganz zufrieden war ich noch nicht. Mein Mann fehlte mir. Trotz allem. Nein, falsch. Ein Mann fehlte mir. Aber einen festen Mann nur für mich wollte ich nie wieder haben. Nicht nach DER Sache. Aber ab und zu mal einer so wie Ellen meinte wäre doch nicht schlecht, oder? Da erinnerte ich mich an ihre Worte. 'Ganz einfach. Du wirst eine MILF!' Ja, eine MILF! Warum denn nicht? So hätte ich was ich haben wollte, kurz genug dass es keine Probleme geben würde, und wäre ihn schnell wieder los. Aber wie machen? Und würden die wirklich auf mich fliegen? Ich begann mich an meinen Laptop zu setzen und recherchierte. Ja, das ist jetzt vielleicht etwas zu nett umschrieben. Ich schaute mir tatsächlich Sexfilme an. Milf-Filme. Wie waren sie gekleidet? Wie agierten und verführten sie? Ich war bisher ein ziemliches Dummchen gewesen, musste ich resümieren. Und dennoch hatte ich schon mehrfach Erfolg gehabt. Kann also nicht so schwer sein!

Am Samstag lag wie üblich der Wochenendeinkauf an. Bis Mittag war ich noch in meinem Geschäft, aber machte dann Schluss, fuhr zum Einkaufszentrum bei mir um die Ecke, da fuhr ich eigentlich immer hin, kaufte extra viel ein, obwohl nun, da keine weitere Person mehr durchzufüttern war, gar nicht mehr so viel gebraucht wurde. Es waren nicht nur frische Waren, sondern auch viele Vorräte. So erreichte ich, dass meine Einkaufstaschen dieses mal recht voll und somit auch schwer waren, stellte meinen Einkaufswagen in die Box dafür und mich mit den Taschen daneben hin, am Ausgang des Marktes, da wo daneben auch der Eingang ist, und wartete. Normalerweise fahre ich sonst mit dem Einkaufswagen zum Auto, aber dann würde mein Vorhaben nicht funktionieren. Meine Tarnung bestand darin so zu tun, als würde ich auf meinem Handy herum wischen. Tatsächlich hielten meine Augen aber Ausschau. Da kam einer. Er schien alt genug zu sein. Er war schon fast dabei hineinzugehen, da sprach ich ihn an. »Entschuldigen sie?« Er blieb stehen und schaute. »Können sie mir mal helfen? Meine Taschen sind heute so schwer!« »Oh ja, gerne!« Er warf einen abschätzenden Blick auf mich, der ihm wahrscheinlich gar nicht bewusst war, griff sich die Dinger und hob sie an. »Stimmt, die sind wirklich schwer.« »Zu meinem Auto?« Ich ging einfach voran, wusste, er würde hinterher kommen. Natürlich mit dem Hüftschwung, den ich mir antrainiert hatte. Vorm Spiegel. Auch meine Kleidung hatte ich mit Bedacht gewählt. Sie war sexy, aber nicht zu sexy. Fraulich eben. Ich öffnete den Kofferraum und ließ die Taschen von ihm verstauen. »Hast du noch ein wenig Zeit? Vom Auto dann in mein Haus? Kriegst auch 'ne Belohnung!« Er nickte. »Komm, steig ein.« Er stieg in mein Auto ein und schnallte sich brav an. »Ist doch in Ordnung, oder? Nicht dass ich Probleme mit deiner Mutter kriege, wenn ich jetzt ihren Sohn entführe.« »Ist doch egal! Bin doch neunzehn. Kann machen, was ich will.« Ich atmete innerlich auf. Er war also nicht zu jung. »Ist gleich um die Ecke.« Das stimmte natürlich nicht. Zu Fuß wären es tatsächlich nur sieben Minuten, aber mit dem Auto musste man einen Umweg fahren und drei Ampeln passieren. Unterwegs hielt ich ein wenig Smalltalk mit ihm. Ob er noch zur Schule geht, bei seinen Eltern wohnt, so was alles.

Dann waren wir da. Brav holte er die Beutel aus dem Kofferraum und ich ging voran. In der spiegelnden Küchenfensterscheibe konnte ich nun gut sehen, dass er wirklich meinen tollen Hüftschwung mit dem sexy Gang beobachtete, sperrte auf und ließ ihn hinein. »Links in die Küche bitte und da auf der Arbeitsplatte abstellen!« Er tat das. Ächzend. Die Dinger waren wirklich schwer. »Ich danke dir. Ich hätte das niemals geschafft.«

»Wohnen sie denn alleine hier?«, fragte er.

»Ja, mein Mann ist gestorben.«

»Das tut mir leid!«

»Danke.« Ich schmunzelte in mich herein. Er hatte also Manieren. »Willst du was zu trinken? Ich gebe dir erst mal ein Wasser. Setz dich doch!« Er war total brav und machte das. Ich holte ein Glas, füllte es, und stellte es vor ihn hin. »Ich muss das erst mal verstauen!« Ich leerte die Beutel, und verstaute alles in die Schränke. Dabei machte ich betont sexy Bewegungen und lächelte ihn zwischendurch immer wieder an. Dann pustete ich mir einige Haarsträhnen aus dem Gesicht - auch hier hatte ich natürlich vorher geübt und fand, dass es furchtbar sexy aussieht, und setzte mich ihm gegenüber. Er hatte zwischendurch einige male an seinem Wasser genippt. Irgendwie sah er verloren aus und wusste nicht so recht, was ihn erwartete. »Möchtest du was anderes trinken? Was trinkst du denn zu Hause?«

»Papa trinkt immer Bier. Und Mama Wein.«

»Schon mal probiert?«

»Bier ja.«

»Da riecht man immer so aus dem Mund, oder? Hab auch kein Bier da. Was hältst du von Whisky? Oder warte, nein, der ist zu stark. Hast du schon mal Cognac getrunken?« Er schüttelte den Kopf. Ich ging ins Wohnzimmer, holte von dort die Flasche und zwei Gläser, ging zurück und schenkte ein. Es war schon eine leichte Verzweiflung in seinem Gesicht zu sehen. »Cheers«, sagte ich, wir stießen an, und tranken. Er einen ziemlich großen Schluck, vermutlich vor Aufregung, und ich auch, auch vor Aufregung. Ich griff seine Hand. »Komm mit!« Anstandslos folgte er mir. Ich ging die Treppe hinauf in Richtung Schlafgemach, zog ihn zum Bett und schubste ihn drauf.

»Was wollen sie?«, fragte er. Ich robbte mich aber einfach über ihn und küsste ihn. Ganz zärtlich. Er hätte jetzt jederzeit aufstehen können. Tat er aber nicht. Ganz vorsichtig küsste er zurück. Man merkte, er war total unerfahren. Ich ließ mir daher Zeit, obwohl es da unten bei mir schon lichterloh brannte. Aber er lernte schnell. Als ich dann endlich mit zärtlichen Zungenküssen anfing, wagte ich einen Blick. Die Beule in seiner

Hose verriet mir, dass ich es geschafft hatte. Der würde nicht mehr flüchten. Während des zunehmend leidenschaftlicher verlaufenden Küssens schob ich eine Hand unter sein T-Shirt und kraulte seine Brust. Und ich nahm eine seiner Hände und legte diese auf meinen Po. Endlich wurde er mutiger. Wir keuchten vor Erregung. Als weitere Steigerung zog ich mir nun das Kleid über meinen Kopf. Seine Augen blitzen auf, als er mich in meinem sexy Unterwäscheset sah, meine Brüste, wunderschön in den BH gezwängt, schienen seine Blicke magisch anzuziehen.

»Du darfst sie ruhig anfassen«, sagte ich. Beide Hände wanderten nun an meine Lusthügel und er versuchte zu ergründen, wie man sie bändigt. Ich zog ihm dann sein T-Shirt aus und machte gleich an seiner Hose weiter, knöpfte sie auf und schob gleich meine Hand unter den Bund der Unterhose drunter weg an sein Geschlechtsorgan. Ja, ich habe immer noch Hemmungen, dieses ordinäre Wort Schwanz zu benutzen, dabei ist doch in dem Moment, wenn er zum Sex benutzt wird, dieser Penis tatsächlich eher ein Schwanz, oder? Auf jeden Fall fühlte der sich wirklich schön hart an und zuckte. Ich entzog mich ihm und änderte meine Position, um ihm seine Hose ausziehen zu können. Dann machte ich aber gleich weiter mit der Unterhose. Er hob den Kopf und bekam große Augen. Aber nicht nur er. War nämlich ziemlich groß das Ding, und schwang hin und her. Ich griff ihn mit der Hand, wichste einige male, dann führte ich mein Gesicht an ihn heran. Während meiner 'Studien' hatte ich gemerkt, wie wenig Oralsex Varianten ich doch bisher konnte. Jetzt wollte ich das Gesehene anwenden. Ich ließ ihn also erst mal in meinem Mund verschwinden. Er stöhnte leise. Dann nahm ich ihn wieder heraus und leckte um die Eichel. Wieder Stöhnen. Auf ein mal schoss es aus ihm heraus! Eine Riesenmenge! Ich bekam etwas von seinem Lustsaft in den Mund, der Rest spritzte hoch in die Luft. Ich erwartete Ekel, aber es kam keiner. Es schmeckte ... neutral.

»Sorry ich wollte das nicht, es kam ...« Ich kam über ihn und küsste ihn erst einmal.

»Alles gut! Du warst wohl zu aufgeregt. War es dein erstes mal

mit einer Frau?« Er nickte. »WOW, ich habe schon wieder einen Jüngling entjungfert«, sagte ich. Dann kicherte ich und knutschte nun wieder mit ihm. Meine Hand ging an seinen Schwanz, seine Hand ging an meine Brüste, und er wuchs wieder. Da war also noch nichts verloren. Ich zog meinen Slip aus. »Mochtest du mich lecken?«, fragte ich. Er nickte. Ich setzte mich einfach über ihn, so dass wir diese 69 bildeten, und lutschte an seinem Ding, und spürte seine Zunge an meiner Lustzone. Erst nur ganz vorsichtig, aber dann wurde er zunehmend mutiger. Und er schaffte es, mich zum leisen Stöhnen zu bringen. Ich drehte mich nun um und bestieg ihn. Erwartungsvoller Blick. Meine Hand dirigierte seinen Luststab in mein Heiligtum, nachdem sein Luststab ein Kondom drüber gerollt bekam. Ich stöhnte vor Erregung auf, sein Stöhnen hörte sich eher nach Erlösung an. Ja, ich war jetzt die Erlöserin für ihn. Langsam fing ich an, ihn zu verwöhnen. Anfangs ganz sanfte Bewegungen. Aber allmählich wurde ich schneller. Und seine Hände wurden agiler. Ich holte meine Brüste aus dem BH, und er spielte nun mit ihnen. Er hatte jetzt eine bessere Ausdauer. Mehrmals wechselten wir die Stellung. Zunehmend verlor er seine Scheu und wurde immer mehr zum Aktiven. Ich wollte dann aber endlich, dass er kommt, legte mich auf den Rücken. »Fick mich!« Das sollte bei jedem helfen. Er stieß seinen Prügel sogleich hinein. Ich griff an seine Arme, wie immer, wenn ich es heftiger haben will, zog mir ein Kissen unter den Kopf, sagte: »Küss mich dabei!«
Wilde, verlangende Küsse, Schnaufen, harte Stöße. Ich griff erst mit einer Hand, dann aber auch mit der anderen Hand an seinen Po und zog ihn damit an mich heran bei jedem Stoß. Immer heftiger wurde das Gefühl. Ich schlang die Beine um ihn und krallte jetzt regelrecht meine Fingernägel in seinen Po, schrie im Orgasmus-Rausch auf, er stöhnte, und plötzlich merkte ich es! Er kam! Und drückte dabei mehrere male heftig seinen Zauberstab in mich. Ja, einen Zauberstab hatte mein junger Hengst, der mich beim Vögeln zum Orgasmus gebracht hatte, was eher selten passiert. Heftig atmend kamen wir langsam zur Ruhe. Keiner sagte was. Er rollte jetzt von mir

herunter und ich blieb ermattet liegen.

»War es schön für dich?«, fragte er.

»Ja, sehr schön. Und du warst super-gut. Such dir 'ne Freundin. Bestimmt wirst du sie glücklich machen.« Ich schaute ihn an, wir knutschten nochmals. Sein zusammengefallener Schwanz zuckte noch ein wenig. Ich konnte aber nicht mehr. Es war das erste mal, dass ich einen jungen Man regelrecht 'klargemacht' hatte, deshalb war meine emotionale Reaktion besonders stark gewesen.

»Soll ich jetzt gehen?«, fragte er.

»Ja, ist besser. Und Danke für alles. Mehr Belohnung brauchst du nicht, oder?« Er wollte schon was sagen, aber ich kam ihm zuvor. »Das eben gab's nur ein mal!«, sagte ich. »Zum Einkaufszentrum die Straße nach rechts gehen, und dann hinten den Weg nach rechts durch.« Er verstand, zog sich an, und ging mit einem Lächeln heraus. Ich lächelte auch, und verwöhnte mit kreisenden Bewegungen noch meine Perle, die durch meinen Lustsaft schön glitschig geworden war. Nein, ich hatte nicht vor, mich zum Orgasmus zu streicheln, brauchte das einfach zum Ausklingen. Und ich nahm mir vor, nächstes mal besser aufzupassen. Was würde sein, wenn mich einer danach stalken würde? Also besser so etwas nicht mehr bei mir zu Hause machen.

Als ich aufwachte war es schon dunkel. Meine ganze Haut kribbelte. So fühlt es sich also an, wenn man eine Milf ist, dachte ich. Daran könnte man sich gewöhnen. Ob es mit einem erfahrenen Mann auch so gut funktioniert? Und wie wäre es denn, einen Mann zu haben, mit dem man nur redet, und einen oder welche zum Vögeln? Aber die Idee verwarf ich sofort wieder. Ständig einen Mann um mich zu haben, das konnte ich mir auf ein mal gar nicht mehr vorstellen. Ich hatte mich wohl mittlerweile an das Allein sein und an die Unabhängigkeit gewöhnt. Ich verbrachte einen faulen Sonntag, und schmiedete Pläne. Bald würden die Umbaumaßnahmen in meinen Ferienhäusern beginnen und ich könnte daher nicht mehr so oft in meinem Laden sein. Ich würde einiges umorganisieren und Vanessa mehr Vollmacht geben. Und mehr Lohn. Das hatte sie sowieso schon lange verdient. Und Sanne würde ich zu ihrer rechten Hand machen. Sie hatte ein gutes Organisationstalent und war durchsetzungsfähig. Gleich morgen würde ich die Gespräche führen.

Am nächsten Wochenende, das Kribbeln war längst wieder da, wollte ich einen neuen Versuch starten. Dieses mal fuhr ich aber in die Innenstadt. In einen Bekleidungsladen. Ich brauchte sowieso ein neues Kleid und so suchte ich mir einige heraus, das Beste von denen nahm ich mit mir mit, bezahlte es aber noch nicht. Mein Ziel war die Herrenabteilung. Ich schaute ein wenig umher und entdeckte ein geeignetes Exemplar. Alter ca. 50, einige graue Härchen hatten sich schon in seiner Haarpracht verirrt, ein Gesichtsausdruck der keine Härte zeigte, die Haut war rosig. Seine Kleidung sah ein wenig unmodisch aus, so dass ich vermutete, dass er keine Frau zu Hause hatte. Ich ging ein mal an ihm vorbei, um sicherzustellen, dass er kein Raucher ist, kehrte um, setzte mein allerbestes Lächeln auf, und fragte: »Entschuldigen sie! Können sie mir mal bitte helfen?«
Er wandte sich mir zu, checkte in Sekundenbruchteilen mein Aussehen ab, wohl um zu ergründen, ob es sich lohnte, und antwortete: »Gerne. Wobei denn?«
»Können sie mal schauen, ob das an mir gut aussieht? Ich bin mir da nicht schlüssig«, und zeigte auf die Umkleide.
»Sie wissen aber schon, dass hier die Herrenabteilung ist und …«
Ich fiel ihm ins Wort: »Klar, aber da unten ist 'ne Schlange davor.« Das war nicht gelogen, aktuell war hier tatsächlich Einkaufs-Rushhour.
»Gut, sicher.« Ich ging voran, natürlich mit Hüftschwung. Ein mal blickte ich nach hinten und sah, dass es wirkte. Ich ging in die Kabine und zog mein Kleid aus, das neue Kleid hielt ich nur so vor mich, ohne es anzuziehen.

184

»So, jetzt!«, rief ich. Er schlüpfte hinein und ich stellte mich gleich zwischen ihm und dem Vorhang, so dass er nicht so einfach entfleuchen konnte. Dann schmiss ich das neue Kleid auf das kleine Bänkchen. »Und, ist gut?« Dazu griente ich ihn an.
»Was soll'n das?«, fragte er.
»Keine Angst. Ich will dir nichts anhängen, und eine Treuetesterin bin ich auch nicht. Also, gefällt dir, was du siehst?«
»Natürlich«, sagte er. »Aber ich bin seit zwei Jahren geschieden. Treuetest sinnlos.«
»Um so besser!«, antwortete ich. »Also, wo bleiben deine Hände?« Endlich führte er diese an meinen Busen. Ich konnte nicht verhindern, dass ich leise aufstöhnte. »Gehen wir zu dir?«, fragte ich. Er nickte.
»Komm mit. Muss das noch bezahlen!«
»Aber das kann ich doch!«
Ich legte ihm den Finger auf den Mund. »Mich gibt's entweder kostenlos oder gar nicht!« Ich zog mein ursprüngliches Kleid wieder an und ging Richtung Kasse. Er folgte mir. Eine kleine Schlange war auch dort, es ging aber schnell. Dann gingen wir zum Ausgang. »Öffi oder Auto?«, fragte ich.
»Öffi«, sagte er. Das war gut. Ich hatte eh eine Tageskarte dafür. Wir stiegen also in die U-Bahn und setzten uns nebeneinander.
»Wieso bist du geschieden?«, fragte ich.
»Ach, wir hatten uns entwickelt, aber auseinander. Am Schluss war da gar nichts mehr. Kein Verlangen. Aber auch kein Streit. Wir sind im Guten auseinander.«
»Was heißt denn auseinander entwickelt?«
»Na, zum Beispiel, beide mögen wir Kunst. Aber ich mochte lieber Bilder, die was zeigen, und sie so avantgardistisches. Also, wenn das Bild irgendwas zeigt, was meine dreijährige Nichte auch hinbekommt, dann frage ich mich schon, was das soll. Oder wenn man bei einem sogenannten Kunstobjekt rätseln muss, was es ist. Bei Musik genauso. Meine Frau mochte dann später immer nur so klassische moderne Stücke, so etwas mit quietschenden, fiependen, und kreischenden Instrumenten, die einen aber im Inneren gar nicht mitnehmen. Und als Kontrastprogramm zu Hause Rap, Techno, und so ein Zeugs.

Kann ich gar nichts mit anfangen. Ich stehe mehr so auf die alten Meister und als Modernes schöne melodische Popmusik.«
»Und der Sex?«, fragte ich.
»Ähm ... da war es ganz ähnlich. Meine Frau wollte immer hart durchgeknallt werden. Und immer auf die Schnelle. Ich mag es dagegen gerne zärtlich, ausgiebig, und verschmust!«
Die beiden Damen die hinter uns saßen und die ganze Zeit am Schnattern waren, hatten auf ein mal ihr Gespräch eingestellt. Im Augenwinkel konnte ich bei der einen auch sehen, dass sie versuchte, sich zu uns umzusehen. Aber mir war das im Moment völlig egal. »Du Ärmster.«
»Ja, wie gesagt, die Trennung war einvernehmlich. Und sie? Äh, du? Hast du keinen Mann?«
»Ich bin Witwe.«
»Krebs?«
»Nee, Autounfall. Er ist mit dem Auto in eine Schlucht gestürzt. Seine Affäre saß mit drin.«
»Oh, hat da vielleicht jemand nachgeholfen? Bin ich jetzt in Gefahr?« Er griente.
»Ich muss dich da enttäuschen. Ich hatte ein Alibi. Keiner weiß was. Ist mir jetzt auch egal!«
»Ja klar, bei der Sache! So, wir müssen hier raus.« Wir gingen zum Ausgang. Die eine der beiden weiblichen Horcher schaute mich grienend an, während die andere versuchte, stur geradeaus zu schauen, aber mir war klar, die beobachtete uns aus dem Augenwinkel. Wir stiegen aus, von dort waren es noch etwa 2 Minuten, und waren dann an einem Mehrfamilienhaus angekommen. Ein typisches Backsteinhaus. Er schloss auf und ging voran, ich folgte ihm. Es war ganz oben.

Neugierig betrat ich seine Wohnung. Sah aufgeräumt aus, ohne pedantisch zu wirken. Er drehte sich um. »Und nun?«
»Gehen wir ins Schlafzimmer. Ich will deine Lippen spüren!« Er kam an mich heran und wollte mich küssen. Das wollte ich auch, aber erst später. »An den anderen Lippen«, sagte ich. Er ging voran, und seitlich in einen Raum hinein. Es war das Schlafzimmer.

186

»Weißt du, dass du die erste Frau bist seit dem?«, fragte er. Ich schüttelte den Kopf, legte mich einfach mit dem Rücken auf das Bett und öffnete leicht meine Beine. Er wusste genau, was er machen musste. Er streichelte erst einmal mein Bein nach oben, dann das andere. »Wie schön du bist«, sagte er. Natürlich schmeichelte mir das. Und ich öffnete meine Beine weiter. Er hatte jetzt Zugriff auf mein Lustdreieck und nutzte das aus. Seine Streicheleinheiten verlagerten sich dahin. Er machte aber zunächst keine weiteren Anstalten, etwas zu forcieren, erst nach einer halben Ewigkeit setzte er seinen Mund ein. Er küsste an meinem Bein nach oben, bremste scharf vor der Kurve, nahm dann das andere Bein. Dann ging sein Küssen in Knutschen über. Ein fast unerträgliches Kribbeln steigerte meine Geilheit. Ich bäumte mich auf und er saugte sich fest. Später würde ich an meinem Oberschenkel davon einen Knutschfleck finden. Dann fuhr er mit seiner Nase an meinem Slip entlang, immer hoch und runter. Ich hielt es mittlerweile kaum noch aus. »Mach schon!«, drängelte ich. Endlich tat er, was ich wollte. Er zog meinen Slip beiseite und knutschte mich dort, wo ich es haben wollte. Wieder bäumte ich mich auf. Jetzt stöhnte ich auch, zunächst noch leise. Man merkte, das machte er nicht zum ersten Mal. Er variierte, war ein Könner. Aber er war auch geil. Ungestüm. Er konnte nicht widerstehen, auch seine Zunge hineinzubohren. Das bringt nicht so viel vom Gefühl her, pinselte aber mein Ego. Um ihn zu belohnen, stöhnte ich gleich lauter. Es hatte eine selbstverstärkende Wirkung auf ihn. Seine Hände gingen auf Wanderschaft und fanden meine Hügel. Wieder Aufbäumen. Jetzt richtete mich mich auf und zog mir das Kleid über den Kopf. »Hast du Kondome?«, fragte ich. Er nickte. In der Handtasche hätte ich sonst auch welche gehabt. Ich stand auf und er auch. Ich knöpfte sein Hemd auf, streifte es ihm herunter. Seine nackte, leicht behaarte Brust erschien. Ich streichelte mit den Fingern nach unten, öffnete seine Hose. Dann hockte ich mich hin und befreite seinen Luststab, indem ich seine Hose herunter zog. Dann stülpte ich meinen Mund darüber. Es war das erste mal, dass ich das so machte. Nicht das Vor-Ihn-Hinhocken, sondern das Dabei-Hochschauen. Das hatte ich in den Sexfilmchen gesehen. Ich bemühte mich auch, es so zu machen wie die. Seinem Stöhnen und dem ungläubigen Blick nach war ich erfolgreich damit.

Dann setzte ich mich auf das Bett. Er zog seine Hose ganz aus, ging zum Nachtschrank, fischte ein Kondom heraus, zog es sich über. »Soll ich?«, fragte er.

»Nein. Leg dich hin!« Ich zog mir noch meinen Slip aus, führte ihn einige male über sein zuckendes Liebeszepter, dann schwang ich mich über ihn. Ohne meine Hand zu Hilfe nehmen zu müssen, flutschte er rein. Ich konnte ein: »Oh ja!« nicht unterdrücken. Dann legte ich los, ganz langsam. Er legte ein Kissen unter seinen Kopf, holte meine Brüste oben aus dem BH heraus und massierte die schön, während ich ihn langsam verwöhnte. »Ist es schön so?«, fragte ich, selber höchst erregt von seinen Zärtlichkeiten.

»MhhMh.« Jetzt wanderte sein Mund an meine Brüste, seine Zunge umspielte die Nippel, leckte über die Haut. Ich knutschte dann mit ihm, richtete mich wieder auf, ließ mich weiter verwöhnen. Das machten wir weiter so, immer im Wechsel, während ich immer schneller wurde und immer lauter stöhnte, und er auch. Irgendwann gingen die Pferde mit mir durch, ich verfiel in Galopp, richtete mich auf, er packte meinen Po, drückte ihn, und triggerte mich - und sich. Ich kam und melkte seinen Liebespfahl mit meinen Orgasmus-Kontraktionen. Ich bewegte mich noch weiter auf ihm, den Orgasmus ausklingen lassend. Dann ließ ich mich herunterrollen. Wir knutschten. Seine Hand streichelte meinen Körper und ich seinen zusammengefallenen Luststab. Er zuckte zwar noch einige male, kam aber nicht wieder hoch.

»Kannst du noch mal?«, fragte ich. Er schüttelte den Kopf.

»War es schön mit mir?«, fragte ich.

»Es war super toll. Ich kann es kaum glauben!« Ich stand auf, packte meine Brüste wieder ein, zog meinen Slip wieder an, und auch das Kleid drüber. »Sehen wir uns wieder?«, fragte er.

Ich schüttelte den Kopf, schnappte meine Handtasche und meine Neuerwerbung, und verließ seine Wohnung. Nun hatte ich noch nicht mal nach seinem Namen gefragt und meinen kannte er auch nicht. Egal. Es war besser, ihn nicht wiederzusehen, auch wenn mein Gefühl etwas anderes sagte. War ich jetzt eine Milf? Hatte ich es drauf? Ich war mir nicht sicher, wähnte mich aber auf einem guten Weg. Gut gelaunt fuhr ich nach Hause.

Etwa zwei Wochen nach dem Treffen mit dem namenlosen älteren Herrn passierte erneut etwas. Es war Freitag und ich hatte schon gegen Mittag Schluss gemacht. Ich überlegte in eine Gaststätte zu gehen und endlich wieder mal ein normales Mittagessen zu mir zu nehmen, was ja im Geschäftsbetrieb viel zu selten passiert. Ich fremdelte immer noch ein wenig mit der neuen Situation. Der Situation ohne Mann. Es war ein Auf - und Ab. Mal genoss ich es, mal bedauerte ich es. Da konnte ich noch so frei sein, wie es momentan der Fall war, irgendwie kam alles wieder zurück. Am Tage ließ ich mir nichts anmerken. War die coole Chefin, die nichts aus der Bahn werfen kann, ließ nichts an mich heran. Aber besonders nachts wachte ich oft auf, traurig, verwirrt. Hoffte, dass da wer neben mir liegt. Aber da war keiner. Ich hoffte es, aber in Wirklichkeit hätte ich keinen ertragen können. Uwe nicht, und einen anderen auch nicht. Die einzige Person die etwas bemerkt hatte war Ellen. Wir hatten einige male miteinander telefoniert. Es war unglaublich, aber sie hörte allein am Klang meiner Stimme, wie es mir ging. Sie forderte mich auf, mich ins Leben zu stürzen, aber bis auf die paar male hatte ich die Kurve noch nicht gekriegt. War lustlos. Nicht meine Libido, die war voll da, aber an der Umsetzung dessen haperte es. Aber die Sache hatte auch etwas anderes in mir ausgelöst. Ich wurde feinfühliger. So wie Ellen es bei mir geschafft hatte. Ich beobachtete die Menschen um mich herum aufmerksamer, versuchte in sie hinein zu sehen, zu ergründen wie sie sich fühlten. Mit anderen Worten: ich versuchte, ihre äußere Schale zu durchdringen. Und dabei merkte ich gleichzeitig, wie ich das

früher immer alles ausgeblendet hatte, obwohl sich an den offenen oder versteckten Signalen der anderen Menschen ja nichts geändert hatte. Ganz spontan entschied ich mich für mein Vorhaben um, nachdem ich in Poppenbüttel aus der S-Bahn gestiegen war. Ich fuhr jetzt häufiger mit dem Öffi als vorher, da die vielen Staus das Fahren mit dem Auto in die Innenstadt schwer erträglich gemacht hatten. So ging ich heute von dort einfach weiter zu mir nach Hause, und machte keinen Abstecher zum Italiener. Ich wollte mir schnell ein Nudelgericht machen und dann schön zu sanfter Musik zu Hause bei einem guten Buch relaxen. Irgendwie hatte ich schon beim Öffnen der Haustür so ein merkwürdiges Kribbeln. Ich hätte darauf hören sollen. Aber blöd, wie man in so einer Situation manchmal ist, hörte ich nicht darauf. My Home, my Castle. Was soll hier schon passieren? So ging ich einfach rein wie immer. Erst sah alles normal aus. Im Flur standen einige Schuhe von mir und an der Garderobe hingen meine zwei Jacken für diese Jahreszeit. Aber die Tür des Hauswirtschaftsraums stand ein wenig offen. Das war merkwürdig, denn die machte ich normalerweise immer zu. Ich hängte erst mal meine Tasche an den Garderobenhaken. Als ich ins Wohnzimmer ging, traf mich fast der Schlag. Alles war verwüstet, alle Gegenstände lagen kreuz und quer auf dem Boden. Die Terrassentür stand offen, die Scheibe teilweise eingeschlagen. Mir entfuhr ein Schreckenslaut. Mit einem mal stand ein Mann vor mir. Dunkel gekleidet, groß, mit einer Sturmhaube. Und er hatte eine Pistole in der Hand, die er auf mich gerichtet hatte. Obwohl er gar nichts gesagt hatte, hob ich unwillkürlich die Hände. Hunderttausendmal im Fernsehen gesehen, dass man das so machen muss. »Umdrehen«, sagte er. Ich stand starr vor Schreck da und wagte es nicht, mich zu bewegen. »Umdrehen hab ich gesagt!« Jetzt schrie er. Endlich leistete ich ihm Folge. Was hätte ich denn sonst tun sollen? Eine Waffe hatte ich nicht und der war eh viel stärker. Er hantierte mit etwas und dann riss er einen meiner Arme herunter und drehte ihn um. Ich schrie auf. Tränen kamen in meine Augen. »Wieso machen sie das? Sie tun mir weh!«
»Halts Maul!«, sagte der Mann. Auch meinen anderen Arm

drehte er nun nach hinten. Dann gab es ein Geräusch. Ein Ratsch. Meine Hände waren auf dem Rücken gefesselt. »Rein da!«, befahl er, und meinte den Hauswirtschaftsraum. Ich hatte keine Wahl. Er zog aus seinem Rucksack einen Kabelbinder, brachte mich zu Fall, und zurrte mit dem auch meine Beine zusammen. Nun war ich maximal gefesselt. Er suchte irgendwas in den dort herumliegenden Sachen. Diesen Raum hatte er also auch schon durchsucht.

»Was suchen sie denn? Ich hab hier kein Geld! Auch kein Gold!«

»Einen Datenträger. USB Stick, Speicherkarte, mobile Festplatte. Wo haben sie das?« Jetzt war erkennbar, er sprach zwar fehlerfrei deutsch, hatte aber einen leichten russischen Akzent.

»Der lag doch neben dem Laptop. Was wollen sie denn damit?«

»Da war das Gesuchte aber nicht drauf!«

»Mehr hab ich aber nicht.« Angesichts meiner hilflosen Situation war meine Stimme total weinerlich geworden.

»Und die Sachen von deinem Mann?«

»Da war nichts dabei. Außerdem ist der tot.«

»Weiß ich! Wo sind seine Sachen?«

»Schreibtisch links. Die sind alle in dem Holzkästchen!«

Er entschwand, man hörte es eine Weile wühlen, und dann kam er mit der Kiste wieder und kippte die vor mir auf den Boden aus. »Das ist doch alles nur Müll! Wo sind die Daten?«

»Ich habe keine Daten! Uwe ist ganz plötzlich verschwunden und seit dem war er nicht mehr hier gewesen! Alles was ich noch von ihm habe war in der Kiste! Warum glauben sie mir nicht? Wenn hier was gewesen wäre hätte die Polizei das bei der Hausdurchsuchung gefunden!«

»Sie hatten eine Hausdurchsuchung? Wieso?«

»Weil die dachten, ich hätte was mit den Drogen zu tun!«

»Welche Drogen?«

Das war ja interessant. Der kannte also Uwe, wusste aber von dem Drogentransport nichts. Vielleicht könnte ich mir das zu Nutze machen. »Er war bei der Mafia! Wenn die das mitkriegen ist ihr Leben keinen Pfifferling mehr wert!« Im gleichen Moment wurde mir bewusst, dass ich mich gerade selbst in große Schwierigkeiten gebracht hatte. Das war ja wie eine

Aufforderung dafür zu sorgen, dass die Mafia nichts davon erfährt, und das ging ja nur, indem er mich dauerhaft ausschaltet. Ich biss mir auf die Zunge. Ich war ein einer Sackgasse. Dann hatte ich aber auf ein mal eine Idee. »Ich habe den im Garten vergraben! Hinten beim Gartenhaus. Im Dahlien Beet. In einer Kaffeedose.« Natürlich war das gelogen, aber ich musste Zeit gewinnen. »Schlüssel hängt im Flur und ein Spaten ist im Gartenhaus.«

»Diese Mafiatypen kennen mich doch gar nicht!« Da hatte er wohl recht. Aber wiedererkennbar war er schon. Er hatte ein kleines Ankertattoo auf dem rechten Handgelenk. Ich prägte es mir gut ein, achtete aber darauf dass er meinen Blick nicht sah. Er schaute mich skeptisch an, blickte zu den aus den Regalen heraus gestürzten Kisten, suchte dann was, fand es. Es waren ausrangierte Geschirrtücher, von mir als Putzlappen verwendet. Ich ahnte, was er damit vor hatte. »Bitte nicht!«, flehte ich ihn an. »Schnauze!« Er stopfte mir einen davon in den Mund, ein anderes band er um meinen Kopf, um zu verhindern dass ich es ausspucken konnte. Ich bekam Panik, wagte aber nicht, mich zu bewegen. »Wehe, du machst Ärger«, drohte er mir. Dann ging er zur Tür, schaltete das Licht aus, und schloss die Tür. Der Schlüssel drehte sich im Schloss. Ich war nun allein in diesem Raum. Das einzige schöne an dieser Situation war, dass er nicht da war. Zumindest nicht im Moment. Eigentlich hätte ich jetzt Panik bekommen müssen, aber der Lebenserhaltungstrieb in mir war stark. Ich würde mich nicht unterkriegen lassen! Ich versuchte erst einmal herunterzukommen, atmete tief durch. Dann bekam ich meinen Handlungswillen wieder. Man sah kaum etwas. Nur etwas Tageslicht fiel durch den unteren Türspalt und das Schlüsselloch. Aber meine Augen hatten sich schon an das wenige Licht gewöhnt. Was konnte ich tun? Zumindest brauchte ich erst ein mal Licht. Richtiges, helles Licht. Ich kämpfte mich in Richtung Tür vor. Es war schwer und auch schmerzhaft, da ja alle möglichen Gegenstände im Weg herum lagen. Endlich hatte ich es geschafft. Ich drückte mich mit dem Rücken gegen ein Regal und mit den Füßen gegen die Türlaibung, und konnte mich so ächzend Stück für Stück hoch

192

drücken. Endlich stand ich wieder. Ich benutzte meine Nase um den Lichtschalter zu betätigen. Das Licht ging an. Um mich herum das reinste Tohuwabohu. Konservendosen, Putzmittel, die Nahrungsvorräte, Werkzeuge, alles lag herum. Mein Blick ging suchend umher und setzte sich auf ein Werkzeug fest. Ein stabiler Seitenschneider. Damit könnte ich doch den Kabelbinder durchschneiden! Aber wie? Meine Hände waren auf dem Rücken gefesselt, und das ziemlich fest. Dort konnte ich nur meine Finger bewegen, und auch das nur eingeschränkt. Ich musste ja auch erst ein mal dort herankommen. Mit den Händen auf dem Rücken schwierig. Da hatte ich eine Idee. Ich könnte das Ding mit dem Mund frei legen und dann greifen! Dazu musste aber erst mal der Knebel aus meinem Mund heraus. Ich blickte suchend umher und entdeckte am Regal herausstehende Schrauben. Ich hüpfte zur nächsten Schraube hin, wäre dabei fast über dort liegende Gegenstände gestolpert. Dann hielt ich meinen Kopf dort dran und versuchte, die Kopf-Fesselung damit zu lösen. Es war sehr mühselig, ich verletzte mich dabei an mehreren Stellen an der Wange, es brannte wie Feuer, aber dann hatte ich es geschafft. Mit ein wenig Mühe folgte das Geschirrtuch, was er in meinen Mund gestopft hatte, und konnte nun endlich wieder vernünftig atmen. Ich ging auf die Knie und robbte zum Seitenschneider hin, benutzte meinen Mund und meine Nase, um die darum befindlichen Gegenstände weg zu schieben, und legte mich dann hin, um mit den auf den Rücken gefesselten Händen den Seitenschneider zu greifen. Nach ein wenig Gefummele hatte ich es geschafft, und er war in meinen Fingern. Aber der Einsatz war viel schwerer als gedacht - um nicht zu sagen unmöglich. Ich schaffte es einfach nicht, den gleichzeitig an die richtige Stelle zu setzen und zuzudrücken. Nach irgendwie 10 Minuten oder einer Viertelstunde gab ich es auf. Viel Zeit verschwendet. Ich schaute nach anderem Werkzeug. Da fiel mein Blick auf einen Lötkolben. Ja, ein Lötkolben! Der Kabelbinder war doch aus Plastik! Ich robbte also dorthin, wo er lag, so ziemlich in die andere, hinterste Ecke des Raumes, biss leicht in die Schnur hinter dem Stecker, und robbte wieder Richtung Tür, wo sich die Steckdose befand, richtete mich wieder auf. Eine ganze Weile musste ich fummeln, aber dann machte es 'klack', und der Lötkolben bekam Strom. Er hatte genau die richtige Länge und reichte bis zum Boden. Ich ging in sitzende Position und näherte mich mit dem Rücken dem Lötkolben an. Da das alles so lange gedauert hatte, war dieser bereits heiß. Mehrere male drückte ich die falsche Stelle gegen ihn. Es tat tierisch weh und roch dann nach verbranntem Fleisch. Aber dann schaffte ich es. Es zischte und stank auf einmal erbärmlich nach verbrannter Plastik. Ein beißender Gestank. Fast bekam ich einen Hustenanfall. Aber plötzlich waren meine Hände frei. Sie waren frei! Ich drehte mich, so dass auch meine Beine dorthin kamen wo der Lötkolben hing. Eine Minute später waren auch meine Beine frei. Wäre ich nicht in so einer misslichen Lage, würde ich jetzt jubeln. Aber da draußen trieb immer noch ein krimineller Mann sein Unwesen und er könnte jeden Moment zurück kommen. Und er hatte eine Pistole. Ich hatte nur eine Chance - ich müsste ihn überraschen. Aber wie? Da fiel mein Blick auf diesen Feuerlöscher. Ich hatte mich damals so gegen einen Feuerlöscher gewehrt, aber jetzt war ich froh, dass Uwe darauf bestanden hatte, um einen Entstehungsbrand löschen zu können. An so eine Situation hatte er aber wohl nicht gedacht. Ich schaute mir seine Bedienung an und entfernte den Sicherungsdraht. Dann suchte ich die erste-Hilfe-Box und klebte mit Pflaster den heißen Lötkolben so über den Lichtschalter, dass die Lötkolbenspitze dicht über dem Schalter ruhte, ohne diesen zu verschmoren. Ich stellte alles parat und wartete. Das Licht machte ich dann aus, damit er keinen Verdacht schöpft, sorgte aber mit der kleinen Taschenlampe dafür, dass meine Augen an helle Beleuchtung angepasst blieben, das wäre wichtig wenn er die Tür öffnen würde, damit ich nicht geblendet würde.Es dauerte gar nicht mal so lange, dann hörte ich Schritte. Jemand kam zur Tür. Unmengen an Adrenalin fluteten meinen Körper und mein Herzschlag trieb in schwindelnde Höhen. Würde das hier jetzt mein Ende sein? Kampflos würde ich jedenfalls nicht gehen. Der Schlüssel drehte sich im Schloss und mein Herz rutschte mir in die Hose. Ich machte die

Taschenlampe aus und legte sie beiseite. Er öffnete die Tür und sein erster Griff ging, wie ich es schon vermutet hatte, an den Lichtschalter. Er schrie laut auf. In diesem Moment betätigte ich den Feuerlöscher. Ein dichter Strahl von Schaum schoss aus dem heraus und ihm genau ins Gesicht. Er war total überrascht. Ich rammte ihm nun den Feuerlöscher ins Gesicht. Er taumelte, und während er fiel gab es auf ein mal einen ohrenbetäubenden Knall. Die Waffe! Er musste die Pistole abgefeuert haben! Ich bekam an der Hüfte einen brennenden Schmerz. Das musste die Türklinke gewesen sein. Ich wollte mit dem Feuerlöscher nachsetzen, aber er drehte sich weg, suchte seine Waffe, fand sie aber nicht, sondern knallte bei Versuch aufzustehen wieder hin, da es dort so rutschig war durch den Schaum. Ich schlug erneut zu und traf ihn an der Schulter. Er fiel auf die Knie, rappelte sich wieder auf, und rannte Richtung Ausgang, ohne sich noch ein mal umzusehen, öffnete die Tür, und rannte hinaus, machte die Gartenpforte auf. Dabei rannte er einen Mann um, der sich gerade davor befand, dieser stürzte, und der Einbrecher rannte jetzt in Richtung Hauptverkehrsstraße davon. Ich rannte zu dem gefallenen Mann hin, der sich mittlerweile aufgerappelt und sich hingesetzt hatte. Er rieb sich Ellenbogen und Knie, die blutig waren und schien etwas zu suchen. An der Art dessen vermutete ich, dass er blind war. Die Nachbarin Emma Schlüter von gegenüber öffnete die Tür. »War das bei euch?«, rief sie.
»Ja, ruf die Polizei! Der Einbrecher ist geflohen!« Emma verschwand gleich wieder in ihr Haus und ich kümmerte mich um den Mann. »Geht's wieder? Sorry, der hat sie umgerannt.«
»Sie können ja nichts dafür! Oder doch?«
»Nein, sie können mir glauben, ich hab den nicht gerufen. Ich hole mal Pflaster, ja?« Ich ging wieder ins Haus zurück. Vor dem Hauswirtschaftsraum gab es eine Schaumspur, das Teil hatte echt meterweit überall hin gesprüht. Ich griff mir den Erste-Hilfe-Kasten, passte auf dass ich nicht auf dem Schaum ausrutschte, und war eine Minute später bei ihm. »Sie können nichts sehen, oder?«, fragte ich ihn.
»Nee, nur spüren. Tut weh!«

»Ja, da ist allerhand aufgeschürft.« Ich klebte ein großes Pflaster über die Abschürfung am linken Ellenbogen, dann sah ich mir sein Knie an. Da war einiges mehr, regelrecht aufgeplatzt. Ich öffnete eine Kompresse und legte sie ihm drauf. »Schön draufdrücken, ich kümmere mich!« Jetzt sah ich, dass auch sein Kopf was mit abbekommen hatte. Eine Platzwunde, Blut an den Haaren dort.

Emma kam wieder heraus. »Die Polizei kommt gleich!«

»Einen Krankenwagen auch! Er ist verletzt!«

»Hab ich schon angegeben!« Man hörte schon von ferne das Tatütata. Emma war mittlerweile heran gekommen und schaute sich den Mann an. »Hast du denn schon ... Sandra du blutest ja!«

Sie zeigte auf meine Hüfte. Dort war ein handtellergroßer, roter Fleck zu sehen und mein Oberteil war auch an der Stelle zerfetzt. Mir wurde nicht nur schwindlig, sondern auch übel. Ich nahm auf ein mal alles nur wie unter eine Decke wahr, alle Geräusche waren gedämpft. Mir war so, als müsste ich jeden Moment in Ohnmacht fallen. Ich verließ meine Hocke und setzte mich hin, stützte mich hinten auf. Langsam kam mein Hörsinn wieder. Die Polizeisirene wurde immer lauter und dann stand der Wagen vor meiner Tür. Die zwei Polizisten kamen zu mir hin. »Sie sind beide überfallen worden?«

»Nein, nur ich. Ihn hat er umgerannt. Er hat mich im Haus erwischt. Er ist geflohen. In diese Richtung!« Ich zeigte dorthin.

»Wie sieht er denn aus? Es ist doch ein Mann, oder? War er denn allein?«

»Ja, allein glaube ich. Ich denke ja, ein Mann. Von der Stimme her und auch von den Bewegungen. Groß, ca. 1 Meter achtzig, schwarze Sachen, helle, fast weiße Sneaker, auf dem T-Shirt ist so ein Bild mit der Entwicklung vom Affen zum Menschen und bis zum vor dem Computer sitzenden Menschen. Und er hat so ein Ankertattoo auf dem linken Handgelenk. Nein, auf dem rechten.«

»Und die Haare?«

»Konnte ich nicht sehen. Er hatte ja eine Sturmhaube auf. Und da drin muss irgendwo noch seine Pistole sein!« Ich zeigte auf mein Haus.

»Der war bewaffnet?« Derjenige, der das Gespräch führte, schaute mich in einer Weise an, als könnte er nicht glauben, dass ich den entwaffnet hatte.

»Ja. Weiß aber nicht ob er auch noch was anderes hat.«

Der Polizist der mich ausgefragt hatte sprach jetzt zum Anderen: »Sag mal, das war doch der eben an der Ecke, oder?«

»Könnte sein!« Der andere Polizist ging jetzt zum Auto und an sein Funkgerät. »Hier Peter 24. An alle verfügbaren Einheiten in Poppenbüttel und Sasel. Bewaffneter Raubüberfall Saselbergweg37b. Verdächtige Person flüchtig, vermutlich Ecke Heegbarg Saseler Damm in Richtung Sasel. Täterbeschreibung: Größe einsachtzig, dunkle Kleidung, Aufdruck T-Shirt Stufen der Menschenentwicklung, Gesicht unbekannt, Anker Tattoo am Handgelenk, hat Sturmhaube getragen. Zwei leicht Verletzte. Brauchen Rettungswagen, KTU, und KDD vor Ort. Ende!«

Die Gegenstelle antwortete noch, ein zweiter Peterwagen der gerade auf dem Weg hierher gewesen war drehte wieder um, offenbar um den flüchtigen Täter zu fangen. Der erste Polizist fragte mich »Tut das nicht weh?« Er zeigte dabei auf meine blutende Stelle.

»Doch, jetzt schon. Brennt!« Ich schaute mir meine Beine an. Die waren ganz schön lädiert. Auch der Blutfleck an meiner Hüfte wurde langsam größer. Ein Rettungswagen kam an und zwei Sanitäter, ein Mann und eine Frau, stiegen daraus aus.

Der erste Polizist , der andere war ja im Wagen geblieben, sagte zu denen: »Schaut euch mal die Frau zuerst an. Ich glaube die hat sich was eingefangen.«

Die Sanitäter traten an mich heran. »Darf ich?«, fragte die Frau, und hob mein Oberteil hoch. Sie pfiff durch die Zähne. »Das war knapp. Streifschuss.. Ist aber nur die Hautoberfläche ein wenig angeritzt.«

»Was?« Als ich das hörte, fiel ich fast noch ein mal fast in Ohnmacht. Mann, ich hätte sterben können! Immer wieder meine Unvorsichtigkeit! Ich hatte damit gar nicht gerechnet, dass der Typ seine Waffe in der Hand hält! Im Krimi stecken die doch immer ihre Waffe hinten in den Hosenbund!

»Legen sie sich mal auf die Seite. Geht das?« Ich nickte und legte mich wie gewünscht hin. »Brennt jetzt gleich ein bisschen«, sagte sie. Der Mann assistierte und reichte ihr was. Sie hatte gelogen. Es brannte wie Feuer! Ich zischte vor Schmerz durch die Zähne. »Geht's noch? Oder soll ich ihnen besser ein Beruhigungsmittel geben?«

»Nein, geht schon!« Ja Sandra, immer die Heldin spielen, nicht? Ich könnte mich verfluchen!

»Was haben sie denn da an den Händen gemacht? Sind das Brandverletzungen?«

»Lötkolben«, sagte ich.

»Was haben sie denn damit gemacht?«

»Der war Teil des Befreiungsplans.«

»Hat dann ja prima funktioniert!« Ihr Plan war ein wenig hinterhältig, denn mit dem Gequatsche wollte sie mich offenbar von der brennenden Wunde ablenken, was dann aber gut geklappt hatte.

»Wieso, ich bin doch jetzt frei, oder?«

»1:0 für sie. So, ihre Hüfte ist verarztet. Meinen sie denn sie schaffen das, zum RTW zu gehen? Da machen wir dann die anderen Sachen.«

»Schaff ich«, sagte ich, stand auf - und schwankte gewaltig. Aber nach einigen Sekunden hatte ich mich gefangen. Sie ging mit mir mit und stützte mich, während der Mann sich um den gestürzten Sehbehinderten kümmerte. Sie geleitete mich auf die Ladefläche und dort setzte ich mich hin. Es dauerte eine ganze Weile, bis sie alle lädierten Stellen verarztet hatte, inklusive der Hände, wo sie auf die verbrannten Stellen vorher Brandsalbe drauf geschmiert hatte.

»So, wollen sie meine Diagnose hören?«, fragte sie mich, und griente.

»Klar«, sagte ich, und griente nicht.

»Sie werden durchkommen!«

»Da werden meine Erben aber traurig sein.« Jetzt quälte ich mir auch ein Lächeln heraus. Dass ich keine Erben hatte, wusste sie ja nicht.

»Sie sind der erste gute Kunde heute«, sagte sie. »Die anderen waren alle … na, lassen wir das.« Das klang irgendwie, als ob sie normalerweise keinen leichten Job hatte.

Der Polizist war mittlerweile mit der Befragung des Sehbehinderten fertig und kam zu mir. »Können sie kurz beschreiben, was passiert ist?«

»Ich kam von der Arbeit, ging rein, im Wohnzimmer war alles zerwühlt und durchsucht. Auf ein mal stand da dieser Mann mit einer Pistole vor mir, hat mich bedroht, dann gefesselt und eingesperrt.«

»Was wollte der? Hat der was bestimmtes gesucht?«

»Ja, einen oder mehrere Datenträger.«

»Den hatten sie? Was war da drauf?«

»Keine Ahnung. Auf meinem einzigen Stick war es jedenfalls nicht, den hatte er schon gefunden bevor ich ihn im Haus überrascht hatte.«

»Versteh ich nicht!«

»Ich auch nicht!«

»Und dann, wie ging es weiter?«

»Na ich hab den angelogen, gesagt, wo er nach dem Datenträger graben kann, der hat mich dann gefesselt und geknebelt, und in den Hauswirtschaftsraum gesperrt. Da hab ich mich dann aber befreien können und habe auf ihn gewartet. Und als er dann kam, hatte ich einige Überraschungen für ihn vorbereitet.«

»Überraschungen?«

»Ja, Überraschungen. Ein heißer Lötkolben für seine Hände, Schaum vom Feuerlöscher, und dann den Feuerlöscher selber. Als seine Waffe weg war, ist er dann geflüchtet.«

»WOW. Mutige Frau!«

»Gedacht hatten sie jetzt aber leichtsinnige Frau, oder?«

»Weiß nicht. Vielleicht beides.« Es kam jetzt ein ziviles Fahrzeug vorgefahren, aus dem zwei auch zivil angezogene Leute stiegen. Mann und Frau. Den Mann von denen kannte ich. Es war der arabischstämmige Mann vom Verhör damals. Der Polizist ging zu ihnen hin und sprach mit ihnen, gestikulierte dabei und zeigte einige male auf mich, und ein mal auf den gestürzten Sehbehinderten, der jetzt an meiner Stelle auf der Ladefläche des Rettungswagens saß und so eine Metallfolie um hatte. Dann kamen die beiden auf mich zu.

»Hallo Frau Neuhaus. So sieht man sich wieder.«

»Die Freude ist ganz auf meiner Seite.«

»Höre ich da ein klein wenig Sarkasmus heraus?«

»Gehen sie doch mal da rein und schauen sie ob man da noch Freude haben kann!«

»Danke, werde ich tun. Wollen sie mitkommen?«

»Nee, erst mal nicht. Aber ziehen sie doch bitte den heißen Lötkolben aus der Steckdose im Hauswirtschaftsraum, nicht dass mir doch noch das Haus abfackelt.«

»Gerne Frau Neuhaus.« Die beiden verschwanden ins Haus.

Ich ging zum Sehbehinderten. »Hallo. Ich bin Sandra Neuhaus. Es tut mir leid dass ihnen was passiert ist.«

»Mir ist ja gar nichts passiert. Nur ein paar Kratzer. Aber ihnen! Oder?«

»Das bisschen!«

»Sie sollten sich trotzdem ausruhen. Ich merke doch, dass es ihnen nicht gut geht. Sie spielen mir nur was vor. Was ist da drin passiert?«

Ich antwortete nicht, da jetzt die ganzen Bilder an meinem inneren Auge vorbei liefen. Plötzlich wurde mir übel. Speiübel. Ich schaffte es gerade noch, in meinen Vorgarten zu gehen, dann kam mein ganzes Frühstück wieder heraus. Es war eklig, aber auch irgendwie befreiend. Am Schluss ging es mir tatsächlich wieder etwas besser. Ich ging zurück zu ihm. »Sorry. Sie hatten wohl doch recht. Wie konnten sie das sehen?«

»Habe ich nicht. Ich bin blind. Ich habe es gehört.«

»Phänomenal!«

»Wenn das Augenlicht weg ist, pusht das die anderen Sinne. Hannes Biermann.«

»Hab aber kein Bier.«

»Der war gut!«

»Sorry, das war ihr Name, oder? Ich wollte sie nicht beleidigen!«

»Ach, quatsch. So was kommt bei mir ein mal pro Woche vor. Mindestens!«

»Trotzdem. Also wenn mein Haus jetzt nicht so zerwühlt wäre, würde ich sie herein bitten und ihnen einen Kaffee anbieten. Oder einen Tee.«

»Das können sie gerne trotzdem irgendwann tun, aber ich muss jetzt los. Habe noch einen Termin.«

»Ähm … warten sie mal, ich möchte das wirklich. Aber ich komme jetzt an mein Kärtchen nicht heran. Nicht weglaufen, ja!« Ich ging ins Haus. Die beiden Kripobeamten standen im Flur und schauten auf die Sauerei dort.

»Ah, gut dass sie kommen. Vielleicht können sie uns ja schon mal ein paar Fragen beantworten. Wir müssen leider noch auf die Spusi warten.«

»Das mache ich gleich, aber erst mal brauche ich schnell was zum Schreiben.«

»Kuli?«, fragte die Frau. Sie zückte einen und gab ihn mir.

Ich ging damit heraus, zurück zum blinden Hannes, sagte: »Ich brauche mal ihre Hand.«

»Oh, so schnell hat noch keine Frau um meine Hand angehalten.« Mann, was machte ich nur! Ich trat mal wieder von einem Fettnäpfchen in das nächste.

»Ich will ihnen nur meine Nummer aufschreiben.« Er streckte seinen Arm heraus. Ich war froh dass er keinen weiteren Kommentar abgab so in Richtung 'schnelle Nummer'. »So, fertig!«

»Wie soll ich die denn lesen?« Es war ein Vorwurf in der Stimme, aber die Stimmlage war spöttisch. Er fügte hinzu: »Sie hätten die ja auch in mein Handy eingeben können. Aber keine Angst, das wird schon jemand für mich übersetzen. Die Vorlesung nachher wird sicher lustig werden. Jeder wird wissen wollen, wer mein Date ist. Ganz besonders die Frauen.«

»Welche Vorlesung?«, fragte ich.

Er betätigte seinen Blindenstock, und machte sich auf den Weg. »Ich bin Gastdozent«, rief er mir noch hinterher. Ich schaute ihm noch eine ganze Weile verwundert hinterher, bis er hinter der Biegung der Straße verschwunden war. Dann ging ich in mein Haus zurück und gab der Frau ihren Kugelschreiber wieder.

»Na, alles klargemacht?«, fragte sie grienend.

Ich konterte. »Klar. Und ich hoffe, das dauert jetzt nicht so lange.

Er wartet ungern.«

»Wir auch nicht«, sagte der Mann, und zerstörte damit die Stimmung. Ein weiterer ziviler Wagen fuhr vor, ein SUV. Drei Männer und eine Frau stiegen aus, holten einige Koffer aus dem Kofferraum, begannen dann damit sich einzukleiden. Der Kripomann schaute spöttisch zu. »Da sind ja unsere Raumfahrer endlich!« Man sah sofort, was er meinte. Die Anzüge der Typen sahen wirklich wie Raumanzüge aus, auch wenn sie sicher nicht so dick waren wie echte. Und einen Helm hatten sie auch nicht auf. »Frau Neuhaus, wie lief das ab?«

»Ich kam rein, erst hatte ich nicht viel bemerkt, bin dann ins Wohnzimmer, dort war schon alles verwüstet, auf ein mal stand der Typ vor mir, hat mich mit einer Pistole bedroht, dann hat er meine Arme mit solchen Kabelbindern gefesselt und da in den Hauswirtschaftsraum verfrachtet. Da hat er dann auch meine Beine gefesselt. Er war total mies drauf, weil er wohl das Gesuchte nicht gefunden hatte.«

»Diesen Datenträger also?«

»Ja, genau. Wobei ich gar nicht weiß was er meint. Er hat mich ausgefragt und dann hab ich ihm eine Lüge aufgetischt. Ich hab ihm gesagt dass der im Garten vergraben ist. Dann hat er mich geknebelt und eingeschlossen. Ohne Licht. Aber ich konnte mich befreien. Ich habe gewartet, bis er aufgeschlossen hat und dann habe ich einen Überraschungsangriff gestartet. Den Feuerlöscher gezündet und ihm dann den Behälter ins Gesicht gerammt. Da ist er erst mal gestürzt. Und seine Pistole ist los gegangen. Bei seinem Versuch aufzustehen hab ich ihm noch mal den Feuerlöscher an die Schulter geschlagen und dann ist er geflüchtet.«

»Und wo ist die Pistole jetzt?«

»Keine Ahnung. Ich bin ja gleich hinterher gerannt. Die muss hier noch irgendwo liegen.«

»Wissen sie sonst noch was über ihn?«

»Russischer Hintergrund, also Akzent. Ach ja, und er hat solche dünnen Gummihandschuhe getragen. Am Feuerlöscher muss aber seine DNA dran sein.«

»Und sie waren nur hier drin und da vorne?« Er zeigte auf das

Wohnzimmer.

»Na heute früh war ich auch schon woanders im Haus. Und die Tage vorher natürlich auch.«

»Gut. Dann lassen wir mal das Überfallkommando ran!« Die kamen auch gerade. Der eine, wohl der Chef der Truppe, stellte sich dem Kripomann gegenüber. Dieser sprach ihn an. »Der Besucher war wohl überall. Sie bei der Tat nur hier drin und hier vorne die ersten zwei Meter. Aber die wohnt hier. Ihr müsst ihre Fuß und Fingerabdrücke nehmen. Am Feuerlöscher müsste unten seine DNA dran sein. Und irgendwo liegt noch seine Waffe herum.«

Der angesprochene schaute sich suchend im Flur um. Auch ich schaute und entdeckte diese gleichzeitig mit ihm, sie lag zwischen meiner Schuhsammlung. »Da ist sie doch!«, sagte er, winkte seinem Mitarbeiter, stellte so einen Aufsteller hin, machte ein Foto, roch daran, sagte: »Damit ist geschossen worden!«, und legte diese in eine von einem Dritten hingehaltene Plastiktüte.

Der vierte von denen sprach mich jetzt an: »Ich brauch mal ihre Fingerabdrücke. Und die von ihren Schuhen auch. Und auch eine DNA Probe.«

»Wozu das denn?«

»Zum Vergleich!«

»Die Fingerabdrücke nützen ihnen nichts. Der hatte doch Handschuhe getragen! Und seine DNA ist da unten an diesem Feuerlöscher dran. Meine DNA kriegen sie nicht. Höchstens mit einem richterlichen Beschluss, und den wird der ihnen nicht ausstellen. Ich bin hier das Opfer!« Der Typ, reichlich übergewichtig, aber kleine wache Augen, schaute mich jetzt an als stünde vor ihm ein Marsmensch. Offenbar hatte er auf diese Frage noch nie Ablehnung bekommen. »Meine Fingerabdrücke sind am Griff vom Feuerlöscher. Aber wehe, sie löschen die nicht anschließend! Dann wird ihnen meine Anwältin Beine machen!«

»Das machen die doch dann!«

Er zeigte auf die beiden von der Kripo.

Ich zog meine Schuhe aus und ein anderes Paar an, drückte ihm die ausgezogenen Schuhe in die Hand. »Hier!« Er nahm sie, und als er merkte, dass er nicht mehr von mir kriegt, zog er damit ab. Auf ein mal klingelte das Telefon der Kommissarsfrau. »Ja … aha … WAS? … Wo bringt ihr ihn hin? … wir kommen! Wir haben ihn«, sagte sie jetzt zu ihrem Kollegen. »Lass uns los!«

»Moment! Wann kann ich denn wieder in meine Wohnung?«

»Das dauert noch viele Stunden! Am besten, sie gehen für heute in ein Hotel. Können sie uns einen Schlüssel geben? Haben sie einen zweiten?« Die Antwort und Frage kam von dem einen Spurensicherer, offenbar der Chef von den Vieren.

»Hängt da«, sagte ich, und zeigte auf der Schlüsselbrett.

»Können sie bitte morgen auf das Präsidium kommen? Wir müssen noch ihre Aussage aufnehmen. Und dann gehen sie bitte heute noch in die Rechtsmedizin um sie zu untersuchen und ihre Verletzungen dokumentieren zu können. Hier ist die Adresse. Geht das?« Die Frage kam vom Kommissar. Er gab mir ein Kärtchen.

»Klar«, sagte ich. Auf ein mal betraten zwei Leute den Flur, ein Mann mit kantigem Gesicht und eine Frau mit auffallend schönen glatten blonden Haaren, die bis fast zum unteren Schulterblatt gingen. Beide sahen aus wie das blühende Leben und schienen in etwa in meinem Alter zu sein. Der Mann trug Hemd und Jeanshose und die Frau ein knielanges schwarzes Kleid. Ich sah sofort, dass es ein sehr edler Stoff sein müsste.

»Oh, sieht so aus, als kommen wir ungelegen«, sagte der Mann.

»Wer sind sie denn?«, fragte der Kriminalkommissar.

»Jakob Jensen. Und das ist meine Frau Meike.«

»Ach, der Studienkollege von Uwe?«, rutschte es mir heraus.

»Genau! Dann bist du Sandra, oder?«

»Ja, die bin ich. Ich würde jetzt gerne sagen 'kommt rein', aber ihr seht ja selbst, was hier los ist.«

»Wir gehen dann mal, ja?«, sagte der Kommissar. Ich nickte nur.

»Ich muss jetzt leider ins Hotel. Die brauchen hier noch ewig«, sagte ich.

»Dann komm doch einfach zu uns!«, wendete die Frau, also Meike jetzt ein.

»Ja klar, du kannst bei uns schlafen. Uwe ist ja wohl nicht da, oder? Ich weiß, wir hätten vorher anrufen sollen.« Er deutete meinen Gesichtsausdruck wohl richtig, und setzte nach: »Ist was mit Uwe?«

»Er starb bei einem Unfall. Ist noch nicht so lange her.«

»Mann Sandra, mein Beileid. Jetzt bin ich ... total erschüttert! Ich dachte nie, dass so etwas einem von uns passieren könnte.«

»Auch von mir mein herzlichstes Beileid!« Meike umarmte mich sogar und mir kamen die Tränen.

»Danke. Darf ich dann trotzdem ...?«

»Natürlich! Jetzt erst recht!«

»Ich muss aber vorher noch in die Rechtsmedizin.« Ich zeigte meine Arme hin, mit den verbundenen Brandblasen und den Striemen von den Kabelbindern.

»Ja klar, doch. Komm, wir fahren dich hin. Wir sind mit dem Auto hier.«

»Gerne.« Ich schnappte mir meine Tasche, zog mir eine Jacke von meiner Garderobe über, um den Blutfleck auf dem Oberteil zu verdecken, ging mit ihnen zu ihrem Auto, stieg hinten ein, gab Meike das Kärtchen, die das Navi damit fütterte und dann gleich noch ihre Adresse dort drauf schrieb.

»Wieso wussten wir davon nichts?«, fragte Jakob. »Also davon, dass Uwe gestorben ist. Dann wären wir doch sicher zur Beerdigung gekommen!«

»Also es war eine Annonce von mir im Hamburger Abendblatt geschaltet. Lest ihr das nicht?«

»Doch. Aber ... wann war das denn?«

»So etwa Mitte Juli.«

»Da waren wir gerade in Urlaub. Norwegen«, sagte Meike.

»War da gerade ein Einbrecher bei dir?«, fragte Jakob.

»Ja, als ich nach Hause kam, hab ich ihn überrascht. Der ist hinten rein, von der Terrasse aus.«

»Und dann hat der dich gefoltert?«, fragte Jakob.

»Na ja, ein wenig, aber dann hab ich ihn ausgetrickst und später habe ich mich befreit, und konnte ihn in die Flucht schlagen.«

»Hat der was gestohlen?«

»Was er suchte, fand er nicht. Irgendeinen Datenträger, einen USB Stick, was weiß ich.«

»Waren da brisante Informationen drauf?«, fragte Meike.

»Ich habe keine Ahnung. Das muss wohl irgendwas von Uwe sein.«

»War er Geheimnisträger?«

»Das nicht, aber Geheimnisse hatte er. Jede Menge sogar.«

»Das musst du uns nachher mal erzählen. Der Einbrecher wusste wohl nicht, dass du nach Hause kommst, oder?«

Ich überlegte. Tatsächlich, da war was dran. Könnte es sein, dass der mich vorher ausgekundschaftet hatte? Ich komme doch sonst viel später nach Hause, oft erst gegen Abend. »Ich hab ihn nicht bemerkt, aber könnte sein dass der vorher meine Gewohnheiten ausgekundschaftet hatte.«

»Dann muss das was größeres sein«, mutmaßte Meike. »Sonst würde sich doch niemand so eine Mühe geben.«

»Also ich weiß von nichts. Das gestohlene Geld hatten wir dann ja wieder und die Drogen wurden von der Polizei konfisziert.«

»Also jetzt versteh ich gar nichts mehr! Uwe hat gestohlen und mit Drogen gehandelt?«

»Ja«, antworte ich ganz verschämt, so als ob ich für diese Handlungen etwas konnte oder sie zumindest gebilligt hätte. »Ich wusste vorher nichts davon«, schob ich deswegen gleich hinterher.

»Oh Mann!«, gab Jakob einen Kommentar dazu ab. Wir quälten uns noch ein wenig durch den Stadtverkehr, ich quälte mich durch meine Gedanken, und dann standen wir vor dem Gebäude der Rechtsmedizin.

»Danke für's bringen!«

»Sollen wir dich nachher abholen?«

»Nee, ich komme mit dem Öffi zu euch.«

»Sandra, viel Glück, wir hoffen dass es nicht so lange dauert!«

»Bis nachher!«

Ich ging ins Gebäude, erklärte mein Anliegen, musste meinen Ausweis vorzeigen, dann rief er wo an, drückte einen Knopf, und

206

sagte: »Bitte in die zweite Etage und dann der Beschilderung Untersuchungsraum nachgehen.« Ich klopfte und Sekunden später wurde die Tür von innen geöffnet. Eine Frau zwischen 50 und 60 mit einem Lockenkopf steckte ihren Kopf durch die Tür.

»Frau Neuhaus?«

»Die bin ich!«

»Kommen sie rein!« Die Frau stellte sich als Dr. Albrecht vor, ich musste mich ausziehen, sie untersuchte meinen ganzen Körper, fragte ob ich vergewaltigt worden war, was ich verneinte, dann fragte sie wie die Verletzungen entstanden sind. Ich hatte, was ich noch gar nicht bemerkt hatte auch noch einige Hämatome am Körper. Die waren wohl von den Gegenständen im Hauswirtschaftsraum. Dann versorgte sie meinen Streifschuss an der Hüfte wieder mit einer Kompresse, ich musste unterschreiben dass ich untersucht wurde, und war dort fertig. Am Schluss gab sie mir noch ein Kärtchen vom weißen Ring, falls ich Hilfe brauchen sollte.

Ich suchte die nächste Haltestelle und eine halbe Stunde später stand ich vor dem Mietshaus der beiden. Ich klingelte bei J und M Jensen und dann ertönte relativ schnell der Summer. Ich ging rein und die Treppe hoch.

Auf ein mal ging unter mir eine Tür auf. »Hier wohnen wir«, sagte Meike. Ich war schon einige Treppenstufen zu weit gegangen. Ich lachte, stieg wieder herunter, Meike umarmte mich noch ein mal, und sagte »Komm rein!«

Neugierig betrat ich die Wohnung der beiden. Es roch gut hier, nicht muffig. Auf der Flurgarderobe stand so eine Raumduftflasche mit Stäbchen. An der Garderobe hingen einige Jacken, für die Schuhe gab es wohl einen Schrank und der Boden war mit einer einheitlichen Auslegware belegt. Und es duftete nach Kuchen. Jetzt merkte ich erst, was ich für einen Hunger hatte! Immerhin war ja mein Mittagessen ausgefallen und das Frühstück kam ja wieder raus. »Wir hatten gedacht, du hast bestimmt Hunger. Trinkst du Kaffee oder Tee?«

»Kaffee«, sagte ich.

Meike führte mich ins Wohnzimmer. Hier wartete ein bereits

gedeckter Tisch auf mich. Und eine Kuchenplatte mit Pflaumen-Streuselkuchen. Ihr Blick fiel auf mein an der Hüfte blutiges Oberteil. »Warte mal«, sagte sie, verschwand in einen Raum, wohl das Schlafzimmer, und kam mit einem Oberteil wieder. »Hier, das müsste dir passen. Ist eh ausgemustert.« Ich zog ungeniert mein Oberteil aus und mir das von ihr gereichte Oberteil über. Es passte gut, da es weit geschnitten war. Da Meike schlanker war als ich, wäre das sonst nicht gegangen. »Das war früher mein Zu-Hause-Wohlfühl-Schlabber-Oberteil«, sagte sie grienend, und warf einen Blick auf Jakob, der meinen Aus - und Anzieh Vorgang beobachtet hatte. Ich hoffte, mein BH hatte ihm gefallen.

»Habt ihr extra für mich Kuchen gekauft?«, fragte ich.

»Nee. Den backt Jakob immer selber. Er liebt das! Wir hatten noch was eingefroren und den haben wir jetzt schnell aufgetaut.«

»Und du? Backst du auch?«

»Nee. Ich koche gerne.« Meinen fragenden Gesichtsausdruck deutete sie wohl richtig. »Nachher auch. Ich hab schon was vorbereitet.«

»WOW. Was für ein Service!«

»Sandra, nach diesem Tag hast du dir das verdient! Dazu sind Freunde doch da! Und jetzt greif zu!« Wir setzten uns und schaufelten uns alle ein Kuchenstück auf den Teller. Als ich mit dem ersten Kuchenstück fertig war, hatten die beiden ihr Stück erst zur Hälfte geschafft. »Na, war wohl nötig?«, griente Meike, und tat mir noch ein weiteres Stück drauf. Nach dem ich auch das aufgegessen hatte, war mein Hunger noch nicht befriedigt, tat aber so, als wäre ich satt, und lobte gleich die Backkünste von Jakob.

»Ihr hattet aber heute echt ein schlechtes Timing. Mit etwas Pech hätte euch der Einbrecher auch überrascht, oder ihr ihn.«

»Na dann war das Timing doch gut, weil wir zu spät waren. Meike hatte sich entschlossen, die Hose doch noch mal anzuprobieren, bevor wir sie gekauft hatten. Sonst wären wir eher da gewesen«, sagte Jakob.

»Wir waren im Alstertal Zentrum zum Einkaufen. Und weil das in der Nähe liegt, dachten wir, dass wir mal schnell bei Uwe vorbeifahren. Dass er nicht mehr am Leben ist wussten wir ja nicht«, sagte Meike.

»Kennst du Uwe auch vom Studium?«, fragte ich sie.

»Nein, aber ich habe Uwe mit Jakob zusammen besucht, später. Da warst du gerade in Paris, sagte er.«

»Stimmt, da fahre ich ab und zu mal hin. Das ist ja sozusagen das Mekka für Modemacher.«

»Uwe sagte uns schon, dass du da so einen Laden hast und auch Mode entwirfst.«

»Genau. Das hab ich da ja auch studiert, in Münster, wo ich ihn kennengelernt hatte.«

Meike sagte: »Ja, die Geschichte hat er uns dann erzählt. Wie geht's dir denn jetzt so, nachdem er gestorben ist?«

»Na wie schon! Er fehlt mir manchmal immer noch. Wisst ihr, er hatte mich betrogen, ist mit seiner Affäre getürmt, hat mich und seine Firma bestohlen. Trotzdem!« Ich konnte mal wieder nicht weiter erzählen, da mir die Tränen kamen. »Entschuldigung!«

»Sandra, du musst dich nicht entschuldigen!«, brachte Jakob sich jetzt ins Gespräch ein. »Das hätte ich Uwe nie zugetraut, aber ich glaube dir!«

Ich erzählte den beiden dann die ganze Geschichte, entschloss mich aber, meine Sache mit Julian nicht zu verschweigen, wohl aber die pikanten Sachen, die danach kamen. »Bestimmt habt ihr jetzt eine schlechte Meinung von mir«, sagte ich abschließend.

»Wieso? Wegen diesem Kollegen von Uwe? Mensch Sandra, da warst du doch in einer Ausnahmesituation! Das versteht doch jeder!«, sagte Meike.

»Da wusste ich doch aber noch gar nicht, dass er mit der abgehauen ist!« Ich wurde laut dabei.

»Letzten Endes war es aber so gewesen. Somit kannst du dir auch verzeihen!«

»Ich versuche es!«

»Und Uwe hatte wirklich Drogen im Auto?«

»Laut Polizei ja. Gesehen hab ich die nicht, aber wenn die es sagen!«

»Kurios. Ich geh dann mal kochen, ja?« Ich nickte, und dann erzählte mir Jakob die Geschichte von ihm und Meike, wie sie sich kennengelernt hatten und was sie so machten. Er war freischaffender Grafikdesigner, und Meike leitete ein Einkaufszentrum. Bis vor zwei Jahren wohnten und arbeiteten die beiden noch in Süddeutschland. Und ihre Wohnung war anders als gedacht keine Mietwohnung, sondern eine Eigentumswohnung. Dann brachte Meike das Essen, einen Auflauf, dazu einen schönen Salat mit Ruccola, Orangenstückchen und Granatapfelkernen. Es war genau das Richtige um meinen Hunger zu stopfen. Und nach dem Abräumen schlugen die beiden vor, Gesellschaftsspiele zu machen. Wir hatten eine Menge Spaß und ich konnte dabei den ganzen Müll vergessen, der wieder über mich gekommen war. Dann beschlossen wir zu schlafen. Jakob machte mir das Schlafsofa zurecht und Meike bezog es. Jakob ging dann ins Bad. »Jakob gefällt dir, oder?«, fragte Meike.

»Er ist ein guter Mann, glaub ich.«

Meike schaute mich mit einem Blick an der mir sagte, dass sie bemerkt hatte, dass ich die Intension hinter ihrer Frage absichtlich übergangen hatte, setzte mir noch einen Kuss auf die Wange und verschwand dann auch ins Bad, aus dem Jakob später zuerst heraus kam und mit einem Gute-Nacht-Gruß ins Schlafzimmer der beiden verschwand. Wenig später folgte Meike ihm nach. Ich legte mich dann auch schlafen. Aber wie zu erwarten, kam ich nicht in den Schlaf. Alle heute passierten Sache wirbelten in meinem Gehirn umher wie ein außer Kontrolle geratenes Karussell. Der Einbruch, die Bedrohung und Fesselung, mein blöder Verteidigungsversuch mit dieser Mafia-Behauptung, mein geglückter Gegenangriff, der blinde Mann, die Polizei, der unfreundliche Spurensicherer, und ein unerwartetes Treffen mit Uwes alten Studienkollegen, das alles ging mir im Kopf herum. Völlig rätselhaft war mir das Motiv das Angreifers. Was könnte er gesucht haben? Von den Drogen wusste er ja scheinbar nichts, wohl aber davon, dass Uwe ums Leben gekommen war. Und der Typ war offenbar kein Gentleman. Eher ein Ganove. Nein, eher Kleinganove. Ließ sich von einer Frau ins Bockshorn jagen. Also kein Kämpfer. All zu helle war er wohl auch nicht, sonst hätte er sich nicht von mir in den Garten locken lassen. Er muss wohl einen Auftraggeber gehabt haben. Aber wen? Und wozu? Die Firma schied aus. Die hatte ja ihr Geld wieder. Außerdem ... Piere hätte mich ja nur fragen brauchen ob ich irgendwelche Datenträger von der Firma habe. Schulden die Uwe bei jemanden hatte waren es jedenfalls nicht. Der hatte ja kein Geld gefordert, sondern irgendwelche Daten. Selbst den goldenen Ehering von Uwe, bestimmt mehrere hundert Euro wert, hatte er ja liegen gelassen. Ich hatte ihn gesehen, als er das Kästchen ausgekippt hatte. Den ominösen und rätselhaften Zettel hatte er sich noch nicht mal angeschaut. Ich kam zu keinem Ergebnis. Vielleicht könnte ich ja bei der Polizei etwas erfahren. Irgendwann war ich doch eingeschlafen und wachte am Morgen auf. Meike sprang in der Wohnung herum, leise zwar, aber ich hörte es.

Ich rappelte mich von der Schlafcouch hoch und rieb mir die Augen. Da kam Meike und setzte sich neben mich hin. »Alles okay?«, fragte sie.

»Ja, klar. Hat aber ein wenig gedauert mit dem Einschlafen.«

»Klar, bei DER Sache! Ich muss jetzt zur Arbeit. Wenn du mal wieder mit einem von uns reden willst, bist du immer willkommen, Sandra.« Ich hatte meine gestrigen Erlebnisse bis eben in meinem Kopf verdrängt, aber nun kam es wieder in meine Gedanken. »Tschüss«, sagte Meike, und ging aus der Wohnung.

In diesem Moment stand auch Jakob in der Schlafzimmertür, warf einen kurzen Blick auf mich, wie ich nur mit Slip und BH bekleidet auf der Couch saß, sagte: »Guten Morgen Sandra«, und ging ins Bad. Dort kam er aber wieder schnell heraus und sagte: »Kannst ins Bad duschen gehen. Ich mache Frühstück.« Ich ging also ins Bad, duschte, klaute mir ein wenig Parfüm von Meike - es roch verdammt kräftig - zog mich dann an, und ging wieder dort raus. Jakob saß schon am Esstisch und aß. Er hatte immer noch nur seine Boxershorts an. Ich musterte seinen Körper. Er tat so, als sähe er es nicht. Es fing an, verdächtig zu kribbeln.

»Gut geschlafen?«, fragte er schmatzend.

»Wie man's nimmt!«, antwortete ich.

»Du steckst das alles gut weg« sagte Jakob. Ich antwortete darauf erst mal nicht, belegte mir ein Brötchen mit Wurst, und aß es.

»Das kommt oft erst später wieder«, sagte ich dann. »Dann werde ich traurig oder fange an zu weinen.«

»Ist doch normal. Meine erste Freundin ist auch gestorben. Da hatte ich ganz lange zu kämpfen.«

»Was ist ihr passiert?«

»Bahngleise. Eine Mutprobe. Wir beide waren da noch im Teenageralter.«

»Erzähl!« Jakob erzählte mir nun die ganze Sache etwas ausführlicher. Es schien dabei nur wenig Emotionen zu zeigen, aber seine Stimme zitterte doch einige male ein wenig. Auch er hatte es also nicht komplett verarbeitet. Würde das bei mir auch so sein?

Dann waren wir fertig. »Ich geh mal ins Bad, duschen«, sagte er. Ich machte mich nützlich, indem ich alles wegräumte und den Geschirrspüler befüllte. Ich trat dann ans Fenster und schaute hinaus. Der Blick ging hier zum Innenhof. Alles schön mit Bäumen bewachsen. Ich hörte ihn gar nicht kommen, aber auf ein mal spürte ich seine Präsenz. Er stand dicht hinter mir. »Schön, nicht?«, sagte er, und legte eine Hand auf meinen Po. Es fühlte sich für mich zumindest so an. Denn eigentlich lag seine Hand nur auf meiner Schulter. Es war so, als würde mich ein Blitz treffen. Alles an mir war elektrisiert. Ich drehte meinen Kopf nach hinten, zu ihm. Er war ganz dicht hinter mir. Die Zeit blieb stehen. Wir starrten uns an. Sekunden, die sich wie Minuten anfühlten, vergingen. In Gedanken fuhr seine Hand höher, bis sie an meiner Hüfte angekommen war, das bildete ich mir ein. Und ich bekam es mit der Angst. Es war Angst vor mir selber, davor, dass ich vielleicht doch schwach werden könnte, ihm um den Hals falle, was auch immer. Ich drehte mich um, und entzog mich ihm. War das jetzt der anfängliche Versuch einer Verführung? Für mich hatte es sich zumindest so angefühlt.

»Ich muss jetzt gehen«, sagte ich. Ich zog mir meine Sachen an, also meine Schuhe, und meine Jacke drüber. Jakob war keine

Enttäuschung anzusehen. Ich schrieb auf einen Zettel von der Flurgarderobe noch meine Handynummer auf, und Jakob reichte mir ein Kärtchen mit seiner Handynummer. »Tschüß Jakob. Und danke für alles!«, sagte ich noch, und ging aus der Wohnung. Jakob verabschiedete sich noch mit »Tschüss Sandra! Du meldest dich, ja?« Ich war mir unsicher. Ich war froh, dass ich es trotz aufkommender Lust geschafft hatte, ihm zu widerstehen, aber würde das auch beim nächsten Mal der Fall sein? Meike hatte nämlich wirklich recht gehabt. Er gefiel mir.

Ich checkte wie ich zur Polizei hinkomme und stieg dann in den Bus. Bei der Polizei angekommen, meldete ich mich beim Pförtner, sagte meinen Namen und meine Adresse, schilderte mein Anliegen, er schaute sich meinen Ausweis an und schickte mich dann in die dritte Etage und sagte mir die Raumnummer. Es war ein größerer Raum, in dem vier Leute arbeiteten. Ich sah die Frau die gestern bei mir war, sie sah mich und winkte mich heran. »Hallo Frau Neuhaus. Wie geht es ihnen?«
»Ich sag jetzt nicht gut, dafür 'es geht so'.«
»Gut bekommen wir auch nur selten zu hören. Setzen sie sich doch.«
»Kein Verhörraum?«
Sie griente. »Wir verhören sie doch nicht. Dann legen sie mal los und erzählen sie, wie alles ablief!«
Ich fing also an und sie schrieb auf ihrem Computer alles in einer unglaublichen Geschwindigkeit mit. Dann begann sie, Fragen zu stellen.
»Und der wollte also kein Geld, sondern nur einen oder mehrere Datenträger, ja?«
»Sagte ich ja schon!«
»Und auch keine Drogen?«
»Davon wusste er offenbar gar nichts. Jedenfalls war er ganz überrascht, als ich es ihm gesagt hatte.«

»Und haben sie keine Ahnung, warum er das gesucht hatte?«
»Nicht die geringste. Er wirkte eher wie ein kleiner Ganove. Ich denke, der wird einen Auftraggeber gehabt haben. Aber wer und warum: keine Ahnung!« Ich kam damit ihrer Frage zuvor. Wieder tippte sie alles ein. »Warum fragen sie ihn denn nicht? Ich denke sie haben ihn?«
»Er schweigt«, sagte sie. Dann reichte sie mir ein Foto rüber. »Schon mal gesehen?« Ich schaute mir das Foto an. Ein Mann mit braunen, unmodischen Haaren. Seine Augen waren geschlossen und im Gesicht hatte er allerhand Hämatome.
»Kenne ich nicht«, sagte ich. »Wer ist das denn? Ist der tot?«
»Das ist er. Pjotr Sikowski. Den Namen schon mal gehört?«
»Nee, nie.«
»Dachte ich mir auch. Ist für uns kein Unbekannter. Diebstähle, Körperverletzung, ein Raubüberfall. Wurde mit Haftbefehl gesucht. Und ja, er ist tot. Er ist bei der Flucht vor der Polizei vor einen Bus gelaufen und wurde angefahren. Heute Nacht ist er im Krankenhaus verstorben.«
»Au weia!«
»Sie hatten da echt Glück gehabt! Das Projektil hätte auch ganz woanders hin gehen können!« Sie hob ein durchsichtiges Plastiktütchen hoch, in der ein Projektil zu sehen war. »Stak im Hauswirtschaftsraum in der hinteren Wand.«
Ich musste kurz schlucken, fing mich aber wieder. Mit einer ein wenig belegt klingenden Stimme antwortete ich: »Ich hatte aber gewonnen! Es ging um: er oder ich!«
»Glückwunsch.« Sie reichte mir einen Zettel rüber. »Kennen sie diese Telefonnummer?«
Ich schaute drauf. Aber sie kam mir nicht bekannt vor. »Nee, sagt mir nichts.«
»Die hatte er zwischen der Flucht und seinem Unfall angerufen und drei Minuten mit jemanden telefoniert. Offenbar sein Auftraggeber. Ist ein unregistriertes Prepaid Handy.«
»Wie gesagt, ich kenne die nicht.«
»Gut. Sie sollten mal über Einbruchsschutz nachdenken. Könnte ja sein, dass da wieder einer kommt.«
»Mach ich. Haben sie da wen?«

214

»Hille ist gut. Auch Brauchert. Das sind Sicherheitsberater. Beide stehen im Branchenbuch.«

»Okay. Sind wir jetzt durch?«

Sie reichte mir meinen Schlüssel rüber. »Sind wir. Viel Erfolg beim Aufräumen.«

»Danke, bis dann, oder besser, eher nicht.«

Sie lächelte mich an. »Sie glauben gar nicht, wie oft wir das hören.« Ich sagte dazu nichts weiter, griente nur, und verließ das Gebäude. Zu Hause angekommen merkte ich, wie fertig ich doch war. Aber nützte ja nichts. Ich fing im Schlafzimmer an, ging dann weiter zum Bad, arbeitete mich dann bis zur Küche durch, dann war es auch schon Abend. Ich warf mich ohne Fernsehen zu schauen ins Bett und schlief augenblicklich ein. Erst drei Tage später sah meine Wohnung wieder wohnlich aus. Einiges war auch zu Bruch gegangen, einige Teile Porzellan aus dem von meinen Eltern geerbten guten Essservice. Die müsste ich noch später versuchen, gebraucht zu kaufen. Den Schaden hatte ich meiner Versicherung gemeldet und just als ich mit Aufräumen fertig war kamen auch schon die Glaser mit der bestellten neuen Scheibe und bauten sie ein. Und ich bekam Besuch vom Sicherheitsberater. Meine Fenster und Türen waren soweit ausreichend, aber ich sollte alles zusätzlich mit einer Einbruchmeldeanlage absichern. Zwei Wochen später war alles erledigt und ich fühlte mich nun wieder relativ sicher in meinem Haus. Weiteren 'Besuch' hatte ich zum Glück keinen bekommen.

Einige Tage später klingelte das Telefon. Ich meldete mich mit: »Hier Gard-Haarstudio!« Seit diese Umfrage-Werbe-und Schockanrufe unerträglich oft kamen, hatte ich mir angewöhnt nicht mehr meinen Namen zu nennen.

»Hier ist Hannes Biermann und ich habe immer noch kein Bier, und Haargel auch nicht.«

»Ach sie sind das!«

»Das klingt jetzt aber nicht freundlich. Letztens waren sie netter.«

»Das klingt nur so. In Wahrheit würde ich gerne ein Blind Date mit ihnen haben wollen. Ich lade sie ein!«

»Tatsächlich?« Diese Antwort klang ein wenig blasiert, und ich hoffte, sie war nicht so gemeint.

»Gut gekontert. Also, möchten sie nun, oder lieber nicht?«

»Liebend gerne. Im Pasta und More, morgen, 19 Uhr?«

»Wo ist das denn? Warten sie, ich schau mal nach. In Eppendorf also?«

»Genau. Also, sagen sie zu?«

»Aber sicher doch. Bis dann, Hannes Biermann.«

»Hannes reicht, Sandra. Ich freue mich.« Er legte auf. Ich atmete tief durch. Ich war tatsächlich neugierig auf ihn. Auf sein Leben als Blinder, wie er seine täglichen Herausforderungen meistert, ob er eine Freundin hat. Aber die letzte Frage kam eher von ihr. Sie hatte schon wieder zu kribbeln angefangen. Er hatte ihr also auch gefallen, damals. Vor dem Abend machte ich mich nicht besonders chic, nur wenig, ich wusste ja dass er mich nicht sehen konnte, aber zumindest so dass ich normal ausgehfähig war. Ich kam dann sogar fünf Minuten zu früh an, was bei mir ja selten vorkam. Ich ärgerte mich, dass wir nicht abgesprochen hatten ob wir draußen aufeinander warten sollen oder im Lokal. Ich spähte durch die Scheibe und sah ihn da schon sitzen. Also ging ich rein und zu ihm hin. Ich hatte noch kein Wort zu ihm gesagt, da sprach er: »Hallo Sandra.«

»Oh … woher weißt du denn, dass ich es bin?« Ich war ganz erstaunt.

»War ja nicht schwer. Ich bin blind, aber nicht taub. Es war dein typischer Gang und ich glaube du hast auch die Schuhe an die du letztens getragen hattest. Die Schuhe der Kellnerin klingen anders und die vom Kellner erst recht.«

»WOW, phänomenal. Ich bin beeindruckt.« Ich setzte mich hin.

»Schön. Es passiert selten, dass ich eine Frau beeindrucken kann. Jedenfalls keine normale.«

Ich lachte auf, war amüsiert. »Gibt's denn unnormale?«

»Ja, Studentinnen. Manche von denen sind noch grün hinter

216

den Ohren, ein wenig naiv, und impulsiv sind die meisten auch.«
»Das erinnert mich irgendwie an meine eigene Vergangenheit.«
»Was hast du denn studiert?«
»Modedesign. Und dann das Leben.«
»Und, bist du weiter gekommen?«
»Schon. Mit beidem. Bis … ja, ach, lassen wir das.« Natürlich kamen mir gleich Uwes Verfehlungen in den Sinn.
»Vielleicht erzählst du es mir ja mal. Ehe du fragst: ich meine das, was du gerade versuchst zuzuschütten.«
»Ich überleg's mir.«
Die Kellnerin kam. »Guten Abend. Möchten sie schon was zu trinken bestellen?« Sie reichte uns die Speisekarten. Ich nahm die meine. Auch Hannes griff die ihm hin gereichte Speisekarte, fast exakt, so als würde er in etwa sehen, wo sich diese befindet, und legte sie auf den Tisch neben sich ab.
»Ich nehme ein stilles Wasser Null fünf und als Essensgericht die Penne Rigate.«
»Oh, nichts mit Alkohol?«, fragte ich.
»Besser nicht. Alkohol ist ein Zellgift.« Das brachte mich in Zugzwang.
»Äh … ich nehme dann auch so ein Wasser und mir dann bitte auch die Penne Rigate.«
»Gerne, sagte die Kellnerin, schnappte sich wieder die Speisekarten, und verschwand.«
»Jetzt weiß ich. Das ist ein Trick. Du kannst doch sehen!«
»Nur noch hell und dunkel. Aber die anderen Sinne helfen. Das Hören. Die Abschattung der Geräusche durch Menschen oder Gegenstände. Ich ahnte nur in etwa, wo sich die Karte befindet.«
»Ich bekomme so langsam Hochachtung vor dir. Und woher wusstest du, was du essen wolltest? Die Speisekarte konntest du doch gar nicht lesen!«
»Das war einfach. Jedes Restaurant mit Nudeln hat einige Standardgerichte. Die Chance war also sehr groß, dass dieses dabei war. Und ansonsten hättest du mir geholfen, oder?« Ich antwortete darauf nicht. »Und, hast du die Sache überwunden? Diesen Überfall?«
»Es war wohl eher als Einbruch geplant, aber dann kam ich

früher zurück als sonst.«

»Das heißt, er kannte deinen normalen Tagesablauf!« Er war also zum selben Schluss bekommen wie ich.

»Daran habe ich auch schon gedacht. Aber man kann ihn ja nicht mehr befragen. Er ist tot.«

»Tot?« Wie bei einem blinden Menschen üblich bewegten sich seine Augen nicht, aber die Mimik seines Gesichts ähnelte der eines normal sehenden Menschen.

»Er lief auf der Flucht vor einen Bus und ist gestorben, bevor man ihn befragen konnte. Die Polizei vermutet, dass er einen Auftraggeber hatte. Der ist aber nicht ermittelbar.«

»Und, war noch mal jemand ...?«

»Nein! Außerdem habe ich jetzt eine Einbruchmeldeanlage.«

»Und was hatte er gesucht? Ich glaube ich hatte etwas von einem Datenträger gehört.«

»Genau, einen Datenträger. Einen Stick oder so etwas. Mit was genau drauf, davon habe ich keine Ahnung. Es gehört außerdem zu den Sachen, die ich gerne zuschütten will.«

»Verstehe.« Unsere Getränke kamen.

»Wie war denn die Vorlesung?«, fragte ich, und hoffte gleichzeitig, dadurch heraus zu bekommen was er machte.

»Sie war wie erwartet. Am hartnäckigsten war Mareike.« Er griente dabei.

»Ich hätte nicht gedacht dass ...«

Er unterbrach mich. »Ein blinder Mann Avancen bekommt? Doch, aber die sind nicht ehrlich. Sie probieren sich aus, probieren wie weit sie gehen können, machen dann aber einen Rückzieher, wenn es ernst werden könnte.«

»Wurde es schon mal ernst?«

»Du bist aber neugierig! Ja, wurde es. Aber mehr verrate ich nicht.« Seine Miene blieb verschlossen.

»Worüber dozierst du eigentlich? Und warum warst du denn bei mir in der Gegend damals?«

Jetzt griente er, so richtig teuflisch. »Glaub mir, das willst du nicht wissen! Außerdem waren das zwei Fragen mit einmal.« Meine Neugier fachte das natürlich erst recht an.

»Doch, will ich.«

218

Er seufzte. »Also gut, bei dir in der Ecke war ich, weil ich meinen alten Professor besucht habe. Und doziert habe ich an dem Tag über Axione.«

»Was ist das denn?«

»Hypothetische Teilchen der dunklen Materie.«

»Aha. Und das geht, obwohl du blind bist?«

»Die Publikationen lasse ich mir vom Reader vorlesen und meine menschlichen und digitalen Assistenten helfen mir dabei. Und dein 'aha' bedeutete in deinen Gedanken: 'so etwas sinnloses macht der', Fragezeichen.«

Sein Gesicht zeigte jetzt ein sanftes Lächeln. Ich lachte auf. Es war nämlich richtig gewesen. War ja auch nicht schwer zu erraten gewesen. Mein 'aha' war in der Tonlage ganz anders gewesen als das anschließend gesprochene. »Ein wenig stimmte das auch. Aber du kannst ja versuchen, es mir zu erklären.«

»Na gut, also, ich vermute mal, du weißt, das wir mit Erde, Sonne, und anderen Sternen zusammen in einer Galaxie leben, der Milchstraße. Die Sterne dort, also auch wir, rotieren dabei wegen der Gravitation um das gemeinsame Massezentrum, und zwar um so langsamer, je weiter man vom Zentrum weg ist. Und schon vor längerer Zeit hatte man bei nahen anderen Galaxien festgestellt, dass die Rotationsgeschwindigkeit in den Außenbereichen bei allen Galaxien zu hoch ist. Mit anderen Worten: da ist insgesamt viel mehr Masse drin, als man anhand der sichtbaren Sterne sieht. Man hat sich natürlich Gedanken gemacht, was die Ursache davon ist, es könnten Unmengen ausgebrannter, dunkler Sterne sein, beim Urknall in großer Zahl entstandene kleine schwarze Löcher, oder eben bisher unbekannte Teilchen, die nicht mit anderen Teilchen oder elektromagnetischen Wellen wechselwirken, und daher unsichtbar sind. Kommst du noch mit?«

Ich lächelte, trotz des Wissens um die Tatsache, dass er mein Lächeln ja gar nicht sehen konnte, aber vielleicht konnte er dieses Lächeln ja hören. »Im Groben ja. Also Urknall, schwarze Löcher, und ähm Teilchen, das weiß ich so ungefähr.«

»Schön, also dieses Axion ist eines dieser Teilchen Kandidaten.

Klein, furchtbar leicht, und wenn es das gibt müssten Unmengen dieser Teilchen im Universum vorhanden sein, um diese dunkle Materie zu erklären. Eines dieser Nachweisexperimente ist hier in Hamburg am DESY in Planung und und nennt sich ALPS. Aber andere Anlagen gibt es in Genf und in Gran Sasso in Italien. Es könnten aber auch andere, schwerere Teilchen sein, sogenannte WIMP's. All das zählt zu meinem Forschungsgebiet, aber ich denke, für dich ist das eine ganz andere, unverständliche Welt. Aber sie ist dir näher, als du denkst. Gib mir mal deine Hand.« Ich reichte sie ihm hin. Wieder ergriff er diese mit fast traumwandlerischer Sicherheit. Ein Kribbeln ging durch meinen Körper. »Siehst du, die Teilchen, also Atomkerne und Elektronen in deiner und meiner Hand haben zusammen mit der elektromagnetischen Kraft dafür gesorgt, dass sich unsere Hände nicht durchdringen und weiterhin alleinig uns gehören. Im Alltag muss man so etwas gar nicht wissen. Weder heute, noch vor Jahrmillionen Jahren. Aber die Neugier treibt uns trotzdem an. Immer weiter. Auch du hast sicherlich Neugier, aber eine andere.« Ja, da hatte er recht. Ich war neugierig darauf, zu erfahren wie ich mit ihm schlafen könnte. Würde ich es schaffen? Das konnte ich ihn natürlich nicht so brühwarm fragen, und musste es langsam angehen lassen.

»Stimmt, ich frage mich immer noch, was dieser Typ bei mir im Haus gesucht hat.« Leider kam jetzt die Kellnerin mit unserem Essen und unterbrach das Gespräch. Wir fingen erst mal an, ehe das Essen kalt wird. Ich beobachtete ihn. Er musste nur kurz tasten, wo der Teller ist, dann aß er sein Essen sehr geschickt. Fast so wie ich. Zwischendurch erzählte ich immer wieder in kurzen Sätzen Teile meiner Geschichte. »Und dann kam also die Kripo und hat mich verhört, weil die dachten dass ich was mit diesem Fentanyl zu tun habe. Ich hatte aber keine Ahnung. Meine Anwältin hat mich dann befreit, und dann haben die später bei mir eine Hausdurchsuchung gemacht. Gefunden haben die nichts von Belang. Später haben die sich dann sogar zu der Behauptung versteigert, ich hätte diesen Unfall ausgelöst. Aber zum Glück gab es Zeugen. Er war wohl einfach

220

verliebt und deshalb unaufmerksam.«

»Es tut mir trotzdem leid für dich. Das war sicher alles nicht einfach für dich, das zu verdauen. Das heißt aber, der Einbrecher konnte keinen Datenträger mehr finden, weil die Polizei auch nichts gefunden hat.«

»Ja, vermutlich. Oder mein Mann Uwe hat ihn gut versteckt. Aber er war ja viele Wochen vorher schon nicht mehr im Haus.«

»Das wird dann wohl ein Rätsel bleiben. Sozusagen deine dunkle Materie. Und vielleicht gibt es diesen Datenträger ja nicht. Jedenfalls nicht in deinem Haus. Der Typ wollte dich wohl gar nicht angreifen. Du hast ihn schlicht überrascht. Das kommt immer wieder mal vor. Du hast ihn nicht angegriffen, oder?«

»Nee, der hat mir ja eine Pistole vor die Nase gehalten. Angegriffen hatte ich ihn erst am Schluss, konnte ihn überraschen. Und dann ist er ja getürmt.«

»Und über mich drüber ...«

»Ist denn bei dir alles verheilt?«

Er lachte. »Willst du nachsehen? Ich weiß es nicht, kann ja nichts sehen.«

»Keine schlechte Idee«, sagte ich. Er sagte dazu nichts. »Bist du jetzt sauer?«

»Nein. Ich kann damit nur nicht umgehen.«

»Ich glaube, du hast es schon verstanden!« Er, der bisher so souveräne Mann, wurde auf ein mal ängstlich. Nur ein wenig, aber ich spürte es. »Hast du Angst vor deiner Frau?« Einen Ring hatte ich zwar nicht gesehen, aber könnte ja sein.

»Ich hab keine ... ich war nie verheiratet. Ich hatte damals eine Freundin, die auch bei mir blieb, als es begonnen hatte. Aber ich war bescheuert und habe sie dann später raus geekelt. Dabei hatte sie fest zu mir gestanden. Ich war ein Idiot!«

Er zeigte jetzt spürbare Emotionen, auch in der Mimik. »Mit 16 fing es an, dass ich immer schlechter sah. Mit 25 war es dann ganz vorbei. Ich war später bei einem Psychologen, der sagte mir, dass so etwas bei Behinderten ganz oft passiert. Also das Beenden der Beziehung von der Seite des Behinderten aus.« Auf ein mal flossen bei ihm ein paar Tränen, und er fing an zu schluchzen, aber nach kurzer Zeit hatte er sich wieder gefangen.

Oder war ich es, der es unterbrochen hatte? Ich hatte meine Hände auf seine gelegt, und er zog seine Hände nicht weg. »Siehst du sie denn immer noch?« Ich zog meine Hände von ihm weg und schlug sie mir vor den Mund. »Entschuldigung, das war jetzt ganz blöd von mir!«

»Ich sehe sie noch oft vor mir. So, wie sie damals war, als ich sie noch sehen konnte. Und nein, ich habe sie schon ewig nicht mehr getroffen oder gesprochen. Sicher ist sie heute verheiratet, hat Kinder, keine Ahnung.«

»Das tut mir leid. Gehen wir jetzt zu dir, oder zu mir?«

»Du willst das wirklich, oder?«

»Ich spiele nicht mit dir. Also?«

»Mein Hotel ist gleich hier nebenan.«

»Klingt wie eine Einladung.« Ich winkte die Kellnerin heran, bezahlte mit dem üblichen Trinkgeld, sagte: »So Hannes, wir können.« Er stand auf. Ich half ihm dabei, den Ausgang zu finden, er wendete sich nach rechts, benutzte dabei seinen Blindenstock, und waren tatsächlich fünfzig Meter weiter am Eingang eines Hotels angekommen, gingen rein, dann in einen Gang im Erdgeschoss lang, dann blieb er vor einer Zimmertür stehen, zog eine Karte aus der Hosentasche, hielt sie vor das Türschloss, und wir waren drin. »Wie schaffst du das denn, so zielsicher die richtige Tür zu treffen?«

»Ich habe die Schritte gezählt. Ich hatte lange genug Zeit, um mich an meinen jetzigen Zustand zu gewöhnen.« Weder ich noch er machten Licht. Von draußen warfen einige Straßenlaternen ein fahles schummeriges Licht hinein, das reichte mir zur Orientierung. Wir gingen die paar Schritte ins Zimmer rein. Dann zögerte er. Ich nicht. Ich legte mich gleich auf das Bett.

»Hier bin ich!«, sagte ich. »Hattest du seit deiner Freundin damals nie mehr eine Frau?«

»Doch, aber die letzte ist schon länger her. Eine Frau aus einem Institut.« Er erriet wohl meine Frage. »Nein, keine Studentin.«

»Mit der könnte ich mich sowieso nicht messen«, antwortete ich.

»Darf ich das überprüfen? Ich will dein Gesicht abtasten.«

Du darfst auch noch viel mehr abtasten, dachte ich.

222

»Du darfst gerne bei meinem Gesicht anfangen.« Endlich gab er seine unbequeme, stehende Position auf und legte sich neben mich auf das Bett, auf die Seite. Es sah fast so aus, als würde er mich ansehen, aber ich wusste ja, das konnte er nicht. Dann ging seine Hand auf die Suche, fand meinen Hals, und tastete dann weiter über mein Gesicht, ganz langsam, ganz zärtlich. Ich schloss meine Augen und genoss es. Ich hatte so etwas noch nie erlebt. Nach endlosen endlos schönen Minuten verschwand seine Hand wieder. »Willst du nicht noch mehr erforschen?«, fragte ich. Er seufzte. Seine Hand kam wieder, streichelte jetzt meinen Hals, dann meine Arme, alles ganz langsam, dann glitten diese über meine Kleidung, wobei er aber, sehr zu meinem Leidwesen, meine Brüste ausließ. Mittlerweile kribbelte es schon wieder, nicht nur bei meinem Biest, sondern am ganzen Körper. Die Intensität und die Langsamkeit, mit der er mich erkundete, war einfach irre. Er hatte überhaupt keine Eile. Seine Hand wand sich tiefer, tastete nun an meinen Beinen entlang. Da es heute ein warmer Tag war, hatte ich keine Strumpfhose angezogen. Leider machte er überhaupt keine Anstalten, meinen Südpol zu erkunden. Als er mit seiner Hand auf dem Rückweg war, griff ich auf ein mal sein Handgelenk. Er erstarrte regelrecht. Ich versuchte seine Hand auf mein Lustdreieck zu führen, aber er wehrte sich, war ziemlich kräftig. Mit Gewalt würde ich hier nichts erreichen. Ich wollte aber auch nicht die schöne Stimmung zerstören, indem ich was sagte. So ließ ich seine Hand einfach dort, wo sie war, ließ sein Handgelenk los. Aber es hatte sich was verändert. Er atmete heftig. Ich natürlich auch. Endlich, Millimeter für Millimeter, begann sein Vorstoß. Ich konnte es nicht verhindern, dass ich einen Lustlaut ausstieß. Nur gehaucht. Er stoppte kurz, machte dann aber weiter. Der nächste Lustlaut kam. Nun schon viel lauter. Endlich schob sich seine Hand in nennenswerter Geschwindigkeit auf meine Vulva zu und verharrte dann da, aber nur kurz. Dann ging seine Erforschung weiter. Ich öffnete extra meine Beine, damit er schön weiter vordringen konnte. Und endlich ging seine Hand auf die Suche, um den Saum meines Slips zu finden, fand ihn, glitt hinein. Jetzt wurde ich laut.

223

Meine Lippen suchte die seinen, wir knutschen. Endlich! Und leidenschaftlich. Auch er japste nun nach Luft. Ich zog mich aus und er sich auch. Dann lagen wir nackt auf dem Bett. Weiter ging seine Forschungstätigkeit, nun aber mit seinem Mund. Unzählige, ganz sanfte Küsse auf meinem Körper. Dass die nicht leidenschaftlich waren, störte überhaupt nicht. Es war einfach schön, dass das mal jemand ganz anders machte. Als er bei meinen Beinen entlang küssend wieder höher kam, öffnete ich meine Schenkel erneut. Er war jetzt schon dicht dran. »Darf ich?«, fragte er ganz leise.

»Mach endlich«, hauchte ich. Seine Küsse dort brannten wie Feuer, obwohl sie ganz sanft gesetzt wurden. Erst allmählich wurden diese leidenschaftlicher. Auch ich ging es mit, wand mich wie ein Aal, wurde lauter, spastische Zuckungen vereinten sich mit den Lustwellen, die durch meinen Körper liefen, und kulminierten in einem gigantischen Orgasmus, bei dem ich sogar aufschrie und seinen Kopf auf mein Bermuda-Dreieck presste. Nach einer kurzen Ausruhen-Phase knutschte ich erst ein mal mit ihm, dann kümmerte ich mich um seinen Liebespfahl, der schon ganz lange auf seinen Einsatz wartete. Ich schnappte mir meine Tasche, holte ein Kondom heraus, rollte es ihm drüber. Nach zehn Minuten oder so hatte auch er seinen kleinen Tod erlebt. Ächzend stieg ich von ihm herunter, liebkoste noch eine Weile seinen Körper, er streichelte mich auch, wir knutschen eine ganze Weile, nun aber mehr zärtlich als leidenschaftlich.

»Du bist eine tolle Frau Sandra, weißt du das?«
Mein Grienen daraufhin konnte er leider nicht sehen. »Natürlich. Und ich bin jetzt auch Teilchenforscherin.« Er lachte. »Lach nur. Ich habe ein dunkles Teilchen entdeckt. Aber eigentlich sind die Teilchen ganz hell. Es sind gerade Unmengen davon durch meinen Körper geflossen. Und sie ... wie hieß das? Sie wechselwirken, jedes einzelne war spürbar, Lustteilchen sind das. Die Teilchen der Sexualität.«
Er lachte noch einmal. »Gratuliere zur Entdeckung. Leider kann ich das nicht im Fachmagazin veröffentlichen. Wir müssen es geheim halten. Siehst du, nun bist du doch eine neugierige

Forscherin.«

»Genau, mit der Erforschung von Hannes dem Teilchenforscher. Die neugierige Forscherin muss jetzt aber los.«

»Verstehe. Sex ja, Beziehung nein. Mach dir keinen Kopf. Ich bin eh immer die ganze Zeit auf Achse und für eine Beziehung ist da wenig Zeit.« Ich machte Licht, zog mich wieder an, und musste mich beherrschen, nicht doch noch einmal schwach zu werden. Es gab zum Abschied für ihn noch einmal einen langen und leidenschaftlichen Kuss.

»Tschüss, Hannes. Bis bald mal irgendwann.« Er würde es sicher verstehen, dachte ich.

Einige Monate später, ich war schon ein wenig in meinem neuen Leben ohne (Ehe)-Mann angekommen und die Sache war schon fast ad Acta gelegt, soweit das möglich war, ein Seelenklempner würde vermutlich behaupten, ich hätte sie verdrängt, da kam sie mit Wucht in mein Leben zurück. Anlass war ein Brief der im Postkasten lag. Es stand meine Adresse drauf, handgeschrieben. Ich drehte ihn um. Fast bekam ich einen Herzkasper. Als Absender stand Uwe Neuhaus und meine Adresse drauf. Die Knie wurden mir weich. Es war mittlerweile Winter geworden und ungewöhnlich kalt für Anfang Dezember, wäre das nicht gewesen hätte ich wohl noch lange an unserer Säule beim Eingang gestanden. Ich ging, besser gesagt schlich ins Haus zurück. Mein Herz raste! Ich ging in die Küche, schnappte mir dort ein Messer, ging ins Wohnzimmer, öffnete den Brief mit zittrigen Händen und fischte den Briefbogen heraus. Mit fetten und großen Druckbuchstaben stand darauf:

ICH WEISS WAS DU

GETAN HAST!

KOMM ZUM

TREFFEN!!!

Mehr nicht. Von Uwe? Wie soll Uwe denn da hinkommen? DER WAR DOCH TOT! TOT! Das musste ein makabrer Scherz sein! Oder war das eine Falle? Von der Polizei? Aber das dürften die doch nicht, so hinterrücks, oder? Wo und wann soll denn das Treffen sein? Es stand nichts vermerkt. Nie und nimmer würde ich da hingehen, wo auch immer. Ich untersuchte den Briefumschlag, auch innen. Nichts. Dann kam ich auf die Idee den Briefbogen umzudrehen. Es war eine Eintrittkarte auf die Rückseite gedruckt. Ein Klassik Konzert in der Elbphilharmonie in drei Tagen. Nie im Leben würde ich da hingehen! Viel zu gefährlich! Obwohl, da sind ja ganz viele Menschen. Schwer vorstellbar, dort ein Attentat auf mich zu verüben. Und wer könnte ein Interesse daran haben? Uwe? Der war tot. Seine Verwandten? Denen war das wohl ziemlich egal. Ich war zwar Alleinerbe gewesen, aber die hatten alle beide ausreichend Vermögen. Evelyn war außer Gefecht. Irgendwer aus Uwes Firma? Das konnte ich mir nicht vorstellen. Mal abgesehen davon, dass ich nur wenige nicht so schwerwiegende illegale Sachen gemacht hatte. Das war nichts. Strafrechtlich nicht von Bedeutung. Oder hatte das mit den Drogen zu tun? Die Mafia? Dann wäre ich schon tot. Die hatten ganz andere Möglichkeiten. Oder ging es immer noch um diesen ominösen Datenträger?

Ich schnappte mir das Telefon und rief Ellen an. »Na Süße! Hast du Sehnsucht?«

»Nee, Angst. Ich hab da so einen merkwürdigen Brief gekriegt.«

»Was stand denn drauf?«

»In Großbuchstaben stand: Ich weiß was du getan hast! Komm zum Treffen! Weiter nichts. Und auf der Rückseite ist eine Eintrittskarte für ein Konzert in der Elbphilharmonie am Samstag Abend. Als Absender auf dem Umschlag stand Uwe!«

»Uwe kann es nicht sein. Da probiert jemand einen Trick. Ich glaube du hast einen Verehrer, Sandra. Der will dich daten.«

»Quatsch. Julian müsste das nicht und er würde mir nie so einen Schrecken einjagen!«

»Stimmt auch wieder. Davon mal abgesehen: deine Sachen waren alles mehr oder weniger Lappalien.«

»Was soll ich also tun?«

»Sei neugierig!«

»Ellen! Bin ich für dich Kanonenfutter?«

»Nee, Sandra. Du bist eine reizende, nachdenkliche Drama-Queen.«

»Das war jetzt aber nicht nett. Hast du keine Idee?«

»Doch, klar habe ich die. Ich habe eine nachvollziehbare, sehr elegante Lösung: Sandra, du musst da hin! Sonst wirst du nie erfahren, wer da was von dir will!«

»Soll ich nicht lieber zur Polizei gehen?«

»Schlafende Hunde soll man nicht wecken! Da sind doch tausende Leute! Was soll dir da schon passieren! Notfalls schreist du um Hilfe. Du bist doch taff!«

»Kannst du mich nicht begleiten?«

»Hab doch Seminar. Weißt du doch. Mal abgesehen davon, jetzt würde man sicher keine Karte mehr bekommen.«

»Das stimmt wohl auch. Na gut. Ich überlege es mir!«

»Gib mir Bescheid, Süße, ja?«

»Mach ich. Viel Spaß. Gibt's dort Männer beim Seminar?«

»Jura, also Überschuss.«

»Treib's nicht so dolle! Bis dann.«

»Bis die Tage Sandra!«

Ellen legte auf. Ich hatte immer noch ein mulmiges Gefühl, aber immerhin fühlte ich mich nun ein klein wenig besser. Es folgten drei Tage mit sehr unruhigem Schlaf. Ohne es zu wollen, hatte mich die Sache wieder eingeholt. Am Samstagmorgen hatte ich mich endlich dazu durchgerungen. Die Neugier und die Angst waren einfach zu groß. Natürlich würde ich nicht auf Uwe treffen. Das ging ja nicht. Aber wer würde es sein? Trotz des vielen Nachdenkens, mir war niemand eingefallen. Ich machte, einfach um abgelenkt zu sein, all die üblichen Verrichtungen für den Samstag, zog mich chic an, fuhr in die Innenstadt und ging in ein Café, trank dort einen starken Kaffee und aß ein spätes Stück Kuchen. Mit leerem Magen würde ich zu sehr abgelenkt sein. Und dann ging ich zur Elbphilharmonie, auch liebevoll Elphi genannt. Die war in aller Munde, aber ich war noch nie da gewesen, obwohl es die schon einige Jahre gab. Uwe hatte zwei mal versucht Karten zu bekommen und war jedes mal am zusammenbrechenden Server gescheitert. Vom Brief hatte ich eine Kopie gemacht. Das Original hatte ich zu Hause gelassen. Sicher ist sicher. Ich stand ehrfurchtsvoll vor dem beeindruckenden und hell erleuchteten Gebäude. Ich scannte die Karte und kam durch das Drehkreuz. Die Karte schien also wirklich echt zu sein. Ich ging hinein und zur Rolltreppe. Und ich war beeindruckt! Es wirkte fast so, als würde man in den Himmel fahren! Mehrere Minuten schaute ich wie gebannt und vergaß sogar den Grund meines Hierseins. Danach kam man zu einem riesengroßen Fenster. Der hell erleuchtete Hafen war hier super zu überblicken. Noch eine letzte, weniger beeindruckende kleine Rolltreppe, ein paar flache Stufen, und ich war auf der Plaza. Ich drehte draußen eine Runde, hielt aber nicht lange durch, da es so kalt war. Aber super Blick nach allen Seiten! Es war noch kein Einlass zum großen Saal. Ich ging noch in den Shop, um mir im warmen Raum die Zeit zu vertreiben, dann ging es los. Der Typ am Eingang scannte meine Eintrittkarte und ich kam rein! Unheimlich viele Stufen waren nun zu überwinden. Alles sah sehr edel aus. Ich kämpfte mich zur Etage dreizehn durch. An der Frauentoilette eine Schlange, wie üblich. Und dann ging ich in den Saal. Es sah alles überwältigend schön aus! Ich setzte mich hin und wartete. Meine innere Spannung

228

stieg nun wieder, da ich keine Ahnung hatte, was mich erwartete. Viele Personen hatten noch nicht Platz genommen. Erst etwa zehn Minuten vor Beginn kamen die Massen. Platz für Platz füllte sich. Ich schaute jeden aufmerksam, und sicher auch etwas misstrauisch an. Links neben mich setzte sich ein älteres Ehepaar hin. Die würden es sicher nicht sein. Die waren schon längst im Rentenalter und die Frau, die neben mir saß, wirkte gebrechlich. Drei Plätze rechts neben mir kam eine Familie mit zwei Kindern, so etwa 12 - 14 Jahre alt. Die waren es auch nicht. Alles konzentrierte sich nun auf die zwei Plätze rechts neben mir. Aber es kam und kam keiner. Erst ganz kurz vor Beginn, die Orchestermusiker kamen schon herein, schlängelte sich noch ein Mann durch. Alter ca. 40 Jahre, unauffälliger Typ mit kurzen, schwarzen Haaren. Es sah aus, als wollte er neben mir Platz nehmen. Meine Spannung stieg ins Unermessliche. Er sah noch mal auf seine Eintrittskarte, ging dann einen Schritt weiter, auf den zweiten Platz. Der Platz neben mir blieb frei. Fast war ich ein wenig enttäuscht. Ich schielte mehrfach zu ihm rüber, aber er beachtete mich gar nicht, sondern klatschte wie die anderen Zuschauer den Musikern zu, bis die alle Platz genommen hatten. Und dann ging es los. Ich war schon Ewigkeiten nicht mehr in so einer Art Konzert gewesen, zumindest wenn man die Opernbesuche nicht mitzählt. Die wenigen Konzerte bisher waren vom Musikunterricht der Schule. Einstimmen der Instrumente. Der Dirigent kam, nochmal klatschen, er stieg auf sein Pult, und die ersten Töne erklangen. Ein witziges, schmissiges Stück, welches alle in seinen Bann zog. Großes Geklatsche nach dem Schluss, ziemlich lange. Dann ging der Dirigent wieder raus. Ich hoffte oder befürchtete, je nach Sichtweise, dass mein unbekannter Mann in dieser kurzen Pause doch noch kam, aber Pustekuchen. Wobei, es könnte ja auch eine Frau sein. Dann kam der Dirigent wieder, zusammen mit einer Solistin. Ein Violinkonzert. Ich hatte das schon mal irgendwann gehört, wusste aber nicht von wem es ist. Ein süßlich schmelzendes Stück ohne Solo-Attitüden. Wieder viel klatschen, die Solistin gab noch eine Zugabe, dann war Pause. Würde er nachher kommen oder schon auf dem Platz neben mir sitzen? Trotz meiner Anspannung ging ich ins Foyer, um mir die Beine zu vertreten. Und auf das Örtchen ging ich gleich zuerst. Als ich heraus kam, stand eine Riesen-Schlange davor. Gutes Timing, Sandra, sagte ich mir. Ich ging zum Geländer, von wo man gut herunterblicken konnte, richtig tief hinunter, drehte mich um, und blickte auf ein mal in seine Augen. Mein Herz raste erneut. Aber schnell ging sein Blick wieder von mir weg. Er kam auf mich zu, schien mich aber gar nicht mehr zu sehen, schaute genauso hinunter wie ich, löste sich, und ging wieder weg. Der war es also nicht. Ich ging wieder zurück in den Saal. Keiner auf dem Platz neben mir. Er folgte nach ein paar Minuten, nickte mir zu, setzte sich auf seinen Platz, und studierte das Programmheft. Nach und nach füllten sich die Reihen, aber der Platz neben mir blieb frei. Ich war regelrecht enttäuscht. Nicht erleichtert. So blieb die Bedrohung ja weiter bestehen! Nichts war gelöst! Dann kam das Orchester wieder und es ging los. Die ersten Töne erklangen. Ich zuckte zusammen. Hörner, dann Trompeten, Posaunen. Eine bedrohliche Einführung. Ich dachte sofort an die Situation von vor einigen Monaten, aber auch an meine jetzige Situation. Tränen schossen in meine Augen. Hatte sich wirklich jemand einen Spaß mit mir erlaubt? Wenn ja, war es sicher ein teurer Spaß gewesen. Weiter ging das Stück, welches mich mehr und mehr in seinen Bann zog. Immer wieder das Thema vom Beginn, bedrohliche Töne. In Gedanken flogen die Ereignisse vom Sommer an mir vorbei. Und dann kurz vor Schluss des ersten Teils, es waren ja vier Teile, ein sehr langer, schneidender, schmerzhafter Ton der Geigen, dann ein gesteigertes Orchester-Tutti, in das ohrenbetäubende Posaunenklänge rasten. Wieder kamen Tränen in meine Augen, richtig viele, da ich dabei an Uwe dachte. Nach einer halben Stunde und endlose Schicksalsklänge später, es waren allerdings auch liebliche Passagen dabei, war das Stück zu Ende. Ich auch. Es hatte mich mehr mitgenommen, als ich gedacht hatte, aber der bombastische Schluss mit dem ganzen Orchesterapparat hatte auch etwas Befreiendes. Und komisch, die dunkle Bedrohung war innerlich weg, obwohl die noch da sein musste. Mein

Schicksal würde es nicht weiter beeinflussen, nahm ich mir vor. Die Beleuchtung des Saales ging an, und die Leute strömten zum Ausgang. Ich blieb noch sitzen, musste noch alles verarbeiten. Als ich nach endloser Zeit, die meisten Leute waren schon weg, nach rechts schaute, da saß auch er noch. Endlich schaute er zur mir hin. Er lächelte mich jetzt an. »Wir haben beide was ähnliches erlebt«, sagte er.

»Woher wissen sie das?«, fragte ich ihn.

»Sie hatten an denselben Stellen Tränen in den Augen wie ich.«

»Sie haben mich angeschaut?«

»Ich entschuldige mich!« Er hob wie abwehrend seine Hände.

»Nein, so war das nicht gemeint! Ich bin nur ... überrascht!«

Er lächelte wie wissend. »Wir erkennen uns. Auch wenn wir uns nicht kennen. Haben sie die Karte neben ihnen für ihren Mann gekauft? Damit er bei ihnen ist? Anfangs hab ich das auch noch einige male gemacht.«

»Es stimmt, er ist ... er ist tot. Aber eigentlich sollte ein ... ein Bekannter mitkommen. Aber er kam nicht.«

»Entschuldigen sie. Ich wollte ihnen nicht zu ...«

Ich fiel ihm ins Wort. »Nein. Bitte nicht missverstehen. Ich bin Sandra.« Sandra! Was machst du hier mit ihm? Meine innere Stimme meldete sich.

»Angenehm. Ich bin Peter.«

»Lust auf einen Absacker?« Sandra!!!!

»Gerne.« Wir begaben uns jetzt zum Ausgang. »Bist du denn öfters hier?«

»Nein. Das war hier meine Premiere!«

»Ist es lange her bei dir? Mir hatte es damals das Leben gerettet. Vorher hatte ich nie Klassik gehört.«

»Deine Frau?« Er nickte. »Bei mir vier Monate. Uwe, mein Mann.«

»Du hast das aber bemerkenswert gut weggesteckt!«

»Meinst du? Das hat mit den Umständen zu tun. Außerdem ... er hatte sich damals gegen mich gewendet, kurz vor seinem Tod. Warum dann meine Tränen?«

»Tote kann man zuschütten. Gefühle nicht. Die bleiben leben, solange man selbst lebt.«

»Bist du Psychiater?«

»Nein, Überlebender.«

Mittlerweile waren wir bei der Treppe angekommen und fuhren herunter. »Jetzt fahren wir in die Hölle«, sagte ich.

»Meinst du, weil wir vorhin in den Himmel gefahren sind?«

»Du hast es also auch so empfunden?!« Wir können noch viel mehr mit ihm empfinden, sagte meine kleine Miss.

»Ja, ganz genau so. Hölle gibt's aber da unten nicht. Das ist Kirchenkrams. Die wirkliche Hölle ist in uns drin!«

»Hast du da eine?« Es war sicher eine sehr provokante Frage, aber er lachte nur.

»Wenn ja, ist die tief verborgen. Und du?«

Jetzt lachte auch ich. »Finde es raus!«

»Eine typische Frauenantwort.«

»Kannst du damit leben?«

»Muss ja, 'ne? Frauen ändern sich da nicht.«

Wir waren unten angekommen. »Wohin?«, fragte ich.

»Komm mit!«

Es waren wirklich nur wenige Meter, dann kamen wir an. Die Gaststätte war modern und hipp eingerichtet, und lag mit Blick auf das Wasser. Es war nicht mehr so voll und wir bekamen problemlos einen 2er Tisch am Fenster.

»Wein?«, fragte er.

»Rot«, war meine Antwort. Der Kellner kam und er bestellte zwei Gläser Wein und, ohne mich gefragt zu haben, einige kleine Häppchen. Es war ein auf französisch getrimmtes Restaurant.

»Die machen in Kürze zu«, sagte er. »Sie haben das erfunden, oder? Das mit dem Bekannten.«

»Jein. Es war ein Unbekannter, den ich erwartete.«

»Ein blind Date?«

»Sozusagen ja.«

»Du bist ein wenig rätselhaft! Warum musst du dich denn so merkwürdig daten?« Ich beschloss einfach eine Flucht nach vorne zu machen, holte mein Handy heraus und zeigte ihm das Foto von dem Schreiben. »Hat da jemand was gegen dich in der Hand?«, fragte er.

»Ich wüsste nicht. Es gab einige Probleme in der Vergangenheit. Es waren nicht alle Sachen ganz legal um da wieder herauszukommen, aber eigentlich Lappalien. Ich habe also keine Ahnung!«

»Na er oder sie hat es dann wohl aufgegeben, oder? Erzählst du mir die Geschichte?« Ich war tatsächlich in Erzähl-Laune nach dieser berauschenden Musik und gab ihm einen kleinen Einblick. »Als was arbeitest du denn?«, fragte er.

»Ich hab einen Modeladen und mache Entwürfe dafür. Vor allem Sache aus Wolle«, antwortete ich. »Und du?«

»Ich mache Archivmanagement. Langweilig, oder?«

Der Wein kam und wir stießen an, tranken beide einen Schluck. Auf ein mal hatte ich eine Idee. Sie war folgerichtig, würde dann aber auch eine dramatische Entwicklung oder Entdeckung bedeuten. »Du archivierst für die Polizei!« sagte ich, so als stünde das fest. Er wurde rot und schaute mich entsetzt an.

»Nein, gar nicht!«

»Du lügst!« Er wurde noch mehr rot. »Du bist dieser Mister X! Was wolltest du denn damit erreichen? Bist du verdeckter Ermittler? Für die Polizei? Ich weiß nichts von den Drogen! Und diesen Datenträger habe ich auch nicht!«

Er druckste herum und brachte kein Wort mehr heraus. Ich stand auf und war im Begriff zu gehen. »Nein, warte!«, sagte er, und griff mir an meine Jacke. »Du hast recht. Aber ich bin privat hier. Zeigst du mich jetzt an?«

Er schien jetzt total deprimiert zu sein und seine Augen wurden feucht. Eine Gefahr schien von ihm nicht auszugehen. »Mal sehen. Warum hast du das gemacht?!«

»Ich wollte dich kennenlernen. Und vor allem deine Geschichte.«

»Die hast du ja nun ansatzweise gehört. Also?« Die Kleinigkeiten kamen. Ich setzte mich wieder hin. Ich war neugierig geworden. Und mein kleines Biest schien aus unerfindlichen Gründen diesen dreisten Herrn zu mögen.

»Ich bin Hobbyschriftsteller. Ich versuche Krimis zu schreiben. Dafür suche ich Material. Ich habe in deine Ermittlungsakte geschaut und fand das ganz interessant und wollte etwas über die Hintergründe wissen.«

»Da ist vermutlich zu wenig kriminelles dabei.«

»Und was ist mit der Drogensache? Vielleicht kann ich da ja eine kriminelle Gruppierung mit reinbringen. Muss ja nicht alles real sein. Und wieso Datenträger? Davon stand in der Akte nichts.«

»Der Datenträger kam ja auch erst später ins Spiel. Von den Drogen weiß ich nichts. Sagte ich ja schon. Nur von der Polizei damals, die mir was anhängen wollte. Ich war selber überrascht. Also, meinen Segen hast du. Man darf mich darin aber nicht wiedererkennen.«

»Echt jetzt?« Seine Miene hellte sich wieder auf.

»Stimmt das denn mit deiner Frau wenigstens?«

»Klar stimmt das.«

»Woran ist sie gestorben?«

»An einem aggressiven Hirntumor, vor drei Jahren.«

»Das tut mir leid. Es belastet dich immer noch, ja?«

»Total. Aber das Schreiben hilft mir.«

»Baust du sie in die Geschichte mit ein?«

»Das war nicht geplant. Aber ja, das ist eine gute Idee. Ich schaue mal, was ich machen kann, wo es ginge.«

»Der Komponist von dem Stück vorhin, der hat auch so etwas erlebt, oder?«

»So nicht. Aber er war homosexuell und musste es geheim halten. Schicksal halt.«

»Dann war das also seine Schicksalssinfonie?«

»Nein, die ist die Nummer 5, wir hörten die 4. Aber auch in dieser spielt das Schicksal eine große Rolle, wie du gemerkt hast.«

»Ein Teil meines Schicksals war da jedenfalls auch mit drin. Sonst hätte es mich nicht so berührt. Wie bist du eigentlich an die Karten gekommen? Das ist ja nicht so einfach. Mein Mann hatte es damals auch einige male probiert und ist gescheitert.«

»Ist auch nicht so einfach. Ich hatte die aber schon. Zwei Bekannte wollten mit, die hatten jetzt aber die Grippe gekriegt, und dann hatte ich spontan diese Idee.«

»Wie weit wolltest du gehen dabei?«

»Nicht weit. Ich bin … ich bin eigentlich schüchtern.« Der Kellner kam zum Kassieren, da das Lokal gleich schließen wollte. Den Wein hatten wir ausgetrunken und die Kleinigkeiten waren auch schon in unsere Mägen gewandert. »Wo musst du hin?«, fragte er mich.

»Ohlsdorf und da dann in die S-Bahn.«

»Da wohne ich.«

Ich musste unwillkürlich lachen. »Du wohnst in der S-Bahn?«

Jetzt fing auch er mit Lachen an. »Du bist lustig! Nein, in Ohlsdorf. Gleich da in den Häuserblöcken.«

»Dann können wir ja bei dir noch einen Schluck trinken. Ist auch mein Weg.« Sandra! Du Biest! Meine kleine Sandra war mal wieder vorwitzig.

»Gerne.«

Wir standen auf und verließen das Lokal. Zehn Minuten später saßen wir in der U-Bahn. Er hatte angefangen mir seine Geschichte zu erzählen. Wie er seine Frau kennenlernte, wie sie viele Reisen machten, dann die Krankheit. Und auch, wie er über viele Stationen zur Polizei kam. Er entschuldigte sich dabei auch nochmals für den Missbrauch meiner Akte und den Schreck, den er damit in mir ausgelöst hatte. Dann waren wir da, stiegen aus, keine fünf Minuten später standen wir vor seinem Haus und kurz später in seiner Wohnung, die Parterre lag. Hoffentlich hört man meine Lustschreie nicht so dolle, dachte ich. Leider hatte sie wieder ein Eigenleben bekommen und Erlösung war dringend nötig. Er dirigierte mich auf seine Couch und kam nach einem kurzen Abstecher in seine Küche mit einer Rotweinflasche und zwei Gläsern wieder. »Cheers!«

»Cheers!«

Er stand noch mal auf und legte Musik auf. Barmusik, leise.

»Willst du mit mir tanzen?«, fragte ich.

»Tanzen? Ich kann nicht tanzen!«

Im nächsten Moment fing sie bereits an, ihn zu Küssen. Was heißt sie, ich war es, aber sie hatte es mir befohlen. Im ersten Moment ging er es mit, ein kurzes Knutschen begann, ich nestelte an seiner Hose und versuchte, die zu öffnen, um IHN herauszubekommen, da stieß er mich von sich.

»Nein! Nein! Ich ... ich kann nicht!«

»Warum denn nicht? Es war doch gerade so schön!«

Er schwieg zuerst, trank dann einen großen Schluck von seinem Wein und ich auch.

»Es ist wegen meiner Frau!«

»Aber die ist doch tot!«

»Schon. Aber ich hab … ich hätte dann das Gefühl, ich würde sie dadurch betrügen.«

Das war natürlich Blödsinn, aber andererseits würde ich ihn von dieser Psychose wohl kaum befreien können. Selbst der Alkohol hatte ja nicht geholfen. »Hattest du nie eine Frau nach dem?«

»Nein! Ich hatte mal … aber das war nichts. Eine Prostituierte. Da wäre es vielleicht anders. Aber diese … diese gespielte Geilheit! Ich hatte das nicht ertragen, bin gegangen, noch ehe es überhaupt los ging.«

»Verstehe ich. Es sind aber nicht alle so.« Kleine Sandra, du Biest! Du hast doch bestimmt wieder einen Plan!

»Kennst du so eine?«

»Ja. Eine Bekannte von früher.« Sandra!!! »Die macht das nur ab und zu, aber wenn, dann geht sie darin richtig auf. Ich kann sie ja mal fragen.« Was hast du vor, Sandra???? Sie antwortete nicht. Er war jetzt geknickt, traurig. Hier würde ich jetzt nichts mehr erreichen können. Ich stand auf. »Danke für den schönen Abend, Peter. Bis dann.« Er gab keine Antwort mehr.

Ich ging aus dem Haus, fuhr nach Hause. Es war schon weit nach Mitternacht, als ich endlich da war. Ich zog mich sogleich aus, ließ aber meine Unterwäsche an. Der nächste Gang ging zum Nachtschrank. Big und Middle wanderten in meine Hand. Ich hatte meinen Dildos mittlerweile Namen gegeben. Kosenamen. Es ging schnell, die angestaute Geilheit musste raus. Big bewegte ich ein wenig, dabei meine Perle streichelnd. Nach wenigen Minuten kam es mir. Ich lutschte dabei wie irre am Schwanz … ooops, am Vibrator, den ich mir in den Mund geschoben hatte. Ich bildete mir aber ein, dass es einer war. Seiner. Und er hatte gespritzt. In den Mund! Zumindest in meiner Einbildung. War das ein Zeichen? Sollte ich das mal versuchen? Mein Biest hatte bekommen was es wollte und gab jetzt Ruhe. Es dauerte trotzdem, bis ich eingeschlafen war. Zu viele Sachen gingen mir im Kopf herum.

Am anderen Morgen schickte ich Ellen eine SMS dass ich ihn enttarnt hätte und dass sie mich zurückrufen soll. Am Abend kam ihr Anruf.

»Na, meine süße Detektivin!«

»Ja, ich sollte den Beruf wechseln.«

»War es schwer?«

»Was? Das Stück? Ja!«

»Welches Stück? Was meinst du?«

»Das Musikstück. Es hatte mich sehr mitgenommen!«

»Und was war jetzt mit ihm? Oder war es eine Frau?«

»Ach so! Nein, es ist ein Mann. Eigentlich ganz friedlich. Sieht harmlos aus, ist aber recht attraktiv. Aber dann wollte er nicht mit mir schlafen.«

»Sandra!!! Hast du da nicht was zwischendurch vergessen?«

»Ja, die Beobachtung, das Reden, die Enttarnung. Aber dann wollte ich mit ihm ins Bett.«

»Du bist ja 'ne Schnelle!«

»Manchmal. Ich war bei ihm schon fast soweit, aber dann meinte er dass er das nicht könnte, da er sonst das Gefühl hätte seine verstorbene Frau zu betrügen. Und dann kam diese Sache mit der Prostituierten ins Spiel.«

»Ich verstehe jetzt nur Bahnhof! Und was machst du nun?«

»Ich werd 'ne Nutte.«

»Sandra!!!«

»Ja doch, ich will doch nur so tun, als wäre ich eine. Damit er mit mir schläft. Hab nur noch keine Idee. Und obwohl er ja weiß, wo ich wohne, will ich mit ihm nicht hierher. Ob es im Hotel geht?«

»Ich hab da 'ne bessere Idee. Ich habe da so einen Clienten, der schuldet mir noch was.«

»Und was hilft das?«

»Der hat 'ne Modelwohnung. Ich frag mal bei dem an und melde mich, ja?«

»Du bist ein Schatz, Ellen!«

»Weiß ich doch!«

Ich schickte Ellen noch sicherheitshalber seine Adresse und seinen Namen, P. Müller stand auf dem Klingelschild, seinen Vornamen kannte ich ja schon. Kaum abgeschickt, kam der

Rückruf. »So, Frau geile Detektivin, in fünf Tagen, also am Donnerstag, kannst du das Apartment um 18 Uhr haben. Musst aber bis 22 Uhr fertig sein. Schlüssel dafür gibt's beim Kiosk im Heußweg, die Wohnung liegt am Eimsbüttler Marktplatz, die sagen dir dann auch die Hausnummer. Schlüssel da dann auch wieder im Kiosk abgeben.«

»Die haben da aber keine Kameras, oder!«

»Nee, das hab ich ihn auch gleich gefragt. Ich lass den Bastard hochgehen, wenn er gelogen hat. Dann kriegt er zehn Jahre. Mindestens! Das riskiert der nicht!«

»Ellen, so kenne ich dich ja gar nicht!«

»Meine Gespielinnen sind mein Heiligtum. Wer die ärgert ...!«

»Ich bin so froh, dass ich dich kenne.«

»Ich auch«, sagte Ellen, und legte auf.

Ich machte mich sofort an die Arbeit. Ich bereitete am PC ein Schreiben vor. Vorne stand: 'ICH HAB DICH IN DER HAND! KOMM ZUM TREFFPUNKT!!!' Und hintendrauf: 'Je nach gewünschtem Leistungsumfang brauchst du bis zu 250 Euro. Treffpunkt ist die Litfaßsäule gegenüber der Bushaltestelle Eimsbüttler Marktplatz. Uhrzeit 18:30. Wehe, du kommst nicht!'. Auf die Innenseite des Briefumschlags schrieb ich 'Sandra' und setzte einen Smilie dahinter. So würde er wissen, dass es von mir kam. Ich versah das mit Briefmarke und seiner Adresse und ging extra los bis zur Hauptpost, damit das auf jeden Fall rechtzeitig ankommt. Unser Postkasten wurde nicht oft genug geleert, schon gar nicht am Sonntag.

Am Donnerstag war ich voll aufgeregt. Und ich hatte eine gewisse Erwartungshaltung. Mein kleines Biest natürlich auch. Ich blieb bis dahin enthaltsam und so hatte sich wieder einiges angestaut. Um in die richtige Stimmung zu kommen, ließ ich die Ereignisse vom Samstag noch mal Revue passieren. Sogar die Sinfonie hörte ich mir nochmals an. Und wieder musste ich heulen, weil ich dabei an Uwe und mich dachte. Würde das denn nie aufhören? Irgendwie müsste ich mir dafür eine Lösung ausdenken. Ich hatte extra eher Schluss gemacht heute. Dann begann ich mit dem Einkleiden. Natürlich schöne Unterwäsche, ein sehr edles, dunkelgrünes Dessous. Dazu zog ich mir noch schöne Netzstrümpfe an. Das Outfit komplettierte ich mit einem Pelzmantel, den ich noch von meiner Mutter hatte, bisher noch nie angezogen. Man würde von außen nicht sehen, was sich darunter verbarg. Ich fuhr mit dem Auto dorthin, parkte es in einer Seitenstraße, und holte mir den Schlüssel. Natürlich erntete ich allerhand Blicke. Ich ignorierte die. Zunächst ging ich hoch und schaute mir diese Wohnung an. Alles total edel. Dann ging ich wieder herunter, und die Straße weiter bis zum Treffpunkt. Da stand er, sah ein wenig verloren aus. Ich ging über die Straße und sprach ihn an. »Ich bin Ludmilla. Bitte mitkommen!« Ich hatte mir extra einen russischen Akzent angewöhnt. Er folgte mir, ein wenig verschüchtert. Mir war klar, jetzt würde er fasziniert auf meine Beine starren. Dank meiner sexy Netzstrümpfe.

»Wollen wir nicht erst was essen gehen?«, wagte er jetzt zu fragen.

»Besser nicht. Üblich Ablegen in Gaststätte, das nicht so gut sein. Gibt Tumult, ich denken.« Ich öffnete kurz meinen Mantel und er bekam Stielaugen. Ich ging über die Straße, beim Haus einfach rein und die Treppe hoch. Es war ganz oben. Er müsste mittlerweile Netzstrumpfaugen haben. Und Powackelaugen noch dazu. »Immer rein!« Ich schloss die Tür.

»Sandra hat gesagt was kostet?«, fragte ich. Er schüttelte total verschüchtert den Kopf. »50 für ficken, ohne Gummi 50 extra, Blowjob weitere 50, Küssen auch 50, und für lecken musst du weitere 50 Euro zahlen. Leg auf den Tisch! Abgerechnet zu Schluss!« Er holte einige Scheine raus und legte die auf den kleinen Tisch. Innerlich musste ich prusten, aber ich war auch geil. Wollte ihn haben, am besten alle seine Teile. »Was ist? Los, zieh dich aus und hinlegen!« Er gehorchte mir auf's Wort. Noch war sein Luststab 'ne Weichwurst, aber ich hoffte, das würde ich gleich ändern. »Ich gefallen?«, fragte ich, und legte meinen Mantel ab. »Ich gute Nutte sein?«

Er nickte erst, dann sagte er: »Ja.«

»Blowjob haben? So, mit alles?« Wieder nickte er. Er hatte sich hinten auf seine Unterarme abgestützt. »Lecken auch?« Wieder nicken. Er war total verschüchtert. Vermutlich glaubte er wirklich eine Nutte vor sich zu haben, obwohl er mich doch eigentlich trotz der blonden Perücke erkannt haben müsste. Ich zog mir meinen Slip aus. Dann trat ich an ihn heran und führte meinen Slip über seine kleine Wurst, immer wieder. Schnell wurde sie größer und entwickelte sich langsam zum Lustzepter. Während meiner Tätigkeit warf ich einige neckische, aber auch lüsterne Blicke zu ihm hin. Dann führte ich den Slip über sein Gesicht, mehrmals, konnte sehen, dass er den Duft tief einsog. »Nutte gut riecht?«, fragte ich. Er nickte. Na gut. Ich stolzierte zum kleinen Tischchen, wo seine Geldscheine abgelegt waren, und tat den Slip obendrauf. Dann kam ich wieder zu ihm hin. Sein gieriges Gesicht verfolgte jede meiner Bewegungen. Ich robbte mich jetzt so hin, dass mein Gesicht zwischen seine Beine kam. Ich rieb mein Gesicht an seinem Zepter, welches hin und her schlug, immer wieder. Er stöhnte leise. Dann begann ich, an seiner Stange zu lecken, was gar nicht so einfach war. Er war einfach zu erregt, schwang hin und her. »Schmecken gut Schwanz«, sagte ich, machte noch eine Weile so weiter, immer mit Zwischenblicken zu seinem Gesicht hin. Dann erst, nach einer halben Ewigkeit, in der ich wegen meiner übergroßen Lust genau so gelitten hatte wie er, stülpte ich meinen Mund darüber. Wir stöhnten beide. Es hörte sich echt animalisch an, zumindest mein Stöhnen, da mein Mund die Laute ja nicht so entlassen konnte wie sonst. Dann erinnerte ich mich daran, dass er ja lecken wollte. So drehte ich mich und wir machten jetzt Zahlenspielchen. Er die neun und ich die sechs. Endlich bekam mein kleines Biest seine Zuwendung. Ich zuckte zusammen und heiße Wellen fluteten meinen Körper, strahlten überall hin aus. Er wurde nun zum Tier, gierig, wollte mich verschlingen, seine Arme und Hände taten es bereits, hatte sich um meinen Unterleib geschlängelt, hielten mich fest. Ich hatte erst überlegt ob ich mich wieder rasieren sollte, aber mich dagegen entschieden. So hatte er zumindest eine Haarpracht von einer Woche Rasur-Abstinenz, welche meine Lustzonen umgaben. Wie eine Landebahn Befeuerung für meine süßen Schätze. Immer den Härchen nach! Ich vermutete, dass er das auch mit seiner Frau praktiziert hatte, denn er wusste genau, wie man es

240

machen musste. Mein Stöhnen nahm mittlerweile kosmische Ausmaße an, die Galaxie der Lüste breitete sich aus. Er vögelte mir im wahrsten Sinne des Wortes mit seiner Zunge den Verstand heraus. Bei diesem ein wenig bieder wirkendem Mann hätte ich das nicht vermutet, aber es war so. Auch er stöhnte jetzt laut auf, sein Unterleib stieß mir entgehen. Ich wusste was jetzt kommen würde, wollte wegziehen, aber ein anderer Teil von mir hielt mich fest. Ich wollte es erleben, endlich! Erleben, wie es sich anfühlte, schmecken wie es schmeckte. Stöhnen von ihm, heiße Strahlen schossen in meinen Mund, immer mehr. Augenblicklich bemerkte ich die typischen Krämpfe und ein Erdbeben kam aus dem tiefsten Inneren meines Körpers, und das Epizentrum kannte nur ein Ziel: meine Lustzone. Während ich fast wegtrat, merkte ich noch, wie ich meine Beine zusammendrückte, spastische Zuckungen machte. Ich glaube, es dauerte eine Minute, bis ich das süße innere Erdbeben überstanden hatte. Jetzt erst erinnerte ich mich an den Lustozean, der sich noch in mir befand, darauf wartend, befahren zu werden. Ich überwand meine Furcht, entließ sein Zepter, und schluckte. Ich hatte schon mal früher ein paar Tropfen hereinbekommen, beim kleinen 'Unfall' damals, mit der überraschenden Erkenntnis, dass auch das Genuss bereiten kann. So war es auch dieses mal, nur dass ich es viel bewusster auskosten konnte. Es war ein bittersüßer Gaumengenuss, der mir schmeichelte, und ich war froh, dass es nicht widerlich schmeckte. Hätte ja durchaus sein können. Er hatte mittlerweile mit dem Lecken aufgehört, küsste jetzt aber mein feuchtes Dreieck. Ich stieg von ihm herunter, kam ganz nah an sein Gesicht. »Nutte war gut, ja?« Er nickte. Ich griff dabei sein Zepter, damit er nicht weiter schlapp machte. »Küssen wollen?« Wieder nicken. Es wurde aber kein Küssen, sondern knutschen. Sein noch bis vor kurzem in meinem Mund befindlichen Liebesnektar störte ihn gar nicht. Stöhnend erforschten wir die Mundhöhle und Zunge des jeweils anderen. Während meiner Kuss-Lust spürte ich, dass sein Zepter wieder in die Wachstumsphase übergegangen war. Endlich ließen wir voneinander ab.

»Du bist wirklich geil, oder?« Endlich wagte er mal richtig etwas zu sagen als nur ein Nicken.

»Hast du gemerkt haben! Ich andere Nutte sein. Besser Nutte. Jetzt ficken?«

»Willst du das auch?«

»Na klar. Mit oder ohne? Ohne schöner sein, kosten aber extra!«

»Mit ohne«, sagte er.

»Na gut!« War mir auch ganz recht. Ich mag es so lieber, es fühlt sich einfach schöner an. Ich vertraute einfach darauf, dass er seit seiner Frau keine andere Frau mehr gevögelt hatte, das Risiko war also gering. Ich stieg einfach über ihn und führte mir seinen Lümmel ein. Ganz langsam bewegte ich meinen Körper auf ihm. Slow Sex. Von Julian wusste ich, dass der Mann in dieser Phase noch in der Erholungsphase ist, und somit langsam gesteigert werden muss. Mit Uwe hatte ich damals nie über so etwas gesprochen, mal davon abgesehen, dass er nicht zwei mal hintereinander konnte. Ich tat also alles, um ihn und IHN bei Laune zu halten, und wartete auf seinen Ausbruch. Der kam dann bald. Er wurde unruhig, schneller. Seine Hände gingen an meinen Po. Ich mag das unheimlich, es ist wie ein Trigger für mich. So wurde auch ich schneller, er stieß mir entgegen. Ich holte meine Glocken aus dem BH heraus, den ich ja immer noch um hatte. Seine Zunge ging auf Wanderschaft und fanden diese. Sein Mund saugte, als ob er ein Baby wäre. War er ja jetzt auch. Mein Baby, welches Zuwendung brauchte. Immer stärker wurde die Lust, ich hielt es nicht mehr aus, stieg von ihm herunter., kniete mich auf das Bett. Worte bedurfte es keine. Natürlich wusste er, was er machen musste. Er fing ganz langsam an, aber dann wurde es schneller, härter. Erinnerungen an den Hoteldetektiv kamen auf. Nun, ganz so wild wurde es nicht, aber es war zumindest so ähnlich. Mein Gehirn war Matsch, ein einziger Breihaufen. Ich war jetzt eine willenlose Maschine, die nur auf die Erlösung wartete, seine Erlösung, und stöhnte bei jedem Stoß. Aber dann ging er aus mir heraus, bedeutete mir, mich hinzulegen. Willenlos, wie fremdgesteuert, legte ich mich hin. Er kam über mich, machte sofort weiter. Hart und schnell. Ich schrie auf, warf meinen Kopf hin und her vor

Wollust, ich konnte einfach nicht mehr! Mit spastischen Zuckungen feuerte ich ihn an, gierig darauf, dass er noch schneller, noch tiefer in mich stieß. Ich umklammerte seinen Po, krallte meine Fingernägel in ihn, schlang meine Beine um ihn, bettelte um einen Kuss, was heißt um einen, hunderte, tausende wollte ich haben. Und die bekam ich dann auch. Wild und ungestüm schlängelten wir unsere Zungen umeinander, keuchten, stöhnten, versuchten, den anderen bei Stöhnen zu übertönen, und schafften es nicht, denn lauter ging es nicht, und geiler auch nicht. Dieses mal war ich Orgasmus-Sieger. Ich zuckte wieder spastisch, spürte es heranrollen, wieder entstanden Erdbebenlustwellen in meinem Körper, die auf mein Lustzentrum zuliefen, sich dort vereinigten, und zurück in meinen Körper prallten. Während dessen kam auch er erneut, stieß einige male schnell und fest, und verharrte unter Schreien, bis das Schreien abrupt endete, und er den Ausklang seines Orgasmus unter lautlosem Schreien genoss. Sein Blick ruhte auf mir, ungläubig darüber, was er getan hatte, aber auch befriedigt und erschöpft. Nach endlos langer Zeit ließ er sich von mir herunterrollen.

»Danke, Sandra«, hauchte er.

»Ich nicht Sandra. Ich Nutte sein! Nutte Ludmilla.«

»Ach so, ja, S … Ludmilla. Darf ich dich streicheln? Oder kostet das auch extra?«

»Extra kosten wenn du nicht machen … ich das brauchen!« Ich seufzte und drehte mich auf die Seite, drückte mich an ihn. Zärtlich verwöhnten wir uns eine ganze Weile, schweigend. Alles in mir war durcheinander, und dennoch genoss ich es. Was hatte das mit mir gemacht? Echt unglaublich! Mein erstes Mal! Man sagt ja, sein erstes Mal vergisst man nie. So war es jetzt auch bei mir. Natürlich nicht der erste Sex. Aber das erste Mal, dass ich dabei eine Nutte war. Gut, ich hatte sie nur gespielt, aber das ist unerheblich. Als ich das alles gemacht hatte, da WAR ich eine Nutte. Innerlich völlig aufgegangen in meiner Rolle, mit ihr verschmolzen. Daher habe ich das auch so genau und ausführlich beschrieben, weil es eben das erste Mal war. Ganz anders als das mit Julian und den anderen, bei denen es auch schön war. Trotz des langen Streichelns, das Kribbeln wurde nicht wirklich besser. Ich seufzte und setzte mich auf. »Du musst jetzt gehen. Zieh dich wieder an!«

»Ja, Miss … Ludmilla!« Er stand auf, zog sich an, musterte mich dabei aber weiter ausgiebig.

»Dir gefallen?«, fragte ich.

»Ja, toll. Meine Frau hatte nie Dessous.« Sein Blick wanderte zum kleinen Tisch mit dem Geld und dem Slip.

»Kannst nehmen. Hab noch mehr. Kleine Trophäe sein für dich. Nicht extra kosten.« Ein wenig verschämt nahm er den Slip und steckte ihn in seine Manteltasche, ließ das Geld aber liegen. Da musste ich mir noch was einfallen lassen, das ging so nicht. »Tschüss Sa … Ludmilla!« Ein trauriger Blick zu mir, und er schloss die Tür. Er würde es sicher nicht wagen, mich noch mal zu kontaktieren, nachdem ich wusste wer er war und wo er wohnte. Bei Bedarf würde ich mich bei ihm melden. Ich ließ mich wieder auf das Bett fallen und stöhnte dabei. Ich verwöhnte mich noch eine ganze Weile, Brüste, Beine, Po. Und natürlich die Perle. Nicht für einen weiteren Orgasmus, nur zum Ausklingen. Dann zog ich mich an, zog das Betttuch ab, und ein neues drauf, so wie es im Kuvert in dem der Schlüssel lag stand. Das besudelte Betttuch wanderte in den Wäschekorb. Ich packte meine Brüste wieder in den BH, zog meinen Mantel über, ging zurück auf die Straße und gab den Schlüssel ab. Es war jetzt ein anderes Publikum unterwegs und ich erntete lüsterne Blicke und anzügliche Bemerkungen. Aber keiner folgte mir. Ich setzte mich in mein Auto und fuhr nach Hause. Ich konnte lange nicht einschlafen. Das Ereignis hatte mich einfach zu sehr aufgewühlt. Ellen hatte ich noch eine ganz kurze SMS geschrieben, damit sie sich keine Sorgen macht. Anderen Tags fischte ich das Geld aus der Pelzmanteltasche, wechselte einen Schein, und legte 240 Euro in ein Kuvert, einen Zettel 'Grüße von Sandra' dazu, versah es mit Briefmarke und seiner Adresse. So hatte er nur 10 Euro bezahlt und es trotzdem mit einer Nutte getrieben, das war wichtig für sein Empfinden, seine Frau nicht mit einer 'richtigen' Frau betrogen zu haben. Natürlich wollte ich ihn nicht ausnehmen. Meine Währung war die Lust und der Lustgewinn, und beides hatte ich bekommen. Wer weiß, wie viel oder wenig so ein Archivar verdiente. Wenn man den edlen Slip abzieht, hatte ich sogar Miese gemacht, aber das war mir die Sache wert gewesen. Bei der Fahrt zum Laden gab ich den Brief auf. Natürlich war Ellen neugierig und ich musste ihr alles lang und breit erzählen. Am Schluss war Ellen von meinem Gerede so geil geworden, dass sie es sich gemacht hatte, wie sie mir danach dann in einer SMS schrieb.

Noch hatte ich keine Ahnung davon, dass ein klitzekleiner Killervirus nur wenige Wochen später alles auf den Kopf stellen würde.

Knapp drei Jahre später, Ende September

Wer erinnert sich noch an den allerersten Anfang der Geschichte? Meinen Anziehvorgang? Nachdem ich mich schön zurecht gemacht hatte, ging ich aus dem Haus. Die Renovierung war vor einem Jahr fertig geworden und es sah nicht nur alles sehr schick aus, sondern war jetzt auch energetisch soweit wie möglich auf dem neuesten Stand. Bettina winkte gerade zu mir herüber. »Na, wo geht's heute hin?«, rief sie, offenbar deshalb, weil ich meinen Sonnenstrohhut auf hatte.
»Na, an die Küste«, rief ich rüber. »Muss aber vorher noch ein paar Sachen erledigen.«
»Wir auch! Nach Travemünde!« In dem Moment kam auch Nico heraus mit dem Sprössling der beiden. Mittlerweile war er ein Mann geworden und hatte nichts linkisches oder schüchternes mehr an sich. Ich kicherte innerlich. An der ganzen Sache hatte ich nicht unerheblichen Anteil. Ich hatte ihn zum Mann gemacht. Er war mein Projekt gewesen. Hatte gut funktioniert. Sexuell war er danach mit allen Wassern gewaschen, er strotzte

vor Selbstvertrauen und besaß mittlerweile eine Firma im IT-Sicherheitsbereich. Mein Gefühlsleben hatte er damals auch eine Weile bereichert, zumindest bis er Bettina kennenlernte. Lieben tat ich ihn nicht. Höchstens seinen Lustschwengel.

»Hey Sandra! Viel Spaß!«, rief er mir noch zu.

»Euch auch!« Er wohnte nun schräg zur anderen Seite rüber, seine Eltern waren in dem anderen Haus geblieben. Bettina wusste nichts von meiner Vergangenheit mit ihm. Es war mir nicht recht, dass sie glauben könnte, eine sexuell so aktive Frau in der Nachbarschaft zu haben, auch wenn ich mit Nico nichts mehr machte, seit dem er mit Bettina zusammen ist. Sie würde sonst vielleicht eifersüchtig sein, und das wollte ich tunlichst vermeiden.

Ich stieg in mein Auto und fuhr los. Mein Ziel war ein relativ luxuriöses Pflegeheim in Hamburg. Das Zimmer kannte ich ja schon. Sie lag wie immer bisher, wenn ich sie besuchte auf dem Rücken, die Lehne des Bettes war aber am Tage, also jetzt, hoch gestellt, meines Wissens hatte das medizinische Gründe. Sie sah starr nach vorn, und blinzelte ab und an mit den Augen. Sie sah jetzt nicht mehr ganz so hübsch aus wie früher, obwohl ihr äußeres Erscheinungsbild von Piere wirklich gut gepflegt wurde. Ich wusste, dass er ab und an sogar eine Friseurin kommen ließ. Ich sprach sie an: »Du treuloses Flittchen, da hast du dir was eingebrockt, hattest alles was du wolltest, welchen Luxus auch immer, nimmst dir aber so einen Versager, ja, einen Versager, der noch nicht mal richtig Auto fahren kann, und seine Frau betrügt, weißt du, dass Betrüger auch ihre Affären betrügen, wie sie immer alle betrügen, selbst im Schlaf, oder wenn sie mit dir schlafen, da betrügen sie, denken an eine Andere, stellen sich vor sie machen es mit ihr, schon richtig versaut, nein, noch viel versauter, als du es dir jemals vorstellen kannst mit deinem Spatzenhirn, welches noch nicht mal ein kleines bisschen nachdenken kann, und dann treibst du Betrügerflittchen es noch mit einem Kleinschwanzäffchen, anstatt es weiter mit deinem Riesenschwanz-Piere zu machen, ja du Idiotin, da staunst du, natürlich hatte es keine zwei Wochen gedauert, da hatte ich seinen Riesenschwanz in mir, kannst dir ja sicher vorstellen, wie geil sich das in mir angefühlt hat, nee, das willst du dir nicht vorstellen, denn es war nicht nur einmal, sondern tausende male, und einmalig schön war das, nicht übertrieben, und damit hat er mich von Orgasmus zu Orgasmus gevögelt, wie ich es vorher nie hatte, und danke übrigens für den Tipp mit den Dessous, seit dem konnte ich voll durchstarten und habe sie reihenweise ins Bett gekriegt, nicht nur deinen Riesenschwanz-Piere, sondern auch jede Menge anderer knackiger und potenter Jünglinge, einen von der Sorte werde ich mir nachher wieder holen, und du liegst nur hier in deinem blöden Bett, und ich weiß gar nicht ob du überhaupt was verstehst, und ob du irgendwann doch mal aufwachst, aber wenn doch dann hoffe ich, dass du alles behalten hast, was ich dir bei meinen Besuchen erzählt habe, denn du bist einfach nur ein blödes, stupides Oberflittchen. Ja, sorry das kam jetzt vielleicht ein wenig zu hart rüber, aber ich hab immer so eine Scheiß-Wut auf dich, wenn ich daran denke, und auf Uwe auch, aber da ich Uwe nicht mehr die Leviten lesen kann, jedenfalls nicht so, kriegst du alles ab. Vermutlich bist du aber eh froh, dass mal jemand mit dir redet, also nichts für ungut, und bis zum nächsten Mal, ja?«

Ich ging aus dem Zimmer raus. Piere kam mir dort im Flur entgegen. »Oh, du auch mal hier?«

»Ja, hab mich mit Evelyn ganz nett ein wenig unterhalten. Hast du denn immer noch Hoffnung?«

»Was bleibt mir weiter übrig?«

»Immer noch keine neue Frau?«

Piere lächelte. »Brauch ich ja nicht.« Er flüsterte jetzt: »Manchmal hab ich ja dich!«

»Kannst du auch laut sagen. Sie kriegt ja nichts mit.«

»Weiß man ja nicht.« Ich griente mir einen und hoffte natürlich, sie bekam was mit.

»Was macht der kleine Racker?« Es war ein Wunder, aber als Evelyn diesen Unfall hatte, da war sie schwanger gewesen, Ende zweiter Monat. Eigentlich hätte sie das schon merken müssen. Das Baby im Bauch überlebte den Unfall. Evelyn hatte damals Glück, sie war nicht angeschnallt und war aus dem offenen

Autofenster geschleudert worden, dann über eine abschüssige Wiese gerutscht, und nur auf den letzten Metern war dann ein Stein im Weg, der sie in diesen Zustand gebracht hatte. Sie bekam sogleich Hilfe von den Insassen des nachfolgenden Autos und hatte daher überlebt. Natürlich hatte Piere es später testen lassen, das Kind war wirklich von ihm.

»Justus gedeiht prächtig. Jetzt ist er gerade bei meiner Schwester.«

»Wenn ich mal wieder sitzen soll, sag Bescheid.«

»Klar doch Sandra.«

»Na dann Piere. Bis bald!«

»Nächstes Wochenende?« Ich war schon halb auf dem Abflug und stoppte noch mal kurz.

»Frühestens übernächstes«, rief ich noch hinterher. Nächstes Wochenende war ich mit Julian verabredet, das brauchte er ja nicht zu wissen. Ich wollte nicht, dass Julian Ärger in der Firma bekommt. Ich traf mich mit ihm immer in seiner Wohnung. Er hatte immer noch keine feste Freundin. Hinter dem Empfangstresen, dort an den Karteikästen stand Jonathan, der gutaussehende und junge Pfleger, und machte mit der Empfangsdame das, was ich auch schon mehrmals mit ihm praktiziert hatte. Er flirtete. Momentan hatte die gute Karten, aber ich war mir sicher, dass sie ein ganz besonderes Pflänzchen war. Eines von der Familie der 'Rotblondgewächse', Gattung 'Rührmichnichtan', Art 'Ichwillbegehrtwerden', Subspezi 'HabeinenFreund'. Jonathan hatte leider auch eine Freundin, was dazu führte dass ich ihn noch nicht flachgelegt hatte, denn mit liierten Männern trieb ich es nie. Hatte ich nicht nötig. Es gab ja genügend andere. Bei ihm musste ich nur warten, bis die Freundin weg war, was bei der typischen heutigen Halbwertszeit von Beziehungen nicht mehr lange dauern konnte. So grüßte ich nur artig und ging zum Parkplatz. Dann fuhr ich mit meinem Auto los. Ich hatte noch eine Verabredung.

Ich kam an und setzte mich auf die Bank. Auch wenn das Wetter heute noch nicht so toll war, der Himmel hellgrau und auch ein wenig Nebel, schön war es hier trotzdem. Die vielen Bäume und Sträucher, die Vögel zwitscherten und dass man in der Großstadt war vernahm man nur, wenn weit weg ein Flieger startete oder mal ein Auto leise in der Nähe durchfuhr. Ein klein wenig kündigte sich schon der nahende Herbst an. Einige Blätter hatten sich bereits todesmutig in die Tiefe gestürzt und lagen auf den Wegen.

Ich ergab mich in meine Gedanken, die sich vor allem um Piere und seine fast schon absurde Liebe zu Evelyn drehten, und hörte ihn gar nicht kommen. »Na Du!«
»Hallo Uwe!«
»Schön dass du mal wieder da bist. Du kommst nicht mehr so oft zu unseren Verabredungen.«
Ich zuckte die Schultern. »Viel zu tun halt. Muss jetzt ja alles alleine machen. Der Laden, die Ferienhäuser managen.«
»Du hast es gut, dass dir deine Eltern so viel hinterlassen haben. Ich hatte das nicht.«
»Bist du deshalb so geworden?«
Auch er zuckte mit den Schultern. »Mag sein. Wer weiß das schon so genau.«
»Aber da war ja mehr als nur das finanzielle!«
»Ich kann mir denken, was du damit meinst. Wie geht es Evelyn denn?«
»Gut. Sie redet wie ein Wasserfall.«
»Echt jetzt? Immer noch so ausgelassen?«
»Uwe! Dein Urteilsvermögen war auch schon mal besser. Ich meinte damit Rauschen. Hast du schon mal einen Wasserfall verstanden? Ich hab dir doch gesagt, dass sie seit dem Unfall im Wachkoma ist!«
Uwe kräuselte schon wieder seine Stirn. »Ach so, ja. Jetzt erinnere ich mich.«
»Warum sie? War sie besser als ich?«
»Du verstehst das nicht! Sie war so ganz anders als du. Nicht so … kopflastig. Sie konnte ganz ausgelassen sein, fast kindisch und

war doch eine ausgewachsene Frau.«

»Du meinst wohl ihren Körper.«

»Der war auch noch anders. Ein mädchenhafter Körper und gut verpacken konnte sie ihn auch.«

»Hab ich dann aber auch gemacht!«

»Ja, aber das war zu spät. Da hatte es schon begonnen.«

»Männer«, sagte ich mit abwertender Betonung. »Hat sie dich zu der Sache angestiftet?«

»Nein. Aber sie war dann begeistert.«

»Du hattest doch genug!«

»Viel ja. Genug nicht. Und außerdem … war es frustrierend. Ich war schon so viele Jahre in der Firma und dann haben die mir Piere vorgezogen. Ich konnte alles!«

»Machtposition ist nicht alles im Leben! Ach Uwe! Wir hätten das alles hingekriegt! Auch das mit dem Sex. Und so oft, wie du meinem Wunsch ausgewichen bist, warst du doch gar nicht so scharf drauf. Oder?«

»Ich wollte es eben anders haben. Und du, was ist mit dir?«

»Na was schon! Ich habe jetzt Liebhaber noch und nöcher!« Ich wurde jetzt emotional und somit auch lauter.

»Du und Liebhaber! Dass ich nicht lache!«

»Ist aber so! Ich kann alles, was Evelyn auch gemacht hatte. Und noch viel mehr!«

»Du?« Das klang jetzt fast schon sarkastisch.

»Ja klar. Ich. Ich bin jetzt eine Milf!«

»Was ist denn eine Milf?«

»Mom I'd like to fuck.« Die Wörter sprach ich einzeln mit Pause aus, um die Wirkung zu verstärken, und das 'fuck' betonte ich nochmals besonders.

»Und, das ist was?«

»Na schau mich doch nur mal an, wie ich aussehe. Total sexy, oder? Damit hole ich mir reihenweise junge Liebhaber ins Bett.«

»Du? Niemals!«

»Und OB!!! Jeden Tag einen anderen! Und alle sind sie ganz scharf auf mich!« Wieder wurde ich laut. Eine ältere Frau die gerade vorbei ging schaute mich verwundert an. Endlich hatte Uwe keine Widerworte mehr. Er schien es wohl zu fressen.

250

»Warum die Drogensache?«, fragte ich.

»Ich steckte in der Klemme.«

»Du warst schon immer ein schlechter Lügner! Da ist noch mehr.« Uwe schwieg. Immer schwieg er dazu, so oft wie ich diese Frage schon gestellt hatte. Aber jetzt machte er den Mund auf.

»Ich werde dieses Geheimnis mit ins Grab nehmen!«

»Uwe, du kannst ja richtig witzig sein!«

»Das war doch schon immer meine Stärke, oder?« Ja, das stimmte. Wenn es auch dieses mal ein wenig makaber war. Und bis auf seinen letzten Anruf damals. Der war auch nicht witzig. Die Polizei hatte die Ermittlungen dann eingestellt. Die Hintergründe dieser Drogensache konnten nie ermittelt werden.

»Wieso war der Unfall? Hatte sie dir an den ... an den Schwanz gefasst beim Fahren?«

»Sandra! Seit wann kannst du denn obszön? Pornosprech!«

»Ich kann noch viel mehr. Hab auch schon welche geschaut! Also, was nun?«

»Sag ich nicht!«, sagte Uwe.

»Jetzt ahne ich auch, warum mich meine Anwältin davon abgehalten hat mir den italienischen Obduktionsbericht anzusehen. Bestimmt wird da drin stehen, dass dein Hosenstall offen war und dein Ding raus hing.«

»Und wenn schon! Dann hat sie eben dran gefasst!«

»Ha, das war nicht alles, oder? Sie hat dir einen geblasen beim Fahren! Deshalb war sie nicht angeschnallt! Das wäre ja sonst nicht gegangen. War der Unfall dann beim Happy-End?«

»Schön wär's«, sagte Uwe.

»Also, was war es dann mit dieser Drogensache?« Wieder kam jemand vorbei, der mich so merkwürdig anschaute. Sollte er ruhig. Das was ich machte, kam hier ziemlich häufig vor. Vor drei Wochen, das Wetter war da ziemlich kühl gewesen, hatte ich auch so eine bemerkt. Sie gefiel mir. Schulterlange, blonde Haare mit einem Pony. Eigentlich schlanke Figur, aber mit aufregenden Rundungen. Bestimmt zehn Jahre jünger als ich. Obwohl es wohl gar nicht beabsichtigt war, sah sie in ihrem knielangem schwarzen Kleid und der grauen Strumpfhose richtig sexy aus. Wenn ich sie mal wieder sehen würde, dann würde ich sie ansprechen. Nein, ich würde es nicht mit der Brechstange probieren. Ich würde sagen 'Machen sie sich nichts draus. Ich mache das auch öfters. Das befreit und hilft, unbeantwortete Fragen zu klären. Wissen sie was? Ich gehe jetzt ins Café gleich nebenan. Wenn sie Lust haben, können sie ja dazu kommen und mit mir ein wenig reden. Ich lade sie ein'. Ja, so würde ich es machen. Behutsam vorgehen, damit sie den Rückzug antreten kann. Und natürlich nicht den direkten Weg nehmen. Sie darf gar nicht bemerken, dass ich es auf sie als Frau abgesehen habe. Nach der Sache mit Ellen hatte ich es noch mit anderen Frauen probiert. Die waren aber richtig lesbisch. Nebenwirkung: Kletten-Neigung. Nee, da blieb ich lieber bei den gelegentlichen Treffs mit der bisexuellen Ellen. Aber diese attraktive Witwe könnte eine willkommene Abwechslung sein oder werden.

»Was ist denn nun?«, richtete ich meine Aufmerksamkeit wieder auf Uwe. Aber ein Blick nach rechts sagte mir, er war verschwunden. So leise gegangen wie er gekommen war. Immer machte er das, wenn es für ihn zu unangenehm wurde. Mein Blick richtete sich auf die Stelle etwa zwanzig Meter vor mir. Dort lag sein Körper, oder besser das, was von ihm noch übrig war. Ein Haufen Knochen und schwer verrottende Reste, in denen sich tausende Würmer wanden. Mich schauderte. Obwohl es hier so schön war auf dem Friedhof Ohlsdorf, dem größten Parkfriedhof der Welt, wollte ich jetzt weg. Ich ging zu meinem Auto und fuhr los. Ich wollte zur Küste. Der kürzeste Weg ginge in östliche Richtung, aber vor einiger Zeit hatte die Friedhofsverwaltung hier Schranken installiert, so dass man die oft zur Abkürzung genutzte Straße zum Ortsteil Bramfeld nicht mehr nutzen konnte. Sei's drum, die fünfzehn Minuten Umweg störten mich nicht sonderlich.

Während der Fahrt hing ich meinen Gedanken nach. Manchmal spukten mir noch die vergangenen Ereignisse im Kopf herum, nahmen mich aber nicht mehr so mit, wenn ich daran dachte. Das Warum, und das Wie, da lag noch vieles im Dunkeln, aber es war so, dass meine Energie für andere Sachen benötigt wurde, anstatt noch weiter in der Vergangenheit herum zu wühlen. 'Lass die Vergangenheit ruhen', war immer der Leitspruch meines Vaters. 'Nimm es hin wie es passiert ist, du kannst eh nichts dran ändern'. Und so hielt ich es. Mein Freund war die Gegenwart, die lebte ich aus. Manchmal excessiv. Natürlich hätte ich weiter nachforschen können.

Am meisten Kopfzerbrechen machte mir die Sache mit dem von dem Einbrecher gesuchten Datenträger. Auch ich hatte mein Haus nochmals auf den Kopf gestellt, da war nichts zu finden. Könnte das auf dieser Speicherkarte sein, die Uwe in Evelyns Nagellackfläschchen versenkt hatte? Aber erst mal, die war nicht da, wie ich im Bad von Piere festgestellt hatte. Ich konnte ja nicht seine ganze Wohnung durchsuchen, wenn ich mal da war. Und danach fragen wollte ich auch nicht. Und woher sollte ich den Code nehmen? Keine Ahnung, wo Uwe und Evelyn es zuletzt in Wien getrieben hatten. Das konnte ja überall sein. Außerdem vermutete ich, dass da nur die Zugangsdaten für die Banken drauf waren und Instruktionen für das Anlegen des Geldes. Das war eh obsolet, da er dann ja keines mehr hatte, was angelegt werden konnte. Also warum Energie darauf verschwenden?

Die Corona Zeit hatte ich gut überstanden. Natürlich wurde ich auch infiziert, zwei mal sogar, hatte aber kaum Symptome. Eigentlich allen, die ich so kannte, ging es ebenso. Ich musste dann zwar den Laden eine Weile schließen und meine Ferienwohnungen liefen eine Weile auch nicht, aber man bekam ja Hilfen, und meine Entwürfe konnte ich ja trotzdem machen. Die Zeit konnte ich auch prima nutzen um die Sanierung und Renovierung zu machen, und konnte mich daher, was sonst nicht gegangen wäre, auch richtig gut um die Beaufsichtigung kümmern. Auch meine Ferienhäuser hatte ich schön renovieren lassen. Sie waren ebenfalls energetisch saniert und hatten jetzt eine Heizung für die kalte Saison. So konnte ich das ganze Jahr über vermieten. Eines dieser Ferienhäuser hatte ich heute für mich gebucht. Nach knapp zwei Stunden war ich da, die Autobahn war ziemlich voll gewesen. Wie so oft an der Küste war das Wetter hier viel besser als in Hamburg, sogar die Sonne schien, auch wenn es wegen dem Wind doch ein wenig kühl wirkte. Nachdem ich meine Sachen in den Schrank verfrachtet hatte, ging ich sogleich an den Strand. Auf die Jagd. Mein Schokoriegel wartete. Der, welcher nicht dick macht, weder auf die eine, noch auf die andere Weise. Jedenfalls mich nicht. Und mein anderer Schokoriegel wartete auch, meine Galaxie der Lüste. Mal war ich die Jägerin, mal die Gejagte. Da ich heute einen jüngeren Mann wollte, jagte ich. Die sprachen mich nie von alleine an. Ich war da schon sehr anspruchsvoll. Und ich sah immer zu, dass sie nicht mit Freundin oder Frau zusammen da waren. Meist sah man es schon an den Klamotten. Der Typ dort rann in einem bedruckten T-Shirt herum, war also ein potentielles Opfer. Alter so um die 22-25. Er schaute nach unten und bückte sich ab und zu mal. Aha, ein Muschelsammler, oder? Ich ging zu ihm hin, es waren etwa 50 Meter Weg bis zu ihm. »Na, schon irgendwas gefangen?« Er drehte sich überrascht um und schaute mich kurz von oben bis unten an. Er sah überraschend gut aus, und hatte eine schöne Frisur mit mittellangen Haaren.

»Ich fische doch nicht!«, sagte er. »Ich suche.«

»Muscheln?«

»Nee. Steine.«

»Einfache Steine? So einen wie diesen hier?« Ich drehte mich einfach um, klaubte einen Stein aus dem Sand, und erwischte beim schnellen Umdrehen seinen Blick, der auf meinem Po lag. »Es müssen schon besondere sein. Besonders schöne, oder solche mit einem Loch.«

Das andere Loch sollte dich viel mehr interessieren, dachte ich, sprach es aber natürlich nicht aus. »Sie meinen Hühnergötter? Das sind Feuersteine.«

»Ja, genau die. Ist schon interessant, oder? Da liegen die Millionen Jahre im Wasser, und dieser extrem weiche Stoff

254

schafft es, ein Loch in den Stein zu schlagen.«
»Da muss ich sie enttäuschen. Das ist meist chemisch herausgelöst, weil an der Stelle etwas kalkiges drin war. Ein Fossil zum Beispiel.«
Er tat erstaunt. »Kennen sie sich da aus?«
»Ein wenig.«
»Oh, Geologie ist auch meine Leidenschaft.«
Hoffentlich auch Frauen, dachte ich. Ich lachte. »Ich weiß nur von den Feuersteinen ein wenig, aber Geologie klingt sehr interessant. Im Ferienhaus habe ich eine ganze Menge von diesen Hühnergöttern. Wenn sie ganz lieb sind, schenke ich ihnen welche. Zwei oder drei.«
Er schaute erneut erstaunt. »Dürfen sie die denn einfach weggeben?«
Ich lächelte ihn an. »Ich bin mit der Vermieterin gut befreundet. Die hat nichts dagegen.«
»Ist das auch eine Milf?«, fragte er, biss sich dann aber auf die Lippe. Ich frohlockte. Durch das Fernsehen und die typischen Privatfernsehsender mit ihren Mitmach-Sendungsformaten zum Fremdschämen verloren die heute alle Hemmungen und Vorsichtsmaßnahmen. Jetzt habe ich dich, dachte ich.
»Eine Milf, was ist das denn?«
»Ach, nichts.«
»Nun komm schon. Du weißt das doch! Das ist eine Abkürzung für etwas, oder?«
»Ja, was amerikanisches«, sagte er zerknirscht.
»Verrätst du mir das?« Er schien gar nicht zu bemerken, dass ich zum Du übergegangen war.
»Oh Gott«, sagte er. »Das steht für Mom I'd like.«
»Aha. Und das f?«
»Na, für Frau!«
»Das wäre aber komisch. Schwiegermutter würde ich gerne Frau. Kompletter Blödsinn. Es wäre schöner, wenn du das eleganter auflösen würdest.« Dabei schaute ich ihn zum Schein vorwurfsvoll an.
»Na gut, aber die Antwort wird ihnen nicht gefallen: Es heißt Mom I'd like to fuck.«

»Aha, ich hab aber keine Kinder und bin somit gar keine Mutter.«

»Ich vermutete aber deine Vermieterin.«

»Du hast aber 'auch' gesagt, und ich war der Bezugspunkt. Also? Was bedeutet das überhaupt?«

»Na, das bedeutet eine extrem gut aussehende und gekleidete Frau an die 40 oder mehr, die sehr sexy wirkt und die junge Männer ...«

»Echt, bin ich so? Die Milf hat jetzt aber Hunger«, sagte ich, und fiel ihm dabei ins Wort, bevor es für ihn allzu peinlich wurde. Es dauerte einige Sekunden, bevor bei ihm der Groschen fiel. »Ich lade sie ein!« Er schaute sich um und sein Blick blieb bei der Frittenbude hängen.

»Nee, die nicht«, sagte ich, bevor er was sagen konnte. »Komm mit.« Ich führte ihn zu einer Gaststätte, die von allem etwas hatte, Fisch, Fleisch, vegetarische Gerichte. Wir gingen rein und setzten uns. Der Kellner kam und fragte was wir wünschen. Ich lächelte ihn an und fragte »Rot oder Weißwein?«

»Ich trinke eher selten und wenn ...«

»Dann Weißwein«, sagte ich zum Kellner. »Den Riesling, halbtrocken. Zwei Gläser.«

»Kommt gleich«, sagte der Kellner, und ging von dannen.

»Dann such dir mal was schönes zum Essen aus!«

»Aber ich hab doch ...!«

»Lass mal. Ich bezahle. Hab genug Geld dafür. Und bitte nicht das billigste Gericht aussuchen, sondern eines welches dir wirklich gefällt.«

Nach einer Weile kam der Kellner, ich nahm ein Nudelgericht, und nun war er dran. »Ich nehme die Schweinemedaillons mit grünem Pfeffer.«

»Gerne.« Der Kellner ging von dannen. Ich lachte.

»Was denn? Ist das zu teuer?«

»Nein. Ich mag scharfe Männer, und danach wirst du einer sein.« Er traute sich nicht, darauf zu antworten.

»Machen sie das immer so? Männer vom Strand abschleppen?«

»War kein Abschleppen. Zur Gesellschaft beim Essen verführt trifft es schon besser.«

»Puh, ich dachte schon ...«

»Wäre es schlimm, wenn es auch noch dazu kommt?« Er bekam große Augen. »Außerdem darfst du gerne du sagen. Sonst fühle ich mich so alt. Reicht ja schon, das ich das bin. Was denkst du?«

»Weiß nicht. 28?«

Ich lachte. »Hast du jetzt von deiner Schätzung die obligatorischen 10 Jahre abgezogen, damit die Frau, also ich, nicht beleidigt ist?«

»Sie sind .. ich meine, du bist 38?«

»Nein. Ich bin 43.«

In diesem Moment fiel sein Blick auf meine Hand. »Hat dein Mann nichts dagegen, wenn du hier mit anderen Männern essen gehst?«

»Bestimmt nicht. Er ist tot.«

»Oh, das tut mir leid. Warum dann der Ring?«

»Ich lasse ihn oft als Schutz drauf. Dann wird man nicht so oft angesprochen.«

»Passiert das sonst oft?«

»Ja, ich bin ja eine Milf«, sagte ich, und griente dabei. »Außerdem haben die dann das falsche Alter.«

»Was ist denn das falsche Alter?«

»Na, so in meinem Alter oder älter, oder gar viel älter.«

»Du verabredest dich nur mit jungen Männern? Warum das denn?«

»Nicht nur, aber sie sind pflegeleichter. Ich glaube, du auch.«

»Ich wurde noch nie gepflegt!« Das kam wie aus der Pistole geschossen.

»Du bist verwirrt, oder?«

Er schaute mich mit großen Augen an, und sagte dann: »Nein. Ich habe Angst.«

»Aber wovor denn?«

»Zu Versagen, irgendwas falsch zu machen.«

Ich lachte. »Du machst dir da einfach zu viele Gedanken. Das was zu tun ist, findest du in keinem Ratgeber. Das findet du hier!« Ich zeigte auf sein Herz. »Lass es einfach laufen. Achte auf dein Gegenüber. Bremst er, oder forciert er? Weißt du, selbst ich weiß vorher gar nicht, was ich am liebsten möchte. Mal will ich zärtlich, und mal wild.«

»Oh Gott!«, sagte er. »Reden wir hier tatsächlich über Sex?« In diesem Moment kam unser Essen.

»Guten Appetit«, sagte der Kellner. Ich griente, der Kellner auch, denn das vorher musste er gehört haben.

»Lass es dir schmeckten. Mach dich zum scharfen Mann«, sagte ich. Während wir aßen, erzählten wir nicht. Ich sah, dass es ihm mundete, aber ein wenig hatte er doch mit dem Pfeffer zu tun, welches zwar die mildeste Variante von Pfeffer war, aber trotzdem nicht so ohne ist.

»Puh, jetzt bin ich ein feuerspeiender Drache«, sagte er anschließend.

»So mag ich es«, sagte ich. »Sei mutig.« Er fauchte und machte dazu eine komische Handbewegung. »Genau. So hab ich es gerne.«

»Wie oft machst du das denn?«

»Was? Mit unbekannten Männern essen gehen?« Er nickte. »Oft. Fast immer wenn ich hier bin. Muss ja schließlich was essen.« Er prustete und schaute mich an, als ob ich vom Mars oder von der Venus komme. »Nun schau nicht so, als wäre ich krank. Und selbst wenn … ich habe gelernt, damit zu leben. Im medizinischen Sinne bin ich also austherapiert, wie man so schön sagt, aber das Gute ist, ich kann damit steinalt werden. Hat mir mein Milf-Berater gesagt.«

Wieder kam er ins Lachen. Es hörte sich so wunderbar natürlich an, jetzt, wo er ein wenig gelöster war.

»Bist du denn oft hier?«, fragte er.

»Ja, so oft wie ich kann. Es gefällt mir hier und das Ferienhaus kann ich so oft kriegen wie es geht. Ich wohne sonst in der Großstadt. In Hamburg. Und du?«

»Ich wohne in Münster.«

»Oh. Ist auch schön.«

»Bist du da auch öfters?«

»Es ist schon lange her.« Kurz wurde ich melancholisch, denn dort hatte ich Uwe kennengelernt.

»Wohnst du noch bei deinen Eltern?«

»Nee, da bin ich seit einem Jahr raus. Gott sei Dank.«

»Waren sie streng?«

»Das nicht, aber zu neugierig.«

»Hattest du deswegen noch keine Freundin?«

»Nein, nicht nur deswegen. Vielleicht auch. Aber ich bin … ich bin einfach zu schüchtern.«

»Musst du nicht sein. Du siehst doch gut aus. Deine Frisur hatte mir gefallen.«

»Findest du? Die habe ich erst seit zwei Wochen. Tipp von einer Bekannten, die meinte, ich soll mal mehr aus mir machen.«

»Kluge Frau. Wäre die nichts für dich?«

»Schon. Aber es funkte nichts bei ihr. Hat sie mal zu mir gesagt.«

»Und eine Kauffrau?«

»Meinst du eine …?«

»Ja, so eine.«

»Bäh, nee!«

»Gute Entscheidung. Mein Mann hatte es das erste mal mit so einer gemacht. Das war so ernüchternd, danach nie wieder.«

»Wieso ist er denn tot?«

»Er hatte einen Autounfall.«

»Warst du auch mit drin?« Er bekam große Augen und schien erschrocken.

»Nein, da war seine Geliebte mit drin.«

»Ist sie auch?«

»Nein. Sie hat überlebt. Ich besuche sie gelegentlich mal und beschimpfe sie.«

»Und das lässt sie sich gefallen?«

»Muss sie ja. Sie liegt und kann nicht weg. Wachkoma.«

»Vorsicht! Man sagt, die können trotzdem alles hören.«

»Das hoffe ich doch«, sagte ich lächelnd, und er verstand es wohl. Ich seufzte. »Dann will ich dir mal meine Hühnergöttersammlung zeigen. So schöne Löcher hast du noch nie gesehen.« Das Doppeldeutige bekam er wohl nicht mit. Ich winkte den Kellner heran und bezahlte. Natürlich hätte ich auch zu ihm mitgehen können, aber dann würde meine Sicherung nicht funktionieren. Es war zwar noch nie was passiert, aber an meinem Bett war ein versteckter und aktivierter Notfallknopf angebracht, der bei Betätigung meinen Hausverwalter rufen würde. Er wusste in welchem Apartment ich war und hatte für alle Schlüssel, da er ja auch zusammen mit seiner Frau die Reinigung und Wartung machte. Ein - wie sagt man so schön - Hüne von Mann. Eine sehr respektseinflößende Statur.

Wir gingen raus. »Du kannst gerne meine Hand nehmen«, sagte ich. »Oder schämst du dich dann?«

»Quatsch!« Seine Hand wanderte um die meine. Eine sanfte Hand. Ich streichelte mit dem Daumen seine Handfläche und schaute ihn freudig an. Nach 100 Metern blieb ich abrupt stehen und küsste ihn. Ich musste das jetzt einfach tun! »Du willst es wirklich, oder?«, fragte er.

»Ja klar doch.«

»Ich hab aber gar keine Kondome.«

»Meinst du echt, ich hab keine dabei? Als Milf?«

»Und was soll ich dann tun?«

»Na was schon! Erst knutschen wir, dann fasst du an meinen Po, ziehst mich an dich heran, und dann machst du mehr.«

»Mehr?«

»Ja, mehr. Was weiß ich. Du fasst an meinen Slip oder schiebst gleich deine Hand hinein.«

»Das darf ich dann, ja?«

»Ganz sicher!«

Dann waren wir auch schon da. Ich warf ihm einen konspirativen Blick zu, schloss auf, zog ihn hinein. Gleich im Vorraum ging das Knutschen los, also eher weiter. Dieses mal ging es von ihm aus. Ich stöhnte. Er stellte sich hinter mich. Eine seiner Hände schob sich in meinen Slip. Seine andere Hand wanderte nach vorne und nahm gleich meine beiden Brüste gefangen.

»Ich will dich!«, flüsterte er.

Es ist einfach immer wieder ein tolles Gefühl, so oft dieses prickelnde Neue zu erleben. Jeder Mann war anders, jeder gestaltete es anders, und es wurde nie langweilig. Es war nicht so, dass ich damals dieses Vertraute mit dem festen Partner nicht genossen hatte. Aber es war halt nur noch wenig Leidenschaft dabei gewesen. Hier gab es dagegen fast schon eine Leidenschafts-Garantie! Ich liebte es begehrt zu werden, und ich begehrte, fühlte mich frei wie der Wind, fühlte mit allen Sinnen. Ein Spiel ohne Grenzen, ohne Stopp-Schild, ohne Reue oder Vorhaltungen! Auch wenn mein innerer Kompass momentan oft zu meinem Südpol zeigte, ich hatte nicht das Gefühl, dass es mir schadete. Ganz im Gegenteil. Zur Zeit war es genau das Richtige.

»Küss mich noch mal!«, sagte ich. Er tat es, und ging meine Leidenschaft mit. Der Urknall begann, und meine Galaxie der Lüste entfaltete sich …

Nun, ich sagte ja schon zu Anfang, ich kriege sie alle! Ich war so froh, nun eine Milf zu sein. Von mir aus könnte es ewig so weiter gehen!

Dunkle Wolken hinter'm Horizont so weit,
lauern verborgen in der finsteren Dunkelheit.

Bringen manch Unwetter und auch Gefahr,
sind noch nicht nah, vielleicht nächstes Jahr?

Noch hinter der Erdkrümmung verborgen,
werden sie dich bald mit Unheil versorgen.

Bringen etliches Leid in das sorglose Leben,
werden sich in schwindelnde Höhen erheben.

Sandra pass auf, was du da machst, gib gut acht,
sonst wird dir ein Strich durch die Rechnung gemacht!

___oooOooo___

Information und Danksagung

Handlung und Personen sind frei erfunden.

Die Coverbilder wurden u.A. mit Hilfe eines KI-Tools erstellt.

Diese Geschichte wurde vom Autor in leicht veränderter Form bereits unter dem Titel 'Milfy Way' auf einigen Foren / Webseiten gepostet.

Mein Dank geht an folgende User im Erotikforum für die letzte Hilfe beim Feinschliff und der Korrektur einiger Rechtschreibfehler: grauhaariger, MvGC, Kirsche71, Priknamplaa, und Udo67.

Und selbstverständlich ein besonders herzliches und großes Danke an meine Frau, durch deren Liebe, Schaffenskraft und großem Organisationstalent ich erst in die Lage versetzt wurde, diese Geschichte schreiben zu können.

Chris B. Hansen

Leseprobe / Vorschau des nächsten Buchs der Reihe:
Sandras amouröse Abenteuer

Sandra gerät in ein Minenfeld aus Uwes Vergangenheit ...

Ein halbes Jahr später ...

Wieder ein mal stand ich vor dem Spiegel. Warum? Natürlich, um mich zurecht zu machen. Ich hatte mir bereits schöne sexy Unterwäsche angezogen. Dieses mal in weiß. Die Farbe der Unschuld. Ich kicherte innerlich. Ich, unschuldig. Nutte Sandra. Ich war mal wieder mit Peter verabredet. In loser Folge trafen wir uns noch ab und zu. Er wusste natürlich längst, wer ich war. Wusste er damals schon. Und dennoch gestalteten wir es genau so weiter. Ich war die Nutte, er der Freier. Vermutlich hätte es dieses Spiels auch gar nicht mehr gebraucht, jedenfalls nicht bei Peter, aber ich hatte Feuer gefangen und genoss es jedes mal, die Nutte Ludmilla zu sein, die Edelnutte, die Spaß am Sex hat und mit allen Sinnen genießt. Ich knöpfte mir meine Nylonstrümpfe an den Strapshalter. Ein mal waren die zu sehr ausgeleiert gewesen und waren heruntergerutscht. Das sollte mir nicht noch mal passieren. »Hey, wie viel kostest du?«, war noch der harmloseste Kommentar gewesen. Ich zog mir meine Stiefel an, dann meinen Mantel über mein Outfit. Von außen könnte man jetzt das Dessous darunter nicht mehr sehen. Ich ging gerade aus der Haustür, da stieg ein Mann aus seinem vor meinem Haus geparkten Auto, öffnete die Gartenpforte, und kam näher.

Obwohl er lächelte, dabei etwas gequält, ging meine Hand wie automatisch in meine Manteltasche, schloss sich um das Reizgasspray. Er blieb einen Meter vor mir stehen und musterte mich. »Ich will zu Uwe«, sagte er. Unverkennbar italienischer Akzent. Ich bekam Herzklopfen. Was könnte der wollen? Offenbar schien er ja noch nichts von Uwes Tod gehört zu haben. Ehe ich was sagen würde, müsste ich erst mal klären, was er denn will. Sofort kam diese Drogensache wieder in meine Gedanken. Ob er von der Mafia ist? »Wer will denn zu ihm?«
»Antonio. Antonio mein Name. Ich Italiener.«

Ich entgegnete voller Süffisanz: »Das hört man. Und wieso?«

»Er muss etwas für mich tun. Für meine Schwester.«

»Warum kommt die nicht selbst?«

»Das geht nicht. Sie tot.«

»Oh, das tut mir leid. Aber ich werde ihnen da nicht helfen können. Ich bin verabredet.«

Sein Blick fuhr über mein Outfit. Er lachte, aber sein Lachen ging in ein Husten über. Ein Husten, welches nicht aufhörte. Er hielt seine Hand vor den Mund. Als es nach mehreren Minuten endlich aufhörte, hatte er Blutspritzer an der Hand. »Geht es ihnen nicht gut? Soll ich Ihnen ein Glas Wasser holen?«

»Ja, danke.« Es kam ein wenig gequält aus seinem Mund. So ganz gesund sah er nicht aus, wirkte etwas gebrechlich, obwohl er, wie ich schätzte, erst um die fünfzig war. Sollte ich ihm ein Wasser raus bringen? Nee, so wie der aussah, war er keine Gefahr. Ich könnte ihn reinlassen. »Kommen sie rein.« Seine Augen blickten dankbar, wenn auch etwas trübe. Er schien sich wieder etwas gefangen zu haben, aber er hatte einen schleichenden Gang.

Ich schloss wieder auf und ließ ihn hinein, bedeutete ihm, auf der Couch Platz zu nehmen. Dann ging ich in die Küche und zapfte ein Glas Wasser, welches ich ihm brachte. Als ich wiederkam, schaute er sich um, von der Couch aus, ohne aufzustehen. Ich stellte das Wasser vor ihn hin. Er nahm es und trank einen großen Schluck.

»Danke«, sagte er.

»Was wollen sie denn von Uwe?«, fragte ich.

»Wann kommt er denn zu Hause?«

»So schnell nicht. Können sie mir nicht sagen warum? Ich bin seine Frau.«

Er lächelte, etwas gequält. »Das hab mir gedacht. Er hat gute Wahl getroffen.«

»Womit?«

»Mit ihnen. Zumindest ... mit Aussehen.«

»Warum nicht mit dem Rest?«

»Machen sie für Beruf? Oder nach Feierabend? Weiß er davon?«

»Wer soll was wissen?«

»Na, Uwe.«

»Und was soll er denn wissen?«

»Dass sie gehen anschaffen.« Ich spürte dass mein Gesicht sich verformte, aber er war schneller. »Erzähl nix keinen Scheiß. Ich sehe auf die erste Blick!« Er hatte Recht. Es war ja nicht zu verleugnen, irgendwie. Ich hatte ja meinen Mantel geöffnet.

»Es mag vielleicht so aussehen. Aber es ist nicht so.«

»Aber ist nicht Uwe, zu dem hingehen wollten, nicht ernst?« Wie machte der das nur? Er schien mich zu durchschauen. Aber alles wusste er offenbar nicht.

»Nein. Ich wollte zu einem Bekannten. Es ist ein Spiel. Er tut so, als würde er mich bezahlen, und ich tue so, als wäre ich eine Professionelle. Aber das übrige Geld spende ich dann, später. Ich selbst mache es nicht für Geld.«

»Sie sind rätselhafte Frau.«

»Und sie sind ein merkwürdiger Besucher! Soll ich ihnen einen Kaffee machen?«

»Ja, gerne. Aber nicht so stark mache.« Ich ging in die Küche und ließ die Maschine laufen, warf aber ein Auge auf ihn. Er stand auf, was sehr mühselig aussah, und ging zu einem im Wohnzimmer hängenden Bild. Uwe hatte es selbst angefertigt. Es war das einzige Dekorationsstück von Uwe, was ich damals noch hängen gelassen hatte. Ich ließ ihn schauen, legte noch einige Kekse auf einen Teller, nahm mein Handy und sendete eine SMS an Peter. 'Ist was dazwischen gekommen, unerwarteter Besuch. Anderes Wochenende ist ok?' Eine Minute später piepte es. 'Schade. Ja, ist okay. Peter.' Hier würde ich wohl nicht rechtzeitig wegkommen. Das Hotelzimmer konnte ich natürlich nicht mehr stornieren. War eh mit Kreditkarte bezahlt, da musste ich jetzt nicht selbst hin um alles zu regeln. Der Besitzerin des Hotels hatte ich mal alles erklärt, und konnte seit dem trotz meines Outfits immer rein. So konnte ich die Modelwohnung vermeiden, die war ja nicht immer verfügbar und auch teurer als das Hotel. Nun war der Kaffee fertig. Ich füllte zwei Tassen, die Milch hatte ich schon auf dem Tablett, und stellte alles auf dem Tisch ab. Dann ging ich zu ihm hin.

268

Er zeigte auf eine Stelle des Bildes. »Sind das Steine vom die Mattertal? Das Bild Uwe selber haben gemacht, oder?«

»Stimmt, das ist sein Bild. Aber woher ... keine Ahnung. Das hatte mich nie groß interessiert. Aber ja, dieser Name fiel mal.«

»Sie kein Bergwandern machen?«

»Nee. Ist mir zu anstrengend. Aber Uwe hatte das sehr genossen. Er hat immer flache Steinchen von da mitgenommen und vor ein paar Jahren hatte er darauf hin daraus dieses Bergbild gebastelt.«

»Eine nettes Idee. Wann kommt er denn wieder nun?«

Ich seufzte. »So schnell nicht.«

»Haben sie ihn getrennt?«

»Sozusagen ja. Vielleicht können sie ja ...«

»Nein, das geht nicht!«, fiel er mir ins Wort. Wir setzten uns und tranken Kaffee und aßen ein paar Kekse.

»Wo haben sie Uwe denn kennengelernt?«

Ich erzählte ihm die Geschichte. Wir waren damals beide Studenten in Münster, hatten uns dann einige Jahre aus den Augen verloren, und in Hamburg wiedergetroffen - ganz zufällig. Wie das Leben so spielt. Ich merkte aber, wie er immer müder wurde. »Wollen sie in ihr Hotel? Sie sehen müde aus.«

Er lächelte. »Ich kein Hotel. Ich dachte kann übernachten, bei Uwe hier.«

»Soll ich für sie?«

Ich griff schon nach meinem Handy, aber er schüttelte den Kopf. »Kann ich hier auf Couch schlafen? Ich auch keinen Ärger machen.«

Kurz überlegte ich, fand ihn aber ungefährlich. Er strotzte nicht gerade vor Energie und notfalls hatte ich ja mein Reizgas. »Sie können die Decke da nehmen. Ist ja warm hier drinnen. Hier ist das kleine Bad mit Toilette, da können sie sich auch frisch machen. Ich schlafe oben.«

»Danke, das ist lieb!«

»Gute Nacht!« Ich ging nach oben, so wie ich war, mit Mantel. Ich spürte seine Blicke, ohne dass ich mich umdrehen musste. Jeder Mann hätte mir hinterhergeschaut in dem Outfit. Wirklich jeder. Außer vielleicht ein schwuler Mann. Aber seine Augen, die vorhin einige male aufblitzten, hatten mir gesagt, dass er nicht so einer ist. Keiner, der Männer liebte. Er konnte ja so einiges sehen, als ich ihm im Sessel gegenüber saß. Ich machte mich dann bettfertig und legte mich schlafen. Mein Leben lief schon lange in geregelten Bahnen, sofern man das, was ich machte geregelt nennen konnte, aber nun hatte mich die Vergangenheit wieder eingeholt. Uwes Vergangenheit. Was würde er denn von Uwe wollen? Wie würde er reagieren? Sollte ich es ihm nicht einfach sagen? Aber nein, ich würde erst ein mal versuchen, doch etwas herauszubekommen. Diese und andere Gedanken gingen mir im Kopf herum, ehe ich endlich erst so gegen drei Uhr morgens einschlief.

Trotz der unruhigen Nacht war ich wie immer gegen sechs Uhr aufgewacht, und sprang gleich unter die Dusche. Natürlich ging sogleich mein anderer Wecker an, hatte ich doch gestern mein Soll nicht bekommen. Koitus Interruptus ohne Koitus sozusagen. Sandra Fail, so wie früher oft mit Uwe. Der Fremde kam wieder in meine Gedanken. Wohin jetzt mit ihm? Als ich mich fertig gemacht hatte - heute mit gesellschaftsfähiger Kleidung - ging ich die Treppe hinunter. Er saß schon auf der Couch, sah ein wenig müde aus. »Guten Morgen. Schlecht geschlafen?«
Ein gequältes Lächeln kam aus seinen Lippen. »Nein. Ich von ihnen geträumt habe.«
Ich lachte schrill auf. »Sie sind in guter Gesellschaft. Das haben schon tausende gemacht. Na ja, hunderte. Frühstück?«
»Da nicht nein sage ich!«
Ich verschwand in der Küche, machte alles fertig, füllte das Tablett und trug es zum Esstisch. »Guten Appetit«, sagte ich. Er stand jetzt auf und kam zum Tisch, setzte sich hin, schaute sich an, was ich alles aufgetischt hatte.
»Haben sie eine Besuch erwartet?«, fragte er.

»Nein, erst nächstes Wochenende. Uwes ehemaligen Chef. Ich bin mit ihm ganz gut befreundet.«

»Übernachtet auch hier er?«

Seine Augen wirkten nun raubtierhaft. Ich ließ mir Zeit mit der Antwort. »Manchmal. Sonst würde er ja nicht zusammen mit mir das Frühstück einnehmen. Ich hoffe, es stört sie nicht.«

»Sie sind ja Herr in die Haus, geht an mich ja nichts!«

Wir aßen jetzt unser Frühstück, das Gespräch versiegte fast, außer dass er den Geschmack und die Konsistenz des Toastbrotes lobte. Den Tipp hatte ich damals auch von Piere bekommen. Es war außerdem viel gesünder als der Schrott den man sonst so im normalen Lebensmittelhandel bekam. »Wollen sie noch duschen?«, fragte ich, als wir mit essen fertig waren, und nur noch den Kaffee tranken.

»Gerne. Sie so lieb sein zu mir!«

»Einfach die Treppe hoch und geradezu zu der Tür dort. Handtuch liegt auf dem Board. Und der Wäschekorb ist da gleich hinter der Tür.«

»Soll ich rein schmeißen da?«, fragte er.

»Nee, da sind meine Sachen drin. Auch der Slip von gestern. Als ich da so saß, hat der sie ja brennend interessiert.«

Er schaute mich mit stechendem Blick an. Dann wurde der Blick milder. »Sie eine merkwürdige Frau seien.«

»Ich weiß. Und manchmal gefährlich.« Ich ließ es darauf beruhen und gab dazu keine weitere Erklärung ab. Unsere Blicke belauerten sich. Dann gewann ich. Er seufzte, stand auf.

»Dann will ich mal.« Er ging, oder besser gesagt, schlich die Treppe hinauf. Obwohl der noch gar nicht so alt schien, wirkte er merkwürdig kraftlos. Oder war er krank? Das mit dem Blut gestern sah nicht normal aus. Natürlich hatte ich es längst gemerkt. Mein kleines Biest da unten hatte wieder ein Eigenleben entwickelt und wurde vorwitzig, drängte sich in meine Gedanken. Ich stellte mir vor, wie er jetzt den Slip aus dem Wäschekorb nahm, daran roch, und sich dabei vorstellte, es mit mir zu machen. Ich stellte es mir vor, obwohl er doch eigentlich nicht mein Typ war, und sowieso nicht in mein Beuteschema passte. Was so ein ausgefallenes Treffen zum Sex doch so alles bewirken kann! Ich machte noch ein paar Verrichtungen, dann kam er die Treppe herunter. Ich hatte noch keinen Plan, wie es mit ihm weiter gehen sollte. Irgendwie müsste ich ihn jetzt aus dem Haus bekommen. Den Anlass gab er mir gleich selber.

»Na, riecht er gut?«, fragte ich ihn.

Ein entwaffnendes Lächeln. »Hab nicht getan das. Was nun mit Uwe sein? Wo ich ihn finden?«

Ich wurde jetzt wütend. War es wegen des Nachbohrens mit Uwe? Oder weil er meinen Slip verschmäht hatte? Mir nicht verraten hatte was er von Uwe will? Im Nachhinein konnte ich es nicht mehr sagen. »Sie wollen wissen was mit Uwe ist? Ja??? Los, kommen sie, ich bring sie zu Uwe!« Er machte keine Anstalten. »Na los!!!« Ich zog mir eine Jacke über, öffnete die Tür, er kam mir hinterher. »Wir nehmen meinen Wagen!«

Er folgte mir, stieg ein, ich fuhr los. Mittlerweile hatte ich mich wieder beruhigt, fuhr sinnig. Eine Viertelstunde später, wir hatten nicht miteinander geredet, waren wir angekommen. Man konnte hier ja ohne Probleme mit dem Auto hinein fahren.

»So, wir sind da. Kommen sie, Herr Antonio.«

Er stieg aus, lächelte, ging mir hinterher. »Antonio mein Vorname sein. Ich bin di Stefano heißen. Haben sie auch Namen?«

»Ich bin die Sandra.«

»Was wir hier machen? Uwe sagen, er Manager sein. Nicht Gärtner von die Friedhof.«

»Das war er ja auch. Manager. Bis dann was dazwischenkam.«

»Weiß er denn wissen, dass wir kommen?«

»Oh ja, das weiß er! Er weiß alles. Aber keine Angst, er wird ihnen sicher nichts tun.«

»Warum er sollte?«

Ich antwortete nicht, sondern blieb stehen. Wir waren da. Mein Blick richtete sich auf den Grabstein. Uwe Neuhaus, sein Geburtsdatum stand da und sein Sterbedatum 08.07.2019. Es dauerte einen Moment, bis er das Gesehene erfasste, aber dann begann es. Er fing erst an unkontrolliert zu zucken, dann brach

er in Tränen aus, ging auf die Knie, fing wieder zu husten an -
noch schlimmer als gestern Abend - dann röchelte er, fiel um,
zuckte noch ein wenig, dann lag er da wie tot. Ich bekam einen
Riesenschreck. Sofort zückte ich mein Handy und rief den
Notruf an. Ich habe wenig Erinnerungen an das was danach
passierte, funktionierte nur. Sie gaben mir telefonisch
Anweisungen was ich machen sollte, zum Glück war keine
Herzdruckmassage nötig, sondern nur eine Kontrolle der
Lebenszeichen und stabile Seitenlage, ein Friedhofsbesucher
half mir dabei, einen anderen Besucher schickte ich zur Straße
um den Rettungswagen an der richtigen Stelle zu stoppen. Aber
schon nach kurzer Zeit waren sie da, versuchten ihn
anzusprechen, dann kam auch schon der Notarzt, ich stand
völlig neben mir, allein gelassen mit dieser Situation, welche ich
selbst verursacht hatte. Was hatte diesen Mann so erschüttert?
Sie verfrachteten ihn auf eine Liege. Der Notarzt kam zu mir.
»Kennen sie ihn?«
»Nicht weiter. Ich weiß nur dass er Antonio di Stefano heißt,
sonst nichts. Er ist Italiener. Er ist ganz plötzlich vor mir
zusammengebrochen. Wo bringen sie ihn hin?«
»In die Notaufnahme AK Barmbek.«
»Gut, ok.« Er drehte um und ging zu seinem Notarztwagen. Und
wieder war ich alleine mit der Situation. Der Helfer hatte sich
verdrückt und die anderen Friedhofsbesucher die vorhin mit
Sicherheitsabstand der Sache zugesehen hatten waren auch
schon in alle Winde verstreut. Was soll ich denn nun machen?
Eigentlich wollte ich heute in die Firma um mit Vanessa
Entwürfe fertig zu machen. Ich fühlte mich verantwortlich für
das, was mit ihm passiert war, um nicht zu sagen schuldig.
Warum hab ich ihm das mit Uwe nicht einfach gesagt? Endlich
hatte ich einen Entschluss gefasst. Ich rief bei Vanessa an und
sagte ab.

Das Auto ließ ich stehen und kämpfte mich mit dem Bus bis
zum Krankenhaus durch. War ja ganz einfach mit der Linie 172.
Mit dem Parken wäre es da eh nicht so einfach gewesen. Ich
fragte mich bei der Notaufnahme durch. Natürlich wollten die

gleich wissen, ob ich Angehöriger bin. Ich redete mich damit heraus, dass er für ein paar Tage bei mir wohnt, was ja auch stimmte. Ich musste erst einmal Platz nehmen und es dauerte Stunden, bis ich endlich zu ihm gelassen wurde. Er lag auf einer Liege, neben ihm ein Tropf. Trotz der Situation lächelte er mir zu. »Was passiert, dass du mir nicht sagen konntest das?« Es war kein Vorwurf in seiner Stimme.

»Es ist ein Trauma. Uwe hatte mein damaliges Leben zerstört, und am Ende ist er dann da gelandet ist, wo er jetzt liegt. Und nein, ich hab ihn nicht dahin gebracht, falls du das glaubst.« Sein Lächeln nahm einen traurigen Zug an. »Ich in dich hinein sehen kann. Ich weiß, du es nicht warst. Ich wusste nur, dass etwas sein muss passiert. Aber das hier da, hat mich sehr erschrocken das. Es behindert meine Mission. Ich muss trotzdem erfüllen sie.«

Ein ganz junger Arzt kam hinein. »So, Herr di Stefano. Sie sind jetzt wieder stabil. Sie können jetzt wieder nach Hause.«

»Aber er hat doch hier gar kein Zuhause«, mischte ich mich in das Gespräch ein.

»Sie sind wer?«, fragte er.

»Sandra Neuhaus.«

»Und wie stehen sie zu dem Patienten?«

»Gar nicht. Er liegt ja und ich sitze.« Ein gestrenger Blick des Arztes reichte. »Ich bin nicht mit ihm verwandt. Er hatte bei mir übernachtet, heute Nacht.«

»Also haben sie keine Unterkunft hier für heute, morgen, und so weiter?«, fragte er jetzt Antonio.

Antonio schüttelte den Kopf. Der Arzt wandte sich an mich: »Kann er denn heute noch mal bei ihnen übernachten? Er ist noch ziemlich schwach ...« Er wandte sich an Antonio: »Darf ich es ihr sagen?« Wieder schüttelte Antonio den Kopf. Ein Blick des Arztes zu mir. So ein ... ja, Dackelblick kann man bei diesem schnuckeligen Arzt nicht sagen, aber es war ein bettelnder Blick.

»Ja gut, ich mache es. Er kann mit zu mir. Aber ich muss erst mein Auto holen. Es steht noch auf dem Ohlsdorfer Friedhof. Kann 'ne halbe Stunde dauern.«

»Ich danke ihnen. Parken sie einfach vor der Einfahrt, rufen sie dann bei der Zentralen Notaufnahme an, wir bringen ihn dann raus. Hier ist die Nummer.« Er gab mir ein Kärtchen. Ich nahm Antonios Hand.

»Ich komme gleich, ja?« Er nickte und ich ging los. Mensch Sandra, was hast du dir nur wieder eingehandelt! Ich haderte mit mir. Gleichzeitig hatte ich aber das Gefühl, es war irgendwas wichtiges, was diesen Antonio hierher zu mir geführt hatte. Ich musste unbedingt herausbekommen was es war, nun, nachdem er wusste, dass Uwe tot war. Ich holte mein Auto, rief bei der Notaufnahme an, und dann kamen zwei Weißkittel mit ihm heraus. Er konnte aber schon wieder selber gehen, die waren nur zur Sicherheit mit. Schade dass der Arzt so streng war. Den hätte ich gerne vernascht. Sandra!, schalt ich mich gleich wieder. Immer nur das eine im Kopf!

Ich fuhr zu mir, er war in sich versunken, sagte nichts. Ich stellte das Auto ab.

»So, da wären wir!« Mein Wagen stand hinter seinem Auto, welches ein Nummernschild mit Italien Kennung hatte. Ich stieg aus und öffnete die Beifahrertür, er quälte sich heraus und schaffte es, bis zur Haustür zu gelangen. »Nehmen sie Platz.« Ich zeigte ihm die Couch.

»Danke, Sandra.« Huch, waren wir schon beim Du? »Jetzt du musst mir helfen.«

»Tu ich doch schon!«

»Ich nicht mich meinen. Du musst mir Andrea helfen mit. Uwe kann nicht mehr tun.«

»Wer ist denn Andrea?«

»Andrea ist Kind sein von Uwe und Lorena.«

»WAAAAAS?« Ich ließ mich in den Sessel rutschen. »Uwe hat ein Kind? Das ist nicht wahr!« Diese Information löste einen neuen Schock in mir aus. Alles in mir sträubte sich, wollte es nicht wahrhaben. Mein Atem ging schwer und meine innerliche

Temperatur fiel auf minus 30 Grad. Mindestens! Und dann stieg diese wenige Augenblicke später vor Wut auf astronomische Höhen!

»Er nichts erzählt, oder?«

»Nein. Ich fürchte, er hat mir noch viel mehr nicht erzählt als das was ich damals bereits herausgefunden hatte.«

»Kann ich dir erzählen? Oder wirfst du dann raus mich?«

»Nein mache ich nicht ... versprochen.«

»Lorena meine Schwester ist. Sie und Uwe kennen seit 22 Jahren. Damals ihr noch nicht zusammen gewesen sind, oder?«

»Nein. Wir haben uns vor 15 Jahren kennengelernt. Also, seit dem sind wir zusammen.«

»Uwe war damals Urlaubsreise, in Italien. Er war begeisterter Bergwandermensch ja, Lorena auch. Es kam ... jedenfalls Lorena dann wurde schwanger. Sie blieben haben in Verbindung, hatten jedes Jahr getroffen zwei mal sich, dann auch im Wanderurlaub im Gebirge, als es mit Lorena ging wieder. Immer Frühsommer und im Spätsommer einmal sein. Manchmal nur für Wochenende auch oder eine Tag. Meistens in Mailand. Lorena wohnte in der Nähe da.«

»Ach deshalb!«, entfuhr es mir. Uwe hatte es sich all die Jahre nicht nehmen lassen zwei mal im Jahr für jeweils 14 Tage Bergurlaub zu machen. Und ich hatte keine Ahnung!!! »Er hatte also so eine Art Doppelleben geführt! Und was war mit dieser Lorena weiter passiert?«

»Sie hat dann kennengelernt jemanden und geheiratet.«

»Wusste er von der Sache?«

»Ja, wusste Mann von Lorena. Er sehr tolerant und hat akzeptiert das. Schon vor Heirat. Kind dann adoptiert. Er war so eine ... wie sagte man ... bei die Gehen behindert. Hätte vielleicht Schwierigkeiten bekommen zu finden neue Frau sonst.«

»Und jetzt? Was sollte Uwe machen?«

»Andrea aufnehmen bei sich. Uwe war verschollen dann, ging an sein Handy nicht mehr. Wir wussten nicht, dass tot war.«

»Sein Handy ging beim Unfall verloren. Es wurde nie gefunden.«

»Ist er deswegen tot gestorben? Wegen die Unfall?«

»Ja, er hatte diesen Unfall, ist in eine Schlucht gestürzt.«

»Lorena sehr betrübt war. Sie dachte, Uwe nichts mehr von ihr wollen. Nun aber nötig, Andrea muss kommen hierher.«

»Warum das denn?«

»Braucht Unterkunft. Studiert hat und hat eine Studienplatz in die Hamburg für die nächstere Semester.«

»Und was habe ich damit zu tun?«

»Sie Frau von Uwe sein!«

»Die Witwe!«

»Trotzdem. Sie sind dazu verpflichtet sein!«

»Bin ich nicht!«

Er fing zu weinen an. »Bitte …!«

»Warum kümmert sich denn Lorena nicht drum? Oder ihr Ehemann?«

»Beide starben fünf Wochen vorher bei Autounfall. Vom Lastwagen in stauendes Ende zerquetscht.«

»Das tut mir leid. Aber …«

»Ich würde selber drum kümmern mich, aber ich kann nicht. Außerdem … wir nicht reich. Lorena und Mann gearbeitet hatte, aber nun ja weg die Job mit Tod. Und Uwe nie Unterhalt hat zu Andrea gezahlt.«

»Was? Dieser … dieser …?«

»Mistkerl? Ja, trotzdem Lorena ihn hat geliebt und konnte nicht lassen ihm von. Ich habe gewarnt sie immer!«

»Er hatte hier auch eine Geliebte. Eine weitere Frau. Kurz, bevor er diesen Unfall hatte.«

»Wo der Unfall gewesen sein ist?«

»Kurz vor Neapel.«

»Aha!« Er wirkte jetzt sehr hellhörig.

»Er hatte Drogen im Auto dabei. Wussten sie davon was? War er Drogenkurier?« Er schüttelte den Kopf, aber es wirkte, als wäre er etwas abwesend dabei. Ich wechselte das Thema. »Was durfte der Arzt mir nicht sagen?«

»Sage ich nicht!« Hmm, ziemlich stur.

»Ist Andrea so eine Partymaus? Immer in Clubs oder so? Alkohol? Drogen?«

»Nein. Andrea sehr diszipliniert sein. Immer lernen.« Ich überlegte. Wäre vielleicht wirklich nicht schlecht, wieder eine

Person im Haus zu haben. Und mit einer jungen Frau würde ich schon klar kommen. Die Finanzen sollten auch kein Problem sein, jetzt wo die Ferienhäuser gut liefen und ich schon recht viel von der Hypothek abbezahlt hatte.

»Gut. Also wenn sie mir sagen, was mit ihnen ist, nehme ich sie bei mir auf. Für ein Jahr erst mal. Oder?«

»Wirklich?« Seine betrübte Miene hellte sich auf und er wurde geradezu enthusiastisch. »Sie eine gute Frau sind! Andrea und Lorena werden ihnen ewig danken es!«

»Ich muss das doch ausbügeln, mal wieder, was mein Mann versäumt hat.«

Sein Gesichtsausdruck wurde jetzt wieder traurig. »Ich habe Krebs. Bauchspeicheldrüsenkrebs. Endstadium. Hat gestreut auch. Die Ärzte geben noch ein paar Wochen mir. Allermeistens.«

Jetzt war ich erschüttert. Richtig erschüttert. Tränen kamen in meine Augen. Und ich war diesen armen Mann, der sich so aufopferungsvoll um seine Nichte gekümmert hat, so rüde angegangen. Ganz spontan ging ich die zwei Schritte zu ihm hin, umarmte ihn, drückte ihn. Bestimmt ein paar Minuten.

»Nun lass gut sein. Krieg sonst keine Luft haben.«

»Es tut mir alles so so leid! Auch meine ... Spielchen.«

»Das konntest nicht wissen du ja. Und Spielchen nicht schlimm sein gewesen ist. Ich ruf mal an die Andrea, ja?«

»Ja, machen sie ... mach das. Und ich kümmere mich um das Essen. Magst du Pizza? Ja, ich weiß, blöde Frage. Ich bestelle welche, ja? Prosciutto?«

Er hatte schon sein Handy gezückt und rief wo an, nickte aber zu meiner Frage und hob den Daumen. Ich hing mich also auch ans Telefon, rief beim Pizzadienst an, die versprachen dass es in 20 Minuten da sein würde. Antonio telefonierte die ganze Zeit, also zumindest eine Viertelstunde. Ich verstand leider kein italienisch. Ich deckte den Tisch, dann ging ich zu dem Steinbild, welches Uwe vor fünf Jahren im Winter gebastelt hatte. Jetzt verstand ich erst, wieso ihm das so wichtig war, das Bergwandern. Wegen dieser Lorena. Eine weitere Bombe, die er hinterlassen hatte. Welche würden noch zum Vorschein kommen? Ich hatte gedacht das alles hatte ich hinter mir gelassen, und nun das. Würde das denn nie aufhören? Am liebsten würde ich jetzt Piere anrufen oder Ellen, aber dafür war keine Zeit. Das könnte ich später machen. Dann kamen die Pizzen, pünktlich. Antonio beendete das Gespräch, wir spachtelten alles weg, Antonio meinte, dass die Pizza nicht schlecht war, und dann wollte er schlafen. Ich dirigierte ihn in das Besucherzimmer, welches auch auf meiner Schlafetage war. Und dann ging ich auch ins Bett. Ich konnte aber nicht schlafen. Mein Gott, was hatte sich hier für ein Abgrund aufgetan! Ganz viele Wenn's und Aber's gingen mir im Kopf herum. Aber aus der Nummer kam ich wohl nicht mehr heraus. Na ja, ein Jahr würde ich wohl schaffen. Schlimmstenfalls müsste ich meine Aktivitäten, zumindest zu Hause, herunterfahren. Oft war ich hier eh nicht zu Gange. Erst gegen fünf war ich endlich eingeschlafen.

Und ich verschlief. Das erste mal seit Jahren! Erst gegen acht Uhr wurde ich wach. Antonio schien noch zu schlafen. Ich ging unter die Dusche. Obwohl ich nichts hörte, sah ich kurz Antonios Kopf ins Bad herein lugen, aber er zog sich gleich zurück. Das brachte mich auf eine Idee, aber das würde erst Abends gehen. Nein, eher erst morgen Abend. Und vorher müsste ich ihn noch aushorchen. Danach machte ich uns wieder Frühstück. Antonio aß nicht viel. Ich begann ein Gespräch.
»Du, Antonio, wie hast du mich überhaupt gefunden? Hat dir Uwe seine Adresse in Hamburg gesagt?«
»Ich schon lange nicht mehr gesprochen Uwe. Lorena aber damals. Hatte gesagt, wohnen in Hamburg. Und seine Frau, also du hat mit Laden für Wolle. Lorena wusste von dich also. Aber wusste nicht wo. Nicht genau.«
»Und wie hast du es gemacht?«
»Herum gesurfert. Alles studiert, alles Geschäfte sein für Wolle.

Ausgemustert was nicht passen. Dann gefunden Adresse.«

»Du warst im Laden?«

»Nein. Stand davor. Wollte nicht gehen in die Laden rein und sprechen dort vor die Verkäufer. Haben beobachten bis wussten ich wer war die Chef. Dann gefolgt.«

»Du hast mich verfolgt?«

»Du gestiegen in diese S-Bahn. Ich hinterher. Ohne der Fahrkarte. Dann ausgestiegen du, ich hinterher. Aber du zu schnell für mich, dann verloren. Dann gewartet an die Ecke, andere Tag. Du gekommen und Haus gefunden ich, mit Namen an die Mailkasten. Habe geholt das Wagen hierher. Und dann zu dich rein.«

»Da hast du ja einen ganz schönen Aufwand betrieben. Ich habe nichts bemerkt.«

»Musste doch machen, für Andrea.«

»Ja klar. Kennst du Hamburg, Antonio?«

»Nein, nie. Bis jetzt.«

»Lust auf eine Stadtbesichtigung?«

»Ja klar gerne machen. Gleich jetzt sein?«

»Nein, das geht erst morgen. Ich muss erst mal in mein Ladengeschäft, da sind Sachen liegen geblieben, die ich heute erledigen wollte. Ich komme auch erst sehr spät zurück. Du kannst dir Essen bestellen. Hier sind Lieferdienste.« Ich schob ihm die Flyer rüber. »Die Nebenstraße und dann nach rechts weiter ist ein großes Einkaufszentrum. Da kannst du hinfahren oder in etwa 10 Minuten hingehen und da was essen oder auch einkaufen wenn du was brauchst. Für das Auto gibt es da mehrere Parkflächen wo man dann aber was bezahlen muss.« Ich legte ihm den Zweitschlüssel für das Haus auf den Tisch. »Haustürschlüssel. Wenn du weg gehst, bitte zuschließen.« Ich legte ihm einen 20 Euro Schein auf den Tisch. »Hier. Für's Essen!«

»Sandra! Das nicht du machen kannst!«

»Doch, ich muss! Du bist doch mein Gast. Bitte!«

»Na gut sein. Aber schämen mich.«

Ich antwortete nicht darauf, sagte nur »Tschüss Antonio«, und ging aus dem Haus und fuhr zum Laden. Als ich spät wieder kam, es war schon nach neun Uhr abends, war Antonio nicht im Wohnzimmer. Es stand ein ziemlich großer Strauß Blumen auf dem Tisch, daneben lag ein Pralinenkasten. Meine heimliche Leidenschaft, welche ich aber besser unter Kontrolle hatte als meine Sexualität. Wenn ich mal zuschlug, dann immer nur eine Praline am Tag. Obwohl, resümierte ich, bei Männern machte ich es ja auch so. Daneben lag noch ein Zettel. 'Bin müde sein. Schlafen gehe. Danke Sandra. Antonio'. Ich schaute noch ein wenig Unsinn im Fernsehen, einfach um runterzukommen, dann legte ich mich auch schlafen. Obwohl mir so viel im Kopf herum ging, schlief ich schnell ein. Am anderen Tag machte ich wieder Frühstück und musste lange auf Antonio warten. Erst gegen neun Uhr kam er herunter, dafür war er aber auch gut drauf. Wir aßen, ich erzählte ihm ein wenig von den Sachen die ich beruflich mache. Dann waren wir gesättigt. Antonio aß wieder nicht viel, aber mehr als gestern. Immerhin.

»Und wie schaut's aus? Lust auf die Besichtigung?«

»Ja, können heute mache. Jetzt nun?«

»Ja, jetzt! Auf geht's!«

Zehn Minuten später saßen wir in meinem Auto. Ich fuhr wieder auf den Friedhof, parkte aber gleich vorne. »Keine Angst, ich parke hier nur. Park and Ride für Insider.« Ich hatte das Flackern in Antonios Augen gesehen. Dann kaufte ich eine Öffi Karte und wir fuhren in die Innenstadt. Als erstes zog ich ein kostenloses Ticket für die Plaza der Elbphilharmonie, wir fuhren mit der Rolltreppe hoch, Antonio war ganz schön ergriffen, so wie ich damals beim ersten Mal. Nach der Runde dort lotste ich uns in einen Doppeldeckerbus von der Stadtrundfahrt, danach machten wir eine Hafenrundfahrt durch die Speicherstadt, und dann ging es in die Linie 62, welche eine Fährlinie nach Finkenwerder war, sehr beliebt bei Einheimischen und Touristen. Alles toll für Antonio und er staunte ziemlich und schien das zu genießen, dann wurde er aber müde, und das Wetter schlechter. Nach der Rückfahrt mit der Fähre ging es zur Binnenalster mit dem Jungfernstieg und den Alsterarkaden. Da wir mittlerweile Hunger hatten lotste ich Antonio in ein Cafe. Es war das selbe, in dem ich damals mit Julian gewesen war. Dort stärkten wir uns.

»Du Antonio, was ist denn mit dir? Hast du keine Frau?«

»Nein. Hatte mal Freundin. Dann weg.«

»Du oder die Freundin?«

»Ich, dann Freundin. Freundin hatte geheiratete andere Mann dann.«

»Und was war dann?«

Antonio schüttelte den Kopf. »Mut fehlen. War sauer. Keine mehr. Also, keine richtige sein. Nicht für die ganz lange. Weißt du, war dann auf die Schiff. Gefahren in die ganze Welt mit Handelsschiff. Große Schiff, mit viele Container. Und in die Hafen, manchmal. Aber selten da Frau. Da immer nur so die andere Frauen sein, diese für ein paar Tage, nicht für die Leben. Hätten nicht gewollte so eine wie mich. Aber war schöne Zeit. War in ganz viele Häfen und ganz viele Land. In Europa und Asien und auch in die Amerika. Australien auch. Und natürlich in die Afrika auch. Nur andere Arktis fehlen. Aber da in die Nähe ... zu die Falkland. War kalt, aber schön. Ich gerne erinnern an die ganze Fahrten.«

»Und da war wirklich keine einzige dabei?«

»Doch, hatte mal eine bisschen eine. War Maschinist in die Schiff mit die gefahren.« Er machte mit dem Arm so eine Geste, die mir zeigen sollte dass es wohl eine etwas stämmigere Dame war. »Aber dann, war schwierig mit diese Frau, in die Kopf wie Kugel aus die Wolle, wie sagt man - unverstanden. Wir oft streiten, und dann später Frau gekommen zu die andere Schiff und aus und vorbei die Maus, wie sagt man. Ich traurig und froh zu die gleichen Teilen.«

»Das tut mir leid. Woher stammst du denn?«

»Aus Italien.«

»Das meinte ich nicht. Welche Stadt?«

»Ach so sein. Eine große Dorf in das Nähe von Mailand. Da ich geboren, da ich Schule, da ich die erste Liebe, die gegangen. Ich dumm, bin gegangen auf die Schiffe statt zu geheiratete Freundin. Die geweint. Besucht paar Monate. Aber nicht gereicht. Freundin einsam, dann andere Mann getroffen, weg geliebt. War Ende für mich Liebe.«

»Auch keine ... so eine andere?«

»Keine Nutte nicht. Nicht mögen solche.«

»Magst du gar keine Frauen mehr?«

»Doch mögen. Nichts machen aber nicht. Zu ... zu ...«

»Schwierig?«

»Ja, schwierig sein. Nun zu alt. Zu krank.«

»Ach Quatsch!. Noch ist Zeit!«

»Das du sagen!«

Nun, unser Programm war beendet. Mittlerweile war es ziemlich kalt geworden und es regnete. Wir fuhren zurück und gingen dann wieder in mein Haus rein. Ich erzählte bei der Fahrt ein wenig von meinen Abenteuern, ließ aber die pikanten Sachen alle weg. Einen Teil davon konnte er sich eh schon denken.

»Darfst du Alkohol?«, fragte ich Antonio.

»Nur bisschen.«

»Wein? Roten?«

»Ja, den roten.«

Ich ging in die Küche und holte eine Flasche, öffnete diese, holte zwei Gläser, schenkte ein. Antonio zeigte deutliche Anzeichen dafür, dass er fror, zitterte, verschränkte die Arme, um sich zu wärmen. Wir tranken einen Schluck. Mit dem Alkohol kam die Lust. Und eine Idee. Man könnte doch das Angenehme mit dem Nützlichen verbinden. Das Nützliche, das wäre das Aufwärmen, und das Angenehme ... aber das durfte ich nicht so frontal angehen, da würde er dicht machen.

»Ist dir kalt, Antonio?«

»Ja, friere bisschen, Wetter wegen.«

»Ich habe eine Idee. Komm mal mit!«

Ich schnappte mir einfach beide Rotweingläser, ging voran, Antonio kam hinterher. Nachdem Uwe gestorben war, hatte ich in den Keller eine Spa- Welt einbauen lassen, Badewanne, kleine Sauna, zwei Liegen. Uwe hatte sich damals immer dagegen gesträubt, aber dann konnte ich das verwirklichen. Und genau dahin sollte es jetzt gehen. Die Rotweingläser landeten auf einer Ablage, dann machte ich den Abfluss zu, ließ Wasser ein in die Wanne. Dazu kam noch ein Schwung Badeschaum. »Kannst reingehen«, sagte ich zu Antonio. Noch zierte er sich aber, stand weiter mitten im Raum. Ich ging zum Schrank, holte ein Badetuch heraus, legte es ihm hin, stellte sein Rotweinglas auf den Wannenrand, warf Antonio noch einen lächelnden Blick zu, und ging aus dem Raum. Mein Ziel war das Schlafzimmer, genauer gesagt die Dessous Schublade darin. Meine Klamotten landeten auf den Boden, eine kurze Suche, und ich hatte es gefunden. Ein ziemlich dünnes Dessous mit einem farbigen, sehr romantisch aussehendem Aufdruck mit einem Blumenmotiv. Ein wenig durchsichtig war es auch. Und es hatte auch einen Strapsgürtel. Auch den zog ich mir an, dazu natürlich die extra dazu gekauften Nylonstrümpfe mit einem ähnlichen Blumenmuster, allerdings mehr pastellfarben. Solcherart bewaffnet, ging ich herunter in das Bad. Das Wasser war noch nicht vollständig eingelaufen, was gut war, denn ich musste da ja auch noch mit rein. Erst bemerkte Antonio mich noch gar nicht, da er seine Augen geschlossen hatte. Ich holte mir auch ein Badetuch aus dem Schrank, dann schnappte ich mir mein Rotweinglas. Antonio hatte vermutlich gar nicht gecheckt, dass mein Glas noch dort stand. Ich setzte mich auf den Wannenrand. Jetzt erst bemerkte mich Antonio. Er starrte mich an, als ob ich ein Marsmensch, genauer gesagt eine Frau vom Mars wäre. Wie irre, mit weit aufgerissenen Augen. Erst brachte er keinen Ton heraus, dann doch.

»Sandra! Was machen?«

Ich griff mir einfach sein Rotweinglas, gab es in seine Hand, stieß mit ihm an, trank einen Schluck, er nicht, denn er stierte mich immer noch ungläubig an.

»Kennst du so etwas nicht?«

»Doch. Aber nicht an ... eines richtige Frau.«

»Du meinst, nicht an sexy aussehender echter Frau, nicht wahr? Komm, trink, ich beiße nicht.« Endlich trank Antonio, ließ dabei aber den Blick auf mir. »Mir ist auch kalt«, sagte ich, stellte mein Weinglas ab, und stieg mit zu ihm in die Wanne, kuschelte mich mit dem Rücken an ihn dran. Das warme Wannenwasser tat wirklich gut, aber ich stoppte nun den Zufluss, da der Wasserstand sonst zu hoch werden würde. Es war schon

284

reichlich Schaum entstanden. Antonio war immer noch wie erstarrt. Ich drehte mich ein wenig, nahm Antonio das Weinglas aus der Hand, stellte es ab. »So Antonio, nun kannst du mich festhalten!« Er machte immer noch keine Anstalten. »Bitte!« Endlich, nach viel Zögern, und ganz ganz langsam, wanderten seine Hände auf meinen Körper. Leider auf die falsche Stelle. Auf die Hüften.

»Hatten deine Frauen keine Brüste?«, fragte ich, dabei zu ihm nach hinten schauend.

»Doch«, kam es, sehr verschämt.

»Dann mach es doch! Meine Brüste wollen es, ich auch, und du sowieso schon lange. Stimmts?«

»Vielleicht«, sagte Antonio, und endlich wanderten seine Hände dort hin, wo ich sie haben wollte. An meinem Südpol bemerkte ich jetzt reges Treiben. Sein Lümmel hatte sich aufgerichtet. Ich stöhnte leise auf, da Antonio gerade zugedrückt hatte und meine Glocken verwöhnte, sie massierte.

»Ja, drück sie, massiere sie, streichele sie«, sagte ich. Gleichzeitig ging meine Hand an seinen Lümmel, streichelte ihn mit meinen Fingern, greifen konnte ich ihn ja so nicht richtig. Antonio intensivierte seine Bemühungen. Seine Finger wanderten unter den BH, bis sie meine Nippel erreicht hatten. Ich stöhnte auf. Die Lust hatte mich längst erfasst und die Nippel waren groß und hart geworden. Ich begann mich zu bewegen, massierte seinen Lümmel mit den Innenseiten meines Oberschenkels. Da musste was passieren! Ich fasste mit beiden Händen an und zog mir den Slip aus, warf ihn auf den Boden des Bads, nachdem ich ihn ein wenig ausgewrungen hatte. Von keinem Stoff mehr gehindert, reizte sein Luststab nun meine Lustperle. Am liebsten würde ich nun in den Full-Service-Modus wechseln, aber das war einfach so schön! Wir stöhnten uns beide was zusammen, leise zwar, aber trotzdem höchst erregt. Nach einer halben Ewigkeit hauchte ich zu Antonio: »Willst du?«

»Ja Sandra, bitte.« Ich frohlockte. Ich hatte ihn herum gekriegt! Natürlich wollte ich ihn auch für mich, um meine Lust zu löschen, aber nicht unerheblich wollte ich auch ihm noch einmal ein Erlebnis verschaffen, jetzt, nachdem ich wusste, dass er sehr bald sterben wird. Ich stieg aus der Wanne, schnappte mir mein Badetuch, trocknete mich ab. Auch Antonio war nun aufgestanden. Immer noch stand sein Zepter steil von ihm ab. Ich reichte ihm sein Badetuch, auch er trocknete sich nun ab, konnte aber den Blick nicht von mir lassen, was ich sehr genoss und das Bild, welches sich ihm bieten würde, auch entsprechend anregend gestaltete. Bei so etwas musste ich schon gar nicht mehr in den Spiegel schauen, wusste genau wie ich was wann machen muss, damit es wirkt. Er war eher fertig als ich, stand etwas unbeholfen da, schaute, wartete. Sein Lustzepter wanderte kurz an meine Hand oder besser gesagt, umgekehrt. Ich nahm mein Rotweinglas, reichte ihm seines, wir tranken noch einen Schluck, dann sagte ich: »Komm mit«, und ging voran, in mein Schlafzimmer, so wie ich war, mit noch nassem Dessous. Er folgte mir, schaute sich von hinten meinen Körper an, während wir die Treppen hinauf gingen. »Besser du legst dich hin«, sagte ich. Ich war mir nicht sicher, ob er was anderes körperlich durchhalten würde. Als er lag, schwang ich mich über ihn, rollte ihm ein Kondom drüber, was vermutlich nicht notwendig war, aber sicher ist sicher. Dann senkte ich mich über ihn ab und er war drin. Es war mir klar, wenn ich gleich richtig loslegte, würde er zu schnell kommen. Er sollte es aber länger genießen, und ich natürlich auch. So machte ich erst einmal klassischen Slow-Motion-Sex, spärliche, langsame Bewegungen, eine ganze Weile. Als ich mir sicher war, dass er über dem Punkt war, legte ich los, variierte, kreiste mein Becken, das volle Programm. Er schaute fast ungläubig, was hier mit ihm geschah, genoss es aber. Ihm kamen fast die Augen raus. Er streifte mir die Träger herunter und legte meine Brüste frei, verwöhnte sie dann mit dem Mund, soweit das ging, denn ich bewegte mich ja auf ihm. Nach einer ganzen Weile meiner Verwöhnaktion spürte ich die typischen Veränderungen. Er wurde unruhig, griff an meinen Po, wollte forcieren, und ich forcierte auch. Und dann kam er, schreiend, stöhnend. Ich war noch nicht ganz soweit, täuschte aber einen Orgasmus vor. Den könnte ich mir später noch verschaffen, oder morgen. So ganz ohne leidenschaftliches Küssen ging das nicht. Er brauchte lange zum Abklingen. Ich stieg von ihm herunter, dann streichelten wir uns noch lange. Endlich brachte er etwas heraus.

»Danke Sandra. Du so unglaublich. Nie hätte ich gedacht dass ich noch mal.«

»Antonio, ich finde es schön, dass du das genossen hast. Das gibt auch mir was zurück. Und ich wollte es auch! Ich mag dich.«

»War es denn so, mit mir sein?«

»Ja Antonio, das war es!«

Danach schlief er augenblicklich ein. Sein Atem ging schwer. Am anderen Morgen weckte mich die Sonne. Die Regenphase war vorbei. Ich schaute nach links. Antonio lag immer noch so da, wie er sich gestern schlafen gelegt hatte. Er lächelte im Schlaf. »Antonio? Guten Morgen Antonio.«

Er schlug die Augen auf, lächelte weiter, nun aber ein Wach-Lächeln und nicht mehr ein Schlaf-Lächeln. »Guten Morgen Sandra. Ja, gut geschlafen heute. Wie Murmeltierchen.«

»Ich mach dir mal Frühstück, ja?«

»Nee, besser nicht. Ist übel mir.« Auf einmal stand er flugs auf und sprintete ins Bad, soweit sprinten bei ihm ging. Dann hörte man die charakteristischen Geräusche. Waren das die Folgen der Krankheit? Nach zwei Minuten kam er wieder, legte sich wieder hin. »Entschuldigen bitte.«

»Musst du nicht. Ich gehe mal unter die Dusche, esse was und dann muss ich heute leider mal wieder in meinem Geschäft vorbeischauen. Du kannst danach auch duschen. Ich leg dir den Zweitschlüssel auf den Tisch und auch das Tablet, so kannst du ein wenig surfen. Ich komme erst heute Abend wieder.«

»Ist ok sein, Sandra. Du so gut zu mir sein.«

Ich lächelte ihm noch Mut zu, und ging meine Verrichtungen machen. Dann ging ich aus dem Haus. »Tschüss Antonio«, rief ich ihm zu.

»Tschüss!«, kam noch zurück.

Heute fuhr ich wieder mit dem Öffi. Die nervige Fahrt im
Stadtverkehr wollte ich mir heute nicht antun. Die ganze Zeit
musste ich an die neue Situation denken. Wie würde es wohl
weitergehen? Würde Antonio bleiben, bis diese Andrea kam?
Würde er wieder zurückfahren in seine Heimat? Ich musste
nachher unbedingt noch mal mit ihm reden. Als ich dann aber
im Laden ankam, wartete viel Arbeit und das nahm meine
ganze Aufmerksamkeit in Beschlag. Selbst auf der Rückfahrt
dachte ich noch über das Muster des neuen Strickkleid nach,
welches ich gerade entwarf. Diese Entwürfe waren halt mein
Baby, während ich diese Verkaufssache eher nur machte, um
meinen Lebensunterhalt verdienen zu können. Zumindest
meinen Lebensstandard. Allein zum Leben würden die
Ferienhäuser reichen. Antonio schlief schon. Am Morgen fragte
ich ihn dann und er meinte, er bleibt hier bis Andrea kommt.
So ging es noch zwei Tage weiter. Ich ging morgens aus dem
Haus, zu meinem Laden, und kam Abends wieder, je nachdem,
was zu tun war mal früher, mal später. Antonio schlief nun
immer länger, da war ich schon weg. An den Lebensmitteln im
Kühlschrank sah ich aber, dass er kaum noch was aß. Er
magerte sichtlich ab. Er beteiligte sich Abends noch an den
Gesprächen, aber man sah, dass es ihm immer schwerer fiel. Ich
machte Antonio den Vorschlag einen Arzt zu konsultieren, aber
er lehnte ab. Dann kam der Samstag. Normalerweise machte
ich da oft früher Schluss. Aber heute musste ich eine wichtige
Kundin selbst bedienen, kam nicht eher weg.
Es war schon fast 17 Uhr, als ich nach Hause kam, öffnete die Tür
- sie war richtig abgeschlossen und nicht nur zugezogen. »Ich
bin da, Antonio«, rief ich noch aus dem Flur. Keine Antwort.
Vielleicht war er ja oben und schlief. Ich trat ins Wohnzimmer
ein. Kein Antonio da. War er ausgeflogen? Auf dem Tisch lag das
Tablet, ein Wasserglas stand in der Küche, fast voll, das
Haustelefon lag daneben, die Decke auf der Couch war benutzt.
Und unten am Boden lag ein Tabletten-Blister. Eine Tablette war
dort noch drin. Ich bekam einen Schreck. Suizid? Ich erkannte
den Blister. Gestern hatte er auch schon eine davon genommen,
da waren noch drei Stück drin, also hatte nur eine genommen.

Also doch nicht das, woran ich dachte. Aber wo war er? War er abgehauen? Aber sein Auto stand doch noch da! Ich schaute im ganzen Haus nach, unten im Keller, wo die Spa-Welt war, oben im Besucherzimmer, sogar in meinem Schlafzimmer. Kein Antonio. Hatte er einen Spaziergang gemacht? Das konnte ich mir nicht vorstellen, so wie er momentan zurecht war.

Ich wollte ihn schon anrufen, bis mir einfiel, dass ich ja seine Handynummer gar nicht hatte. Da bemerkte ich etwas. Erst sah ich nur einen Tropfen. Dann mehr davon. Sie führten Richtung Tür. An der Seite der Couch eine größere Stelle. Die Erkenntnis daraus gefiel mir nicht. Ganz und gar nicht. Erst ganz langsam drang das Gefühl in mich, schnürte mir die Kehle zu. Das durfte nicht sein! Nicht hier! Nicht heute!

es geht weiter …